Adalyn Grace

ERBE DER SIEBEN INSELN

Roman

Aus dem Amerikanischen
von Karen Gerwig

Mit einer Karte

PIPER

Wenn Ihnen dieser Roman gefallen hat,
schreiben Sie uns unter Nennung des Titels
»Das Erbe der sieben Inseln« an *empfehlungen@piper.de*,
und wir empfehlen Ihnen gerne vergleichbare Bücher.

Von Adalyn Grace liegen im Piper Verlag vor:
Fluch der sieben Seelen
Erbe der sieben Inseln

Deutsche Erstausgabe
ISBN 978-3-492-70632-2

Titel der amerikanischen Originalausgabe:
»All the Tides of Fate« bei Imprint, New York 2021

Satz: Fotosatz Amann, Memmingen
Gesetzt aus der Minion
Druck und Bindung: CPI Books GmbH, Leck
Printed in the EU

Tief unten im Meer von Visidia lauert eine Bestie, bekannt als der Lusca. Man weiß nicht viel über dieses mysteriöse Sagenwesen, doch es wird viel geflüstert. Einige sagen, man erkenne den sich nähernden Lusca an den von ihm erzeugten Strudeln, die so wild sind, dass sie ein Schiff zum Kentern bringen können. Andere behaupten, jedes seiner acht Tentakel besitze gezackte Haken, die genug Gift enthalten, um jemanden mit einem einzigen Stich zu töten.

Doch die Bestie ist keine Legende. Dieses Buch wird von einem ausgehungerten, rachsüchtigen Lusca beschützt. Wenn du es stiehlst, solltest du dich besser nie wieder einem Meer nähern.

Für Josh –
Weil er sagte, ich solle diese Buchreihe schreiben und weil er an mich geglaubt hat, während ich es tat.

Für Tomi –
Weil ich das hier mit niemandem lieber tun möchte.

Das Königreich Visidia

ARIDA
Insel der Seelenmagie
Symbol: der Saphir

VALUKA
Insel der Elementemagie
Symbol: der Rubin

MORNUTE
Insel der Verzauberungsmagie
Symbol: der Morganit oder rosa Beryll

CURMANA
Insel der Gedankenmagie
Symbol: der Onyx

KEROST
Insel der Zeitmagie
Symbol: der Amethyst

SUNTOSU
Insel der Erneuerungsmagie
Symbol: der Smaragd

ZUDOH
Insel der Fluchmagie
Symbol: der Opal

FEUERREICH
VALUKA
LUFTREICH
WASSERREICH
ERDREICH
KEROST
ZUDOH

MORNUTE
IDIA
CURMANA
ARIDIA
SUNTOSU
NORDEN

1

Dieses Wasser ist wild.

Es drischt fauchend gegen die *Duchess*, die sich vom Zorn der Winterfluten herumwerfen lässt. Sie prüft ihre neue Kapitänin, schleudert mich gegen das verwitterte Steuerrad, während körniges Meerwasser das Holz glitschig und meine Finger klamm macht.

Aber ich werde nicht loslassen. Diesmal nicht.

»Beidrehen!« Ich bohre meine Absätze ins Holz des Decks und packe das Steuerrad fest, weigere mich, das Schiff gewinnen zu lassen. Ich bin die Kapitänin. Wenn die *Duchess* nicht auf mich hören will, habe ich keine Wahl: Ich muss sie zwingen.

Heute locken in der Ferne keine benachbarten Inseln. Keiner von Mornutes Bergen ist durch den milchigweißen Dunst zu erkennen, der aus dem Norden heranweht. Er macht die Luft nass, sickert in meine Poren und klatscht mir feuchte Locken an den Hals.

Das Schiff hebt sich bei der nächsten Welle und ich wappne mich, als ich den blassen Schatten der schnell näherkommenden Boje sehe, die ich vor einer ganzen Jahreszeit im Meer verankert habe. Als wir uns nähern, schließe ich die Augen und bete stumm zu sämtlichen Göttern, die mir möglicherweise zuhören, flehe sie an, mich zu verschonen. Flehe sie an, dass dies der Tag sein möge, an dem die Grenzen meines Fluches erweitert werden.

Aber wie immer weigern sich die Götter zu hören.

In dem Moment, in dem die *Duchess* die Boje passiert, geben meine Knie nach und weiß glühender Schmerz fährt durch meine Wirbelsäule und meinen Schädel wie eine allzu vertraute Klinge, die mich spaltet. Ich beiße mir von innen auf die Wangen, bis ich Blut schmecke, tue alles, was ich kann, um meinen Schmerz unter Kontrolle zu halten, damit die Mannschaft nicht misstrauisch wird. Ich kralle die Fingernägel ans Steuer, kalter Schweiß rinnt mir den Hals hinunter und mir wird immer wieder schwarz vor Augen. Verzweifelt gebe ich Vataea das Signal.

Sie beugt sich sofort über die Heckreling und flüstert einen wilden Zauber: Jedes Wort, das ihr über die Lippen kommt, ist ein Donnerschlag. Das Meer betrachtet sie zunächst neugierig, dann gehorcht es Vataeas Sirenenmagie plötzlich und ändert die Richtung der Fluten. Einige aus der Crew murmeln irritiert, als wir wieder Kurs auf den Hafen nehmen, und wundern sich, warum ich sie jeden Tag diesen albernen Abstecher machen lasse – nicht einmal einen halben Vormittag lang und nie mit einem konkreten Ziel. Aber wenigstens gibt es keine laut ausgesprochenen Beschwerden. Sie sind nicht so dumm, sich gegen ihre Königin zu stellen.

Sobald die *Duchess* wieder in Richtung Süden und auf Arida zu steuert, lässt der Druck in meinem Schädel nach und mein stoßweises Atmen beruhigt sich. Doch erst als ich langsam wieder klar sehen kann, lockere ich meinen Griff.

Vataea legt mir zögerlich die Hand an den Rücken. »Vielleicht wird es Zeit, dass wir damit aufhören.« Die Stimme der Meerjungfrau klingt immer wie das süßeste Lied, selbst wenn ihre Worte schon wieder drohen, mich zu zerreißen. »Vielleicht wird es Zeit, dass du aufhörst, gegen deinen Fluch anzukämpfen, und das Beste daraus machst.«

Ich sage nichts. Solange meinem Gegenüber nicht die Hälfte seiner Seele herausgerissen und in einen anderen lebenden

Menschen verpflanzt wurde, brauche ich seinen Rat nicht. Vataea wird nie wissen, wie es sich anfühlt, wenn ein Teil von einem mit jemand anderem verschmolzen ist. Wenn man die Gegenwart dieser anderen Person spürt. Ihre stärksten Emotionen. Einfach *alles*.

Sie ist nicht diejenige, die erschöpft ist vom Versuch, diesen Fluch zu brechen.

Vataeas Hand gleitet von meinem Rücken und meine Haut fühlt sich kalt an. »Es tut mir leid, was passiert ist, aber leichtsinnig zu werden, heilt dich auch nicht schneller.«

Ich möchte mich empören. Ich möchte mich umdrehen und ihr alles entgegenbrüllen, was sie nicht versteht. Doch stattdessen weicht nur die Luft aus meinen Lungen, als sie sich umdreht und in Richtung Bug geht.

Das sind die Grenzen meines Fluchs. Ein Fluch, der bedeutet, dass die Hälfte meiner Seele – und meine gesamte Magie – in Bastian leben.

Und wie heute endet jeder Versuch, ihn zu brechen, nur mit einem Fehlschlag.

Aridas Hafen ist voller königlicher Soldaten und Diener, die zurückweichen, als wir uns den Docks nähern, wo der Nebel die fremden Schiffe verhüllt und ihre Segel trüb färbt. Unwillkürlich zieht sich meine Brust zusammen, als ich die Gestalten sehe, die dort auf mich warten, denn ich weiß: Gleich bin ich nicht mehr die Kapitänin, sondern die Königin.

»Werft die Anker!« Ich drehe das Steuer und das Schiff ächzt, als ich es gegen die Wellen zwinge und unsere Geschwindigkeit verringere. Meine Mannschaft gehorcht. Die beiden Anker greifen am Boden der flachen Bucht und wir werden durchgeschüttelt. Jemand knallt an die Reling, rutscht aus und fällt mit dem Gesicht voraus aufs Deck, aber ich kann ihm nicht helfen. Ich drehe das Steuer in die andere Richtung und zwinge das Schiff, mir den Gefallen zu tun. Mir zu gehorchen.

Die *Duchess* richtet sich selbst aus, ich lockere den Griff und meine Muskeln.

Sobald wir anlegen, tritt meine Crew in Aktion: Einige konzentrieren sich darauf, die Anker auszurichten und die Segel einzuholen, während andere an Land springen, um das Schiff zu vertäuen. Sie lassen die Rampe herab. Auf dem Sand, der rot ist wie Blut, steht meine Zofe Mira in einem dicken schwarzen Umhang mit einem Kragen aus weißem Wolfsfell, den sie erstickend eng unterm Kinn geschlossen hat. Ihre dazu passenden Handschuhe hält sie gefaltet vor sich, die Augen hat sie wie üblich vor Sorge zusammengekniffen, woran ich mich inzwischen gewöhnt habe.

»Du bist spät dran.« Ihr Atem bildet Dampfwölkchen in der Luft. Sie kringeln sich um die Gesichter der königlichen Bediensteten, die den Rücken straffen, als ich näherkomme. Zwei von ihnen halten ein saphirfarbenes Samtkissen mit eleganter Stickerei aus Gold und Silber, auf dem meine Krone ruht – der Kopf eines riesigen Valuna-Aals mit offenem Maul, das auf meinem Kopf sitzen und sich um mein Kinn schließen soll. Er wartet darauf, mich zu verschlingen.

Das mit Edelsteinen besetzte Rückgrat des Aals glitzert im feuchten Nebel, und in meinem Hals bildet sich ein Kloß, als ich daran denke, wie natürlich diese falsche Krone bei Vater ausgesehen hat. Diese Krone ist für Betrüger gemacht, und als sie mir jetzt flink aufgesetzt wird, muss ich unwillkürlich daran denken, wie natürlich sie wahrscheinlich auch bei mir aussieht.

»Ich komme nie zu spät.« Ich schließe meinen saphirblauen Mantel eng um mich und rücke meine Krone zurecht, sodass die gezackten Zähne des Aals mir über die Kinnpartie und die Schläfen schrammen. »Ich bin die Königin.«

Ich erwidere das Lächeln, das Mira kurz aufblitzen lässt, auch wenn unsere Heiterkeit nur eine Farce ist. Dieses Spiel spielen wir schon seit dem Sommer, mein Königreich erwartet es. Sie lächeln, und ich lächle zurück, es werden keine Fragen gestellt. Ich bin jetzt ihre Königin, und trotz allem, was passiert ist, muss ich meinem Volk zeigen, dass wir immer noch stark sind. Dass Visidia zwar Verluste erlitten hat, wir aber alle unsere Nöte überwinden und das Königreich wiederaufbauen werden.

»Sag das all jenen, die auf dich warten. Es ist dein erstes Ratstreffen als Königin von Visidia, du solltest einen besseren Eindruck machen.« Mira verdreht ihre müden Augen; so etwas hätte sie vor dem letzten Sommer niemals getan, bevor sie bei Kavens Angriff auf Arida beinahe umgekommen wäre. Doch jetzt ist sie entspannt und bereit, allen zu sagen, was ihr durch den Kopf geht – auch mir.

Und ich freue mich darüber. Ich freue mich über die Farbe in ihren Wangen und ihre Energie. Ich freue mich, dass sie *lebt.* Nicht alle hatten so viel Glück.

»Die Königinwitwe wartet mit den Beratern im Thronsaal«, beginnt Mira, aber diese Worte wecken eine böse Kälte in mir. Sie beginnt in meinem Bauch und legt ihre Klauen um meine Kehle.

»Nenn sie nicht so.« *Witwe.* Ich zische bei dem Titel förmlich, denn ich muss nicht daran erinnert werden, dass Vater tot ist, dass die Überreste seines verkohlten Körpers als Fischfutter am Meeresgrund liegen. »In meiner Gegenwart nennst du sie bei ihrem Namen.«

Mira wird rot, und ich versuche, mir nicht anmerken zu lassen, wie peinlich mir mein Ausbruch ist. Als sie den Mund öffnet, winke ich ab, ich möchte die Entschuldigung nicht hören. Das Letzte, was ich brauche, sind noch mehr Leute, die mich behandeln wie ein rohes Ei – vor allem, wenn sie keine Ahnung haben, was wirklich passiert ist in der Nacht, als Vater starb. Dass Vater noch leben würde, wenn ich in der Lage gewesen wäre, Kaven aufzuhalten, bevor er Arida erreichte. Dann wäre ich die Prinzessin und meine Seele wäre noch an einem Stück.

Aber das ist weit entfernt von dem Schicksal, mit dem die Götter mich verflucht haben.

Ich schiebe die Hände tief in meine Manteltaschen, bevor jemand sehen kann, wie stark sie zittern, und recke für die Umstehenden das Kinn. »Bring mich zu den Ratgebern.«

2

Im Thronsaal wird es still bei meinem Eintreten, die letzten Gesprächsfetzen verflüchtigen sich wie Rauch, als meine Stiefelabsätze über den Marmorboden klappern.

Bitterkalte Luft und das Prickeln von Geistern streichen über meine Haut und heißen mich in einem Raum willkommen, in den ich keinen Fuß mehr gesetzt habe, seit ich letzten Sommer hier gegen Kaven gekämpft habe. Der Raum weist keine Spuren von dem Feuer mehr auf, das ihn zerstört hat. Auch kein einziger Tropfen von dem Blut ist zu sehen, das ich in meiner Erinnerung immer noch so stark aus Vaters Leichnam fließen sehe, nachdem er sich selbst in sein Schwert gestürzt hat, um seine Verbindung mit Kaven zu lösen, damit Bastian und ich die Möglichkeit hatten, gegen ihn zu kämpfen.

Erst als ich mich ans Kopfende eines riesigen, schwarzen Quarztisches gesetzt habe und mit den Fingern über die verkohlten Knochen meines Throns streiche – nach dem Feuer wurde er frisch lackiert, damit er stabil genug ist – kann ich die Berater beachten, die mit geneigten Köpfen dastehen.

Es ist eine grausame Strafe, unsere Ratssitzung hier abzuhalten, aber niemand sagt ein Wort. Dennoch denken sie wahrscheinlich dasselbe wie ich: Einer von uns sitzt genau dort, wo Vater gestorben ist.

Mutter setzt sich nach mir. Ihre Locken sind glatt nach hinten gekämmt und zu so engen Zöpfen geflochten, dass sie ihre Stirn anheben und ihre Augenbrauen aussehen lassen, als wären sie wachsam hochgezogen. Früher leuchtete ihre schöne braune Haut wie die Klippen am Meer bei Sonnenaufgang. Jetzt hat sie hohle Wangen, ihre Haut ist stumpf und ihre Lippen sehen immer aus, als hätte sie gerade in etwas Widerwärtiges gebissen. Vielleicht spürt sie genau wie ich, wie falsch dieser Raum ist.

Berater von allen Inseln – mit der bemerkenswerten, aber nicht unerwarteten Ausnahme von Kerost – nehmen ihre Plätze um uns herum ein. Federkiele und Pergamente voller Notizen liegen vor ihnen. Rechts von mir ist ein leerer Platz, der für meinen wichtigsten Ratgeber Ferrick vorgesehen ist, aber ich bedeute meiner Leibgarde mit einer Handbewegung, seinen Stuhl wegzunehmen.

»Ferrick hat heute andere Verpflichtungen«, erkläre ich den Beratern, bevor sie fragen können, und recke das Kinn, damit ich unter meiner Krone so gebieterisch aussehe wie möglich. »Ich spreche selbst für Arida.«

Neben mir rügt mich Mutters Stimme so leise, dass nur ich es hören kann: »Achte auf deinen Tonfall, Amora. Du bist nicht hier, um dich zu streiten; wir wollen alle dasselbe.«

Ich presse die Lippen zusammen. Seit ich den Thron bestiegen habe, gab es keinen Mangel an jenen, die meine Autorität infrage stellten. Aber sie hat recht: Visidias Ratgeber zu bekämpfen, auch wenn ich darauf vorbereitet bin, wird mir nichts nutzen.

Ich gehe in mich und finde die Kraft, das Spiel weiterzuspielen, das Mira und ich draußen im Hafen angefangen haben – dasselbe ermüdende Spiel, das ich mit dem Königreich spiele, seit ich den Thron bestiegen habe. Ich setze ein falsches Lächeln auf.

»Vielen Dank, dass ihr alle gekommen seid.« Diesmal klinge ich fröhlicher. Freundlicher. »Mir ist bewusst, dass es im Moment für uns alle schwer ist, deshalb weiß ich eure Bereitschaft zu diesem Treffen wirklich zu schätzen.«

»Ich bin froh, dass wir endlich die Möglichkeit dazu haben.« Die Stimme ist trügerisch sanft. Sie gehört Zale, der neu berufenen Ratgeberin von Zudoh, einer Insel, an deren Wiedereingliederung ins Königreich wir arbeiten, nachdem mein Vater sie vor elf Jahren zu Unrecht verbannt hat. Obwohl die Bewohner dieser Insel grausam gelitten haben, war Zale so freundlich, meiner Crew und mir Unterschlupf und Schutz zu gewähren, als wir auf unserer Suche nach Kaven auf Zudoh ankamen – obwohl wir mit Bastian Kavens Bruder dabei hatten.

Seit die Insel von Kavens Herrschaft befreit wurde, hat Zale ein lebhaftes Leuchten auf ihrer warmen Haut entwickelt, und in ihren einst eingesunkenen Augen liegt ein Glanz, der es mit dem strahlendsten Malachit aufnehmen könnte. Sie sieht umwerfend aus in ihrem weißen, seidigen Gewand, aber sie hat etwas Grimmiges an sich, das nicht zu übersehen ist. Zale ist eine der scharfsinnigsten und entschlossensten Frauen, denen ich je begegnet bin.

Neben ihr sitzt Lord Bargas, so stolz wie man nur sein kann, wenn man in einen dicken, rubinroten Mantel – praktisch eine Decke – gewickelt ist. Er wird von seiner jungen Nachfolgerin begleitet: Zusammen vertreten sie Valuka, das Königreich der Elementemagie. Mein Herz setzt einen Schlag aus, als ich ihn sehe, denn er erinnert mich stark an Bastian, der bei unserer ersten Begegnung in der Nacht der Feierlichkeiten zu meinem Geburtstag vorgegeben hat, der Sohn des Barons zu sein. Der Baron und seine Mannschaft waren draußen auf dem Meer ausgesetzt worden, entwaffnet, entkleidet und unter dem Einfluss curmanischen Schlafpulvers.

»Hallo, Eure Majestät.« Seine Lippen verziehen sich zu der Art von Lächeln, die auch im kältesten Winter Eis zum Schmelzen bringen würde. Er ist der älteste Ratgeber, beinahe sechzig, und ihn zu sehen erinnert mich nicht nur an Bastian, sondern auch daran, wie gern Vater mit dem Baron gescherzt hat. Wie er Lord Bargas auf die Schulter klopfte und auf seine typische, herzhafte Art lauthals lachte.

»Es ist eine Freude, Euch wiederzusehen, Lord Bargas.« Ich räuspere mich und schlucke die hochkommenden Gefühle hinunter, verstaue sie für später, wenn ich nicht mehr so vielen neugierigen Blicken ausgesetzt bin. »Ich habe gehört, Ihr habt geschlafen, als wir alle uns das letzte Mal getroffen haben.« Das bringt mir vereinzeltes Glucksen ein, sogar vom Baron selbst und von der jungen Frau, die neben ihm sitzt.

»Ich versichere Euch, das war nicht freiwillig.« In seinen Augen liegt ein verschwörerisches Funkeln. »Dieser verfluchte Pirat hat sogar eines meiner Lieblingsschwerter gestohlen. Beschafft es mir bitte wieder, ja?«

Ich erwidere sein munteres Lächeln. »Ich schaue, was ich tun kann. Wen habt Ihr da mitgebracht?«

Er klatscht der jungen Frau fest mit der Hand auf die Schulter. »Das ist Azami Bargas, die Tochter meines ältesten Bruders, und meine Nachfolgerin. Azami wird bis zum Frühjahr ganz übernommen haben.«

»Ich freue mich, Euch kennenzulernen, Azami.«

Sie neigt schnell und tief den Kopf. »Ebenfalls, Eure Majestät.«

Ich bin überrascht, noch andere Gesichter zu sehen, die ich nicht erkenne. Die meisten beobachten mich kritisch, aber die Person, die seit Neuestem Mornute vertritt, hat die Finger auf dem Marmortisch aufgestellt und trommelt nervös darauf herum. Mit jedem Fingertippen tanzen winzige Sternbilder um deren schwarz lackierte Nägel. Als dey mich beim Starren ertappt, schreckt dey zusammen und konzentriert sich.

»Leo Gavel, Eure Majestät!« Leos Gesicht ist angenehm jung, mit vollen Pfirsichbäckchen, die von Sommersprossen übersät und verzaubert sind, sodass sie wie Sterne aussehen. Körperlich ist Leo klein und füllig, mit umwerfenden Gesichtszügen, und mich packt wieder einmal der Neid auf all jene, die Verzauberungsmagie wirken können. Dey hat stechende gelbe Augen, dazu passendes, zerzaustes Haar und trägt einen lavendelfarbenen Hosenanzug. Der geschwungene Eyeliner um Leos Augen ist in einem ähnlichen Farbton gehalten. »Wir hatten noch keine Gelegenheit, uns kennenzulernen, seit Mornutes vorheriger Berater während des Angriffs umkam, aber ich versichere Euch, dass ich gut ausgebildet bin. Ich freue mich auf unsere Zusammenarbeit.«

»Ich ebenfalls.« Allerdings muss ich meine Worte erzwingen, während meine Gedanken bei der Nacht des Angriffs verharren und ich mich frage, wie viele Menschen ich habe sterben lassen. Für wie viel Blutvergießen bin ich verantwortlich, weil ich Kaven beim ersten Mal, als wir auf Zudoh miteinander kämpften, nicht besiegen konnte?

Es gibt noch ein neues Gesicht: Es gehört dem Berater, der Curmana vertritt, die Insel der Gedankenmagie, wenn ich seine weite, onyxfarbene Hose und den schimmernden Umhang richtig deute.

»Ich bin Elias Freebourne, und ich vertrete meine Schwester, bei der die Wehen eingesetzt haben an dem Morgen, als wir das Schiff für die Reise hierher beladen haben. Ich freue mich darauf, Euch zu dienen, Eure Majestät.« In seinen schönen grünen Augen liegt ein Funkeln, das meine Haut erhitzt. Ich wende mich schnell ab.

»Bei diesem Treffen soll die Vereinigung von Visidia besprochen werden«, teile ich allen mit. »Ich möchte mich gern auf unsere Bemühungen konzentrieren, Zudoh und Kerost wieder einzugliedern. Während sich das Verhältnis zu der erstgenannten Insel ganz gut entwickelt, müssen wir noch einen Weg finden, wie wir Kerosts Vertrauen in uns wiederherstellen können, bevor sie sich vom Königreich abspalten.« Wir haben sie viel zu lange unter den Stürmen leiden lassen.

Wir haben sie ignoriert, als ein Zeithändler aus ihrem Schmerz Profit schlug und ihnen Jahre ihres Lebens stahl. Wenn wir das wiedergutmachen wollen, haben wir alle Hände voll zu tun.

Leo Gavel von Mornute rutscht auf deren Sitz herum. »Ich möchte diese Bemühungen nur zu gern besprechen, Eure Majestät. Aber der Hauptgrund für mein Kommen ist das Wohlergehen Mornutes und welche Auswirkungen die jüngsten … Veränderungen Visidias darauf hatten.«

Ich weiß sofort, dass Leo sich damit auf meine Abschaffung des Gesetzes bezieht, das es dem Volk von Visidia verbot, mehr als eine Form der Magie zu praktizieren. Ein Gesetz, das auf der größten Lüge des Königreiches fußte und dem ich mit meiner Thronbesteigung sofort ein Ende gemacht habe.

Jahrhundertelang sorgten die Montaras dafür, dass die Visidier schwach blieben, weil jeder Bewohner nur eine Magieform praktizieren durfte – und niemals die Möglichkeit hatte, Seelenmagie zu lernen –, damit niemand im Alleingang unsere Familie überwältigen hätte können. Die Montaras entwickelten eine Legende von einer Bestie, die Visidias Untergang bedeuten würde, sollte irgendjemand dieses Gesetz je brechen. Eine Legende, die meine Leute dazu brachte, zu glauben, dass nur die Montaras allein die gefährliche Seelenmagie nutzen konnten, um sie zu beschützen. Die Geschichte war so tief in der Gründung unseres Königreiches verwurzelt, dass nur wenige Menschen je davon abwichen.

Auch jetzt wissen meine Untertanen nicht, was die Montaras – meine Familienmitglieder – getan haben. Sie glauben, ich hätte die Bestie besiegt und die Magie befreit. Wenn sie die Wahrheit wüssten, säße ich nicht auf dem Thron. Ich hätte nie die Chance, alles wiedergutzumachen.

Solange ich diese Krone trage, habe ich nur ein Ziel: für die Fehler zu büßen, die meine Vorfahren begangen haben, indem ich den Fluch der Montaras breche und die Seelenmagie von unserer Blutlinie befreie. Ich werde dieses Königreich wieder heilen, indem ich meinem Volk all das gebe, was ihm immer hätte gehören sollen, und indem ich endlich allen die Wahrheit sage.

Und dann werde ich jede Strafe akzeptieren, die sie für angemessen halten.

»Auch ich möchte gern darüber sprechen, wie diese Veränderungen unsere individuellen Inseln betreffen«, sagt der Berater von Suntosa, Lord Garrison. Er ist ein korpulenter Mann mit einem dichten roten Bart, der die Hälfte seines Gesichtes verdeckt. Jedes Mal, wenn ich ihn sehe, ist sein Bart sorgfältig in Form gebracht und weich. Als würde er ihn jede Nacht mit Öl einreiben. »Manche von uns sind sehr weit gereist, um hier zu sein. Da ist es nur richtig, dass auf unsere Belange eingegangen wird.«

Mutters Ermahnung hallt in meinem Kopf wider: *Du bist nicht hier, um mit ihnen zu streiten.* Aber bei den Göttern, bei diesem stolzen Kinn und den abschätzenden Blicken kann ich nicht anders. »Ich kenne unsere Geografie, Lord Garrison«, sage ich knapp, zufrieden davon, wie er überrascht die Augen verengt. »Mir ist sehr wohl bewusst, wie weit Ihr gereist seid. Ich höre mir sicherlich mit Freuden alle …«

»In der Vergangenheit«, unterbricht er mich, als hätte ich nichts gesagt, »hat König Audric diese Treffen damit eröffnet, dass jeder von uns seine eigenen Gedanken und die Bedürfnisse der Inseln, die wir vertreten, vorbrachte, statt selbst …«

Als er meinen Vater erwähnt, bricht sich irgendetwas in mir Bahn. Mutters Hand findet mein Knie unter dem Tisch und drückt es warnend. Doch ihre Anwesenheit reicht nicht, um die Bosheit zu verhindern, die mich lächeln lässt.

Lord Garrison war meinem Vater gegenüber immer loyal, mir gegenüber ist er aber, genau wie der Rest der Berater, eher höflich kühl. Bis letzten Herbst durfte ich kaum mit den Beratern interagieren. Vater hatte zu viele Geheimnisse; bis ich mir den Titel der Thronerbin verdient hatte, durfte ich keinerlei Einzelheiten dieser Treffen erfahren. Es war zwecklos und frustrierend, vor allem ist es das jetzt, da ich am Kopfende des Tisches sitze und eine Gruppe von Beratern anleiten soll, die mich kaum kennen und deren Vertrauen ich mir ihrer Meinung nach noch nicht verdient habe.

Aber sie irren sich. Ich habe mir meinen Platz auf dem Thron in dem Moment verdient, als ich Kaven erstach. Ich habe mir diesen Platz mit seinem und mit meinem Blut verdient. Ich habe ihn mir mit meiner Magie verdient und mit dem Opfer jedes Lebens, das ich nahm, um hierher zu gelangen.

Verdammtes Vertrauen. Ich habe mir diese Krone mit meiner Seele verdient.

»Vielen Dank für die Erklärung, wie mein Vater die Dinge gehandhabt hat. Wir wissen alle, er war ein makelloser Herrscher, der nie auch nur einen Fehler gemacht hat.« Ich richte mich auf meinem Sitz auf und erwidere Lord Garrisons Blick. »Und angesichts dessen, dass ich nie an diesen Treffen teilnehmen durfte und dass niemand je daran gedacht hat, mich miteinzubeziehen, ist Eure Information *sehr* hilfreich. Aber ich möchte Euch daran erinnern, Lord Garrison, dass mein Vater tot ist.« Ich wende den Blick nicht ab, als er zusammenzuckt, auch drehe ich mich nicht zu Mutter, deren Hand auf meinem Schenkel erschlafft. Stattdessen halte ich meine Aufmerksamkeit auf den Berater von Suntosa gerichtet, der jetzt unbehaglich auf seinem Sitz herumrutscht.

Als er den Mund öffnet, um etwas zu sagen, hebe ich die Hand und fahre fort. »Wie der Verstorbene regierte, ist nicht von Bedeutung, denn er sitzt nicht mehr auf dem Thron – sondern ich. Ich weiß nicht recht, ob Ihr das Gefühl hattet, es sei in Ordnung, mir gegenüber herablassend zu werden, weil ich eine Frau bin, wegen meines Alters oder einfach, weil ich neu in dieser Position bin und Ihr das Bedürfnis hattet, eine

Art Überlegenheit zu beweisen, die Ihr nicht besitzt und auch niemals besitzen werdet. Aber nächstes Mal, wenn Ihr den Mund aufmacht, denkt daran, dass Ihr mit Eurer Königin sprecht. Habt Ihr mich verstanden?«

Aus dem Augenwinkel heraus sehe ich den Berater von Mornute mit offenem Mund auf seinem Stuhl sitzen, während die anderen in betretenem Schweigen den Blick abwenden. Lord Garrisons Gesicht wird puterrot und ich bin froh über seine Beschämung. Er hat sie verdient.

»Ich verstehe, Eure Majestät«, schnaubt er fast, als wäre er sich nicht sicher, ob er überrascht sein oder sich entschuldigen soll.

»Gut. Dann können wir, denke ich, mit der Diskussion fortfahren, die ich geplant habe?« Ich rolle meine Schultern zurück, um ganz deutlich zu machen, dass ich lässig bin und nicht angespannt wie eine Feder, die jederzeit wieder aufspringen könnte. »Die besagten ›Veränderungen‹ interessieren mich natürlich auch, wie ich vor Eurem Ausbruch bereits erwähnte. Wir können mit Leo anfangen.« Dey wendet sich mir zu und ich lächle wieder, versuche, deren Erschrockenheit abzumildern. Die meisten Berater sind reserviert, aber Leo ist so neu, dass denen deutlich ins Gesicht geschrieben steht, was in denen vorgeht, und das gefällt mir. So vertraue ich denen mehr als den meisten in diesem Raum.

Leo schreckt hoch und schnappt sich die Pergamente vor sich, blättert sie durch, um deren Gedanken zu ordnen. »Ich möchte zur Diskussion stellen, dass die Aufhebung dieses Gesetzes unsere Insel negativ beeinflussen wird. Unsere Hafenstadt Ikae ist das größte Tourismusziel von ganz Visidia und unsere wichtigste Einkommensquelle. Unsere Sorge ist, dass wir nicht mehr so viele Gäste haben werden wie im Moment noch, wenn unsere Magie sich auch auf anderen Inseln ausbreitet. Wenn alle ihre Stadt mit Zaubern zum Funkeln bringen können, wird unsere weniger attraktiv werden. Ich mache mir Sorgen, dass Mornute wegen dieser Änderung riesige Einkommensverluste befürchten muss.«

Diese Sorge ist legitim, aber ich habe mir schon Gedanken darüber gemacht. »Es stimmt, das Gesetz wird eine Veränderung bedeuten«, erkläre ich Leo. »Aber Visidia ist schon lange reif für Veränderungen. Und während es sich weiterentwickelt, müssen wir uns darauf konzentrieren, uns mit ihm zu entwickeln. Ihr habt recht, Mornute ist primär ein Tourismusziel, aber ich glaube, Ihr überseht den finanziellen Wert seiner Alkoholexporte.« Das neugierige Glimmen in Leos Augen sagt mir, dass ich recht habe: Darüber hat dey noch nicht so genau nachgedacht. »Das Klima auf Mornute eignet sich gut dafür, die Insel zu einem der wenigen Gebieten zu machen, wo die Zutaten für großartiges Bier und Wein in großen Mengen wachsen könnten. Ihr könnt euch auf eine expandierende Produktion konzentrieren; wenn die Tourismuszahlen in anderen Städten steigen, wird dort auch der Alkoholkonsum zunehmen, und sie werden ihn von irgendwo importieren müssen. Es wird mehr Nachfrage nach euren Produkten geben als je zuvor, und vielleicht sogar wachsende Umsätze.

Mein Vorschlag für Mornute wäre, sich einen Vorsprung zu verschaffen und sich auf verstärkte Alkoholverkäufe vorzubereiten«, fahre ich fort. »Erweitert die Weinberge an den Berghängen. Pflanzt mehr Gerste. Und wenn ihr schon dabei seid, denkt darüber nach, ein alkoholisches Getränk zu entwickeln, das es nur auf Ikae gibt. So könnt ihr Liebhaber direkt auf die Insel locken, wenn sie es genießen wollen.«

Leo lässt das einen Moment sacken, dann grinst dey auf deren Pergamente herab und kritzelt Notizen. »Darüber könnte man auf jeden Fall nachdenken. Ich nehme die Idee mit auf meine Insel und schaue, was wir daraus machen können.«

Ich bin froh, dass man wenigstens mit einer Person hier einfach kommunizieren kann. Solange Mornute die Nachfrage bedienen kann, dürfte es niemals Grund zur Sorge haben, und meine Idee scheint Leo beruhigt zu haben. Die Bewohner von Mornute, vor allem die in der Hafenstadt Ikae, schätzen einen verschwenderischen Lebensstil. Ich bin überzeugt davon, dass ihnen noch eine Menge anderer innovativer Möglichkeiten einfallen werden, den aufrecht zu erhalten.

Ich habe gar nicht bemerkt, wie starr und steif ich auf meinem Thron gesessen habe, bis Mutters Hand sich von meinem Bein löst. Ich entspanne mich, denn ich weiß, das ist ein Zeichen ihrer Zustimmung. Meine Antwort scheint auch einige der anderen Berater beruhigt zu haben, die bis dahin alle angespannt auf ihren Stühlen gesessen haben, unsicher, wie ich mich schlagen würde.

Nach meinem Umgang mit Lord Garrison brauchen die meisten der neueren Ratgebenden Zeit, um den Mut zu fassen, das Wort zu ergreifen. Doch bald verläuft das Gespräch in ruhigen Bahnen und ich kann ihm voll Selbstvertrauen folgen. Ich bin entspannt und schrecke erst hoch, als an der Doppeltür ein unterdrückter Ruf zu hören ist. Sofort bin ich aufgesprungen und habe den Dolch in der Hand. Da werden die Türen auch schon aufgestemmt, sehr zum Unmut der Wächter.

Doch meine Finger um den Dolchgriff werden schwach, als ich sehe, dass derjenige auf der Schwelle, der sich jetzt um Casem herumschlängelt, der letzte Mensch auf dieser Insel ist, den ich im Moment sehen will.

Bastian.

3

An der Tür steht der Junge, dem ich schon fast eine ganze Jahreszeit aus dem Weg gehe.

Der Junge, der die fehlende Hälfte meiner Seele besitzt.

Bastian trägt eine glänzende, schwarze Hose und ein irisierendes opalschwarzes Hemd, dessen oberste Knöpfe offen sind. Mit einer stolzen Arroganz steht er da, sodass er genau wie der königliche Ratgeber wirkt, den er an dem Abend gespielt hat, als wir uns zum ersten Mal begegnet sind. Haselnussbraune Augen fangen meinen Blick auf, und er streicht sich mit den Händen über die dunklen Stoppeln auf seinen Wangen. Das Funkeln in seinen Augen ist unverkennbar.

Er ist ekelhaft gut aussehend, und das weiß dieser Mistkerl auch.

Bastian schlendert unaufgefordert herein, fast unmerklich zögert er beim Anblick des polierten, unbeschädigten Saals. Seine Kiefermuskeln zucken kurz. Wegen unseres Fluchs spüre ich das schnelle Aufflammen von Schrecken in seiner Brust, das sein Echo in meiner eigenen findet. Genau wie ich denkt er wohl an die Nacht, in der wir das letzte Mal in diesem Saal waren und in einem Strom aus Vaters Blut ertranken. Aber er hat keine Wahl, er richtet sich auf, holt Ferricks beiseite gestellten Stuhl aus der Ecke und zieht ihn an den Tisch. Holz kreischt über Marmor, aber das Geräusch stört ihn nicht, obwohl die Berater die Gesichter verziehen.

Ich versuche, Bastians Blick aufzufangen, aber er sieht mich nicht einmal an, als er sich zwischen mich und Zale setzt. Erst dann lächelt er, so irritierend charmant, dass ich ihm den Ausdruck am liebsten mit den Fingernägeln von den Lippen wischen möchte.

»Tut mir leid, ich bin zu spät.« Er winkt lässig in die Runde. »Fahrt bitte fort. Meinetwegen müsst ihr nicht unterbrechen.«

Ich drücke die Fäuste auf die Oberschenkel, damit niemand sehen kann, wie sich meine Fingernägel in die Handflächen bohren, als ich ihn frage: »Was *soll* das?«

Bastian sieht mich immer noch nicht an, als er sich mit den Fingern durch die frisierten Haare streicht und wehmütig in die Ferne sieht. »Ich bin zur Sitzung hier.«

Sämtliche Härchen an meinem Körper stellen sich auf. »Diese Sitzung ist nur für Ratgeber, Bastian.«

»Ach, dann erinnerst du dich also an meinen Namen. Wir haben schon so lange nicht mehr miteinander geredet, dass ich mich schon langsam gewundert habe.« Seine Stimme wird leiser, und die Heiserkeit darin macht komische Dinge mit meinem Magen. »Und ich kann tun, was ich will, *Prinzessin*. Ich habe geholfen, dieses Königreich zu retten.«

Prinzessin. Der Spitzname verursacht Gänsehaut bei mir.

»Abgesehen davon, was willst du machen?« Er beugt sich vor und flüstert den folgenden Satz nur mir zu: »Mich von der Insel werfen?«

»Du kannst dich nicht selbst zum Ratgeber erklären«, unterbricht ihn Zale mit lächelnden Augen, trotz der zusammengebissenen Zähne. »Aber ich möchte dir gerne persönlich einen Platz anbieten, Bastian. Im Namen von Zudoh: Wir freuen uns auf deine Meinung.«

Es kostet mich alle Kraft, meine Hände zu entspannen. Ich werde mich hüten, mich gegen Zale zu stellen, und ich ignoriere die Selbstgefälligkeit, die Bastians Lippen verzieht, als er eine Schreibfeder hinter dem Ohr hervorholt, die Spitze anleckt und mehrere Bögen Pergament auf den Tisch legt. Als er mich ertappt, wie ich ihn anstarre, zwinkert er mir zu.

Nie gab es einen Moment, in dem ich die curmanische Kunst der Gedankenübertragung dringender lernen wollte als jetzt. Denn würde ich diese Kunst beherrschen, so würde ich Bastian ziemlich deutlich sagen, wohin er sich diese Schreibfeder stecken kann.

»Wenn wir Zudoh helfen wollen, haben wir noch einen langen Weg vor uns«, fährt Zale fort und steuert uns elegant wieder zum Thema zurück. »Wir machen Fortschritte, aber es wird Zeit brauchen, bis unsere Insel sich von der Vernachlässigung erholt hat.«

»Was ist mit dem Wasser?« Die Selbstgefälligkeit ist von Bastians Lippen verschwunden, und die Ernsthaftigkeit, die in seinen Worten liegt, wurzelt tief. Seit Kavens Tod wird er von dem Wunsch verzehrt, Zudoh wieder aufzubauen. Weil ich seine Leidenschaft genauso stark spüre wie meine eigene, verfliegt meine Wut.

»Valuka hilft uns, das Wasser zu säubern, damit es nach Kavens Fluch wieder bewohnbarer für Meereslebewesen wird«, antwortet Zale. »Es wird noch dauern, bis die Fische zurückkehren, aber es gibt schon sichtbare Verbesserungen.«

»Ich freue mich, das zu hören«, sage ich. »Lord Bargas, wir sollten darüber sprechen, wie wir die Wiederaufbaubemühungen der Valukaner am besten zwischen Kerost und Zudoh aufteilen können …«

Wir diskutieren stundenlang hin und her, tauschen Ideen aus und einigen uns über notwenige Veränderungen. Und obwohl die Sitzung so holprig begonnen hat, sitze ich am Ende entspannt auf meinem Thron. Die Krone habe ich abgenommen, um mich besser konzentrieren zu können. Einige der Ratgeber bringen neue Perspektiven ein, während andere stur auf ihren alten Methoden beharren. Aber nicht einer von uns möchte nicht das Beste für unser Volk. Und trotz seines großspurigen Auftritts sind Bastian gegenüber überraschenderweise alle aufgeschlossen. So ungern ich es zugebe, seine Ideen sind wertvoll und seine Liebe zu seiner Heimatinsel ist echt.

Aber so gut alles bis hierhin gelaufen ist: Lord Garrisons herausfordernder Blick genügt mir als Warnung, dass nicht alles so einfach sein wird.

»Leo«, sagt er beiläufig, als er an der Reihe ist. »Ich glaube, es ist an der Zeit, dass Ihre Majestät von den Papieren erfährt.«

Leo reißt die Augen auf. Kurz flackert deren Blick zu Lord Garrison. »Ich habe es Euch doch gesagt, man kümmert sich schon darum.«

Aber Lord Garrison ignoriert dey und schnaubt in seinen Bart, während er tief in die Innentasche seines smaragdgrünen Mantels greift. Pergament knistert unter seinen schwieligen Fingerspitzen, als er es vor uns auf den Tisch knallt. Ich strecke mich danach aus und nehme es mir.

Einer von Ikaes neuesten Trends ist Pergament, das mit bewegten Bildern verzaubert ist, die den neuesten Klatsch und die aktuellste Mode zeigen. Vataea und mein Cousin Yuriel studieren diese Bilder schon seit Wochen, aber ich war bisher zu abgelenkt, um mich darauf zu konzentrieren, was irgendeines davon zu sagen hat.

Anscheinend war das ein bedeutender Fehler meinerseits.

Ihre Majestät Amora Montara: Königin unseres Reiches oder Visidias größte Bedrohung?

Letzten Sommer stellte Königin Amora unser Königreich mit der Ankündigung auf den Kopf, dass die Einwohner Visidias nicht länger gezwungen sein sollen, die jahrhundertealte Praxis einzuhalten, nur eine einzige Magieform auszuüben.

Einige haben diese Veränderung schon lange herbeigesehnt, doch andere sind skeptisch. Die Ankündigung erfolgte nur Tage nach dem Ableben von König Audric und nachdem Königin Amora gezwungen war, den Thron zu besteigen, obwohl sie zuvor an der Ausübung der nötigen Pflichten einer Animantin gescheitert war. Unsere Königin behauptet zwar, die Bestie, die jahrhundertelang in der Blutlinie der Montaras gelebt hat – der Grund für unser Einzelmagiegesetz – sei im selben Kampf besiegt worden, in dem König Audric und Kaven Altair umkamen, aber die günstigen zeitlichen Umstände sind schwer zu übersehen.
Von dem Moment an, als die Königin den Thron bestieg, ging es im Staat Visidia, gelinde gesagt, turbulent zu. Falls die sich schnell verschiebenden Kräftespiele der Magie nicht Grund genug zur Sorge sind, dann sollte es der Zustand unseres Königreiches sein. Zudohs Bemühungen, sich wieder dem Königreich anzuschließen und Kerosts Drohungen, sich abzuspalten – man muss sich fragen, was Ihre Majestät sich bei all diesen Veränderungen wohl denkt.
Vielleicht liegt es daran, dass sie eine junge Frau ist, oder daran, dass niemand da ist, um sie zu bändigen. Doch was auch immer der Grund dafür ist: Eines ist sicher – unsere Königin zerstört Visidia. Und wenn sich nicht bald etwas bei ihr ändert, fürchte ich, das Schlimmste kommt erst noch.

Dazu gehört ein Bild von mir am Tag meiner Krönung: Ich sitze auf demselben verkohlten Thron, auf dem ich jetzt sitze, vor meinem Volk. Mutter setzt mir die Aalkrone auf den Kopf und die Leute verneigen sich vor mir. Ich sehe ernst und selbstbewusst aus, die Schultern nach hinten genommen und das Kinn hoch erhoben.

Aber ich erinnere mich an diesen Moment, und wenn jemand genau genug hinschauen würde, auf meine Augenwinkel und die zusammengezogenen Augenbrauen unter dem Kiefer des Aals, dann könnte er die Angst sehen.

Angst, dass ich nicht fähig wäre, Visidia allein wieder hinzubekommen.

Angst, dass mein Volk die Wahrheit über die Montaras herausfinden und mich töten würde, bevor ich es überhaupt versuchen konnte.

Diese Erinnerung will ich nicht noch einmal durchleben, deshalb lenke ich meine Aufmerksamkeit von dem Bild weg und richte sie auf eine einzelne Zeile, die ich immer wieder lese.

Unsere Königin zerstört Visidia.

»Unser Volk vertraut Euch nicht, Eure Majestät.« Die Selbstgefälligkeit in Lord Garrisons Stimme genügt kaum, um mich von der Wut abzulenken, die meine Haut verbrüht. »Seit Ihr letzten Sommer während Eurer Vorstellung an der Seelenmagie gescheitert seid, fürchtet das Volk, Ihr hättet Eure Magie nicht im Griff.«

Den Göttern sei Dank, dass mein Volk nicht weiß, dass ich meine Magie im Moment überhaupt nicht nutzen kann. Mein Fluch hält mich vom Zugriff auf meine Seelenmagie ab, denn die Hälfte meiner Seele ist an Bastian gebunden.

Ich bin die Hohe Animantin. Die Königin. Wenn ich nicht hinreichend Seelenmagie ausüben kann, gibt es wenig, was mein Volk davon abhalten würde, mir die Krone vom Kopf zu reißen.

Mutter verzieht das Gesicht, während sie das Pergament liest; ich kann praktisch sehen, wie sie sich auf die Zunge beißt. Selbst Bastian öffnet den Mund, um zu protestieren, aber die Wörter ersterben nutzlos auf seinen Lippen, als er es noch einmal liest.

»Was schlagt Ihr vor, um die Wahrnehmung des Königreiches von mir zu ändern?« Ich umklammere die Armlehnen meines Throns und sehe Lord Garrison fest in die Augen. »Lustigere Witze erzählen? Partys schmeißen, bei denen das Königreich fröhlich tanzen und trinken kann? Ich habe gerade nicht nur Visidia vor Kaven gerettet; ich habe diesem Königreich seine Magie zurückgegeben. Und trotzdem muss ich *gebändigt* werden?« Ich haue mit der Faust auf den Tisch. »Bei allen Göttern, ich bin eine *Königin*!«

Als Lord Garrison sich aufrichtet, vergiftet Feindseligkeit meinen Mund und überzieht meine Zunge. Ich ziehe meine Fäuste auf den Schoß und verstecke meine aufgeschürften Finger unter dem Tisch.

»Ihr mögt den Titel der Königin tragen«, sagt Lord Garrison kühl, »aber in den Augen zu vieler seid Ihr immer noch kaum mehr als ein Mädchen, das aus seinem Königreich geflohen ist und dem man die Macht, mit der es hantiert, nicht anvertrauen kann.«

Ich hasse ihn dafür, dass er nicht die Beherrschung verliert. Doch noch mehr hasse ich ihn, weil er, nach allem, was ich letzten Sommer über die Montaras erfahren habe, die Wahrheit sagt. »Was Visidia braucht, ist Stabilität. Wir können unserem Volk nicht nur Strapazen aufbürden und erwarten, dass es sich mit dem bloßen Versprechen zufriedengibt, dass eines Tages alles vielleicht besser wird. Die Menschen müssen Euch vertrauen. Sie müssen das Gefühl haben, dass sie immer noch nicht nur eine Königin, sondern auch eine Beschützerin haben.«

Ich presse die Lippen zusammen und sacke auf meinem Thron nach hinten. »Ich nehme an, Ihr habt eine Lösung im Sinn?«

Als Lord Garrison mich ansieht, selbstbewusst und berechnend, ist es, als wäre kein anderer Ratgeber im Raum. »Ich schlage vor, wir verschaffen Visidia eine Ablenkung; etwas, worauf sie sich konzentrieren können, während wir daran arbeiten, das Fundament unseres Reiches zu ändern. Ich möchte ihnen einen Grund geben, mit Euch mitzufiebern.«

Die Art, wie er das sagt, schickt Stromstöße durch meine Adern.

»Ihr seid jetzt die Königin.« Er genießt jedes Wort. »Ihr seid Eurem Königreich verpflichtet, und dazu gehört, dass von Euch erwartet wird, die Montara-Erbfolge fortzusetzen, indem Ihr sobald wie möglich für einen Thronerben sorgt. Deshalb werdet Ihr Euch einen Ehemann nehmen müssen.«

Vielleicht liegt es daran, dass niemand da ist, um sie zu bändigen.

Ich spüre, wie Bastians Groll aufwallt, genauso bitter wie mein eigener. Doch als er seine Hände auf den Tisch stemmt, als wolle er aufstehen, trete ich ihm gegen das Schienbein und fixiere ihn mit einem Blick, der verlangt, dass er sitzenbleibt. Das ist nicht sein Kampf.

»Genaugenommen brauche ich keinen *Ehemann*, um einen Erben zu produzieren«, beginne ich, aber Mutter wirft mir einen spitzen Blick zu. Ich komme nicht umhin zu bemerken, dass sie nichts gegen seinen Vorschlag gesagt hat. »Wie denkst du darüber?«, frage ich sie scharf.

»Ich möchte nur, dass du in Sicherheit bist«, antwortet sie mit genauso viel Erschöpfung, wie sie mir in den Knochen sitzt. »Wenn ein Ehemann dein Königreich beruhigt … dann könnte es eine Überlegung wert sein.«

»Also, was?«, knurrt Bastian und ignoriert mich, als ich ihm zum zweiten Mal mit dem Stiefel gegen das Schienbein trete. »Wollt Ihr sie verheiraten? Sie ist Eure Königin, nicht Eure Schachfigur.«

Lord Garrison legt die Hände flach auf den Tisch und sitzt hoch aufgerichtet da. »Politik ist ein Spiel, mein Sohn. Alle sind Schachfiguren.«

Von den restlichen Beratern kommt nur erdrückendes Schweigen.

»Ich schlage vor, wir benachrichtigen alle Inseln«, fährt Lord Garrison fort, obwohl ich ihn nicht mehr ansehe. Ich drücke mir stattdessen die Hand an die Stirn und versuche, die Kopfschmerzen abzuwehren, die hinter meinen Schläfen aufflammen. »Wir sagen ihnen, Ihr wärt auf dem Weg, um ihre heiratsfähigen Junggesellen zu treffen. Wir stellen sicher, dass alle es mitbekommen und aller Aufmerksamkeit auf Euch liegt. Wir lenken die Leute davon ab, wie schnell sich alles um sie herum verändert.«

»Das ist eine schlaue Idee.« Zale klingt leise und bedauernd, als sie sich einschaltet. »Wir könnten es als Gelegenheit für dich sehen, dich einzuschmeicheln, Amora, und damit dich die Inseln kennenlernen. Die Menschen würden sich einbezogen fühlen, als wärst du eine von ihnen und ein Teil dieses Königreiches. Liebe macht dich außerdem verletzlich. Sie macht dich weich, und dieses Weiche möchten die Leute an dir sehen. Das könnte Visidia Hoffnung geben.«

Es kostet mich alles, sie nicht das Ausmaß meiner Wut spüren zu lassen, vor allem, als auch noch der Rest der Ratgeber zustimmend nickt.

Es ist kaum zwei Jahreszeiten her, seit ich die Verlobung mit Ferrick gelöst habe, und schon versuchen sie wieder, mich an einen anderen Mann zu verschachern. Allein die Vorstellung reicht aus, dass ich mich vom Tisch abdrücke und aufstehe, obwohl meine Beine vor Wut zu zittern drohen.

»Ich habe über achtzehn Jahre Ausbildung hinter mir für die Position, in der ich jetzt bin«, presse ich zwischen zusammengebissenen Zähnen hervor und muss bei jedem Wort meine Emotionen zügeln. »Ich habe die Bücher unserer Geschichte studiert. Die Karten. Magie. Waffen. Strategie. Das höfische Leben. Sagt mir, welchen Mann gibt es da draußen, der dasselbe getan hat? Welcher Mann könnte bereit sein, an meiner Seite zu sitzen und mir zu helfen, ein Königreich zu führen?« Ich versuche, meine zitternde Stimme zu beruhigen; das Zittern kommt nicht von der Nervosität, es kommt vom Hass. Nicht auf Lord Garrison oder die anderen Berater, sondern wegen der schieren Tatsache, dass ich tief in mir erkenne, dass diese Idee ihre Vorzüge hat.

Das Königreich braucht *irgendeine* Ablenkung, und ich habe mir geschworen alles zu tun, was nötig ist, um das Unrecht zu beseitigen, das die Montaras hinterlassen haben. Aber *das?*

Mir gegenüber am Tisch bleibt Lord Garrison ruhig wie die Sommersee. »Ich bewundere Eure Beharrlichkeit, das Königreich zu stärken, aber wie ich schon sagte, die Bürger von Visidia müssen ihrer Herrscherin vertrauen. Niemand hat Eure Kraft je *gesehen*. Ihr mögt Kaven aufgehalten haben, aber da Ihr bei Eurer Zeremonie letzten Sommer versagt habt, hat niemand Eure Magie gesehen. Aridas Gefängnisse sind voll belegt, deshalb haben viele ihre Vorbehalte gegen Euch, Eure Majestät. Es kursieren Gerüchte, Ihr könntet Eure Magie nicht auf dem Niveau einer Hohen Animantin ausüben; viele glauben, Ihr hättet keine Kontrolle über Eure Seelenmagie und könntet nicht einmal Gefangene exekutieren, ganz zu schweigen davon, Visidia zu beschützen. Es wird Zeit für Schadensbegrenzung. Es wird Zeit, dem Königreich zu zeigen, dass Ihr verletzlich seid – dass Ihr so offen seid, auf die Sorgen der Bürger zu hören, dass Ihr sogar darüber nachdenkt, einen von ihnen als Euren Ehemann an den Hof zu holen.«

Mutters Gesicht erschlafft, während ich erstarre. Das ist das erste Mal, dass ich Gerüchte über meine Magie höre.

»Es gab dringendere Angelegenheiten als die Exekution von Gefangenen.« Das ist Bastians scharfe Stimme, die sich einmischt, und ich bin dankbar, dass er mir einen Moment Zeit verschafft, um mich zu sammeln. »Mit ihrer Magie ist alles in Ordnung.«

Lord Garrison nickt zwar, aber seine Augen ziehen sich prüfend zusammen, sodass Falten entstehen, die mir verraten, dass er die Lüge nicht ganz glaubt. »Natürlich. Deshalb wäre solch eine Rundreise so vorteilhaft, damit Eure Majestät den Bürgern zeigen kann, dass sie nicht nur mächtig ist, sondern auch jemand, dem sie vertrauen können. Dass sie ihre Sorgen hört und tun wird, was das Beste für das Königreich ist.«

Ich schmecke einen Tropfen Blut auf meiner Unterlippe, so fest habe ich darauf herumgekaut. »Ich werde sämtlichen Gerüchten über meine Magie heute Abend ein Ende setzen«, sage ich, bevor ich es mir anders überlegen kann. »Ich werde mich um alle Gefangenen kümmern, die zu einer Exekution durch meine Magie verurteilt wurden, und ich lade Euch ein, dabei zuzusehen, Lord Garrison. Und falls jemand hier Sorgen bezüglich meiner Magie hat, darf er sich uns gern anschließen.«

Sowohl Mutter als auch Bastian versuchen, meinen Blick einzufangen, aber ich weigere mich, ihnen Beachtung zu schenken. Hier vor den anderen muss ich so ruhig und abweisend wirken, wie ich kann, auch wenn mein Herz so wild rast, dass es nicht mehr lange dauern kann, bis ich zusammenbreche.

Ich muss hier raus. Ich muss planen und nachdenken, weit weg von allem Geflüster, den Ratgebern und von dem Strudel von Bastians Nervosität, die an mir zehrt.

Je schneller ich die Gerüchte über meine Magie im Keim ersticken kann, desto besser. Zu allem anderen ist die Entdeckung meiner fehlenden Magie das Letzte, was ich brauche.

»Ich denke über Euren Vorschlag nach, Lord Garrison«, verkünde ich der Tischrunde und verstecke meine zitternden Hände. »Und wir sehen uns heute Abend.«

4

Bastian holt mich ein, bevor ich in meinem Zimmer verschwinden kann, schwer atmend hält er mich am Handgelenk fest.

Ich zucke zusammen, weil ich beim Kontakt mit seiner Haut einen Schlag bekomme. Seine Berührung brennt wie Feuer, mein Blut kocht. Das führt dazu, dass ich mich ihm schenken, mich von ihm halten lassen und einfach brennen möchte.

Deshalb habe ich alles in meiner Macht Stehende getan, um mich von ihm fernzuhalten.

»Willst du wirklich so da rausgehen?«, verlangt er zu wissen, seine Haare sind zerzaust vom Laufen, seine Haselnussaugen fest auf mich gerichtet. »Du hast keine *Magie*, Amora. Was glaubst du, wie du damit durchkommst, vor allem, wenn andere zusehen?«

»Du kapierst es nicht, oder?« Ich entreiße ihm meine Hand, als wäre er eine Flamme, die droht, meine Haut zu verkohlen. »Die anderen *müssen* zusehen. Nur so habe ich eine Chance, den Gerüchten, dass mit meiner Magie etwas passiert ist, ein Ende zu setzen.«

Seine Fäuste sind geballt, die Muskeln an seinem Hals gespannt. »Aber hast du einen *Plan*? Du weißt schon, so etwas, bei dem man nachdenkt, was man tut, bevor man einem ganzen Raum verkündet, dass man es tun wird?«

»Natürlich habe ich den«, entgegne ich. »Ich habe einen … Notfallplan.«

Er legt den Kopf schief. »Ach? Was für einen Notfallplan denn?«

Ich beiße die Zähne zusammen und dränge die Frustration zurück, die in mir hochkocht. »Einen, der funktionieren wird.« Aber auch einen, von dem ich gehofft habe, dass ich ihn nie umsetzen muss. Einen mit zu vielen Unwägbarkeiten, wenn wir nur eine Chance haben, das hinzubekommen. Ich weiß sehr wohl, wie riskant er ist – ein Fehltritt, und meine gesamte Regentschaft wird in Flammen aufgehen, noch bevor sie begonnen hat. Aber ich habe gewusst, dass dieser Tag kommen würde, und zwar seit dem Moment, in dem ich den Thron bestiegen habe, und es ist die einzige Idee, die überhaupt eine Chance auf Erfolg hat.

Bastian seufzt. »Du musst das nicht allein machen. Nur … *rede* einfach mit mir. Du und ich sind zusammen besser; lass mich dir helfen.«

Einen flüchtigen Moment lang will ich nichts mehr als genau das. Aber ich habe Vater in allem vertraut, und man weiß ja, wohin mich das geführt hat. Ich will mein Vertrauen nicht noch einmal allein auf eine einzige Person setzen.

»Du kannst mir helfen, indem du dich heute Abend fernhältst.« Ich spreche kurz angebunden und versuche, zu ignorieren, wie mir seine Trauer ins Herz schneidet. Jede Faser meines Körpers sirrt, so falsch ist dieses Gefühl, das nicht meines ist. »Du bist eine Ablenkung, Bastian. Und ich kann mir keine Ablenkung leisten, wenn ich unten im Gefängnis bin.«

Vielleicht ist das, was ich sage, grausam. Aber als er ein langes Gesicht macht, weiß ich, es hat gewirkt. Im Moment ist das alles, was zählt.

»Du bist mir den ganzen Herbst aus dem Weg gegangen. Dann schaffe ich es sicher auch, mich eine Nacht von dir fernzuhalten.« Er neigt den Oberkörper von mir weg und verschränkt die Arme vor der Brust. Die Haltung sieht fast lässig aus, aber er kann mich nicht täuschen. Enttäuschung brodelt in ihm, heizt meine Haut auf. »Aber was ist mit dem, was sie bei dem Treffen gesagt haben? Wirst du … Möchtest du das?«

»Heiraten?« Ich schnaube. »Natürlich nicht. Aber du kannst nicht abstreiten, dass die Idee ihre Vorzüge hat.«

»Es ist eine *ungefährliche* Idee«, presst er herausfordernd zwischen zusammengebissenen Zähnen hervor. Seine Wut wirbelt als dunkler, wilder Sturm der Emotionen in mir.

»Es ist nichts falsch daran, das Risiko minimieren zu wollen.« Ich hatte noch keine Gelegenheit, wirklich darüber nachzudenken, aber ich kann es mir nicht verkneifen: Ich möchte, dass Bastian einen kleinen Stich verspürt. Ich will ihn wissen lassen, dass ich nicht sein Eigentum bin, auch wenn wir durch diesen Fluch aneinander gebunden sind. Er ist nicht mein Schicksal, und auch wenn ich ihn vielleicht will, so *brauche* ich ihn doch nicht. »Visidia hat zu viel verloren. Meine *Mutter* hat zu viel verloren. Was soll falsch an ein bisschen Stabilität sein?«

»Nichts ist falsch an Stabilität. Aber das sollte nicht bedeuten, dass du opferst, wer du bist.« Er macht einen Schritt auf mich zu und streckt die Hand aus, als wollte er mich berühren. Obwohl jeder Zentimeter meines Körpers nach dieser Berührung lechzt, zucke ich zurück und merke erst einen Augenblick zu spät, was ich getan habe.

Bastian erstarrt erschrocken. Seine Brust bewegt sich nicht – einen Moment lang atmet er nicht.

»Du bist gerade erst aus einer Verlobung herausgekommen; lauf nicht gleich wieder in eine Falle.« Seine Stimme ist zu einem Flüstern geworden, leise und flehend.

»Der Vorschlag kommt nicht überraschend.« Ich lasse meine Stimme weiter hart klingen. »Es gibt einen Grund, warum mich meine Familie letzten Sommer mit Ferrick verlobt hat, und jetzt bleiben zu wenige mögliche Erben übrig. Ich muss darüber nachdenken – ich werde alles tun, was nötig ist, um dieses Königreich zu reparieren. Wenn das heißt, dass ich mir einen Ring an den Finger stecken oder irgendetwas heucheln muss, damit mein Volk ruhig schlafen kann, dann werde ich das tun.«

Er klappt den Mund zu und ich kann sein Zähneknirschen praktisch hören. Ich will mich gerade verabschieden, weil ich die Spannung nicht länger ertrage, als sich seine Haltung entspannt.

»Also gut.« Bastian spricht mit so einer Endgültigkeit, dass ich einen Augenblick lang fast beleidigt bin, dass er sich nicht mehr Mühe gegeben hat, mich aufzuhalten. Ich hätte zumindest einen Ausbruch erwartet, doch seine Wut äußert sich kühl und verbittert.

»Also gut?«

»Das habe ich gesagt.« Seine Stimme ist ruhig, aber knapp. »Es ist in Ordnung. Du solltest es tun.«

Es ist, als hätte er mir einen Schlag gegen die Brust versetzt. Ich wende mich ab, ich will nicht, dass er die Wut in mir sieht. »Mehr war nicht nötig, damit du Ruhe gibst? Bei den Sternen, ich hätte schon vor Ewigkeiten mit der Brautwerbung anfangen sollen.«

Bastians Lachen ist samtig wie Wein. So nahe, wie er mir ist, kann ich praktisch den vertrauten Meersalzduft seiner Haut riechen. »Wer hat etwas von Ruhe geben gesagt? Der Plan wäre, die begehrtesten Junggesellen von ganz Visidia kennenzulernen, oder? Um zu sehen, ob du zu irgendeinem von ihnen eine Verbindung hast?«

Ich beobachte ihn misstrauisch mit zusammengekniffenen Augen. »Das ist richtig.«

Sein Atem wird ruhig. Seine Augen sind zwar dunkel, aber die Entschlossenheit hat sie hart gemacht. Das Lächeln, das er aufblitzen lässt, bringt mich fast zum Schmelzen, es ist warm, satt und strahlend. »Wenn du dich dafür entscheidest, dann lass uns nicht vergessen, dass ich auch ein Junggeselle bin. Und ich bin sehr, sehr begehrt.«

Als sich die Erschütterung über seine Worte in mir ausbreitet, merke ich, dass ich meine Lippen kaum bewegen kann, ganz zu schweigen davon, Wörter zu bilden. Schweiß überzieht meine Handflächen, und ich wische sie ab, indem ich so tue, als müsste ich mein Kleid glatt streichen. Mein Mund ist trocken und meine Wangen sind heiß und gerötet. Das Letzte, was ich will, ist, dass er es bemerkt, auch wenn das nichts bringt. Dieser Junge kann meine Seele spüren.

»Wenn du mich bitte entschuldigst.« Ich wende mich ab, bevor mich mein hämmerndes Herz bei ihm verpetzen kann, bei ihm und dem ganzen Königreich. »Ich muss mich auf heute Abend vorbereiten.«

Das Letzte, was ich von Bastian sehe, ist, dass er den Kopf neigt. In seiner Stimme klingt ein Grinsen mit, als er mir nachruft: »Du kannst mich nicht ewig ignorieren, Prinzessin!«

Aber solange ich diese Gefühle, die in mir toben, nicht sortiert habe, werde ich es so sicher wie die Sterne versuchen.

5

Meine Stiefel sinken in den blutroten Sand ein, als Casem und ich die Ratgeber im Licht eines silbernen Mondes zu den Gefängnissen führen. Nur zwei sind aufgetaucht – Lord Garrison und Lord Freebourne. Bei den anderen haben die grotesken Gerüchte über meine Magie die Neugier überwogen, da bin ich mir sicher.

In meiner Kindheit und Jugend sind mein Vater und ich einmal im Jahr aus einem einzigen Grund in diese Gefängnisse gekommen – um Visidia von den gefährlichsten Kriminellen zu befreien, indem wir sie mithilfe unserer Magie exekutierten. Damals dachte ich, ich würde Visidia mit meiner Magie beschützen, und mein Königreich glaubt immer noch fest daran. Die Seelenmagie, die mein Vater und ich praktiziert haben, war schlecht und grotesk, aber bis letzten Sommer wusste ich es nicht besser. Unsere Magie ist die Folge eines Fluchs, der auf unserer Blutlinie liegt, um meinen Vorfahr Cato zu bestrafen. Der ließ einst alle glauben, sie könnten zu ihrem eigenen Schutz nur eine Magie praktizieren.

Wenn ich erst sowohl den Fluch der Montaras als auch meinen eigenen Fluch – der mich mit Bastian verbindet – gebrochen habe, müsste meine Seelenmagie so zu mir zurückkommen, wie sie ursprünglich gedacht war: als etwas Friedliches und Bewahrendes, mit dessen Hilfe die Praktizierenden Seelen und ihre Absichten lesen können. Und auch wenn ich mich darauf freue, diese Version meiner Magie kennenzulernen, kann ich mich doch eines Hauchs von Angst nicht erwehren.

So grotesk, wie meine Magie gewesen sein mag, ich habe immer geglaubt, ich setze sie ein, um andere zu schützen. Und aus diesem Grund habe ich sie lieben gelernt.

»Fühlst du dich damit wohl?« Casems Flüstern bricht unser Schweigen und reißt mich aus meinen Gedanken. Jetzt ist nicht die Zeit für Trauer.

»Ob jetzt oder ein andermal ist egal«, sage ich zu ihm. »Bringen wir es hinter uns.«

Ich führe die anderen eine steile Klippe hinauf und tief in ein Dickicht aus Regenbogen-Eukalyptus. Innerlich freue ich mich über Lord Garringtons Schnaufen und Stolpern. Im Gegensatz zu ihm brauche ich nichts weiter als Sternenlicht, um mich auf dieser Insel zurechtzufinden, die ich so gut kenne. Diese Insel hat sich in meine Seele eingraviert. In meine Lungen. In das Salz, das in der rissigen Haut meiner Handflächen brennt. Ich könnte die anderen auch mit geschlossenen Augen über Arida führen, ohne einmal zu stolpern.

Der Gefängniseingang ist wie eine Höhle in die Klippe gebaut und wird von drei erfahrenen Soldaten bewacht: zwei Valukanern mit einer Verbundenheit zu Erde und Luft und einer Curmanerin mit Gedankenmagie, die in Levitation bewandert ist. Als sie zur Seite treten, um uns durchzulassen, warten noch mehr Wachen innerhalb des Gefängnisses.

Für unsere Exekutionen hat Vater sie normalerweise weggeschickt. Aber ob es daran liegt, dass ich es zum ersten Mal allein mache oder daran, dass sie misstrauisch sind, weil ich die Gefängnisse so lange gemieden habe: Mehrere Wachen folgen uns mit etwas Abstand, als erwarteten sie jeden Moment, dass ich ihnen den Befehl geben werde, zu gehen. Doch es ist gut, dass die Wachen hier sind. Je mehr Leute es bezeugen, desto besser.

Schweiß perlt auf meinen Schläfen, als wir die feuchtkalten Tunnel durchqueren und den modrigen Trampelpfad nehmen, der zu dem Teil des Gefängnisses führt, in dem die schlimmsten Kriminellen untergebracht sind. Als wir ankommen und ich durch das winzige Fenster in einer Eisentür spähe, drückt mir die Nervosität die Brust zusammen.

Eine gertenschlanke, blonde Frau starrt mich an. Ihre Haut ist blass und ihre Augen sind hohl. An ihrem Hals trägt sie die vertraute schwarze Tätowierung in Form eines X: das Mal derer, die des vorsätzlichen Mordes angeklagt und verurteilt wurden. Ihre Hände sind fest vor dem Körper gefesselt und mit einem dicken Jutesack bedeckt. Jeder Zentimeter ihrer Haut ist mit Stoff bedeckt und an ihren Füßen trägt sie steife Metallstiefel, die mir sagen, dass sie eine Valukanerin mit einer Verbundenheit zur Erde ist. Wenn sie ihren Körper nicht durch Berührung mit der Erde verbinden kann, ist ihre Fähigkeit, das Element zu kontrollieren, nicht existent.

Hinter ihr sind noch andere: fünf insgesamt, die mit Ketten an die Wand gefesselt sind. Sie alle sollen heute Abend hingerichtet werden.

Ich bleibe vor der Zelle stehen, während der Wächter die Tür öffnet. Neugier flammt in den Augen aller Wachen auf. Die Mehrheit von ihnen tritt beiseite, als ich eintrete, die Hände hinterm Rücken verschränkt, während sie mich mit falkenhafter Konzentration beobachten. Die Ratgeber stehen bei ihnen, und Lord Garrison sieht erwartungsvoll zu, als der Frau die Knebel abgenommen werden.

»Ich dachte schon, Ihr kommt nie.« Ihre Stimme klingt scherzhaft, obwohl ihr Blick auf der Suche nach dem nächsten Ausgang hin- und herhuscht. So viele Wächter, wie hier im Gefängnis patrouillieren, hätte es keinen Zweck wegzulaufen. Aber das hat auch andere Gefangene nicht davon abgebracht, es zu versuchen.

Ich trete dicht vor sie hin und reiße ihr ein Haar aus. Als sie vor meiner Berührung zurückzuckt, sehe ich das Zeichen, nach dem ich suche. An ihren gefesselten Händen, direkt über der Kante des Jutesacks, der sie ganz bedecken soll, ist ein blasses, violettes Tattoo an der Innenseite ihres Unterarms zu sehen: zwei Fischskelette, die sich unter einem Schädel kreuzen. Es ist winzig, fast unmöglich zu sehen, aber es verleiht mir allen Mut, den ich brauche, um weiterzumachen. Ich umklammere das Haar in meiner Faust und spreche ein stummes Gebet, dass das hier funktionieren wird.

»Ich brauche Feuer«, sage ich zum nächsten Wächter.

Seelenmagie basiert auf gleichwertigem Austausch; wenn ich jemandem einen Knochen nehmen möchte, muss ich einen Knochen und etwas von der Person opfern – normalerweise ein Haar. Wenn ich einen Zahn will, opfere ich im Gegenzug einen Zahn. Und wenn ich jemanden umbringen will, muss ich sein Blut benutzen.

Es gibt allerdings nicht nur den einen Weg, Seelenmagie einzusetzen; jeder, der sie je genutzt hat, tat es auf seine einzigartige Weise. Mein Vater benutzte Wasser zum Ertränken, meine Tante verschluckt die Knochen und zerstört sie durch ihre Magensäure. Ich verwende Feuer, um das Blut und die Knochen meiner Opfer zu verbrennen.

Da sie meine Bitte anscheinend schon vorausgeahnt hat, gehorcht eine valukanische Wächterin, indem sie tief und mächtig Luft holt. Als sie wieder ausatmet, tut sie es mit ausgestreckter Hand. In ihrer Handfläche flackert eine winzige Flamme auf und dehnt sich mit jedem Ausatmen der Valukanerin weiter aus. Sie setzt die Flamme in eine kleine Kuhle, die genau zu diesem Zweck in die Zelle eingebaut ist, und sie lodert hell auf. Ich öffne die Hand und lasse das Haar darüber baumeln.

»Wie heißt du?«

Die lässige Haltung der Gefangenen verschwindet. Ihr Ausdruck wird verbissen und sie versucht, auf die Beine zu kommen, aber sie stolpert wegen der schweren Stiefel und sie kann nirgendwo hin. Hinter ihr warten nur gefesselte Gefangene und vor ihr steht eine Handvoll von Visidias stärksten Praktizierenden von Magie.

»Spar dir den Versuch«, warne ich sie, als ihr Blick zum einzigen Ausgang huscht. »Ich frage dich noch einmal: Wie heißt du?« Ich greife nach der Tasche an meiner Hüfte, genieße es, wie meine Haut an das polierte Leder schrammt; es fehlt mir, einen Grund zu haben, danach zu greifen. Aus der Tasche ziehe ich einen einzelnen Zahn und wickle das Haar der Gefangenen darum.

Für mich sind Zähne die humanste Art, eine ausreichende Menge Blut zu bekommen, um das Leben eines Menschen zu beenden. Es ist zwar unangenehm, aber einigermaßen schmerzlos.

Ich lasse den Zahn über der züngelnden Flamme baumeln und beobachte, wie der Kiefer der Frau als Reaktion darauf zuckt. Ihre harte Haltung löst sich.

»Bitte tut das nicht«, fleht die Frau. »Bitte gebt mir noch eine Chance.«

Meine eigenen Kiefermuskeln zucken auch, aber im Gegensatz zu ihren aus Verärgerung. Ich hasse es, zur Bösen gemacht zu werden, vor allem vor Zuschauern. »Ich habe nach deinem Namen gefragt.«

»Riley«, sagt sie. »Ich heiße Riley Pierce.«

»Riley Pierce, als Königin von Visidia ist es meine Aufgabe, für Sicherheit im Königreich zu sorgen. Deine Seele ist ein Schandfleck; sie ist durch deine Verbrechen verdorben, und das Volk von Visidia hat die Hinrichtung zu deiner Strafe erklärt. Wenn du letzte Worte hast, sprich jetzt.«

Sie lässt den Kopf sinken, ihre Schultern zittern, als ich meine Hand darauf drücke, um sie auf den Knien zu halten, sollte sie einen Fluchtversuch wagen.

Als sie das Kinn wieder hebt, liegt Eiseskälte in ihren Augen. »Ich hoffe, du brennst.«

Diese Worte werfen meine Gedanken zwei Jahreszeiten zurück, und ich denke an den leblosen Körper meines Vaters, wie er in einem Meer aus Feuer brannte, wie die Haut verkohlte und von seinen Knochen schmolz. Wie sein Blut einen kochenden See um ihn bildete und zu Teer wurde. Ich schwanke, denn die Gefängniswände scheinen näherzukommen, und ich zwinge mich, tief durch die Nase einzuatmen, um mich zu beruhigen.

Nicht jetzt. Nicht hier. Die Erinnerungen können mich später heimsuchen, wie sie es jedes Mal tun, wenn ich die Augen schließe. Aber jetzt muss ich die Fassung wahren.

»Das werde ich eines Tages«, sage ich zu der Gefangenen, »da bin ich mir sicher.«

Rileys Blick flackert verwirrt zu mir, aber meine einzige Antwort ist es, den Zahn mit ihrem darum gewickelten Haar in die Flamme fallen zu lassen. Ihr Körper zuckt, Blut sammelt sich an ihrem Zahnfleisch, befleckt ihre Zähne und läuft ihr über die Lippen. Ich beuge mich vor, um mit dem Finger darüberzustreichen und benetze meine Haut. Dann schmiere ich das Blut auf zwei Knochen – einer stammt von einer menschlichen Wirbelsäule, der andere ist ein kleiner Splitter eines Schädels.

Nur einen winzigen Augenblick drehe ich mich nach den Gesichtern der Ratgeber um. Lord Garrison ist kreidebleich geworden, während Lord Freebourne die dunklen Brauen zusammengezogen hat, als wäre er sich nicht sicher, ob er entsetzt oder fasziniert sein soll.

Ich werfe die blutigen Knochen ins Feuer, und als sie knacken, fällt die Frau hin. Ihr Rückgrat verkrümmt sich und ihr Schädel sinkt ein. Sie schnappt noch einmal überrascht nach Luft, bevor sie bebend am Boden zusammensinkt. Tot.

Der Tod durch meine Hand ist niemals schmerzfrei – über den Luxus verfüge ich nicht, den Leuten dieses Geschenk machen zu können –, aber ich kann ihn wenigstens schnell herbeiführen.

Mit Rileys schlaffem Körper vor mir drehe ich mich zu den Ratgebern um und sehe, dass sich Lord Garrison abgewandt hat. Seine Zweifel an meiner Magie sind eindeutig ausgeräumt; ich habe ihm gegeben, was er wollte, und er hatte nicht einmal den Mumm, dabei zuzusehen.

»Casem, du bleibst. Ihr anderen: Es ist nicht notwendig, dass ihr euch quält.« Ich kauere mich vor Rileys Leichnam und lege die Hand an den Griff meines Stahldolches. »Es sei denn, ihr wollt sehen, wie ich die Leichen ausbluten lasse und ihre Knochen ernte. Ansonsten könnt ihr gehen. Um die restlichen Gefangenen kümmere ich mich allein.«

Erleichterung strahlt in Wellen von Lord Garrison aus, die meinen Magen zusammenziehen. Lord Freebourne zögert zwar und scheint halb geneigt zu bleiben, doch beide Männer nicken schließlich und gehen widerspruchslos. Die Wächter folgen ihnen eilig und übergeben Casem den kupfernen Schlüsselring, damit ich meine Arbeit in Frieden zu Ende bringen kann. Das war nicht einmal meine echte Magie, und dennoch stößt es sie ab.

»Lord Garrison?«, rufe ich, als er beinahe aus der Tür ist.

Leichenblass und gegen das Zittern seiner Hände ankämpfend, dreht er sich zu mir um, ohne mir in die Augen sehen zu können. »Eure Majestät?«

»Sollte ich auch nur ein Flüstern über meine Magie hören, vor allem aus dem Mund eines Suntosers, werdet Ihr Euch darum kümmern.«

»Ja, Eure Majestät.« Dann ist er weg.

Casem steht mit hinter dem Rücken verschränkten Händen und fest zu Boden gerichtetem Blick da. Erst als er die Schritte der anderen nicht mehr hören kann, lässt er seinen angehaltenen Atem ausströmen.

»Beim Blut der Götter, ich kann es nicht fassen, dass du das durchgezogen hast.«

»Es ist noch nicht vorbei.« Ich löse die Fesseln an Rileys

Handgelenken und drehe sie um, damit sie nicht mehr mit dem Gesicht nach unten auf dem schmutzigen Boden liegt, sondern mit dem Hinterkopf in meinem Schoß. »Geh die Umgebung bewachen.«

Casem wendet sich ab, um zu tun, was ich sage, aber etwas hält ihn mitten im Schritt auf. Leise flüstert er: »Du musst den Rest davon nicht machen, das weißt du. Wir können einen anderen Weg finden.«

»Es gibt keinen anderen Weg.« So sehr ich diese Worte glauben möchte, sie sind gelogen. Es ist meine Pflicht, genau wie Lord Garrison es gesagt hat. Und wenn ich nicht einmal das tun kann – etwas, was ich mein ganzes Leben lang geübt habe, etwas, wovon mein Volk glaubt, es sei ein Akt des Schutzes – warum trage ich dann noch diese Krone? »Sorg' dafür, dass niemand hereinkommt.«

Casem wartet zwar einen Augenblick zu lang, doch schließlich neigt er den Kopf und entschuldigt sich. Erst als er weg ist, nehme ich Rileys Gesicht in meine Hände und drücke ihre Wangen.

»Gut gespielt«, sage ich. »Jetzt müssen wir schnell sein.«

Sie bewegt sich, das Blond ihrer Haare zerfließt langsam zu einem sanften Pastellrosa. Die violette Tätowierung an ihrem Handgelenk schlängelt sich und schmilzt zurück in ihre Haut. Die Frau öffnet ihre Augen, die jetzt nicht mehr haselnussbraun sind, sondern von einem erstaunlichen, magischen Rubinrot: Es ist Shanty, die mich anstrahlt.

Sie stammt aus Ikae und kann Gesichter verändern. Wir haben sie letzten Sommer auf unserer Reise kennengelernt. Sie hat uns geholfen, uns lange genug zu tarnen, bis wir von der Insel entkommen konnten, und sie war diejenige, die uns gesagt hat, wo wir Vataea finden.

Ihre Zähne sind rot gefleckt, mit dem Handrücken wischt sie sich Blut von den Lippen und löst einen winzigen, leeren Beutel mit Schweineblut von ihrem Zahnfleisch.

»Fürs Protokoll: Dieses Zeug ist ekelhaft!« Sie spuckt es mit einer Grimasse auf den Boden. »Du schuldest mir *richtig* was.«

Die Schreie der Gefangenen, die hinter ihr warten, werden von den Knebeln gedämpft, während Shantys Zauber verblasst. Der Rest von ihnen ist leider echt. Und die, die Shanty gespielt hat, wartet ebenfalls in der Reihe, auch ihr Gesicht ist mit Verzauberungsmagie verändert.

Shanty nimmt meine Hand und springt auf, klopft sich den Schmutz von ihrer cremefarbenen Tunika und der violetten Leinenhose.

»Sie haben es geglaubt.« Erleichterung erfüllt mich, als ich es laut sage, und die Nervosität, die mir Gänsehaut gemacht hat, ebbt ab. Vor Erleichterung muss ich fast lachen. »Sie sind komplett drauf reingefallen. Du warst unglaublich.«

Sie wirft sich eine babyrosa Locke über die Schulter und lächelt mit Lippen, die so rot sind wie Rubine. »Hast du je an mir gezweifelt?« Ihre Stimme ist ein stolzes Schnurren.

Ich habe zwar gezögert, noch mehr Leute einzuweihen, dass ich keinen Zugang zu meiner Magie habe, aber Shanty anzuheuern war notwendig. Sie ist seit Herbst auf Arida und lebt wahrscheinlich jeden Tag mit einem neuen Gesicht. Es war Ferricks Idee, sie hierher einzuladen und sie geheim zu halten, nur für den Fall, dass wir ihre Fähigkeiten brauchen. Nur wenige wissen, dass sie hier auf Arida ist.

Es war eine gute Entscheidung. So zerbrechlich, wie Visidia im Moment ist, mussten wir sicherstellen, dass mein Volk glaubt, immer noch von einer mächtigen Animantin beschützt zu werden. Es ist wie Lord Garrison sagte: Manchmal müssen wir unser Volk lange genug von der Wahrheit ablenken, um unsere Arbeit machen zu können.

»Lass dir von Casem helfen, hier rauszukommen«, sage ich. »Und sorg' dafür, dass du nicht gesehen wirst.«

»Als würde ich mich erwischen lassen, bevor ich meine Bezahlung habe«, sinniert Shanty. »Mich bedeckt zu halten, ist meine Spezialität, Eure Majestät. Wir sehen uns auf der anderen Seite.«

Sie deutet ein Salutieren an und lässt mich mit den fünf echten Gefangenen zurück. An meiner Seite habe ich zwei Dolche: Rukan, die Klinge, die ich aus dem giftigen Tentakel des Lusca geschmiedet habe, eines Seeungeheuers, das ich letzten Sommer besiegt habe, und die Stahlklinge, die ich habe, seit Vater sie mir in diesem Gefängnis vor dreizehn Jahren zum Geschenk gemacht hat. Den Griff dieses Dolches umfasse ich jetzt fest, als ich mich vor den ersten Gefangenen kauere, den ich hinrichten soll. Der Mann hebt den Blick zu mir, als ich ihm den Knebel herunterreiße, und mustert meine Krone.

»Wissen deine Leute, dass ihre Königin genauso eine Lügnerin ist wie der Rest ihrer Familie?« Er spuckt mir auf die Hände, dann sieht er mich an, als erwarte er, dass ich zurückweiche. Aber das ist bei Weitem nicht das erste Mal, dass ich angespuckt werde. Ich wische mir die Spucke an der Hose ab.

So sollte es nicht sein; ich möchte sein Blut nicht an den Händen haben, und ohne meine Magie kann ich nicht einmal in seine Seele blicken, um sicherzugehen, dass seine Hinrichtung gerechtfertigt ist. Doch damit Visidia an mich und meinen Schutz glaubt, bis ich das Königreich und all seine Magieformen wiederherstellen kann, muss ich das tun.

Vielleicht hatte Lord Garrison recht: Vielleicht bin ich nichts weiter als eine Schachfigur in diesem Spiel.

»Mögen die Götter jeden von euch richten, wie ihr es verdient.« Ohne noch einen Moment länger zu zögern, steche ich dem Mann den Dolch ins Herz und drehe die Klinge, drücke mit der Hand gegen seine Schulter, um seinen Körper zu stabilisieren, bis sein Zucken endet. Als das Leben aus seinen Lungen weicht, lehne ich seine Leiche an die Wand und ziehe den Dolch heraus.

Ich gehe zum nächsten Gefangenen weiter. Zwar versuche ich, jeden Tod so schnell wie möglich zu machen, aber eine

Klinge im Körper ist trotzdem alles andere als schmerzlos, und ich kann den Wunsch des Körpers zu leben nicht kontrollieren. Manche gehen schnell, während andere Tode langsam und schmerzhaft sind. Ein Mann braucht so lange und leidet so sehr, dass ich ihm doch noch die Kehle durchschneide, damit er schneller gehen kann.

Während sie warten, geht das Wimmern der restlichen Gefangenen in Tränen über, die sich dann in Schluchzer verwandeln und schließlich in von den Knebeln gedämpfte Schreie.

Ihr Blut färbt meine Hände in so einem brutalen Farbton, dass ich weiß, es wird nie wieder abgehen, so sehr ich auch schrubbe. Für jedes Herz, das meine Klinge durchbohrt, löst sich ein Stück meiner jetzt schon welkenden Seele ab. Aber ich höre nicht auf, bis der letzte Gefangene gefallen ist und meine Stiefel in einem See aus ihrem vermischten Blut baden. Und selbst dann bin ich noch nicht fertig: Fünf Leichen von Erstochenen zurückzulassen ist zu verdächtig, wenn meine Magie keine Klinge zum Töten erfordert. Hätte ich mehr Feuer und einen größeren Raum, so würde ich die Leichen verbrennen. Aber meine einzige Möglichkeit, die Wunden zu verschleiern, ist sie zu zerschneiden, sie ausbluten zu lassen und die wertvollen Knochen einen nach dem anderen zu sammeln.

Von einigen nehme ich viele Knochen. Von anderen ernte ich jeweils nur ein paar wichtige – vom Schlüsselbein und aus der Wirbelsäule. Gerade genug, dass es aussieht, als hätte ich einen guten Grund gehabt, ihnen allen in die Brust zu stechen.

Es ist ein Prozess, an den ich gewöhnt bin, aber diesmal ist es anders, jetzt, da ich die Wahrheit über die Seelenmagie kenne. Jetzt, da ich weiß, dass es nie so hätte sein müssen.

Mir ist übel und kalt, trotz des sengenden Feuers, und es kostet mich alles, mich nicht zu übergeben. Es dauert Stunden, bis ich die blutigen Knochen zum Waschen bringe und die Leichen der Gefangenen für die Wächter zurücklasse, damit sie die Fische damit füttern.

Ich bin gerade fertig, als Schritte im Tunnel widerhallen. Shanty ist zwar weg und ich habe alles getan, was ich kann, um meine Lüge in Szene zu setzen, trotzdem durchfährt mich die Panik und ich springe auf. Ich erwarte Casem oder einen der anderen Wächter. Aber es ist Ferrick, der hereingelaufen kommt, sein Gesicht ist so rot wie seine Haare, während er nach Luft ringt.

Vor Erleichterung wird meine Brust eng bei seinem Anblick, obwohl er die Nase rümpft und sein Atem stockt, als er das Blut sieht, in dem ich genauso gut hätte baden können, und hinter mir einen kleinen Berg Leichen. Er kneift die Augen zusammen und wendet sich sofort ab. Ich werde rot.

»Du solltest nicht hier sein.« Scham durchdringt meine Knochen, während ich meine blutigen Hände auf der Erde abwische. Es ist eine volle Jahreszeit her, seit wir das letzte Mal zusammen waren, damals, bevor ich ihm als meinem führenden Berater seine erste offizielle Aufgabe gab. Ich finde es furchtbar, dass er mich bei unserem ersten Wiedertreffen so sieht.

»Wir haben ihn gefunden«, keucht Ferrick, ohne auf das zu achten, was ich gesagt habe. Seine Schultern zittern bei jedem schweren Atemzug.

Ich lasse die Knochen in meine Tasche fallen und gehe so schnell auf ihn zu, dass mein Gehirn kaum hinterherkommt. »Wo ist er jetzt?«

»Er wird auf dem Schiff festgehalten. Wir haben ihn.«

Für diese Nachricht könnte ich Ferrick küssen. Beinahe falle ich ihm um den Hals, aber er zuckt zurück, und mir fällt das Blut wieder ein.

»Ich lasse ihn hierherbringen …«

»Nein.« Ich stecke meinen Dolch in die Scheide und richte mich entschlossen auf. »Bring mich zu ihm.«

6

Der Hafen ist nicht mehr das, was er gestern war.

Der Himmel ist heller geworden während meiner Stunden im Gefängnis, und die Morgendämmerung kämpft sich unter einem schweren Klumpen Sturmwolken hervor. Das Meer hatte vor ein paar Stunden noch einen friedlichen Rhythmus, jetzt klatschen die Wellen wild gegen die Kaimauer und benebeln mein Gesicht mit Meersalz. Es ist die Art von Wellen, die für durchschnittliche Seeleute eine Bedrohung ist, für uns andere aber ein Ruf zum Abenteuer. Die Art von Wellen, die dazu geschaffen sind, erobert zu werden.

Ich hülle mich in den Duft des frischen Meeresnebels, während mich jede Welle lockt. Ich fülle meine Lungen damit, wie um das Loch in meiner Seele zu stopfen. Es war zwar erst gestern, als meine Hände das letzte Mal ein Steuerrad hielten, dennoch habe ich vor Sehnsucht einen Kloß im Hals. In der Bucht herumzusegeln und die Grenzen meines Fluchs, der mich an Bastian bindet, nicht ausdehnen zu können, ist etwas ganz anderes als das Segeln, nach dem ich mich sehne.

Ich schaue zu den vertäuten Schiffen hinüber, und mein Körper lechzt nach der Zeit damals auf der *Keel Haul*. Damals, als ich morgens mit der Sonne erwachte und nachts mit einer Meerjungfrau, einem Piraten und einem blinden Passagier an meiner Seite die Sterne zählte.

Mein ganzes Leben wollte ich nichts mehr, als eines Tages

Visidia regieren. Aber jetzt, da es mir gehört, kann ich an nichts anderes denken als an den Tag, an dem ich die Verantwortung endlich weitergeben kann und mein Körper auf dem Meer sein darf, wo er hingehört.

Ferrick klettert auf die Docks und winkt mich zu dem kleinen Frachtschiff, auf dem er angekommen ist. Er hat die Mannschaft so klein wie möglich gehalten, nur ein paar wenige, vertrauenswürdige Soldaten mit ernsten und müden Gesichtern warten auf uns. Sie wissen nichts über den Mann, hinter dem ich sie hergeschickt habe, oder über die widerlichen Verbrechen, für die er sich viel zu lange der Bestrafung entzogen hat. Alle Soldaten verneigen sich eilig. Einige von ihnen wenden den Blick allerdings gezielt von dem Blut ab, das meine Haut und Kleidung bedeckt, während andere hinstarren.

»Ihr habt das wunderbar gemacht.« Ich greife nach der Strickleiter, die von der Reling baumelt, und klettere mit geübter Leichtigkeit hinauf. »Geht euch waschen und kehrt zu euren Familien zurück. Ihr habt eine Pause verdient.«

Einige zögern überrascht, weil ich sie so schnell entlasse. Aber sie gehorchen ihren Befehlen, und ich warte schweigend mit Ferrick, bis sie so weit weg sind, dass sie mich nicht mehr fragen hören: »Wo hast du ihn gefunden?«

»Vor der Küste von Suntosu. Ich habe einen Tipp von jemandem bekommen, der ihn damals in Kerost kannte. Es hieß, er sei auf Reisen und suche nach jemandem.«

Ich umklammere Ferricks Schulter und drücke sie, nur einmal, doch diese Geste weckt seine Aufmerksamkeit. Er dreht sich um und mustert mich langsam. Obwohl ich blutverschmiert bin, legt er mir die Arme um die Schultern und zieht mich an sich. Ich wehre mich nicht, schmiege mich an seinen Körper, dankbar für seine sichere Rückkehr.

Damals, als man mich zwang, seine Verlobte zu sein, war ich nicht immer besonders nett zu Ferrick. Aber seit unserer

Reise letzten Sommer kann ich mir das Leben ohne ihn nicht mehr vorstellen. Ich umarme ihn heftig und warte, bis er sich zuerst von mir löst.

»Ich hatte nicht vor, so lange weg zu sein.« Er kämmt sich mit den Fingern durch die lockeren, roten Locken, die dringend geschnitten werden müssten. »Wie ist es hier gelaufen? Wie geht es dir?«

Meine Haut wird kühl, ich möchte nicht über die Bedeutung der Frage nachdenken. »Ich bin froh, dass du wieder zu Hause bist, wir können uns später alles erzählen. Ich muss ihn sehen.«

Ferrick runzelt die Stirn, aber er nickt. »Wir haben ihn unten gefesselt. Ich kann mit dir kommen …«

Ich schüttle den Kopf. »Bleib hier und bewach die Tür. Ich will Vataea selbst von ihm erzählen, sie soll es nicht von jemand anderem erfahren.«

»Also geht es ihr gut?«, fragt er unschuldig, aber doch so hoffnungsvoll, dass das Leuchten in seinen Augen mein Herz erwärmt.

»Sie hat sich wie erwartet gut ans Palastleben gewöhnt. Und sie wird begeistert sein, wenn sie erfährt, wen du ihr mitgebracht hast.«

Mit vor Genugtuung geröteten Wangen nickt Ferrick und tritt beiseite, damit ich an die Treppe herankomme, die unter Deck führt. Ich steige schnell hinunter, und weil das Schiff so klein ist, brauche ich nicht lange, bis ich gefunden habe, wonach ich suche.

Er ist um den Leib und mit den Händen fest an einen Pfahl gefesselt. Ich weiß zwar, dass er es ist, aber ich erkenne sein Gesicht nicht auf den ersten Blick. Er ist deutlich gealtert, seit wir uns das letzte Mal gesehen haben, seine Haut ist faltig und von der Sonne geschädigt. Sein einst weiches, glattrasiertes Gesicht ist jetzt von einem dichten, grauen Bart bedeckt, der ihm bis zum gedrungenen Hals reicht. Aber so anders er aussieht, ich erkenne ihn an seinen mattgrünen Augen, der verbrannten Haut an seiner Kehle und dem fehlenden linken Finger – Wunden, die ihm von unserem Kampf im letzten Sommer geblieben sind.

Blarthe.

Ein Mann, der direkt für illegalen Zeithandel in über hundert Fällen verantwortlich war. Verantwortlich für die Entführung einer Meerjungfrau, einer der am stärksten bedrohten, geschützten Spezies in unserem Königreich. Er hat das Leben Dutzender zerstört, ihr Leid in Zeiten der Not ausgenutzt und Vataea jahrelang Gräueltaten ausgesetzt.

Dieser Mann hat alles verdient, was er bekommen hat, und noch viel mehr. Seine Hinrichtung würde ich ohne zu zögern anordnen. Für den Schaden, den er angerichtet hat, verdient er es, vor ganz Kerost zu brennen.

»Hallo, Prinzessin.« Blarthe lässt Zähne aufblitzen, die nicht mehr perlweiß sind, sondern schwarz und verfault. Ein paar davon fehlen; die habe ich weggebrannt.

»Du wirst mich jetzt mit Königin ansprechen.« Ich kauere mich vor den Zeithändler hin und schaue mir an, wie schlecht er gealtert ist. »Siehst du so in Wirklichkeit aus? Bei den Göttern, kein Wunder, dass du dich auf den Zeithandel verlegt hast. Dich hätte man schon vor Ewigkeiten ins Meer werfen sollen.«

Er spuckt mir vor die Füße, aber ich zucke nicht mit der Wimper. So blutbefleckt wie meine Stiefel jetzt sind, hatte ich sowieso vor, sie verbrennen zu lassen. Aber Blarthe muss daran erinnert werden, wer das Sagen hat.

Mit einer fließenden Bewegung ziehe ich Rukan aus seiner Scheide und halte ihn an seine Kehle. Er starrt die eigenartige, marineblaue Klinge an und versucht, vor den winzigen, schillernden Flecken zurückzuweichen, die sich darin bewegen.

»Du hast sicher schon vom Lusca gehört? Das hier habe ich mir als Abschiedsgeschenk von ihm genommen.« Ich drücke die gebogene Klinge fest genug an seinen Hals, um ihm Angst zu machen, achte aber darauf, ihn nicht damit zu verletzen. Ich will ihn auf keinen Fall vergiften, solange ich ihn noch lebend brauche. Er ist schließlich nicht nur ein Geschenk für Vataea. Mit seiner Gefangennahme werde ich Kerosts Vertrauen zurückgewinnen.

Gehässigkeit verdunkelt seine Augen. »Ich habe die Gerüchte über dich gehört, weißt du? Es heißt, die neue Königin weigert sich, ihre Magie zu benutzen.«

»Schau dir das Blut an meiner Kleidung und Haut an, und du wirst erkennen, dass das nichts weiter als Gerüchte sind.« Ich streiche sanft mit der Klinge über seinen Adamsapfel; in mir kocht die Hitze. Aber das reicht nicht, um ihn zum Schweigen zu bringen.

»Du vergisst, dass ich dabei war, als Kaven versucht hat, Kerost zu übernehmen. Im Gegensatz zu vielen anderen habe ich gesehen, was seine Magie anrichten konnte. Ich weiß, dass er die Fähigkeit hatte, Magie fortzuzaubern.«

Ich stecke Rukan weg, bevor ich in Versuchung gerate, Blarthe zu vergiften und es hinter mich zu bringen. »Sag noch ein Wort, und ich schneide dir die Zunge ab.«

Blarthe zögert nicht, aber es liegt ein leichtes Zittern in seiner Stimme, das er zu verbergen versucht. »Jeder, der Kavens Magie kennt, wird es sich denken können, Mädchen. Schneid' mir die Zunge ab, wenn es sein muss, aber eines solltest du wissen: Wenn du mich zum Schweigen bringst, bekommst du deine Magie nie zurück. Ich kann dir helfen.«

Das Lachen, das aus mir herausbricht, ist praktisch ein Bellen. »Hältst du mich für eine Närrin?«

»Ich halte dich für jemanden, der weiß, dass nicht alle Mythen falsch sind.« Sein Blick flackert zu Rukans Griff und ich umklammere ihn fester. »Bist du nicht neugierig, was ich gesucht habe, als deine Soldaten mich gefunden haben?«

»Nicht besonders. Ich habe dich hergebracht, damit du für

deine Verbrechen vor Gericht gestellt wirst, und weil es eine Meerjungfrau gibt, die gerne ein Mitspracherecht bei deiner Bestrafung haben will. Was auch immer du gesucht hast, interessiert mich nicht.« Doch der letzte Satz ist eine Lüge. Sein Unterton hat meine Neugier höher auflodern lassen als ich es zugeben möchte.

»Ich habe nach einem Artefakt gesucht, von dem die Legenden sagen, es sei von den Göttern selbst zurückgelassen worden.« Blarthes Blick flackert nicht, als er mit der Verzweiflung eines Mannes weiterspricht, der um sein Leben kämpft. »Es hat die Macht, Magie so zu verstärken, wie du es dir nie vorstellen könntest. Man sagt, damit könnte ein Mensch über göttliche Macht verfügen.«

»Kein Mensch ist dafür geschaffen, eine solche Macht zu haben.« Bei den Göttern, ich kann nicht fassen, dass ich mich überhaupt mit ihm unterhalte. Ich lehne mich zurück, bereit, Vataea holen zu gehen und dem hier ein Ende zu setzen, aber was er dann sagt, lässt mich erstarren.

»Aber stell dir vor, was *du* damit tun könntest.« Er lehnt den Kopf nach hinten an den Pfosten. »Du willst deine Magie wiederhaben, oder? Es hat keinen Zweck, das zu verstecken; Kaven hat dich verflucht. Wenn du sie noch hättest, würdest du mich mit mehr als mit einem Dolch bedrohen.«

Blarthes Worte lassen die Erinnerungen aufsteigen, verschleiern sein Gesicht und machen es zu Vaters. Um seinen Körper ist Rauch. Auch wenn ich weiß, dass es nicht echt ist, verschlingt Feuer seine Hose und Blut läuft von dem Schwert, das in seinem Bauch steckt, auf den Boden. Erinnert mich daran, dass ich ihn nicht retten konnte. Dass er meinetwegen tot ist.

Wäre ich nicht verflucht gewesen – hätte ich meine Magie noch gehabt –, hätte ich Vater in dieser Nacht retten können. Ich hätte so viele Leben retten können.

»Du lügst.« Es ist anstrengend, die richtigen Worte zu finden und die Arme verschränkt zu halten, damit er nicht sehen kann, wie sehr meine Hände zittern. »Die Liste deiner Verbrechen erstreckt sich von hier bis Ikae. Wie kommst du auf die Idee, dass ich dir auch nur ein Wort glaube?«

Zwar steht ihm der Schweiß auf der Stirn, aber er zuckt die Achseln, als wäre er täglich in einer solchen Lage. »Weil mehr für dich als für mich drin ist, wenn wir ein Geschäft abschließen. Wenn es sein muss, lass mich hier, solange du danach suchst. Warum sollte ich lügen, wenn ich der Einzige bin, der ein Risiko eingeht?«

Ich spähe zur Tür zurück, schaue unter dem Türspalt durch, um sicherzugehen, dass Ferricks Schatten nicht draußen wartet. Ich sehe zwar nichts, kauere mich aber trotzdem noch tiefer und senke die Stimme. »Was du mir da anbietest, klingt wie ein Märchen.« Aber noch während ich es sage, weiß ich aus Erfahrung, dass jedes Märchen in einer Wahrheit wurzelt. Schon allein der Dolch, den ich bei mir trage, stammt von einem Monster, von dem ich früher geglaubt habe, es sei wenig mehr als eine Geschichte.

Ein grausames Lachen erschüttert seine Brust und teilt seine trockenen Lippen. »Wenn du das glauben würdest, dann würdest du mir schon lange nicht mehr zuhören.«

Ich will nicht hoffen. Aber jedes Mal, wenn ich die Augen schließe, ist Vater da und wartet auf mich, das Gesicht in Rauch gehüllt und die Hand ausgestreckt, um mich anzuflehen, ihm zu helfen. Nacht um Nacht werde ich an die Leere in meinem Inneren erinnert, wo früher meine Magie saß. Ich werde daran erinnert, dass Visidia nicht mehr unversehrt ist und ich auch nicht.

Ich muss die Flüche brechen, mit denen ich belegt wurde – sowohl den auf der Blutlinie der Montaras, der die Seelenmagie von meinem Volk fernhält, als auch den, mit dem ich mit Bastian verbunden bin, wie er früher an sein Schiff gebunden war.

Auch wenn es zu schön klingt, um wahr zu sein: Kann ich diese Gelegenheit verstreichen lassen, ohne es zu versuchen?

»Mit diesem Gegenstand kommst du dem Göttlichen so nahe wie du es sonst nie sein wirst«, drängt Blarthe, als könne er mein Zögern spüren. »Damit hast du die Macht, deine Magie in unglaublichem Maß zu verstärken. Würde ich ihn benutzen, um Zeitmagie zu verstärken, könnte ich rückgängig machen, was mit deinem Körper geschehen ist. Ich könnte deine Magie wiederherstellen.«

Ich lasse mich auf den Boden sinken und lehne mich an die Wand, weil ich meinen Beinen nicht mehr traue. »Warum erzählst du mir das? Was springt für dich dabei heraus?« Ich bin dumm wie ein Fisch, weil ich den Köder schlucke, den er mir hinhält. Und doch kann ich mich nicht abwenden.

Wir sind zwar unter Deck, aber es ist, als stünde der Sturm selbst in seinem Blick. »Ich bin ein Mann, der an seinem Leben hängt. Genügt das nicht? Versprich mir meine Freiheit, und ich leihe dir meine Magie.«

»Ich finde jemand anderen …«

»Einen anderen Zeithändler?« Er schnaubt. »Viel Glück. Wir sind ziemlich selten.«

Ich balle unwillkürlich die Fäuste, aber er fährt fort, als hätte ich schon zugestimmt. »Auf meinen Reisen habe ich eine Person kennengelernt, die behauptete, das Kind eines Mannes zu sein, der in der Vergangenheit die Macht der Götter genutzt hat. Ich weiß nicht mehr viel von der Geschichte: Wir hatten zu zweit wahrscheinlich ein ganzes Fass Wein getrunken. Aber wenn du herausfinden willst, wo sich das Artefakt befindet, solltest du am besten diese abenteuerlustige Person suchen.«

»Und wo kann ich diesen Abenteurer finden?« Als er nicht antwortet, reibe ich mir mit den Fingern das Gesicht und stöhne in meine Handflächen. »Weißt du wenigstens seinen Namen?« Ohne ihn wird die Suche nach diesem Magie-Verstärker nicht leichter werden als weiterhin nach dem Zauber zu suchen, den Kaven für meinen Fluch benutzt hat. Es wäre wie die Suche nach einer bestimmten Muschel im Meer.

»Ich gebe dir einen Namen und ich zeige dir sogar, wie du das Artefakt benutzt, sobald du es hast. Aber zuerst musst du etwas für mich tun.«

Ich balle die Fäuste; ich weiß, die Drohung mit meinen Dolchen wird diesmal nicht genügen. Trotz der schwarzen Ränder unter meinen Fingernägeln vom Blut und den Eingeweiden der Gefangenen, die ich getötet habe, weiß Blarthe, dass er heute Nacht nicht dasselbe Schicksal erleiden wird. Die Götter wissen, ich würde ihn das Artefakt nicht anrühren lassen. Aber wenn ich es suchen soll, brauche ich ihn hier, bis ich mir sicher bin, wie ich es benutzen muss. Ich brauche ihn lebend.

Es kostet mich große Überwindung, aber ich beiße die Zähne zusammen und knurre: »Nenn mir deine Bedingung.«

»Ich brauche ein Versprechen«, sagt er. »Eine Garantie, dass du mich nicht nur gehen lässt, sondern dass du mir die Strafe für sämtliche Fehltritte der Vergangenheit erlässt, die noch auf ein Urteil warten. Ich will nicht, dass du später nach mir suchst.«

»*Fehltritte?*« Ich beiße mir von innen auf die Wangen. Das Erste, was mir in den Sinn kommt, ist Vataea, dann Kerost. Schuldgefühle graben sich in mich ein, wenn ich nur daran denke. Blarthe zu begnadigen und so zu tun, als wäre er nicht da draußen, um andere durch Zeithandel auszunutzen, würde nicht nur bedeuten, dass ich mein Königreich beschmutze, sondern auch, dass ich meine Freundin verrate. Es würde bedeuten, dass ich den Mann, der sie missbraucht hat, freilasse.

Aber wie soll ich nein sagen?

Visidia könnte wieder ganz sein. *Ich* könnte wieder ganz sein.

Keine Lügen mehr. Keine Flüche mehr.

Ich wünsche mir zwar mit allem, was in mir ist, dass es nicht so sein müsste, aber eines habe ich mein ganzes Leben geglaubt und praktiziert: Ein Leben ist nicht wichtiger als ganz Visidia.

Abgesehen davon traut Blarthe mir zu viel zu. Ich mag sein Leben verlängern, aber wenn ich sein Angebot annehme, verschone ich es in keiner Weise. Ich werde seine Anwesenheit im Moment noch geheimhalten, aber sobald ich von ihm habe, was ich brauche, wird sein Leben enden.

Ich bin schließlich nicht nur Visidias Königin. Ich bin seine Beschützerin. Sein Monster.

Vataea und Kerost können warten, denn das hier geht über sie hinaus. Damit werde ich *alles* in Ordnung bringen.

Ich recke die Schultern und sehe Blarthe unverwandt in die Augen. »Gib mir einen Namen, und wir sind im Geschäft.«

Seine Stimme ist süß wie Honig: »Ornell Rosenblathe.«

7

Es dauert Stunden, das Blut von meiner Haut abzubekommen. Selbst nachdem ich gebadet habe, kann ich die Überreste derer, die ich wenige Stunden zuvor getötet habe, noch spüren. Ich habe mich zwar saubergeschrubbt, aber es ist, als wäre das Blut jetzt ein Teil von mir. Für immer und ewig.

Ich tue alles, was in meiner Macht steht, um mich abzulenken, faulenze auf der Chaiselongue in meiner Wohnstube herum, blättere in ledergebundenen Büchern, die ich aus der Bibliothek geholt habe, und versuche, nicht an der Haut unter meinen Nägeln herumzuzupfen.

Ein großer Teil der Bibliothek wurde zwar letzten Sommer zerstört, aber ich habe drei gerettete Bücher mit Seefahrerlegenden gefunden. Seit Stunden brüte ich nun schon darüber und lese Geschichten von Seeleuten, die gesehen haben, wie Freunde von Meerjungfrauen ins Wasser gezerrt wurden und dann behaupteten, sie hätten das Gesicht eines dieser Freunde Jahre später geisterhaft unter der Wasseroberfläche gesehen. Mythen von einer Riesenschlange, die angeblich in den valukanischen Vulkanen leben soll, und Geschichten von Wasserdrachen, die Menschen in die Tiefe ziehen, um ein ganzes Jahr in ihren Körpern zu leben, bis diese Körper verrotten und sie gezwungen sind, ein neues Gefäß zu finden oder zurück ins Meer zu kriechen.

Meine Gänsehaut verdoppelt sich mit jedem Bild und jeder

Geschichte, denn ich weiß sehr gut, dass mindestens an einigen dieser Märchen etwas Wahres dran ist. Aber was auch immer das für ein Gegenstand ist, der angeblich von den Göttern zurückgelassen wurde, ich finde kein einziges Wort darüber. Einige Seiten wurden von gierigen Seeleuten herausgerissen, andere wurden mit Tinte begossen und unleserlich gemacht, wahrscheinlich von denen, die durch ihre Gebete paranoid geworden sind. Vielleicht könnte ich mehr Geschichten finden, wenn ich genauer hinsehen würde, aber es ist, wie Blarthe sagte – während ich da draußen suche, wird er im Gefängnis verkümmern. Er klammert sich an seine Chance zu überleben; er hat nichts zu gewinnen, vor allem nicht, wenn ich scheitere. Also steckt in dieser Geschichte vielleicht wenigstens ein klein wenig Wahrheit.

»Amora?«

Als ich die Stimme meiner Mutter höre, verharren meine Hände über den Seiten. Ich schiebe die anderen Bücher eilig mit dem Fuß hinter die Chaiselongue, bevor ich eines an der unverfänglichsten Stelle öffne – etwas Fantastisches und Lächerliches über ein Königreich voller Schätze, das angeblich in den Wolken liegen soll und die Erde nur alle hundert Jahre einmal berührt. »Komm rein.«

Die Tür öffnet sich einen Spalt, und Mutters Augen füllen sich mit Tränen, sobald sie mich sieht. Ich weiß zwar, dass das die Erleichterung ist, aber dass sie sich überhaupt Sorgen wegen der Hinrichtung machen musste, versetzt mir einen Stich. Sie durchquert den Raum und umschlingt mich förmlich, zieht mich eng an sich. In ihrem Nachthemd ist sie zerbrechlicher als sie im Thronsaal aussah, ihre Knochen stehen scharf und dünn vor, als könnte sie brechen, wenn ich sie zu fest umarme.

»Oh, den Göttern sei Dank. Also hast du es getan?«

Ich halte sie ein bisschen von mir ab, damit ich sie besser sehen kann. Entweder war ich während des Ratstreffens zu abgelenkt, um die dunklen Schatten unter ihren Augen und die Schärfe ihrer Wangenknochen zu bemerken, oder ihre Zofe ist unglaublich begabt darin, sie zu verbergen. Mutter sieht nicht aus, als hätte sie in letzter Zeit überhaupt etwas gegessen.

Tag für Tag wird es schwerer, sie anzusehen. Denn wenn ich es tue, denke ich an Vater.

Mutters Haut würde noch leuchten, wenn er noch lebte. Ihre Wangen wären noch gesund und voll.

Aber ich habe ihn ihr weggenommen.

So genau ich sie mustere, sie tut dasselbe mit mir. Ich habe mindestens einen ganzen Tag nicht mehr geschlafen, meine Augen sind blutunterlaufen, meine Lider schwer. Ich muss mein Spiegelbild nicht sehen, um zu wissen, dass ich wahrscheinlich Tränensäcke habe und dass die Farbe langsam aus meiner Haut weicht.

»Shanty hat sich wirklich reingehängt.« Ich versuche, mich ihrem prüfenden Blick zu entziehen und konzentriere mich stattdessen auf die Bewegung, die ich hinter ihrer Schulter wahrnehme. Tante Kalea betritt den Raum und schließt die Tür hinter sich. Ihre Arme sind verschränkt, als wollte sie sich selbst umarmen, sie hat die Lippen zusammengepresst und den Kopf geneigt wie ein gescholtenes Hündchen, als wüsste sie nicht, ob sie willkommen ist.

Als sie näherkommt, verspannen sich die Muskeln in meinem Nacken. Seit ihrem Verrat letzten Sommer ist unsere Beziehung nicht mehr dieselbe. Es liegt nicht daran, dass sie sich keine Mühe gibt oder dass ich nicht möchte, dass alles wieder so wird wie früher, aber mein Vertrauen in sie ist zerstört.

Kalea sollte noch damit warten, ihre Magie zu wählen, bis ich meinen Titel als Thronerbin von Visidia beansprucht und mich dem Königreich bewiesen hatte. Stattdessen hat sie Verzauberungsmagie gelernt und sich selbst schon allein vom

Versuch disqualifiziert, an meiner Stelle die zukünftige Animantin zu werden. Ihretwegen dachte ich, ich hätte keine andere Wahl, als auf eine Reise zu gehen, um das Königreich zu retten. Ihretwegen habe ich meine Magie verloren.

Ihretwegen ist Vater tot.

Ich balle die Faust, als sie zögerlich vortritt, und bohre die Fingernägel in meine Handfläche, um mich zu beruhigen. Für unsere Familie tue ich mein Bestes, um in ihrer Gegenwart höflich zu bleiben. Aber selbst jetzt merke ich, wie ich das Buch zu fest umklammere und die Seiten zerknittere.

Was wäre letzten Sommer passiert, wenn sie sich einfach ruhig verhalten und mir ihr Geheimnis nicht verraten hätte? Wenn sie nicht die Last des ganzen Königreiches auf meine Schultern geladen hätte? Würde ich dann heute trotzdem versuchen, die Last der Krone zu tragen?

»Wir wollten uns davon überzeugen, dass es dir gut geht.« Tante Kaleas Stimme ist leise und vorsichtig, und Mutter zuliebe kann ich die Bitterkeit, die an die Oberfläche kocht, nur hinunterschlucken. Sie braucht nicht noch mehr Schmerz, wenn es sich vermeiden lässt.

»Niemand hat etwas geahnt«, erzähle ich den beiden und befreie mich langsam aus Mutters Armen. »Aber diese Farce kann ich nicht ewig aufrechterhalten. Das Ganze ist nur ein Pflaster, keine Dauerlösung.«

Mutter zieht meine Hand in ihre und nickt sanft. »Wir finden einen Weg, deine Magie zurückzubekommen, Amora.«

»Oder vielleicht könntest du eine neue lernen«, bietet Tante Kalea an. Sie erstarrt, als mein Blick – der wahrscheinlich von all der Wut und Feindseligkeit sprüht, die ich spüre – den ihren findet. »Die Gesetze sind jetzt anders. Du könntest eine neue Magie lernen; dem Königreich zeigen, dass du genauso stark und fähig sein kannst mit etwas, was nicht so … böse ist.«

Ich kann meine Wut nicht länger bändigen. Meine Zunge

ist ein giftiges, ätzendes Ding. »Darüber weißt du ja alles, nicht wahr? Wie kannst du es wagen, so etwas zu mir zu sagen, nach allem, was du getan hast?«

Ich lehne es ab, sie zu bedauern, als ihr Gesichtsausdruck in sich zusammenfällt. Einen Hauch Schuldgefühl verspüre ich erst, als Mutter in die Kissen sinkt, nur noch ein Schatten der Frau, die sie einst war. Die Spannung zwischen uns breitet sich aus, der Druck ist entsetzlich.

Hier fehlt jemand, und jede von uns spürt die Bedeutung seiner Abwesenheit. Der Schmerz ist nicht nur seelisch. Er ist körperlich, wie Krallen, die meine Brust von innen zerfetzen.

»Ich kann keine Magie lernen, wenn mir die halbe Seele fehlt.« Ich setze mich aufrechter hin und ziehe die Füße unter mich. »Und so gut meine Lüge im Gefängnis funktioniert hat: Das Einzige, was die Barracudas uns verschafft haben, ist ein bisschen Zeit. Shanty ist niemand, in deren Schuld ich gerne stehen möchte; wir können ihre Dienste nicht ewig beanspruchen. Es ist zu riskant, so viele mit hineinziehen zu müssen.«

Was ich brauche, ist eine Möglichkeit, Visidia zu verändern. Das legendäre Artefakt zu finden und mein Schicksal zu wenden. Meine Flüche zu brechen. Visidia endgültig wiederherzustellen.

Hier auf Arida kann ich das aber nicht tun.

»Ich habe über das Ratstreffen gestern nachgedacht.« Ich blicke auf meinen Schoß, ziehe die Zehen an und zögere, als hätte ich nicht wach gelegen und über diesen Plan gegrübelt. Ich muss die Geschichte gut verkaufen. Wenn ich so tue, als wäre ich aufgeregt, oder zu leicht aufgebe, wird Mutter etwas ahnen. »Die Ratgeber hatten recht; Visidia ist zu gespalten. Ich muss jetzt mehr denn je das Vertrauen unseres Volkes gewinnen. Sie müssen wissen, dass ich hier bin, um sie zu beschützen und dass mehrere Magieformen zu praktizieren unsere Zukunft ist.«

Mutter nimmt meine Hände in ihre. Sie möchte nicht zu begeistert wirken, aber es ist leicht zu sehen, dass sie genau das möchte. Sie denkt, ich werde sicherer sein, wenn ich ganz Visidia umwerbe und einen neuen König für uns suche – einen, zu dem unser Volk aufblickt und den es verehrt. Einen, von dem sie wahrscheinlich glaubt, dass er mich beschützen wird.

Allein bei der Vorstellung wird mir schlecht, aber ich halte die Fassade aufrecht.

»Ich weiß, du möchtest das nicht«, sagt Mutter, »aber Visidia braucht eine Ablenkung. Wir wollen zu viel zu schnell verändern. Unser Volk braucht Stabilität – jemanden, der sie anführt, dem sie vertrauen und den sie verehren können. Das Versprechen auf eine stabile Zukunft, mit Erben, die eines Tages regieren werden.

Ich wünschte, diese Bürde müsstest nicht du tragen«, fährt sie fort. »Es ist nicht leicht für Frauen in unserer Position. Dein Vater wurde von dem Moment an, als er im Begriff war, den Thron zu besteigen, als fähiger und vertrauenswürdiger Regent angesehen. Aber wir? Wenn wir zu beharrlich in unseren Ansichten sind, haben wir kalte Herzen. Wenn wir nicht lächeln, sind wir gefühllos. Für dich und mich gelten andere Maßstäbe, aber *vor allem* für dich als Königin dieses Reiches. Und ein Teil dieser Maßstäbe – ein Teil deiner Aufgabe – sind die Ehe und Kinder.«

Auf dieses Stichwort hin erstarre ich und wende den Blick betont von meiner Mutter ab. Mich vor Junggesellen zur Schau zu stellen, ist so weit unter der Würde einer Königin, es ist ekelhaft. »Vater hätte so etwas nie tun müssen. Er hätte über die Vorstellung nur gelacht.«

»Dein Vater hatte das Privileg, ein Mann zu sein, Amora. Egal, wie fähig du bist, für dich wird es immer schwieriger sein als für ihn.« Ihre Kiefer mahlen, es scheint ihr schwerzufallen, das laut auszusprechen. Aber sie muss mich nicht überzeugen; eine Ablenkung ist genau das, was mich von Arida wegbringen wird, damit ich den Abenteurer finden kann, der uns zu dem legendären Artefakt führen wird – Ornell Rosenblathe, der hoffentlich einer der vielen Junggesellen sein wird, die ich kennenlernen soll.

»Also willst du, dass ich demonstrativ mit Männern herumspaziere, während mein Königreich noch leidet?« Ich lasse meine Stimme bitter klingen, damit sie nicht glaubt, ich würde zu leicht aufgeben.

»Ich möchte, dass du das uralte Spiel des Freiens spielst.« Mutter glaubt, dass ich nervös bin, und drückt meine Hand fester. »Die Montara-Blutlinie schrumpft zusammen und unser Königreich muss das Gefühl bekommen, dass es in Sicherheit ist. Also gib ihnen eine Königin, die sie *beschützen* möchten und eine königliche Familie, vor der sie sich verbeugen werden. Ich sage nicht, dass es gerecht oder richtig ist, aber es ist einfacher für die Öffentlichkeit, eine Frau zu lieben und ihr zu vertrauen, die sie als freundlich und verletzlich wahrnehmen. Eine mit einem charmanten Mann an ihrer Seite. Spiel ihr Spiel mit und zeig ihnen, was sie sehen wollen. Zieh eine Show ab und verdiene dir ihr Vertrauen, während du am Wiederaufbau dieses Reiches arbeitest. Bring sie dazu, dich zu lieben, Amora. Schaffst du das?«

Das ist nicht richtig. Ich sollte nicht lächeln oder verändern müssen, wie andere mich wahrnehmen, um als starke Herrscherin gesehen zu werden. Ich habe mir diese Krone durch weit mehr als mein Geburtsrecht verdient; wen interessiert, ob ich lächle, wenn ich Befehle erteile?

Aber ich muss von dieser Insel herunter, um die Flüche zu brechen, und das ist meine beste Chance darauf. Alles, was zählt, ist, dass ich das Artefakt finde.

Aus diesem Grund atme ich tief aus und neige den Kopf. »Das kann ich.«

Mutter seufzt so erleichtert, dass sich mein schuldbewusstes Herz verkrampft. In ihren Augen stehen Tränen, als sie meine Hände an ihre Lippen hebt und sie küsst, bevor sie ihre Stirn daran lehnt. Sie flüstert ein leises Gebet, das ich nicht ganz verstehen kann.

Dann richtet sie sich wieder auf und lässt meine Hände los. »Du bist jetzt die Königin. Das Meer ist um diese Jahreszeit rau und wir lernen erst noch, unser verändertes Königreich zu verstehen. Du musst mir versprechen, dass du vorsichtiger bist als je zuvor. Und nichts *dergleichen.*« Sie macht eine Geste zu Rukan, der immer noch an meiner Hüfte hängt.

Ich zwinge mich zu nicken, auch wenn das vielleicht heute meine größte Lüge ist. »Natürlich. Und ich nehme die stärkste Crew mit, die Visidia zu bieten hat.«

»Und ich lasse meine Gedankenmagier über dich wachen«, sagt Mutter. »Egal, wo du bist, ich werde dich im Auge behalten. Sollte etwas passieren, lasse ich dich nach Hause bringen oder schicke sofort Soldaten los. Nimm Ferrick mit, ja? Und diesen Jungen.« Ich hasse es, wie mitleidig sie über Bastian spricht. Es weckt eine wütende Hitze in mir und ich entziehe ihr meine Hände.

»Es ist ja nicht so, als könnte ich ohne ihn aufbrechen.« In den Worten liegt alle Bitterkeit, die ich spüre. Diesmal spare ich mir die Mühe, sie zurückzuhalten. »Glaub mir, ich hab's versucht.«

Sie hebt die Hand, als wollte sie sie mir auf die Schulter legen, dann zögert sie und senkt sie wieder. Die Bewegung genügt, dass mir der Atem stockt, sie erinnert mich so unvermittelt an Vater. Ich spüre die Phantomberührung seiner Hand auf meiner Schulter. Das einmalige Drücken – immer nur einmal –, und meine Knie werden zittrig. Es kostet mich alle Kraft so zu tun, als würde ich es nicht bemerken. So zu tun, als ginge es mir gut. Als wäre Vater nicht tot und hätte mich mit einem kaputten Königreich zurückgelassen.

»Das, was dir passiert ist, würde ich meinem schlimmsten Feind nicht wünschen.« Mutter verschränkt die Hände so weit weg von meinen Schultern wie möglich. So abgelenkt von Vaters Phantomberührung wie ich bin, klingen ihre Worte wie aus weiter Ferne. Wenn ich mich genug konzentriere, kann ich ihn fast riechen – ein vertrauter Duft nach Meer und Sandelholz. Ich spüre beinahe die Restwärme der Sonne auf seiner Haut, wenn er von einem Tag auf der *Duchess* zurückkehrte.

Wäre er doch nur noch hier.

Als ich höre, wie Mutter von der Chaiselongue aufsteht, werde ich aus meinen Gedanken gerissen, und Vaters Geist schlüpft mir wieder einmal durch die Hände. »Ich überlasse die Auswahl der Mannschaft dir und du überlässt die Planung und das große Trara mir. In zwei Tagen setzt du Segel.« Sie beugt sich herab, um mich auf den Scheitel zu küssen. »Träum schön, Amora.« Und dann ist sie weg und die Tür schließt sich leise hinter ihr. Erst da hebt Tante Kalea den Kopf und sieht mich richtig an. Ich starre zurück und unterdrücke meine Feindseligkeit.

»Du musst dich um sie kümmern.« Ich bin eine Schlange mit einem so tödlichen Gift, dass sogar meine Worte todbringend sind. »Mir ist egal, was du tun musst oder worauf es hinausläuft. Du wirst sie mit deinem eigenen Leben beschützen.« Jetzt, da Mutter weg ist, interessieren mich Höflichkeiten nicht mehr. Meine Tante zuckt zusammen, protestiert aber nicht. Sie hat all meinen Ärger verdient und noch viel mehr.

»Keira ist stark«, sagt sie. »Konzentriere dich auf dich selbst, statt dir Sorgen um sie zu machen.«

Ich muss das Lachen unterdrücken, das tief in mir boshaft brodelt. »Lass mein Königreich meine Sorge sein. Das wolltest du schließlich immer.«

Wieder nimmt sie meine Beleidigungen locker, was dazu führt, dass irgendetwas in mir sengt und gärt. Ich will, dass sie zurückbeißt, dass sie gegen mich kämpft. Daran, was passiert ist, trägt sie genauso viel Schuld wie ich, und ich will, dass sie das weiß. Ich will es immer wieder herausschreien und meine Wut so tief in ihr versenken, dass sie auch noch den letzten Tropfen davon spürt.

Aber sie wehrt sich nicht und sie beißt auch nicht zurück. Kalea steckt meine Schläge einen nach dem anderen ein und erstickt mein loderndes Feuer sofort. Als ich weiterspreche, tue ich es nicht mehr mit Wut, sondern mit der Kühle der Fakten. »Ich habe nicht vor zurückzukehren, bevor mein Volk bereit ist, sich für mich ins Schwert zu stürzen. In meiner Abwesenheit betraue ich meine Mutter damit, sich um Arida zu kümmern. Aber ich schwöre auch noch beim allerletzten Gott, Kalea, wenn ihr etwas passiert, während ich weg bin, kostet dich das den Kopf. Ich werde deinetwegen nicht noch ein Elternteil verlieren.«

Und damit wende ich mich den Büchern auf meinem Schoß zu und entlasse sie ohne einen weiteren Blick.

8

Am nächsten Morgen finde ich einen frisch gebadeten Ferrick in seinem Zimmer vor; Wassertröpfchen fallen von seinen frisch geschnittenen Haaren. Mit dem Rücken zur Tür, die ich einen Spalt geöffnet habe, steht er mit erhobenem Degen in Kampfstellung. Eine Hand hält er hinter dem Rücken, während er einen Ausfallschritt nach vorn macht, wieder zurückweicht, tief durchatmet und die Füße in eine andere Position stellt.

Ich lehne mich an den Türrahmen, um ihm zuzusehen, fasziniert davon, dass er nicht zögert oder wankt. Wie sich die Muskeln seines nackten Oberkörpers spannen. Er ist jetzt stärker. Ohne seinen Mantel ist deutlicher sichtbar, wie muskulös er seit dem Sommer geworden ist. Er ist zwar immer noch schmaler als Bastian, aber seine Schultern und Arme sind fast auf die doppelte Größe angeschwollen, seit er bei Casem mit dem Waffentraining angefangen hat.

Hinter ihm nehmen Regale mit Kräutern und Pflanzen, mit Flaschen und Glasbehältern voller Moos und anderer Dinge, aus denen ich nicht schlau werde, eine ganze Wand ein.

»Was machst du?«

Er schreit praktisch auf und zuckt so sehr zusammen, dass ihm der Degen auf die Füße fällt. Als er fluchend zu seinem Bett stolpert, ziehe ich eine Grimasse. Er schnappt sich eine Tunika aus dem Reisegepäck, das er daneben stehen hat und drückt sie sich an die Brust, um sich zu bedecken.

»Bei den *Göttern*, Amora, weißt du nicht, wie man anklopft?« Seine Wangen sind so rot, dass ich trotz allem mein Lachen nicht zurückhalten kann.

»Königinnen müssen nicht klopfen«, necke ich ihn. »Was hast du gemacht?«

»Wonach sah es denn aus?« Er zerknüllt ein Hemd zwischen den Händen und schnaubt. »Ich habe trainiert.«

»Nass und halb nackt?«

»Ich bin nicht halb … Weißt du was? Man kann nie wissen, wie die Umstände sein werden, klar? Die Götter wissen, du bringst dich überall in Schwierigkeiten; wenn ich dein Ratgeber sein soll, muss ich der Beste sein.«

»Stimmt. Ich fühle mich viel sicherer, wenn ich weiß, dass du unter solchen Umständen kämpfen kannst.« Ihr Sterne, wie habe ich Ferrick vermisst. »Vielleicht solltest du aber nicht auspacken. Wir brechen morgen in aller Frühe wieder auf.«

Sein sommersprossiges Gesicht entgleist. Wenn ich ihn jetzt ansehe, nach einer halben Jahreszeit draußen auf See, erkenne ich, dass seine Wangen von der Sonne knallrot verbrannt sind und dass er feine Fältchen um die Augen hat, weil er zu viele Tage in die Sonne geblinzelt hat.

»Auf gar keinen Fall«, sagt er zunächst und wendet sich ab. Kurz darauf stöhnt er. »Bitte sag mir, dass das ein Witz ist.«

Als ich nichts sage, fährt er sich mit den Fingern durch die Haare und wirft die Tunika zurück in seinen Reisekoffer. »Das ist eine grausame Strafe, Amora. Ich habe *Füße*. Füße sind fürs *Land* gemacht.« Unwillkürlich legt er sich die Hand auf den Magen und ich muss seine Gedanken nicht lesen, um zu wissen, dass er an seine Seekrankheit denkt. »Muss ich ein Schiff besorgen?«

»Das ist schon erledigt. Wir nehmen die *Duchess*, mit einer möglichst kleinen Mannschaft. Ich hätte dich gern als unseren Heiler, Vataea soll den Wassern befehlen und Bastian … weil er nötig ist.«

Langsam heben sich Ferricks Mundwinkel. »Das ist unsere alte Crew.«

Ich frage mich, ob das sein Herz genauso wärmt wie meines. Unsere Crew, wieder zusammen. Aber es ist nicht viel mehr als ein Traum, denn unsere Crew ist nur noch ein Schatten dessen, was sie einmal war, und das ist meine Schuld; ich bin diejenige, die es nicht mit Bastian in einem Raum aushält.

»Unsere Crew und noch ein paar mehr«, sage ich schließlich. »Ich nehme auch noch Casem mit, weil seine Luftverbundenheit uns beim Segeln nützlich sein kann und weil Mira ihm Gedankenmagie beigebracht hat und Mutter darauf besteht, dass ich mit ihr und den Inseln in Verbindung bleibe. Und es gibt noch eine Person, die ich vielleicht mitnehme, wenn sie bereit dazu ist.«

»Was ist unsere Mission?« Er setzt sich mir gegenüber und hält mir seine Hand hin. Ich zögere nicht, sie zu nehmen, und lasse ihn seine Hände um meine schließen.

»Ich soll dafür sorgen, dass mich meine Untertanen lieben.« Ich lasse mein schönstes einstudiertes Lächeln aufblitzen, bevor ich unsere Strategie erkläre: durch das Königreich segeln und alle heiratsfähigen Junggesellen kennenlernen. Etwas in Ferricks Gesichtsausdruck hat sich verändert als ich fertig bin, aber ich weiß nicht genau, ob es Neugier ist oder Unglauben, was seine Stirn in Falten legt. »Du willst *heiraten*?«

»Noch mal: Man muss nicht verheiratet sein, um ein …«

»Ich weiß, wie es funktioniert«, unterbricht er mich und wird rot. »Ich dachte mir nur, du willst deinen Fluch mit Bastian brechen und es erst mal mit ihm versuchen. Du weißt schon, so wie du dich gegen die Ehe und alles gewehrt hast, als *wir* verlobt waren.« Er zieht die Brauen zusammen und blinzelt mich aus schmalen Augen an. »Du meinst das ernst, oder? Das ist immer noch kein Witz?«

»Immer noch kein Witz«, wiederhole ich. »Das wollen alle von mir. Aber … das wird so nicht passieren.« Ich warte, bis seine Neugier erwacht ist, bevor ich leise hinzufüge: »Ich habe vielleicht eine Möglichkeit gefunden, den Fluch meiner Familie zu brechen. Während das ganze Königreich denkt, ich sei auf der Suche nach einem Mann unterwegs, haben wir ein anderes Ziel.«

Daraufhin entspannen sich Ferricks Schultern. »Ach ja, das klingt viel mehr nach dir. Einen Moment lang dachte ich, irgendein böser Meeresgeist hätte Besitz von dir ergriffen.«

Ich lache und boxe ihn gegen den Oberarm, aber Ferrick schlägt meine Hand weg und ignoriert es. »Du weißt schon noch, dass wir überall nach diesem Amulett gesucht haben, oder? Wir haben alles getan, außer Zudoh physisch auseinanderzunehmen, um herauszufinden, was Kaven benutzt haben könnte, um deinen Fluch zu erschaffen, und wir haben nichts finden können. Warum glaubst du, dass du es auf Kerost finden könntest?«

»Das tue ich nicht«, erwidere ich. »Ich habe keine Zweifel, dass das Objekt, das Kaven benutzt hat, für immer verloren ist. Das ist etwas Neues.«

»Etwas, wovon Blarthe dir erzählt hat?« Ferrick ist schlauer als gut für ihn ist. Er atmet hörbar aus, meine ausbleibende Antwort genügt ihm als Bestätigung. »Und was passiert mit Blarthe, wenn du dieses sagenhafte Objekt gefunden hast?«

»Dann verfahre ich mit ihm wie geplant«, sage ich leichthin. »Er hat keine Macht; ich behalte ihn nur hier, bis ich sehe, ob seine Spur irgendwohin führt.« Und damit er mir mit Zeitmagie hilft, aber das muss Ferrick nicht wissen.

»Er hätte es dir nicht gesagt, wenn er nicht noch ein Ass im Ärmel hätte, Amora. Dafür ist sein Selbsterhaltungstrieb zu groß.«

»Falls er irgendeine krumme Tour versucht, sind wir darauf vorbereitet. Im Moment ist er im Gefängnis, gefesselt und geknebelt. Wir haben Zeit.«

Ferrick stützt sich nach hinten auf seine Hände und nickt.

Er ist zwar noch skeptisch, widerspricht mir aber weder noch sagt er, er wisse es besser. Ob er meiner Meinung ist oder nicht, Ferrick hat seine Rolle als mein führender Ratgeber angenommen und unterstützt meine Entscheidung.

Meine Dankbarkeit für ihn ist so heiß, dass sie mir ein Loch ins Herz brennt. Einen flüchtigen Moment lang spüre ich den Drang, ihm alles zu erzählen – nicht nur von der langen Nacht, die ich wach verbracht und Legenden studiert habe, sondern auch von dem, was jedes Mal passiert, wenn ich die Augen schließe – dass alles, was hinter meinen Lidern auf mich wartet, der Tod ist.

Ich denke daran, ihm zu sagen, dass ich eine Unmenge von Visidias Gefallenen sehe, dass Vater in einem Meer aus Leichen steht. Ich möchte ihm von dem Blut erzählen, das wie ein Fluss aus seinem Leib strömt und von dem Rauch, der sein Gesicht und seinen Körper einhüllt, aber nie seine Hand, die sich immer nach mir ausstreckt, mich anfleht, ihn zu retten. Ich denke daran, ihm zu erzählen, dass das Atmen jetzt schmerzhafter ist als je zuvor und dass ich es manchmal gar nicht kann.

Ich möchte Ferrick erzählen, dass ich weiß, wie lächerlich das klingt, weil ich diejenige bin, die Visidia beschützen soll. Ich soll es wiederherstellen. Und dass ich mir manchmal Sorgen mache, diese Albträume könnten mich für immer heimsuchen. Leichen in einem Meer von rotem Blut.

Ich möchte ihm erzählen, dass ich bereit bin, alles zu riskieren – *alles* –, um die Vergangenheit meiner Familie wiedergutzumachen und diese Erinnerungen auf den Grund des Meeres zu schicken, wo sie hingehören.

Stattdessen nehme ich den einfacheren Weg, den sicheren. Denn das Letzte, was ich jetzt gebrauchen kann, ist, von jemandem verurteilt zu werden. Vor allem von ihm.

Ich tätschle kurz sein Knie, als ich aufstehe, um zur Tür zu gehen.

»Sag Bastian, er soll auch packen, ja?«, füge ich leise hinzu, denn ich bin noch nicht bereit dazu, ihm die Neuigkeit selbst zu sagen. »Aber … Sag ihm einfach, wann er im Hafen zu uns stoßen soll. Den Rest muss ich ihm selbst erklären.«

Du kannst mich nicht ewig ignorieren, Prinzessin.

Bei der Erinnerung an Bastians Worte schaudere ich. Er hat recht – ab morgen werde ich ihn nicht mehr ignorieren können. Ab morgen werden wir auf demselben Schiff sein müssen, und nur die Götter wissen, wie lange.

Ferrick streicht sich mit blassen Fingern durch die feuchten roten Haare. »Natürlich. Ich möchte nur klarstellen, dass ich diese Idee für absolut unmöglich halte und komplett gegen sämtliche Einzelheiten davon bin … Aber natürlich. Ich sage ihm nichts, bis du mit ihm gesprochen hast, aber was ist mit Vataea?« In seiner Stimme schwingt Hoffnung mit. Seine Augen leuchten. »Sie und ich … ich meine, ich weiß, wir gehen es langsam an, aber ich würde gern sehen, wohin es führen könnte. Du bittest mich, ein riesiges Geheimnis zu wahren, wenn ich ihr nicht von Blarthe erzählen darf.«

»Und das tut mir leid. Aber du weißt genauso gut wie ich, was passiert, wenn Vataea erfährt, dass wir ihn haben. Bis ich das Artefakt gefunden habe, brauche ich Blarthe lebend.«

»Aber …«

»Ferrick.« Ich wende mich ihm jetzt ganz zu. »Das ist ein Befehl.«

Überraschung blitzt in seinen Augen auf, dann richtet er sich auf und neigt den Kopf. »Also gut, Eure Majestät. Ich sage kein Wort.«

Jetzt, da Ferrick und Casem einsatzbereit sind und ein weiteres Crewmitglied angefragt ist, wird es Zeit für einen Besuch bei Vataea.

Die Meerjungfrau liegt auf ihrem Balkon, hält die nackten Beine und den glatten Bauch in die Sonne und versucht, sie dazu zu bringen, sich zu bräunen. Die Finger ihrer einen Hand hält sie vor sich gespreizt, auf jeden Fingernagel hat sie einen Mini-Amabon gespießt. Als ich eintrete, steckt sie sich gerade einen davon in den Mund, dann lächelt sie strahlend, als sie mich entdeckt. Sie winkt mich herein und zappelt mit den Füßen auf der Chaiselongue, die sie auf den Balkon geschleppt hat.

Mein Cousin Yuriel hat das Beste aus ihrer Anwesenheit im Palast gemacht. Die beiden sind praktisch unzertrennlich. Auch jetzt liegt er neben ihr und nippt an einem tiefen Kelch mit Sangria, als wäre es mitten im Sommer. Vataea wollte Arida eigentlich schon vor Wochen verlassen, um das Königreich zu erkunden, aber sie hat sich an das luxuriöse Leben eines königlichen Gastes im Palast gewöhnt. Und nach allem, was sie mit Blarthe erduldet hat, bin ich froh, dass sie ihre Reisepläne aufgeschoben hat, um eine Weile zur Ruhe zu kommen. Um an einem Ort zu bleiben, wo sie sich sicher und behaglich fühlen kann.

»Ihr wisst, dass es eiskalt ist, oder?« Ich verschränke die Arme und ziehe meinen Mantel enger um mich. Die saphirblauen Satinvorhänge an Vataeas offenem Fenster blähen sich im Wind, aber sie lässt sich nicht davon beeindrucken: Sie trägt gerade so viel, dass sie nicht ganz entblößt ist. Wenigstens Yuriel steckt in einem schimmernden Mantel, der so verzaubert ist, dass er aussieht, als wäre er aus violettem Fuchspelz gemacht.

»Sangria hält warm«, sagt er träge und spart sich die Mühe, mich dabei anzusehen. Er blättert die Seite eines Pergaments von Ikae um und lacht über eines der bewegten Bilder. Ich will mich schon aufregen, als er es zu Vataea umdreht und ich sehe, dass es nicht dasselbe Pergament ist, das Lord Garrison mir gezeigt hat, sondern ein anscheinend betrunkener Mann auf einer Party, dessen Seifenblasenhose sich verabschiedet. Vataea beugt sich zu Yuriel, um ihm das Pergament abzunehmen. Ein Blick darauf und sie bricht in schadenfrohes Gelächter aus.

Als ich mich räuspere, verdreht sie die Augen und legt das Pergament mit seinen bewegten Bildern zur Seite.

»Hier draußen ist es viel wärmer als am Grund des Meeres.« Sie steckt sich noch einen Amabon in den Mund und lehnt den Kopf an die Rückenlehne. »Möchtest du Wein? Als *Ehrengast* des Palastes muss ich nur eine Glocke läuten und wir bekommen so viel gebracht, wie wir trinken können.« Noch ein Amabon und dann ein breites Grinsen. »Mach doch nicht dein ernstes Gesicht, Amora. Komm, iss und trink mal eine Nacht mit mir.«

»Ein andermal.« Ich gehe zu ihr hinüber, pflücke einen Amabon von ihrem Finger und stecke ihn mir in den Mund. Das köstlich luftige Brötchen schmilzt praktisch auf meiner Zunge und ist mit einem süßen Pflaumenmus gefüllt. Als ich genießerisch seufze, lacht Vataea und isst die letzten beiden auf. Sie sieht viel zu entspannt aus, und ich versuche, meine Schuldgefühle zu unterdrücken. Wenn sie wüsste, dass Blarthe genau in diesem Moment in Aridas Gefängnistrakt sitzt, wäre das hier ein ganz anderer Nachmittag.

»Was hältst du von einem neuen Abenteuer?« Ich lecke mir den restlichen Zucker von den Lippen. »Diesmal ein richtiges. Nicht nur bis zur Boje und zurück.«

Vataea verengt die Augen zu Schlitzen, als sie sich umdreht, um mich prüfend zu mustern. Darin sehe ich den Schimmer einer düsteren Freude. »Von welcher Art von richtig reden wir?«

»Ich soll durchs Königreich segeln. Es wird Junggesellen geben, eine Chance, die anderen Inseln zu sehen und höchstwahrscheinlich weit mehr Essen und Drinks als wir uns in unserem ganzen Leben wünschen könnten.« Als Yuriel interessiert den Kopf hebt, füge ich schnell hinzu: »Aber wir müssen die Crew so klein wie möglich halten. Ich brauche deine Hilfe beim Segeln.«

Sie wirft die Beine über die Chaiselongue und breitet die

Arme aus. Etwas Zeit an Land hat ihr gutgetan – ihre Haut ist warm von der Sonne und ihr Bauch voll und gesund.

»Wer bin ich, ein Abenteuer abzulehnen?« Sie klingt zwar wehmütig, aber in ihrem Blick liegt Fröhlichkeit. »Wohin zuerst?«

Die Schuld ist ein Piranha, der mich am Stück verschlingt, als ich die Wahrheit hervorpresse. »Kerost.«

Ich möchte sie nicht bitten, dorthin zurückzukehren, wo wir sie gerettet haben – an einen der verschiedenen Orte, an denen sie von Blarthe gefangen gehalten und wie eine Trophäe herumgezeigt wurde. Ich verstehe vollkommen, dass sich Vataea an ihm rächen möchte, und sobald er seinen Zweck erfüllt hat, ist Vataea an der Reihe. Doch für den Moment muss ich seiner Spur nach Kerost folgen und Ornell Rosenblathe finden. »Du kannst auf dem Schiff bleiben, wenn du möchtest. Du musst nicht mit an Land gehen.«

Sie lässt ihre Zähne aufblitzen, scharf und gefährlich. »Ich werde mich sicher nicht von diesem Mann davon abhalten lassen, mein Leben zu genießen. Ich komme mit. Ich nehme an, die Jungs sind auch dabei?«

»Natürlich.« Ich knurre beinahe, als mir mit einem scharfen Stich wieder Bastian und sein Ausbruch im Thronsaal einfallen.

Je mehr ich über Bastian nachdenke, desto mehr denke ich an meinen Fluch. Und je mehr ich an meinen Fluch denke, desto größer wird meine Verbitterung, und mein Verstand zieht sich in sich zurück. Mein Blickfeld wird vom Rand her dunkler, es ist wie in einem Tunnel. Enger und enger. Bis ich Rauch sehe. Feuer. Blut. Bastian, der sich auf dem Boden windet. Vater, tot, ein Schwert zwischen seinen Rippen. Ich suche in dem Rauch nach seinem Gesicht, aber alles, was ich finde, sind die Gesichter der tausend toten Geister, die im Kreis um ihn stehen. Mich beobachten.

»Amora?«

Als ich Vataeas singende Stimme höre, atme ich tief ein. Ich konzentriere mich auf sie, benutze sie als Anker, um mich ins Hier und Jetzt zurückzuziehen. Meine Brust ist eng und mein Magen hohl, aber ich tue, was ich kann, um es zu ignorieren, nehme stattdessen die Schultern zurück und richte mich hoch auf.

»Bis zum Einbruch der Nacht solltest du gepackt haben.« Ich zwinge meine Stimme, fest zu klingen und flehe sie stumm an, es dabei zu belassen. Denn sollte sie nachbohren, würde ich sicher zögern. »Wir brechen bei Tagesanbruch auf.«

9

Mutters pelzbesetzter Umhang bläht sich hinter ihr, als wir an der Kaimauer stehen. Sie sieht aus wie ein Geist, ihr Gesichtsausdruck ist genauso unheimlich wie der Nebel um uns und die Holzplanken, die unter unseren Stiefeln knarren.

Das hagere Gesicht mit den tiefen Sorgenfalten hat sie dem aufgewühlten Meer zugewandt, und sie ballt in einem nervösen Rhythmus immer wieder die Fäuste.

»Wir können die Reise bis zum Sommer aufschieben.« Ihre Stimme ist bei dem Kreischen der Möwen fast nicht zu hören. »Dann wäre die Überfahrt weniger gefährlich.«

Ich folge ihrem Blick und sehe zu, wie die dicke Gischt ans Ufer klatscht und versucht, die wuselnden Krabben zwischen den Felsen zu erwischen. Ich verstehe Mutters Zögern, aber im Gegensatz zu den Krabben fürchte ich die See nicht. Das Meer hat meine Seele fest im Griff. Salz und Nebel legen sich auf meine Haut wie ein Mantel, locken mich in ihre tröstliche Umarmung. Ich lasse mich mit Freuden von diesem Gefühl einhüllen.

»Je schneller wir dieses Königreich unter Kontrolle bekommen, desto besser.« Ich bemühe mich, mir die Vorfreude, die sich in mir regt, nicht anmerken zu lassen.

Die Freiheit für Visidia liegt nur einen Ozean entfernt.

Die Freiheit von meinen *Flüchen* liegt nur einen Ozean entfernt.

Ich werde nicht bis zum Sommer warten und erst dann die Segel setzen.

Unsere Abreise ist ruhiger, als ich erwartet habe. Da alle, die auf Arida leben, für die Königsfamilie arbeiten, gibt es keine jubelnde Menge, die uns verabschiedet. Die wenigen, die vorbeikommen, tun es schweigend und bleiben nicht da: vor allem Küchenpersonal aus dem Palast, das Fleisch und Backwaren bringt, während Zofen das Schiff mit Kleidern und Seife ausrüsten.

»Die Inseln sind in heller Aufregung und versuchen, alles rechtzeitig herzurichten.« Mutter verschränkt die Hände, um nicht ständig nervös an ihrem Umhang herumzufingern. »Aber alles ist vorbereitet, und solltest du etwas brauchen – oder falls *irgendwas* passiert, Amora – dann soll Casem Kontakt zu mir aufnehmen.«

Ich wünsche mir, ich müsste den Schmerz in ihren Augen nicht sehen oder die Angst, noch jemanden in ihrem Leben zu verlieren. Ich wünsche mir, ich könnte *irgendwo* hinschauen, ohne Vater zu sehen. »Ich bringe alles in Ordnung, ich verspreche es.«

Während Soldaten um uns herumwuseln und unsere Vorräte auf die *Duchess* verladen, ziehe ich meinen eigenen Umhang enger um mich. Im Lauf des Tages wird sich die Insel aufwärmen, aber jetzt im frühen Morgennebel bildet mein Atem dicke, graue Wolken. Ich atme die salzige Luft so tief ein, dass sie in meiner Nase sticht, und ertappe meine Finger dabei, wie sie einen schnellen Rhythmus an meinen Oberschenkeln trommeln.

Ich sollte es nicht so eilig haben. Ich war fast jeden Tag, seit ich mich von dem Kampf mit Kaven erholt hatte, auf der *Duchess*. Aber noch während ich versuche, mir das ins Gedächtnis zu rufen, blitzen in meinem Augenwinkel volle weiße Segel auf und meine Finger halten inne.

Dieses sich nähernde Schiff habe ich nicht mehr gesehen,

seit Arida letzten Sommer ein Stück davon herausgerissen hat. Inzwischen wurde der prächtige, weiße Bug mit zudischen Birken repariert und das ganze Schiff perfekt poliert. Die Seepocken, die sich früher einmal am Bug entlanggefressen haben, sind entfernt, und die glänzende weiße Gallionsfigur in Form einer fauchenden Seeschlange ragt über uns auf, größer und wilder als je zuvor.

Die *Keel Haul* ist das prachtvollste Schiff und wird es immer sein, und als mein Blick an ihrem Kapitän hängenbleibt, muss ich mir auf die Zunge beißen.

Bastian steht nicht am Steuer, wo ich ihn erwartet habe, sondern sitzt auf der Gallionsfigur, makellos in einem maßgeschneiderten, scharlachroten Mantel und Kniehosen in Kaki. Seine Lederstiefel sind poliert und seine kastanienbraunen Locken wehen im Wind. Er sieht umwerfend aus, aber das ist nicht der Grund, warum mein Herz einen Schlag aussetzt und sich mein Magen vor Verlangen zusammenzieht.

Es ist sein Lächeln. Dasselbe übermütige, dreiste Grinsen, das er im Gesicht hatte, als ich ihn zum ersten Mal traf. Das Lächeln von jemandem, der vor Charme nur so sprüht. Der Aufmerksamkeit braucht und dadurch aufblüht.

Es ist das Lächeln des Piraten, in den ich mich verliebt habe, und es ist zum ersten Mal seit Ewigkeiten wieder zu sehen.

»Der Junge liebt ganz offensichtlich den großen Auftritt.« Ich ignoriere den Anflug von Heiterkeit, der Mutters Worte erhellt. »Ich nehme an, das bedeutet, es wird Zeit, dass ich in den Palast zurückkomme. Aber denk daran, was ich gesagt habe – bring dich nicht in Gefahr. Ich bin nur eine Überfahrt entfernt.« Sie zieht mich ohne Vorwarnung an ihre Brust, vergräbt mich einen Moment zu lang in der Wärme ihrer Pelze, bevor sie mich loslässt und das Gesicht abwendet. »Es tut mir leid, dass du diese Last tragen musst, aber du wirst eine großartige Königin, Amora. Ich weiß es einfach.«

Sie hat den Hafen schon halb durchquert, bis ich verarbeite, was sie gesagt hat, sie geht eilig und sieht sich nicht um. Wenn sie es täte, das wissen wir beide, würde sie versuchen, mich aufzuhalten.

Ich reiße mich von Mutters kleiner werdender Gestalt los und wende mich dem Meer zu. Die Segel der *Keel Haul* sind gebläht, als das Schiff näherkommt, und Vataea steht am Bug, ihre Lippen bewegen sich in einer stetigen Beschwörung. Ich kann sie zwar nicht hören, aber es ist klar, dass sie die Wellen befehligt, die sich ihrem Willen beugen und das Schiff neben Vaters Schiff, die *Duchess*, in den Hafen lenken.

»Ahoi, Eure Majestät!« Bastian hält die Hände an den Mund, um mich zu rufen, und ich kämpfe gegen den Drang, die Augen zu verdrehen. Er muss nicht schreien, wir können ihn alle hören. »Sag deinen Soldaten, sie sollen die Fracht auf mein Schiff bringen.« Er lässt ein Bein von dem Drachenkopf baumeln, während er das andere angewinkelt hat und sich auf sein Knie stützt, ein Bild des Selbstbewusstseins. Vollkommen ungezwungen. Einfach … vollkommen. Es ist unglaublich nervtötend.

Er hat mir zwar irgendwann einmal gesagt, er wolle nichts lieber als eine Pause vom Meer und sesshaft werden. Aber wenn ich ihn jetzt ansehe, ist klar, dass ein leichtes Leben an Land nie das Richtige für Bastian sein wird. Vielleicht wollte er es ausprobieren, einfach um zu sehen, ob es seine Sehnsucht stillt. Aber ich weiß, wie diese Sehnsucht ist, und sie wird nie gestillt sein. Seine Seele ist dafür geschaffen, in Bewegung zu sein, immer auf der Jagd nach dem nächsten Abenteuer.

Die *Keel Haul* knarzt, als sie auf dem Sand aufkommt, und ich schiebe die Hände tief in meine Manteltaschen, weil ich fürchte, ihr Zittern könnte verraten, wie sehr ich mich danach sehne, mit den Fingern über ihr kühles Holz zu streichen. Oder wie sehr sich mein Körper nach meinem Platz auf ihrem

Deck sehnt. Wie gern ich in meine Kabine zurückkehren und mich in einer Hängematte in den Schlaf wiegen lassen möchte, umgeben von nichts als Wellen und Holz.

Keine Politik. Kein Schmerz. Keine vorgetäuschte Magie.

So schnell diese Sehnsucht in mir aufwallt, ersticke ich sie wieder und grabe die Fingernägel in meine Handflächen, um die Vorfreude zu dämpfen.

Das hier soll kein *Abenteuer* werden.

»Wir nehmen die *Duchess*«, verkünde ich stur, hebe das Kinn und sehe, wie er die Stirn runzelt. Es ist unmöglich zu erkennen, ob aus Belustigung oder aus Verärgerung.

»Nein, wir nehmen die *Keel Haul*«, fordert er mich heraus, und seine Stimme ist leicht wie die Luft und so übertrieben selbstbewusst wie nur Männer es sein können. »Du möchtest dein Volk doch beeindrucken, oder? Du willst, dass alle Notiz davon nehmen, wie du ankommst, um ein paar armen Teufeln das Herz zu brechen?« Mühelos durch jahrelange Erfahrung, klettert Bastian am Hals der Gallionsfigur herunter. Er weiß genau, wo er sich festhalten muss, damit er sicher an Land springen kann.

»Die *Duchess* ist ein großartiges Schiff«, sagt er, »aber sie ist keine *Keel Haul*. Dieses Schiff hat uns schon gemeinsam durch ein Abenteuer geführt, und sie kann uns auch durchs nächste bringen.« Aus der Nähe ist sein Gesichtsausdruck nicht so selbstbewusst wie ich dachte. Er behält zwar seine Leichtigkeit und seinen Charme, aber sein Lächeln flackert leicht. In seinen Augen tanzt die Hoffnung, doch die Sorge gräbt Falten in seine Haut.

»Wenn du glaubst, das zwischen uns wird irgendwie alles wieder normal, nur weil wir auf der *Keel Haul* sind …«

Er schüttelt den Kopf. »Sei nicht so stur und gib den Befehl. Du weißt selbst, dass du lieber mein Schiff nehmen willst. Sie ist schneller. Wir könnten unsere Reisezeit zwischen den Inseln verkürzen.« Hinter ihm lacht Vataea, und ich schieße einen finsteren Blick auf sie ab, weil sie sich in Bastians Mätzchen hineinziehen lässt.

Ich öffne den Mund, um zu widersprechen, habe Angst davor, was mit meinen Gefühlen passieren könnte, wenn ich wieder mit Bastian auf der *Keel Haul* wäre. Aber bevor ich das tun kann, spüre ich eine Hand auf meiner Schulter. Ich zucke zusammen und atme erleichtert auf, als ich sehe, dass es nur Ferrick ist.

Ferrick trägt seine Berater-Uniform, einen tiefgrünen Gehrock mit eleganten, goldenen Stickereien, die sich in Form von Blättern und Efeu an seinem Kragen hinaufschlängeln. Jetzt trägt er keinen Degen mehr an seiner Seite, sondern ein wundervolles, goldenes Breitschwert mit einem Knauf, der an einer Seite mit einem Saphir verziert ist und an der anderen mit einem funkelnden Smaragd.

Auch wenn das Grün, das er für seinen Mantel ausgesucht hat, nicht *ganz* zu seiner ockerfarbenen Hose passt, wird er schon besser bei der Auswahl seiner Garderobe. Sie würden es zwar wahrscheinlich niemals zugeben, aber ich habe den Verdacht, dass er und Bastian in letzter Zeit ihre Kleidung gemeinsam ausgesucht haben.

»Ich finde es eine gute Idee, die *Keel Haul* zu nehmen.« Ferrick sagt es leise, nur für mich bestimmt. »Wir wollen die Crew klein halten und sie ist leichter zu manövrieren. Außerdem sind wir sie schon gewohnt. Bastian hat recht, du bist stur.« Er wuschelt mir durch die Haare, sodass sie sich kräuseln, aber die Anspannung in meiner Brust löst sich. Sie haben recht.

Statt mich nach Bastian umzudrehen, wende ich mich an die Soldaten. »Danke für eure Arbeit, aber die Pläne haben sich geändert. Ladet alles so schnell wie möglich auf die *Keel Haul.*«

Falls sie verärgert sind, zeigen sie es nicht. Zum Glück haben wir gerade erst mit dem Beladen der *Duchess* begonnen, und die Soldaten können ihre Route schnell anpassen und die Fracht einladen. Während sie das tun, grinst mich Ferrick an.

»Es ist okay, wenn du aufgeregt bist«, sagt er, als könne er die Ungeduld spüren, die ich unbedingt zu verbergen versuche. »Du liebst das Segeln; schäm dich nicht dafür. Für Visidia musst du vielleicht tapfer aussehen, aber hier bist du unter Freunden. In Ordnung?«

»In Ordnung.« Ich lege meine Hand auf die seine, die auf meiner Schulter ruht. Ich glaube zwar nicht ganz, was er sagt, aber ich weiß es zu schätzen.

Seit Vaters Tod ist Ferrick mein Fels in der Brandung. Ein winziges, vertrautes Licht in einem grauen Nebel. Bastian versucht zwar, für mich da zu sein, aber wie könnte ich mich von ihm trösten lassen, wenn ich dasselbe nicht für ihn tun kann?

Zwischen Ferrick und mir gibt es keine romantische Liebe und wird es auch nie eine geben. Aber ich vertraue ihm mehr als jedem anderen. Er ist ohne Frage mein bester Freund.

»Ich bin froh, dass du wieder da bist«, sage ich zu ihm, und er antwortet mit einem Lächeln und einem Küsschen auf meinen Scheitel.

»Ich bin auch froh.« Sein Ton passt allerdings nicht zu seinen Worten. »Ich bin nur … Ich fühle mich nur schuldig bei dieser Sache, ich kann nicht anders. Nach allem, was Vataea durchgemacht hat, verdient sie es, das von Blarthe zu erfahren.«

»Das stimmt.« Ich sehe ihm ernst in die Augen. »Aber wenn ich es Vataea jetzt erzähle, marschiert sie direkt in seine Zelle und schlitzt ihm höchstpersönlich die Kehle auf.«

»Wäre das falsch?«, fragt Ferrick, und ich weiß nicht genau, ob es ein Witz ist. Letzten Sommer hätte er so etwas nie gesagt. Aber jetzt liegt ein Schatten über seinem Blick und seine Lippen sind zu einer dünnen, geraden Linie zusammengepresst. Mir wird klar: Diesmal meint er es ernst.

Es kommt mir vor, als sähe ich jedes Mal, wenn ich blinzle, einen anderen Teil von Ferrick, der sich verändert hat. Er war schließlich derjenige, der den letzten Schlag führte, der Kaven tötete. Auch wenn er es tat, um mich zu retten – er hat ein Leben genommen. Ich weiß aus Erfahrung, wie sehr das einen Menschen verändern kann.

»Nein«, gebe ich zu. »Wenigstens glaube ich nicht, dass es falsch wäre.« So sehr Ferrick sich verändert hat, so sehr habe auch ich mich verändert. Früher hätte ich bereitwillig zugestimmt, dass Vataea ihm die Kehle durchschneiden und es hinter sich bringen sollte. Bei den Göttern, sie hätte ihm sogar mit ihren eigenen Zähnen die Kehle herausbeißen können und ich hätte sie unterstützt. Aber seit ich die Wahrheit über die Montaras erfahren habe – seit ich weiß, dass der Tod jeder einzelnen Person, die ich umgebracht habe, nicht dem Königreich diente, wie man es mich mein Leben lang hat glauben lassen – bin ich mir nicht mehr sicher.

Ich werde auf jeden Fall alles tun, was nötig ist, um meinem Volk zu dienen und es in eine bessere Zukunft zu führen. Und wenn ich dafür töten oder mir die Hände schmutzig machen muss, dann soll es so sein.

Aber heißt das, es ist nicht *falsch*? Was macht mich besser als irgendeinen von denen, die ich umbringe?

»Im Moment brauche ich ihn noch lebend.« Meine Stimme klingt angespannt, ich weigere mich, länger darüber nachzudenken. »Wenn wir unsere Crew so klein wie möglich halten wollen, brauchen wir Vataeas Magie. Sie muss ganz da sein.«

Ferrick tut es zwar mit einem Seufzen, aber er gibt nach. Er verlagert seine Hand an meinen unteren Rücken, um mich vorwärts zu schieben, in Richtung *Keel Haul* und zu dem Jungen, der wartend davorsteht.

Lass uns nicht vergessen, dass auch ich ein Junggeselle bin.

Als ich an Bastians Worte denke, wird meine Haut ganz heiß. Mit allem, was in mir ist, wünsche ich mir, ich könnte mich in die Bedeutung dieser Worte fallen lassen und sie *fühlen.* Ich wünsche mir, ich könnte sein Gesicht in meine Hände nehmen und meine Lippen auf seine drücken. Das Salz und das Meer schmecken, die ihnen sicher immer noch anhaften.

In seinen Knochen ist ein Sehnen und in seiner Seele ein hungriges Pulsieren, die mir sagen, dass Bastian dasselbe fühlt. Aber ich darf mich nicht von seinem Grinsen ablenken lassen oder von den Sternen, die in seinen Augen tanzen, egal, wie sehr mein Körper es möchte.

Bastian erklimmt rasch die Strickleiter und senkt die Rampe der *Keel Haul* herab, und ich schlängle mich zwischen den königlichen Soldaten hindurch, um an Bord zu klettern. Doch in dem Moment, als ich an ihm vorbeikomme, flüstert er: »Willkommen an Bord«, und plötzlich befinde ich mich wieder in der Nacht, in der wir uns kennengelernt haben.

Ich erstarre, und sein Gesichtsausdruck reicht mir: Ich weiß, dass er sich sehr wohl bewusst ist, was er mit mir macht. Ohne ein Wort zwinge ich meine Füße zu gehorchen und gehe an ihm vorbei auf Vataea zu.

»Bist du dir sicher, dass du das Schiff lotsen kannst?«, frage ich und hebe beschwichtigend die Hände, als ihr Blick giftig wird. »Ich zweifle nicht an dir. Ich will nur nicht, dass du dich überanstrengst.«

»Ich habe geübt.« Hochmütig stellt sie die Hüfte seitlich aus und verschränkt die Arme. Sie hat zugenommen, seit sie auf Arida ist, jetzt sind ihre Kurven üppig und es ist schwer, den Blick abzuwenden. Hinter mir stolpert eine Soldatin und lässt eine Truhe voller Fracht fallen, völlig selbstvergessen bei Vataeas Anblick. Der Blick der Meerjungfrau huscht kurz zu ihr hinüber, sie mustert sie einmal von oben bis unten, dann wendet sie sich wieder mir zu.

»Du kannst üben, so viel du willst«, sage ich, »aber das heißt nicht, dass du nie müde wirst. Du bist nicht unbesiegbar, Vataea.«

»Vielleicht nicht.« Sie wirft sich Strähnen ihrer rabenschwarzen Haare über die Schulter. »Aber so gut wie. Abgesehen davon ist er ja da und kann mir helfen.«

Als Vataea mit ihrem langen, dunklen Fingernagel hinter mich deutet, drehe ich mich um und sehe Casem und Mira. Er hat sich den Bogen über den Rücken geschlungen, so hat er eine Hand frei, um die von Mira zu halten. Ich versuche, Mira nicht zu forschend anzusehen, als sie auf das Schiff zukommt. Ihre Wangen haben wieder Farbe und ihre Haut ein gesundes Leuchten. Aber ich werde das Bild nicht los, wie sie zusammengesunken auf dem Boden lag, tödlich verletzt durch einen Messerstich in die Brust. Selbst mit der Hilfe der Suntoser hat sie lange gebraucht, bis sie wieder geheilt war. Sie schont ihre linke Seite, und ein Rucken in ihrem Gang sagt mir, dass sie noch nicht wieder ganz so gesund ist wie sie vorgibt. Das sind wir alle nicht.

Am Fuß der Rampe wendet sich Casem zu Mira um und zieht sie an sich. Er flüstert etwas, das ich nicht hören kann, aber ich weiß, es ist so intim, dass ich wegsehen sollte. Und doch kann ich es nicht. Nicht einmal, als sie sich auf die Zehenspitzen stellt, sein Gesicht umfasst und ihn mit mehr Leidenschaft küsst, als ich ihr zugetraut hätte. Als sie zurückweicht, fängt die Perle an ihrem Verlobungsring das Licht der anbrechenden Morgendämmerung ein, und ich ertappe mich, wie ich ihn mit brennender Hitze in meinen Adern anstarre.

Ich freue mich für die beiden. Ganz ehrlich. Aber ich werde den Neid auf Mira nicht los, weil es so einfach für sie ist. Sie liebt Casem und er liebt sie. Daran ist nichts verwirrend oder schwierig.

Erst als er sich sicher ist, dass sie fest in ihren Mantel gewickelt ist, drückt Casem ihr noch einen Kuss auf die Lippen und beginnt, sich zurückzuziehen. Seine Schritte sind langsam und schleppend.

Ich wünschte, ich müsste ihn nicht mitnehmen. Aber Mira

hat ihm Gedankenkommunikation beigebracht, und in Kombination mit seiner Fähigkeit, die Luft zu befehligen, ist er zu wertvoll: Ich kann ihn nicht zurücklassen.

»Das sind fast alle«, sage ich, mehr zu mir selbst, aber Vataea presst überrascht die Lippen zusammen.

»Fast?«, wiederholt sie, als sich eine königliche Soldatin nähert. Ich kenne sie nicht, es ist diejenige, die bei Vataeas Anblick gestolpert ist. Sie ist groß, mit breiten Schultern und kurzen roten Haaren. Ihr Gesicht ist von Sommersprossen gesprenkelt und ihre grünen Augen leuchten verschlagen, als sie zu uns herübersieht. An ihrem Handgelenk trägt sie ein schmales Armband, das aussieht, als wäre es aus feinen Fischknochen gemacht und mit Roségold überzogen.

»Vergebt mir, dass ich mitgehört habe« – ihre Stimme ist ein Schnurren, das ich sofort wiedererkenne – »aber habe ich das richtig gehört? Ihr wartet noch auf ein anderes Crewmitglied?«

Vataea dreht sich mit blitzenden Augen zu mir um, als wollte sie fragen: *Meint diese Person das ernst?*

Ich versuche, nicht zu lachen, als die Soldatin breit grinst. Ihre roten Haare werden heller und verlängern sich zu babyrosa Wellen, die an ihrem Rücken hinabgleiten. Ihre grünen Augen vertiefen sich zum Farbton frischen Blutes und ihre Kurven verbreitern sich, während sie in der Größe schrumpft. Langsam verändert sich ihr Körper weiter, bis es eindeutig Shanty ist, die da vor uns steht.

»Hallo, Kapitänin«, schnurrt sie. »Wie wäre es, wenn du mich deiner Freundin vorstellst?«

Ich unterdrücke ein Grinsen, als Vataea in der ersten Überraschung den Kopf einzieht. Aber sie fängt sich sofort wieder und Neugier tritt an die Stelle der Überraschung. Ihr Blick schweift langsam an Shanty hinauf, sie lässt sich Zeit dabei.

»Vataea«, antwortet sie selbst, lässt die Arme aber vor der Brust verschränkt und bietet ihr nicht die Hand an.

»Du musst die Meerjungfrau sein.« Shanty hält ihr trotzdem die Hand hin und lächelt listig, als Vataea sie schließlich schüttelt. »Ich bin Shanty.«

»Shanty hat uns den Tipp gegeben, wo wir dich finden können«, erkläre ich. »Sie nutzt die Verzauberungsmagie von Ikaea auf eine Art, wie ich sie vorher nie gesehen habe. Nennt sich selbst Gesichtswandlerin.«

»Nicht mehr nur Gesichter«, korrigiert mich Shanty. »Ich kann jetzt auch Teile meines Körpers verzaubern. Bei der oberen Hälfte bin ich besser als bei der unteren, aber ich arbeite dran.«

Das erste Mal habe ich Shanty in der versteckten Barracuda-Lounge in Ikae gesehen. Damals wirkte sie gefährlich unter den bunt blitzenden Lichtern und als Anführerin einer Gang, die uns ohne zu zögern die Kehlen durchgeschnitten hätte, wenn Shanty sie darum gebeten hätte. Aber hier, wo die Sonne durch den Nebel blinzelt, bin ich überrascht, wie *normal* sie wirkt.

Shanty ist kleiner als in meiner Erinnerung, sie reicht mir knapp bis zu den Schultern. Und auch wenn das Rot, das sie für ihre Augen bevorzugt, mich beunruhigt, ist sie merkwürdig nahbar. Klug und skrupellos, aber auch schön, mit vollen rosa Wangen und einem Lächeln, das lügt und die Welt davon überzeugt, dass sie keine Bedrohung ist. Sie ist die Art von Mädchen, zu dem die Leute sich hingezogen fühlen, ohne je genau zu wissen, warum; die Art Frau, der man viel zu leicht sein Vertrauen schenkt, selbst wenn sie der Typ ist, der dich sofort verraten würde, sobald er die Chance dazu bekommt.

Ich habe Shanty und die Barracudas zwar für ihre Verbrechen in der Vergangenheit begnadigt, weil sie uns geholfen hat, Vataea zu finden, aber das war, bevor ich wusste, dass sie Söldnerinnen sind. Shanty weiß zwar, dass ich sie im Auge behalte, aber nicht einmal ein Teil von mir glaubt, dass die Barracudas keine Aufträge mehr annehmen.

»Warten wir noch auf jemand anderen?«, fragt Vataea, als die Soldaten den Rest der Fracht verstaut haben, und ich blicke über das Deck, um die Mannschaft zu sehen, die wir zusammengestellt haben:

Ferrick, Casem, Vataea, Shanty, Bastian und ich. Eine sechsköpfige Crew, was für ein Schiff dieser Größe normalerweise niemals genügen würde. Aber es ist eine perfekte Crew.

Ein Heiler.

Ein Gedankenkommunikator, der Einfluss auf die Luft hat.

Eine Meerjungfrau, die mit einem einzigen Lied die Gezeiten ändern kann.

Eine Gesichtswandlerin.

Ein Pirat mit Fluchmagie und zusätzlich der, die einmal mir gehört hat.

Und ... ich. Die ohne irgendeine Magie oder andere Fähigkeiten als das Wissen, wie und wo man eine Person für maximale Wirkung niederstechen muss, rein gar nichts zu der Bandbreite des Könnens dieser Crew beizutragen hat.

Doch genau um das zu ändern, bin ich hier.

Als die Rampe zur *Keel Haul* hochgezogen wird und die Soldaten an Land zurückkehren, um uns zuzuwinken und mir Glück zu wünschen, umfasst Bastian das Steuer.

»Wohin zuerst?« Er kann den hoffnungsvollen Unterton in seiner Stimme kaum verbergen. Ich weiß zwar, dass er sich nichts mehr wünscht, als dass wir nach Zudoh zurückkehren, aber ich muss zuerst Blarthes Spur verfolgen und sehen, was ich über das Artefakt herausfinden kann.

»Wir segeln nach Kerost.«

Bastian nickt und dreht das Steuerrad mit einer harten Bewegung. »Vataea, das heißt, wir müssen nach Südwesten. Es ist eine lange Reise, wenn du also so nett wärst ...«

Vataea nimmt rasch ihren Platz am Bug ein. Sie beugt sich über die Reling und flüstert die Beschwörung so leise, dass es sich zuerst anhört, als murmelte sie nur etwas. Aber als sich die Wellen regen, wird ihre Beschwörung lauter und lauter, bis die Wellen unser Schiff praktisch erfassen und uns nach vorn katapultieren. Der erste Ruck wirft mich gegen Ferrick, der mich auffängt, während er selbst versucht, nicht den Halt zu verlieren.

»Bei den Göttern«, murmelt er, und ich schaue hoch und sehe, dass sein Gesicht grün wird. Ferrick lässt mich praktisch aufs Deck fallen und stürmt zur Reling, er schafft es gerade noch rechtzeitig.

Bastian wirft einen Blick auf ihn und verdreht die Augen, und trotz allem wird mir innerlich warm.

Trotz allem, was los ist, erlaube ich mir dieses Gefühl. Denn zum ersten Mal seit dem Sommer bin ich richtig zu Hause.

10

Erst als Arida außer Sicht ist und die See in meine Haut einsinkt, wird mir klar, dass es echt ist. Wir tun das wirklich.

Der wilde Wind fährt mir durch die Locken, während ich mich in der feuchten Luft einrichte, meinen Umhang eng um mich ziehe und auf die Boje starre. Sie dümpelt hinter uns, und in meiner Brust schwillt ein Gefühl an, das ich beinahe nicht wiedererkenne: Freiheit. Ich bin nicht mehr auf Arida eingepfercht, sondern hier auf dem offenen Meer, bereit für ein neues Abenteuer.

Die Crew hängt hinter mir an Deck herum, Casem und Bastian planen unseren Kurs, während Shanty am Mast lehnt und mit Verzauberungsmagie immer wieder die Farbe ihrer Fingernägel ändert, weil sie sich nicht für einen Farbton entscheiden kann.

Neben ihr legt Vataea den Kopf in den Nacken und reckt das Gesicht der schwachen Sonne entgegen, wobei sie zufrieden eingemachten Hering aus dem Glas isst, während Ferrick nervös die Hände ringt und versucht, den Mut aufzubringen, mit ihr zu reden.

Vataea sieht ihn aus dem Augenwinkel und verzieht belustigt die Lippen, dann bietet sie ihm das Glas an.

»Hering?« Mir dreht sich der Magen um, als eine schleimige Flosse zwischen ihren Lippen verschwindet. Sie seufzt zufrieden auf, bevor sie sich über den nächsten hermacht.

»Ja, danke.« Ferrick räuspert sich, nimmt das Angebot an und beißt ohne zu zögern in den Hering. Im selben Moment zuckt sein ganzer Körper, er muss sein Würgen verbergen, indem er in seinen Ärmel hustet. »Köstlich.« Dabei röchelt er fast und zwingt sich, höflich das ganze Ding aufzuessen. »Nur ein bisschen … salzig.«

Ich nehme mir eine Handvoll Trockenfleisch und unterdrücke ein Lachen, dann mache ich mich auf den Weg zum Bug, um sie ihrem Gespräch zu überlassen. Die *Keel Haul* ist heute eine Kämpferin. Sie pflügt durch die Winterwellen, schüttelt das Schiff so stark durch, dass ich mich an der Reling festhalten muss, als ich zum Horizont blicke.

Eines Tages gehen wir zusammen auf eine Reise, hat Vater einmal zu mir gesagt, als er mich vom ersten Schiff trug, auf dem ich versucht hatte, von Arida abzuhauen. *Ich zeige dir das ganze Königreich. Ich zeige dir jedes Juwel und jedes Geheimnis, das es zu bieten hat.*

Ich schließe die Augen und versuche mich zu erinnern, wie es sich anfühlte, an seiner Brust zu lehnen. Mit jedem Tag, der vergeht, merke ich, wie ich Vater immer mehr nachjagen muss. Ich jage der Erinnerung an sein Lächeln hinterher oder dem Geräusch seines Lachens, das sich mir irgendwie immer entzieht. Je länger ich versuche, die Erinnerung an Vater festzuhalten, desto mehr verzerrt mein Verstand sein Bild.

Purpurrotes Blut sickert durch seine Weste und befleckt meine Hände. Er lässt mich fallen, und Blut läuft aus seinem Mund, Schatten sammeln sich wie Rauch in leeren Augenhöhlen und verdecken sein Gesicht. Hinter ihm erhebt sich ein Meer aus toten Visidiern. Sie alle starren mich unverwandt an, und ich erkenne ein paar ihrer Gesichter von dem Massaker, das letzten Sommer auf Arida geschehen ist. Wo ihre Augen sein sollten, sind Löcher voller Blut, das ihnen wie Bäche über die Wangen rinnt.

Ich strecke mich nach Vater aus, als sich das Blut um mich

sammelt, aber jedes Mal, wenn ich mich auf ihn zubewege, ziehen ihn die Toten außer Reichweite. Ihre Wut erschüttert mich bis ins Mark, sie ist so durchdringend, dass sie mir fast den Schädel spaltet.

Sie wissen, was die Montaras ihnen angetan haben, und sie kennen Vaters Lügen. Sie wissen, dass das alles unsere Schuld ist.

Das Letzte, was ich sehe, ist Vater, der mit einer Hand seinen Bauch umklammert, während er die andere durch die Toten, die ihn festhalten, nach mir ausstreckt. Ich versuche immer wieder, ihn zu erreichen und schreie, als die Toten ihn verschlingen.

Es ist meine Schuld, dass er tot ist.

Es ist meine Schuld, dass sie alle tot sind.

Es ist meine Schuld …

»Amora?«

Die Stimme entreißt mir Vaters Bild und ich öffne die Augen. Meine Hände umklammern die Reling so fest, dass sie zittern, die Nägel graben sich in das splitternde Holz. Ein ersticktes Keuchen ist zu hören, und mir wird erst klar, dass ich das bin, als jemand mir eine Hand an den Rücken legt und die andere auf die Schulter.

»Oh, Götter. Hey, tief durchatmen, ja? Versuch zu atmen.« Die Stimme ist weiblich, aber nicht melodisch genug, um Vataea zu gehören. Ich kann mich zwar kaum konzentrieren, versuche aber, so gut ich kann, das zu tun, was Shanty sagt. »Gut. Hör auf meine Stimme.«

Obwohl ich erwarte, dass sie mir weiterhin sagt, ich solle atmen, wird mir mit plötzlicher Überraschung klar, dass sie nicht mehr spricht, sondern so leise singt, dass ich mich konzentrieren muss, um zu hören, dass es ein beliebtes Seemannslied ist.

Ihre Stimme ist überhaupt nicht mit Vataeas vergleichbar. Sie klingt wie ein Schiff, das über Sand schrammt, vollkommen neben dem Ton. Aber der Text schlägt einen vertrauten Rhythmus in meinem Kopf an, und ich folge ihm.

Als das Lied vorbei ist, sehe ich wieder klar, und Shanty lockert ihren Griff. Sie ist wahrscheinlich der einzige Grund, warum ich noch stehe.

»Danke«, bringe ich zwischen zwei flachen Atemzügen heraus, und lasse mich wieder sanft von der Meeresluft umhüllen. Langsam, aber sicher ebbt der Schmerz der Erinnerungen ab – er ist noch da und drückt mich auch weiter nieder, aber er ist nicht mehr unerträglich.

Neben mir stützt Shanty die Arme auf die Reling. »Kein Grund zu danken. Ich weiß, es kommt dir jetzt nicht so vor, aber … solche Sachen werden besser. Vielleicht nicht in nächster Zeit und vielleicht geht es nie ganz weg, aber es wird besser.«

Ich erstarre, habe fast Angst zu fragen. »Das ist dir auch passiert?«

Sie schaut sich um, ob uns jemand zuhört, dann flüstert sie: »Ich kann mir vorstellen, dass es andere Gründe bei uns beiden gibt. Aber ich weiß, wie erdrückend es sich anfühlen kann, wenn man das Gefühl hat, es wird alles zu viel. Es passiert mir nicht mehr so oft. Aber bei mir hilft Musik. Normalerweise, wenn es ein Lied ist, das ich kenne, dann kann ich mich auf den Text konzentrieren statt auf die Erinnerungen. Meine Gedanken werden manchmal sehr düster, deshalb versuche ich, sie mit etwas Fröhlicherem zu überlisten.«

Ich bin überrascht, wie ungezwungen sie auf einem Schiff wirkt. Ich habe erwartet, sie würde sich fehl am Platz vorkommen, aber sie fühlt sich vollkommen wohl, als sie da am Bug lehnt. Selbst jetzt fällt es mir schwer zu erfassen, wer Shanty ist. Ich weiß, sie ist nicht aus Gutwilligkeit hergekommen, sondern wegen der Bezahlung, die man bekommt, wenn man einer Königin hilft. Und doch fühlt es sich in diesem Moment nicht an, als hätte sie irgendwelche Hintergedanken. Sie wirkt, als würde sie jedem helfen, der das durchmacht, was ich durchmache.

Ich habe Shanty immer für furchterregend gehalten. Für jemanden, den nichts erschüttern kann. Aber jetzt steht sie hier und ist genau wie ich.

»Ich habe nicht erwartet, dass du mitkommst.« Meine Worte sind so laut wie es meine zitternde Stimme schafft – kaum lauter als der Wind. »Ist den Barracudas das recht?«

»Die Barracudas können für sich selbst sorgen«, sagt sie. »Das hier ist ein Job, genau wie jeder andere. Sie wissen, dass ich zu ihnen zurückkehre und dass meine Taschen dann hübsch fett sein werden.«

Ich verschränke die Arme über der Reling und lege meinen Kopf darauf. »Bitte erzähl niemandem, was passiert ist. Sie würden es nicht verstehen.«

Einen Moment lang sagt sie nichts, und wenn da nicht das Gefühl ihres Körpers neben mir wäre, ich würde glauben, sie sei gegangen. Schließlich antwortet sie dann aber doch. »Es steht mir nicht zu, etwas zu erzählen. Aber einige von ihnen verstehen vielleicht mehr als du denkst, weißt du?«

»Du hast gesagt, bei dir wurde es besser.« Hinter ihr sehe ich die anderen, die Blicke zu uns herüberwerfen, aber sie sind zu weit weg und der Wind tost; ich kann mir nicht vorstellen, dass sie etwas gehört haben. »Wann?«

»Als ich aufgehört habe, davor davonzulaufen.« Es liegt etwas Zärtliches in der Art, wie sie es sagt. »Ich hatte die Hilfe meiner Barracudas. Sie haben mir geholfen, meine Vergangenheit anzunehmen, als es zu anstrengend wurde, davor davonzulaufen.«

Wieder werden meine Knochen steif. Ein Schauder überläuft mich, aber ich spiele es herunter und gebe vor, es sei nur der Wind.

»Was hältst du von Frühstück?«, schlägt Shanty vor. »Casem übermittelt Botschaften von deiner Mutter, wie du die Junggesellen am besten beeindrucken kannst, und ihre Tipps gehören zur besten Unterhaltung in ganz Visidia. Du solltest wirklich kommen und sie dir anhören.«

»Ich bin gleich da«, sage ich. »Gib mir eine Minute.«

»Natürlich.« Sie drückt meine Schulter auf eine Art, die mir das Herz zusammenzieht und mich stark an Vater erinnert, dann geht sie. Als sie weg ist, denke ich über das nach, was sie gesagt hat.

Ich hatte die Hilfe meiner Barracudas.

Und ich habe meine Crew, aber Shanty irrt sich. Sie sind so frustriert von mir und davon, wie ich mit meinem Fluch umgehen muss. Sie würden es nie verstehen.

Ich habe aufgehört, davor davonzulaufen.

Aber das ist für mich keine Option. An meinen Händen klebt das Blut derer, die in der Nacht von Kavens Angriff auf Arida umkamen. An ihnen klebt das Blut meines Vaters.

Wenn ich aufhören würde davonzulaufen, würde das bedeuten, dass ich ihren Tod akzeptiere, genau wie meinen Fluch. Es würde bedeuten, dass ich akzeptiere, dass ich nur die Hälfte meiner Seele besitze und dass Seelenmagie nie wieder zu mir oder dem Rest von Visidia gehören wird.

Erst wenn ich das Artefakt finde – erst wenn ich alles tue, was in meiner Macht steht, um Visidia für das zu entschädigen, was ich angerichtet habe – kann ich aufhören zu rennen. Es gibt kein Vergeben, kein Vergessen.

Fürs Erste muss ich weiterlaufen.

11

Nachdem wir Kurs genommen haben, gehe ich in die Kajüte, die ich mir mit Vataea teilen soll, und mache mich daran, meine Reisetruhe auszupacken. Bedrückt streiche ich über die ausgefransten Seile meiner Hängematte und erinnere mich an meine erste Nacht hier auf See. Der Beginn einer Reise, die mir alles schenken sollte, was ich je gewollt hatte, und die mir gleichzeitig alles nahm, was ich am meisten geliebt hatte.

Leise Schritte auf der Treppe lassen mich innehalten. Ich weiß, dass sie Bastian gehören, noch bevor er mit einer zweiten Hängematte in der Hand hereinkommt. Unsere Blicke begegnen sich, aber er geht wortlos vorbei. Als er die Hängematte in die *Keel Haul* hämmert, zucke ich beim ersten Schlag zusammen.

Ich sehe die Anspannung in seinem Körper und die Wut in seinen Schlägen, und ich weiß, dass es jetzt Zeit wird, ihm die Wahrheit zu sagen: dass ich hier bin, um ein Artefakt zu suchen, das unseren Fluch brechen kann, nicht um einen Ehemann zu finden. Aber als die Worte schon beinahe aus meinem Mund heraus sind, bricht Bastian das Schweigen.

»Das wäre letzten Sommer unglaublich schmerzhaft gewesen.« Er wischt sich den Schweiß von der Stirn und schlägt noch einen Nagel in das Holz.

Ich brauche einen Augenblick, um zu verstehen, dass er auf seinen früheren Fluch anspielt – der seine Seele an die *Keel*

Haul band –, und ich setze mich ihm gegenüber und falte die Hände. »Du bist sicher froh, nicht mehr an das Schiff gebunden zu sein.«

Bei den Göttern. Small Talk ist allein schon schlimm genug, aber Small Talk mit Bastian ist unerträglich.

Sein Ausatmen klingt beinahe wie Gelächter, aber viel zu bitter. »Ich würde meinen früheren Fluch jederzeit gegen den jetzigen eintauschen, Amora.«

Sag es ihm, drängt eine Stimme in mir. *Sag ihm die Wahrheit.* Aber das Zögern gewinnt und ich ignoriere die Stimme. »Hast du deshalb nie ausgepackt?« Innerlich verfluche ich mich selbst dafür, dass ich gefragt habe. Ich will Bastian weiter *ignorieren*, genau wie ich es seit Herbst zu tun versuche. Aber wollen und tun sind zweierlei, und dabei führen mein Geist und mein Körper unaufhörlich Krieg gegeneinander, vor allem jetzt, da wir uns gezwungenermaßen auf so engem Raum befinden. »Du hattest kaum etwas, das die Soldaten aufs Schiff bringen konnten.«

Er hämmert weiter, ohne den Blick von seiner Arbeit abzuwenden. »Das war für den Fall, dass ich weg muss.«

Ich erstarre und unterdrücke meine Überraschung. »Du kannst nicht weg! Was ist mit unserem Fluch?«

»Wir werden nicht für immer verflucht sein.« Noch ein Hammerschlag. »Ich habe mich darauf vorbereitet, dass wir einen Weg finden, ihn zu brechen und du beschließt, dass du mich nicht länger auf Arida haben willst. Es ist unmöglich, mich an einem Ort wohlzufühlen, an dem ich vielleicht nicht willkommen bin.«

Meine Finger hören mit dem nervösen Trommeln auf. »Wie kommst du darauf, dass ich dich nicht dort haben möchte? Ich dachte, du *wolltest* Arida zu deinem Zuhause machen.«

Endlich lässt Bastian den Hammer sinken, aber der Blick, mit dem er mich ansieht, ist erschöpft, so gar nicht wie die selbstbewusste Arroganz, die er an diesem Morgen an Land zur Schau getragen hat. »Wie kann ich mich willkommen fühlen, wenn du dir solche Mühe gibst, mir aus dem Weg zu gehen? Wenn du zusammenzuckst, sobald ich versuche, dich zu berühren?« Er beendet seine Arbeit an Vataeas Hängematte, setzt sich probeweise darauf und fährt sich mit den Händen übers Gesicht. »Zudoh ist mein Zuhause. Wenn du dir die Zeit nehmen würdest, mir mal fünf Minuten zuzuhören, wäre dir das vielleicht klar.«

Ich verkrampfe mich, bis mir bewusst wird, dass in seinen Worten gar keine Härte liegt. Er sagt es ausdruckslos und sachlich, und das allein stoppt meine steigende Anspannung.

»Dieser Fluch betrifft mich auch«, sagt er, »und es wäre nett, wenn du daran denken würdest. Egal, wo du hingehst, ich muss mitkommen. Wenn du also auf Arida feststeckst oder mit *Verehrern* über die Inseln stolzierst, denk daran, dass ich auch dort sein muss, dabei ist eigentlich alles, was ich will, nach Zudoh zurückzukehren und zu helfen, den Schaden zu reparieren, der meiner Heimat zugefügt wurde.«

»Das ist *alles*, was du willst?« Bei den Göttern, ich weiß nicht, warum ich frage. Ein Teil von mir will die Worte sofort wieder verschlucken, aber der andere Teil will eine Antwort von ihm, denn ich kann die Gefühle nicht stoppen. Die Wut. Das Verlangen.

Der bösartigste Teil von mir will wissen, ob er dasselbe fühlt.

Sag es ihm, Amora. Sag ihm die Wahrheit.

»Du weißt, dass das nicht so ist.« Bastian steht auf, und ich kann kaum atmen, als er die Kajüte durchquert. Mit jedem Schritt, den er auf mich zu macht, weiche ich einen zurück, bis ich mit dem Rücken an der Wand stehe und wir Brust an Brust. Er stützt einen Arm neben meinem Kopf an die Wand und beugt das Gesicht herab, sodass sein Atem meine Lippen wärmt. Nicht ein einziges Mal weicht der Blick seiner Haselnussaugen von mir, bis seine Hand in meine Locken greift, ich die Augen schließe und den Kopf an die Wand sinken lasse und mein Körper praktisch unter seiner Berührung bricht, weil ich mich nach nichts mehr sehne als nach seinem Kuss. Nach seiner Berührung.

Ich erstarre erwartungsvoll, aber nichts passiert. Ich zwinge die Augen wieder auf, nur um festzustellen, dass er die Stirn runzelt.

»Ich will dich.« Etwas in seiner Stimme bricht mit diesen Worten. »Ich weiß nur nicht, ob du mich auch willst. Mit dir wäre ich glücklich auf Arida. Aber jedes Mal, wenn du mich siehst, kommt es mir vor, als wäre es dir lieber, wenn ich gar nicht existierte. Und doch sind wir jetzt so hier und du läufst ja nicht gerade davon. Also sag mir, was ich denken soll.« Er stößt sich von der Wand ab und meine Brust tut weh, als er sie nicht mehr berührt. Aber im selben Moment, in dem eine Distanz zwischen uns liegt, lüftet sich anscheinend der Nebel von meinem Geist und macht den Weg für meine Gedanken frei.

»Sag mir, was ich tun soll, und ich tue es«, drängt er. »Ich würde Berge für dich versetzen. Ich würde die Sterne vom Himmel holen, damit du einen in der Hand halten kannst. Aber wenn du das nicht willst, dann sag es mir jetzt, denn ich werde nicht schmachten. Ich tue, was ich kann, Amora, aber du musst mir sagen, was du brauchst.«

So etwas habe ich noch nie gehört. Seine Worte lösen ein Flattern in meiner Brust aus. Mein Blutdruck steigt. Ein überwältigendes Gefühl, dass dieser Moment zerbrechlich ist und dass ich mit einer falschen Bewegung alles zerschlagen könnte.

»Ich wünschte, es wäre so einfach.« Das ist nicht das, was ich sagen will. Ich muss. »Ich habe Gefühle für dich, die ich noch nie zuvor für jemanden empfunden habe, aber ein Teil meiner Seele ist *in deinem Körper*, Bastian. Wie kann ich darauf vertrauen, dass irgendetwas davon echt ist?«

»Weil es vom ersten Moment an, in dem wir uns begegnet sind, echt war.« Seine Stimme ist fest und entschlossen. »Ich weiß, du hast denselben Funken gespürt wie ich. Bei unserem ersten Kuss war das kein Problem, beim zweiten auch nicht oder als wir auf Zudoh waren und fast miteinander geschlafen hätten. Du und ich hatten lange vor diesem Fluch Gefühle füreinander.«

Er hat recht, und ich möchte ihm zustimmen, aber ich weiß auch, dass ich innerlich nicht mehr dieselbe bin. Ich will nicht mit jemandem zusammen sein, der mir die Sterne vom Himmel holt, wenn ich ihm im Gegenzug nicht den Mond schenken kann. Wenn ich nicht ganz sein kann, dann kann ich auch mit niemandem zusammen sein.

Das ist meine letzte Chance, ihm die Wahrheit zu sagen. Aber Bastian ist eine Flut, deren Sog mich unaufhörlich anzieht, und ich muss unnachgiebig sein wie ein Anker. Er muss eine wachsende Entfernung zwischen uns spüren. Denn ich werde nicht zulassen, dass dieser Junge mich als sein Eigentum betrachtet, und wenn es das braucht, damit er es versteht, dann soll es wohl so sein.

»Ich wünschte, ich könnte darauf vertrauen.« Ich muss die Worte aus mir herausziehen. Jedes einzelne steckt fest, es zerreißt mich. »Aber immer, wenn ich in deiner Nähe bin, habe ich das Gefühl, ich bin dein Eigentum. So möchte ich nicht leben.«

Er weicht zurück, und als er sich mit der Hand über den Mund und seine dunklen Bartstoppeln streicht, bin ich erschrocken, wie viel älter er wirkt. Die Schatten in seinen Augen sind härter geworden, seit er seinen Bruder verloren hat, und sein kantiges Kinn ist zu Stahl geworden. Ich habe Bastian immer für stark gehalten, aber jetzt ist er kräftiger, mit mehr Muskeln auf den Knochen und mehr Kraft in den Schultern.

Niemand, der Bastian jetzt kennenlernt, würde ihn einen *Jungen* nennen. Während ich nicht hingesehen habe, ist er zu einem Mann geworden. Und jetzt ist da ein Funke in den Augen dieses Mannes.

»Ich bin kein Idiot, Amora.« Seine Stimme klingt kühl wie der Frost und er rümpft die Nase, als hätte er einen neuen Wein gekostet, nur um festzustellen, dass er ihm nicht schmeckt. »Wenn du der Meinung wärst, sesshaft zu werden sei das Beste für Visidia, hättest du deine Verlobung mit Ferrick nicht gelöst. Er ist genau so, wie sich dein Reich einen König vorstellen würde.«

Meine Brust verkrampft. Ich weiß, das ist meine Chance, Bastian die Wahrheit zu sagen, und doch … Irgendwie bringe ich die Worte nicht heraus. Ich will nicht, dass er weiß, dass es eine Chance gibt, unseren Fluch zu brechen. Ich will nicht, dass er weiß, was ich suche, denn ich kann seine Meinung darüber nicht gebrauchen. Bastian hat mich jetzt schon viel zu sehr in der Hand. Würde ich ihm alles erzählen, würde ich ihn in mein Inneres lassen. Es würde bedeuten, dass wir diese Reise zusammen machen.

Und ich bin mir nicht sicher, ob ich dazu bereit bin.

»Ich kenne dich gut genug, um zu wissen, dass du etwas verbirgst«, sagt er. »Es ist mehr an dieser Sache dran als du mir sagst. Aber ich mache bei deinem Spiel mit und hoffe, du wirst bei diesen Jungs dein Bestes geben. Denn du wirst zutiefst enttäuscht sein, wenn du feststellst, dass keiner von ihnen ich bin.« Mit jedem Wort blüht sein Selbstbewusstsein auf. »Sie werden nie auch nur halb so viele Gefühle in dir wecken wie ich.«

Seine Piraten-Großmäuligkeit ist plötzlich zurück, und er kommt wieder auf mich zu. Ein Schritt. Noch einer. Und dann ist seine Hand an meiner Taille. Zuerst zaghaft, er gibt mir die Chance, ihm auszuweichen. Aber meine Knie zittern und ich kann kaum aufrecht stehen. Ich will auf keinen Fall, dass er loslässt.

»Und falls du jemanden findest, der das schafft«, fährt er

fort, und seine Stimme ist ein tiefes Grollen, »dann gebe ich auf. Wir kreiden die Hälfte dessen, was du für mich fühlst, dem Fluch an. Aber die andere Hälfte? Die würde ich echt nennen. Und falls es da draußen jemanden gibt, der mehr in dir auslöst, werde ich nicht versuchen, dich von demjenigen fernzuhalten. Ich will, dass du glücklich bist. Aber« – er beugt sich herab, sodass seine Stirn an meiner ruht, und seine Worte heißen Atem über meine Lippen fegen – »da wir anscheinend ein Spiel spielen, stelle ich eine neue Regel auf. Ich werde dir beweisen, dass das, was du für mich empfindest, echt ist. Egal, was diese anderen Typen versuchen dürfen, um dich zu umwerben, ich bin dabei und spiele mit. Ich darf alles machen, was sie dürfen.«

Ich weiß nicht mehr, ob ich atme, ich balle die Fäuste und presse sie an die Wand, damit sie ihn nicht anfassen und mich verraten.

»Mich *umwerben*«, spotte ich und gebe mir die größte Mühe, ihm nicht zu zeigen, welche Macht er über mich hat. »Als wäre ich so leicht ...«

»Amora.« Meinen Namen zu hören unterbricht mich sofort. »Ich habe keine Familie mehr. Mein Bruder hat meine Heimat zerstört und trotzdem kann ich nicht nach Zudoh zurück, um meinen Leuten zu helfen, weil ich durch einen Fluch an dich gebunden bin. Deine Magie fließt in meinen Adern, und weil ich kein Montara bin, habe ich keine Ahnung, wie lange ich sie erhalten kann oder was sie vielleicht mit mir anstellen wird. Du bist nicht die Einzige, die davon betroffen ist.

Wie du hoffentlich verstehen wirst«, fährt er fort, »war mein Leben sicher schon mal besser. Und doch habe ich dich nie um etwas gebeten, denn ich weiß, unter welchem Druck du stehst. Ihr Sterne, ich *spüre*, unter welchem Druck du stehst. Ich habe mir eine Bitte aufgehoben, und das ist sie. Ich brauche keine besonderen Gefälligkeiten. Behalte deine Geheimnisse, mir ist das egal. Aber wenn ich bei dieser Scharade mitmachen soll, will ich eine faire Chance. Bitte. Gib mir eine faire Chance.«

Dagegen kann ich nichts sagen, mir fällt einfach kein Argument ein. Sosehr ich Abstand von Bastian brauche, er hat recht: Er hat es nicht verdient, wie ich ihn behandle. Es ist nicht seine Schuld, dass wir verflucht sind. Nichts von alledem ist seine Schuld.

Es ist meine.

Doch jetzt habe ich die Chance, meine Fehler wiedergutzumachen. Ich habe eine Chance, alles wieder hinzubekommen. Wenn das passieren soll, dann muss aber dieses ständige Hickhack mit Bastian aufhören.

»Also gut«, gebe ich nach und muss mich zwingen, es zu sagen. »Welche Festivitäten auch immer für die Bewerber geplant sind, du darfst mitmachen.«

»Sehr gut.« Bastian kaschiert die Erleichterung in seiner Stimme mit einem Lächeln, als er sich von mir zurückzieht, um seinen achtlos abgelegten Hammer aufzunehmen. Als er zur Tür geht, werden meine Lippen kalt und taub, weil er nicht mehr da ist.

Er zwinkert mir über die Schulter zu, und ich hätte gute Lust, ihn dafür umzubringen. »Ich freue mich, dass wir uns schließlich doch noch bei irgendetwas einig sind. Schlaf gut, Prinzessin.«

12

Mit der Geschwindigkeit der *Keel Haul*, Casems Wind, der die Segel bläht, und Vataeas Magie, durch die die See uns voranschiebt, schaffen wir es in etwas mehr als zwei Tagen nach Kerost.

Die Luft ist kühl und beißend, als wir ankommen, und ihr Kratzen auf meiner Haut erinnert mich an das letzte Mal, als ich hier war. Letzten Sommer hatte es Anzeichen dafür gegeben, dass etwas im Königreich nicht in Ordnung war, aber erst als ich Kerosts Kieselstrand betrat und einen Chor von Hämmern hörte, verstand ich, wie schlecht es um mein Königreich stand.

Zum Glück ist inzwischen alles wieder besser. Keine Hammerschläge zerreißen mehr die Luft, stattdessen höre ich Stimmengewirr und Gelächter.

Der Hafen ist nicht mehr verwittert und vergessen, sondern bis zum Rand voller Schiffe mit smaragdgrünen und rubinroten Flaggen. Curmaner mit der Fähigkeit, Gegenstände fliegen zu lassen, und die elementar begabten Valukaner setzen ihre Magie ein, um die Insel wieder aufzubauen, wie ich es befohlen habe, sobald ich den Thron bestiegen hatte. Stolz wärmt meine Brust, als wir *Keel Hauls* Rampe absenken, ein seltsames Gefühl, wenn man bedenkt, dass wir bei unserem letzten Abenteuer nur die Strickleiter benutzt haben, um jederzeit fluchtbereit zu sein.

»Schau, wie viel sich verändert hat.« Erleichterung ergreift mich, als wir am Ufer entlanggehen. Der Asphalt unter unseren Füßen ist solide und fest, besteht nicht mehr aus den gebrochenen und abgeplatzten Steinen, an die ich mich erinnere. Als ich Kerost zum letzten Mal gesehen habe, war es fürchterlich arm und Blarthe war aufgetaucht, um die Bewohner auszunutzen. Er verschaffte den Kers das Material, das sie für den Wiederaufbau ihrer Insel brauchten, ließ sich im Tausch dafür aber mit ihrer Lebenszeit bezahlen. Und es war klar, dass die Materialien, die er ihnen gab, nie stark genug sein würden, um den extremen Stürmen zu widerstehen, die ihre Insel alle paar Jahre heimsuchen.

Jetzt aber lernen sie die Fähigkeiten, die sie zum Überleben brauchen.

Eine kleine Gruppe von talentierten valukanischen Metallarbeitern hat die Reise nach Kerost ebenfalls gemacht und nutzt ihre Verbundenheit mit der Erde, um die Gebäude zu verstärken, damit sie den Stürmen trotzen können.

Dem Hafen gegenüber zeigen einige andere Valukaner einer Gruppe Kers, wie man Wasser manipuliert. Ihre Bewegungen sind wie ein höchst eleganter Tanz, und ich ertappe mich dabei, wie ich mich von der Crew entferne, damit ich näher herankomme, um ihnen zuhören zu können.

»Die Leute halten Wasser oft fälschlicherweise für das sanfteste der Elemente«, sagt ein kleines valukanisches Mädchen. Sie ist zwar jünger als die anderen, aber ihre Bewegungen sind bei Weitem die anmutigsten und präzisesten. »Doch das ist nicht wahr. Wasser kann wild sein. Es kann widerspenstig sein. Wenn ihr in dem Glauben herangeht, es beherrschen zu können, werdet ihr niemals lernen. Ihr müsst es als eine Erweiterung eures Körpers begreifen.« Als sie ihre Hände über den Kopf hebt, formt sich das Meerwasser über ihr zu einem durchsichtigen Bogen. Als sie ihre Hände nach unten schwingen lässt, strömt es hinterher. Sie bohrt einen Fuß in den Sand, dreht sich langsam im Kreis und lässt das Wasser ihrem anmutigen Tanz folgen. Es baut sich auf, bis es aussieht, als stünde sie mitten in einem tosenden Strudel. Ich kann zwischen den Lücken im Wasser kaum sehen, wie sie ihre Hand hebt, doch als sie sie fallen lässt, rauscht der Strudel mit einem scharfen Klatschen wieder ins Meer zurück.

Die umstehenden Kers klatschen Beifall, ihre Augen leuchten vor Begeisterung für diese neue Magie, die sie endlich lernen wollen. »Und jetzt kommt, stellt euch alle zu mir ans Ufer«, sagt das junge Mädchen. »Wir fangen mit den Grundlagen an …«

Ihnen zuzusehen, wie sie sich nebeneinanderstellen, erfüllt mich innerlich mit Freude. *Das* hat Kerost immer gebraucht. Hätten sie doch nur schon vor Jahren die Möglichkeit bekommen, mehrere Magieformen zu lernen, dann wäre ihnen so viel Schmerz und Leid erspart geblieben.

Wenigstens lernen sie es jetzt endlich.

Und doch: So viel es auf Kerost auch gibt, so kann man doch unmöglich ignorieren, was es *nicht* gibt.

Es hat keine Feierlichkeit zur Ankunft der *Keel Haul* gegeben. Es gibt keine Fahnen. Kein königlicher Berater und keine Kers stehen bereit, um mich zu begrüßen und mich so schnell wie möglich wegzubringen, damit ich die Junggesellen der Insel kennenlerne.

Wüsste ich es nicht besser, ich würde glauben, die Insel hatte keine Ahnung, dass ich heute ankomme. Aber ich war dabei, als Mutter die Vorkehrungen getroffen hat; so etwas würde sie nicht übersehen.

Ich erkenne in einem der trainierenden Kers den Jungen wieder, den wir als Ersten kennengelernt hatten, als wir auf die Insel kamen: Armin. Wir hatten stundenlang neben ihm gehämmert, woraufhin Ferrick die schmerzenden Hände des Jungen heilte. Armin sieht uns nicht, aber die ältere Frau, die ihn von einem glatt geschliffenen Felsen oberhalb des Strandes aus beobachtet, tut es. Mein Herz setzt einen Schlag aus, als mich der harte Blick ihrer grünen Augen durchbohrt. Einen Moment lang stehe ich mit geballten Fäusten still, denn ich erinnere mich an das, was sie zuletzt zu mir gesagt hat.

Wenn du nächstes Mal herkommst, dann besser mit einer ganzen Flotte.

Schon in dem Moment, in dem ich den Thron bestiegen habe, habe ich ihr genau die geschickt.

Die Frau hält das Kinn hoch erhoben, und ich erkenne erschrocken das golden schimmernde Emblem an der Schulter ihres amethystfarbenen Umhangs. Sie ist Kerosts Ratgeberin: diejenige, die nicht zu dem Treffen auf Arida erschienen ist. Und sie wartet auf mich.

»Wartet hier«, sage ich zu den anderen, aber Casem reagiert sofort.

»Du solltest nicht allein sein, Amora. Das ist gefährlich.«

Ich werfe ihm meinen finstersten Blick zu, aber Casem lässt sich nicht aus der Ruhe bringen.

»Sie ist ihre *Ratgeberin*«, widerspreche ich.

»Und ich bin dein Leibwächter.« Er verschränkt die Arme und lässt den Blick schweifen. »Hier stimmt irgendetwas nicht, und es ist meine Pflicht, dich zu beschützen.« Seine hitzige Stimme genügt mir, um zwischen den Zeilen zu lesen, und als mir die Erkenntnis dämmert, versetzt es mir einen Stich.

Casems Vater Olin war der treueste Freund und Beschützer meines Vaters, bis er ihn verriet. Ich trage Casem nichts nach; bis es zu spät war, hatte er keine Ahnung, dass sich sein Vater mit Kaven zusammengeschlossen hatte. Als jemand, der ebenfalls indirekt für den Tod zu vieler Menschen verantwortlich ist, kann ich nur Verständnis haben.

»Du bist nicht dein Vater«, sage ich sanft, worauf er die Schultern hängen lässt. »Und ich bin nicht der meine. Ich bin hier, damit mich mein Volk kennenlernt. Die Leute müssen das Gefühl bekommen, dass ich mich nicht mehr vor ihnen abschirme, und das ist mit dir als meinem Schatten nicht möglich. Ich habe jahrelang mit dir trainiert, Casem. Denkst du, du hast mich gut unterrichtet?«

Er zieht ein verwirrtes Gesicht. »Natürlich habe ich …«

»Dann hör auf, dir Sorgen um mich zu machen. Mit oder ohne Magie, ich kann selbst auf mich aufpassen.«

Casem knirscht mit den Zähnen, schließlich gibt er sich aber geschlagen, neigt den Kopf und zieht sich mit den anderen zurück. Mit seinem Segen marschiere ich über den Strand und an einer sandigen Klippe hinauf, bis ich bei Kerosts Beraterin ankomme. In der Zwischenzeit ist sie ein Stück zur Seite gerückt, damit ich neben ihr auf dem Felsen Platz habe. Schweigend setze ich mich.

»Dann bist du also jetzt unsere Königin«, sagt sie nach einem kurzen Moment, ohne den Jungen aus den Augen zu lassen, von dem ich nur annehmen kann, dass er ihr Enkel ist.

»Das bin ich.« Ich habe keine Ahnung, warum meine Stimme so quietscht und mein Magen nervös brennt. »Und es sieht so aus, als wärst du die neue Ratgeberin.«

Bei diesem Titel verzieht sie so heftig die Lippen, dass ich beinahe zusammenzucke. »Das habe nicht ich mir ausgesucht, das haben die entschieden, die hier auf Kerost bleiben.«

Jetzt verziehe ich mitfühlend den Mund. Wie beim Königshaus stammen auch Ratgeber normalerweise aus immer derselben Familie. Aber ich muss nicht nachfragen, um zu wissen, dass der Ratgeber, wer auch immer er war, im jüngsten Sturm umgekommen sein muss. Kerost muss improvisiert haben, indem es sein eigenes Oberhaupt wählte.

Diese Frau wenigstens ist eine gute Wahl.

»Es wäre nett gewesen, dich beim Ratstreffen zu sehen.« Ich bin vorsichtig mit dem, was ich sage, denn ich bewege mich verständlicherweise auf dünnem Eis. »Ich habe nicht einmal deinen Namen mitbekommen.«

»Ephra Tost«, sagt sie mit steinerner Miene und blickt weiter nach vorn.

Mir ist schmerzlich bewusst, wie *langsam* Ephras Bewegungen sind. Als ich sie das letzte Mal gesehen habe, hat sie mithilfe von Zeitmagie ihren Körper beschleunigt. Jetzt wirkt jede ihrer Bewegungen bedacht, langsam und schmerzvoll. Sie ist zwar älter, aber nicht so alt, wie es ihre grauen Haare und ihre Falten vermuten lassen. Als ich sie ansehe, wird mir unvermittelt klar, dass Kerost zwar endlich eine Chance auf Stabilität hat, ich aber trotzdem zu spät kam. Zu vielen Menschen wurde so viel Zeit genommen und sie werden sie nie zurückbekommen. Egal, wie sehr ich es versucht habe, ich habe sie trotzdem enttäuscht. Doch gerade als ich sie um Entschuldigung bitten möchte, streckt Lady Tost eine zitternde Hand aus und legt sie auf meine.

»Du hast das gut gemacht.« Sie behält weiter ihren Enkel im Blick und sieht mich nicht direkt an. »Du hast in zwei Jahreszeiten mehr für mein Volk getan als jeder Hohe Animant in seinem ganzen Leben für uns getan hat.« Ich versuche, meine Hand zurückzuziehen, ein Widerspruch brennt auf meiner Zunge, aber sie hält sie fest. »Mein Sohn und seine Frau sind in dem Sturm umgekommen. Ihr Haus und alles darin wurde zerstört; nur Armin hat es geschafft. Als ich ihn gefunden habe, lag er weinend unter ihren Leichen begraben.« Sie nickt zu dem Jungen am Strand hinüber, der gerade rücklings in den Sand fällt, als das Wasser, das er zu kontrollieren versucht hat, ihm hart ins Gesicht klatscht.

»Aber so viel Gutes du auch getan hast, ich fürchte, Kerost kann dir nicht so leicht verzeihen«, fährt Lady Tost fort. »Es hätte nur jemanden gebraucht, der bereit gewesen wäre, uns das nötige Werkzeug in die Hand zu geben, damit wir selbst für uns sorgen können. Deshalb konnte ich nicht nach Arida kommen. Ich weiß zwar zu schätzen, dass du diejenige warst, die uns endlich diese Werkzeuge gegeben hat, aber wir wollen keine Anweisungen, wie wir sie benutzen sollen. Ich weiß alles über den Grund, aus dem du hier bist und über den Ehemann, den du finden musst. Aber ich habe dich hierher auf diese Insel eingeladen, damit du unsere Fortschritte sehen kannst, nicht um dich zu feiern, nach allem, was wir erduldet haben. Während du dich mit Junggesellen zur Schau stellst, werden wir unsere Bemühungen darauf konzentrieren, unsere Insel wiederherzustellen. Kerost will mit diesem Theater nichts zu tun haben.«

Jedes Wort brennt wie ein Gift, das in meine Haut einsickert. Ich schaffe es endlich, ihr meine Hand zu entziehen, doch die Nervosität schnürt mir die Kehle zu.

Ich verstehe, was sie meint: Wir haben zu lang gebraucht und Kerost deshalb zu viel Leid zugefügt. Wäre ich in ihrer Lage, würde ich dasselbe für meine Insel tun. Ich würde etwas Besseres verlangen, genau wie sie es jetzt tut.

Aber ich bin nicht Ephra. Ich bin die Königin von Visidia, und meine Pläne, die Inseln zu bereisen und dieses legendäre Artefakt zu finden, werden schon unterbrochen. Dabei sind wir noch nicht einmal eine Stunde an Land.

Wenn ich diese Reise fortsetzen soll, darf ich nicht zulassen, dass das restliche Visidia sieht, wie ich von Kerost abgewiesen wurde oder dass sie glauben, sie könnten ebenfalls mit so einer Behandlung davonkommen. Und ich kann mich sicherlich nicht von einer Insel werfen lassen, solange ich nicht mehr über Ornell herausgefunden habe, die Person mit den Informationen über das Artefakt, das ich finden muss.

»Ich erwarte eure Vergebung nicht so einfach.« Vor Anspannung verhasple ich mich fast. »Und ich verstehe, warum ihr nicht daran teilnehmen wollt, auch wenn ich dir versichern kann, dass ich nicht vorhabe, mich zur Schau zu stellen. Aber wenn du mich hierher eingeladen hast, damit ich den Fortschritt dieser Insel sehe, dürfen meine Crew und ich dann wenigstens die Nacht über hierbleiben? Ich würde gern sehen, wie es Kerost geht.«

Ephras Schnauben ist bitter. »Ich kann der Königin nicht verbieten, zu bleiben, solange sie es wünscht; wir haben uns noch nicht von Visidia abgespalten. Tu, was immer du möchtest. Aber du solltest wissen, dass Kerost nicht mehr das Zuhause ist, das ich einmal gekannt habe, und ich gehe davon aus, dass du feststellen wirst, dass es eine vollkommen andere Insel ist. Ich wage zu sagen, dass Blarthes Einfluss auf unsere Insel tatsächlich sogar etwas Gutes bewirkt hat.«

Ich runzle die Stirn. »Was meinst du damit?«

Sie tätschelt meinen Oberschenkel, bevor sie ihre Hand wieder auf ihren eigenen Schoß zurückzieht. »Geh und statte dem *Vice* einen Besuch ab.« Sie sagt es mit solcher Endgültigkeit, dass man meinen könnte, sie selbst sei die Königin. Ich gehe erst, nachdem ich ihr gedankt habe, und mache mich auf den Rückweg die Klippen hinunter zu den anderen.

Vataea ist die Erste, die ich auf mich warten sehe. Ihr Blick huscht über den Strand hin und her, ihr Körper ist angespannt und sprungbereit. Sie hat zwar nichts gesagt, aber ich kann mir vorstellen, dass es eine Qual für sie ist, wieder hier auf dieser Insel zu sein, auf der sie so lange gegen ihren Willen leben musste.

»Ist alles in Ordnung mit dir?«, frage ich sie leise. »Niemand nimmt es dir übel, wenn du auf der *Keel Haul* warten möchtest.«

Sie schüttelt nur den Kopf und sagt: »Wenn dieser Mistkerl sich immer noch hier versteckt, will ich die Erste sein, die ihn findet.«

Ferrick schluckt, sodass sein Adamsapfel hüpft, und ich werfe ihm schnell einen Blick zu, um ihn daran zu erinnern, nichts zu sagen. Ich werde Vataea bald die Wahrheit über Blarthe sagen. Nur … nicht, bevor ich das Artefakt gefunden habe.

»Wenn du es dir anders überlegst, kannst du jederzeit gehen. Aber im Moment sieht es aus, als wären wir auf dem Weg zum *Vice*.«

Kerost ist ganz sicher nicht die Insel, die am leichtesten zu erreichen ist. Sie versteckt sich in der südwestlichen Ecke des Königreiches und ihr fehlen Sehenswürdigkeiten wie die schönen Gärten von Arida, die Vulkane und heißen Quellen von Valuka oder der verschwenderische Glanz von Mornute. Kerost ist Visidias kleinste Insel und besitzt auch keine schöne Landschaft, deshalb war sie nie ein Reiseziel. Aber als wir um den Hügel herum auf das *Vice* zukommen, wird immer deutlicher, dass Kerost weit entfernt ist von der Insel früherer Tage.

»Was in der Götter Namen …« Ferricks Überraschung spiegelt meine eigene, als wir gezwungen werden, uns alle dicht zusammen zu halten, wenn wir uns nicht in den Menschenmengen verlieren wollen, die sich auf den Straßen drängeln. Um nicht aufzufallen und Kerost zu erleben, ohne Aufmerksamkeit zu erregen, ziehe ich meinen Umhang – der dank Shanty so verzaubert ist, dass er das Amethyst von Ker zeigt statt dem ursprünglichen Saphirblau – eng um mich und die Kapuze hoch.

»BILLARD UND BLACKJACK!«, brüllt eine Frau in einem hautengen, amethystfarbenen Kleid. Es ist vorn so tief ausgeschnitten, dass mir ganz heiß wird. Ich habe noch nie jemanden gesehen, der so etwas Gewagtes getragen hat. Der Rest der Mannschaft starrt ebenfalls schamlos hin und ich räuspere mich, als die Frau wieder ruft: »Kommt, versucht euer Glück beim Billard und Blackjack!«

Eine andere Frau steht ihr gegenüber vor einem neu errichteten Gebäude und ruft der Menge mit genauso viel Enthusiasmus zu: »Meine Damen, hier warten die schönsten Herren des ganzen Königreiches darauf, euch zu dienen.« Sie schlingt ihren Arm um eine von zwei jungen Frauen, die stehengeblieben waren, und lockt sie mit geübtem Charme zum Eingang. »Ganz richtig, kommt nur herein. Hier herein.«

Etwas weiter die Straße hinunter erheben Gäste ihr Bier zum Himmel, bevor sie mit grölendem Gelächter mit ihren

Krügen anstoßen. Ihre Haut ist gerötet, ihre Augen sind blutunterlaufen und sie geben brüllend Wetten auf etwas ab, das aussieht wie irgendein Rennen.

Auf den Straßen sind viele Kneipengänger in dem auffälligen Amethystton unterwegs, der sie als Kers zu erkennen gibt – Leute, die früher nur auf Zeitmagie spezialisiert gewesen wären –, aber es sind auch Dutzende andere unterwegs. Am aufwendigen Stil ihrer Kleidung ist leicht zu erkennen, dass die Mehrheit von ihnen aus Ikae stammt. Es scheint so, als wäre Ikaes Modetrend des Tages Wolken, und alle folgen ihm, so gut sie können, indem sie verschiedene Abstufungen von Rosa, Lavendel, Hellblau und Cremefarben tragen. Die meisten sehen aus wie Plunderstücke. Aber ein clever gestylter Gast ist gekleidet wie ein wütender Sturm. Alle paar Minuten zuckt ein Blitz durch seinen dunkelblauen Anzug und lässt ihn gelb aufleuchten. Eine andere Frau aus Ikae hat sich ganz in grauen Tüll gehüllt; sie praktiziert jetzt wahrscheinlich auch valukanische Magie, denn sie hat sich über ihrem Kopf ihre ureigene Regenwolke erschaffen. Daraus tropft zwar stetig Regen, dennoch wird sie nicht nass.

Es gibt auch viele Valukaner und sogar einige Aridier, die die grauen Steingebäude betreten und verlassen. Manche stolpern nicht gerade nüchtern herum, während andere brüllen, ihnen sei ihr Geld gestohlen worden und alle Spiele seien manipuliert.

An einer Ecke versucht sich ein junger Mann in Konversation mit einer kleinen Gruppe von Frauen. An der gegenüberliegenden Ecke verkauft ein Kind Stapel bewegter Pergamente.

»Königin Amora sucht einen Ehemann! Lesen Sie die Geschichte für nur ein einziges Stück Seeglas! Ja, ganz richtig, Leute, kommt her und holt euch euer Exemplar …«

Das ganze Treiben auf diesen Straßen ist so verwirrend, dass Casem schützend einen Schritt näher an mich herankommt.

»Sieht so aus, als hätten sie ihre Insel in eine riesige Spielhölle verwandelt.« Bastians Worte sind weder hämisch noch wertend. Falls überhaupt, klingt er eher beeindruckt. Als er nach vorn deutet, folge ich seinem Blick zu einem Schild, auf dem VICE steht. Seit wir das letzte Mal hier waren, wurde Blarthes ehemaliges Lokal frisch gestrichen, es trägt jetzt einen protzig silbernen Hintergrund mit kühnem, amethystfarbenem Schriftzug. Die Frauen, die sich in das Etablissement trauen, tragen kurze Kleider oder schimmernde Anzüge unter den Mänteln, die sie an der Tür abgeben, während die Männer ihre beste Kleidung ausführen. Alles ist auf eine Art und Weise protzig, wie ich sie vorher noch nie gesehen habe; es ist überwältigend, laut, und so viel Alkohol und Geld wie hier im Umlauf ist, ist es sicherlich auch nicht ungefährlich.

»Bleibt dicht zusammen«, befiehlt Casem, die Hand am Schwertgriff. »Dieser Ort ist gefährlich.«

»Dieser Ort ist unglaublich«, widerspreche ich.

»Er ist *bemerkenswert*«, stimmt Shanty mir zu, hebt ihre Kapuze an und senkt den Kopf, damit die anderen in der Menge nicht bemerken, wie die Verzauberungsmagie über ihre Haut kriecht, als sie zwei Fingerspitzen an ihre Wangen drückt. Sie macht ihre Augen weicher, ihre Haare länger und ihren Mund zum Schmollmund. So verwandelt sie sich in jemanden, dessen süße Unschuld zu viele Männer ausnutzen. Das Kleid, das unter ihrem Mantel Form annimmt, ist allerdings alles andere als unschuldig.

»Falls ihr mich braucht«, sagt sie mit einem Grinsen, das so verrucht ist, dass ich mir überlege, ob ihre Begnadigung wirklich so eine gute Idee war, »ihr findet mich an den Spieltischen, ich werde sie alle ausbluten.«

»Du meinst ihre Geldbörsen«, sagt Ferrick, zwischen dessen Brauen sich eine tiefe Falte bildet. »Oder? Du blutest ihre Taschen aus?«

Shanty lächelt nur. »Ich denke, das kommt darauf an, wie die Nacht verläuft.« Mit einem kaum wahrnehmbaren Winken verschwindet sie in der Menge und erinnert mich wieder einmal daran, was für eine gefährliche Mannschaft ich rekrutiert habe. Shanty könnte mir innerhalb einer einzigen Sekunde ein Messer an die Kehle drücken, und ich hätte es nicht kommen sehen.

Ich wusste zwar, dass sich Visidia nach Vaters Tod verändern würde, aber ich habe erwartet, dass es langsam geschieht, dass die Inseln mehr Unterstützung bräuchten. Allerdings hat Shanty recht – was die Kers für ihr Zuhause getan haben, ist sowohl notwendig als auch genial. Aber es ist auch eine Erinnerung daran, wie schnell sich Visidia verändert und wie wenig Kontrolle ich an seinem Steuer habe.

Jetzt, da sie dazu ausgebildet werden, sich selbst vor den schlimmsten Stürmen zu schützen – jetzt, da sie *sicher* sind – mussten sie nur noch einen Weg finden, mehr Einkommen zu generieren.

Und das haben sie.

Die Sonne versinkt hinter den Steinhäusern und die Abenddämmerung bricht herein. Funkelnde Lichter erwachen zum Leben und baden die Nacht in einem blitzenden Neonlicht, von dem man sich unmöglich abwenden kann. Die Farbzusammenstellung soll nicht schön sein wie auf Ikae, sondern so auffällig und übertrieben, dass sie fast schon kitschig ist. Und doch hat sie etwas Anziehendes. Etwas *Aufregendes*.

Genau das braucht Kerost. Das ist der Köder der Insel, ihre Anziehungskraft für Touristen, die herkommen und Geld ausgeben. Sie haben genommen, was Blarthe ihnen gegeben hat, und haben es sich zu eigen gemacht, und ich glaube nicht, dass ich je stolzer auf mein Volk war.

Wie Shanty möchte ich in den hell erleuchteten Straßen losziehen und alles erkunden, was die Stadt zu bieten hat. Ich möchte Ornell finden. Aber mit meiner Crew im Schlepptau kann ich das nicht frei tun.

Ich muss einen Weg finden, um zu suchen, ohne dass die

anderen misstrauisch werden. Im Moment ist Ferrick der Einzige, der wissen kann, was mein wirkliches Ziel ist.

»Du findest es toll.« Bastians Stimme, leise und sehnsüchtig, weckt meine Aufmerksamkeit.

»Es ist unglaublich.« Ich kann es nicht abstreiten; mein Gesichtsausdruck spricht Bände. Das ist der Teil des Reisens, den ich mehr als alles andere liebe – nicht nur mein Königreich und seine Einwohner zu sehen, sondern zu lernen, wie die einzelnen Inseln funktionieren. Ihre Traditionen und sie selbst kennenzulernen. Ich könnte tausendmal etwas über die Mode von Ikae oder die riesigen Berge von Valuka lesen, aber nichts ist besser als es selbst zu erleben.

»Schau, wie weit sie in nur zwei Jahreszeiten gekommen sind.«

Bastian lächelt, wird aber wieder ernst, als er etwas an der Straßenecke sieht. Er bewegt sein Kinn nach links und ich schaue diskret zu einem Händler hinüber, der an der Abzweigung zu einer schmalen Gasse steht. Vor sich hat er drei Metallbecher, die er auf dem Tisch herum bewegt, hinter dem er im Schneidersitz sitzt. Eine Menschentraube bildet sich um ihn, als er einen der Becher anhebt, um eine winzige Schneckenmuschel zu enthüllen.

»Behalte den Gewinn im Auge«, sagt der Händler zu einem Mädchen, das ihm gegenübersitzt. Die junge Frau kneift konzentriert die Augen zusammen, als er die Muschel mit dem Becher abdeckt und anfängt, die Becher zu verschieben. Seine Bewegungen sind anfangs langsam, leicht zu verfolgen. Aber irgendwann setzt er Zeitmagie ein und die Becher drehen sich so schnell, dass sie verschwimmen.

Als der Händler innehält und die Becher zur Ruhe kommen, sieht das Mädchen nicht abgeschreckt aus. Es zeigt voller Selbstbewusstsein auf den mittleren Becher. Doch der Händler verzieht das Gesicht, und als er den Becher anhebt, ist nichts darunter.

»Du warst ganz nah dran«, sagt der Händler mit gespieltem Mitleid. »Möchtest du es noch mal versuchen?«

Sie tut es.

»Da kann man unmöglich gewinnen«, schnaubt Ferrick leise, als wir näher herangehen, um besser sehen zu können. »Man sieht überhaupt nichts!«

»Selbst wenn du es könntest, würdest du nicht gewinnen.« Bastian hat die Arme vor der Brust verschränkt und blinzelt den Händler an, als wäre der ein Rätsel, das er gerade gelöst hat. »Achte auf seine Hände, wenn die Becher anhalten und sie noch überlegt.«

Das Mädchen deutet auf den Becher ganz rechts, und tatsächlich verändert der Händler mithilfe von valukanischer Magie in einer so blitzschnellen Bewegung, dass ich sie beinahe verpasst hätte, die Luft, sodass die Muschel unter dem rechten Becher hervor in seinen Ärmel rutscht. Als er den leeren Becher anhebt, zuckt er die Achseln. »Heute ist wohl einfach nicht dein Tag.«

Das Mädchen lehnt sich verwirrt zurück. »Aber ich hätte schwören können ... Unter welchem ist sie dann?«

Ich beobachte die Hände des Händlers, die mit einer Mischung aus Zeitmagie von Kerost und valukanischer Luftmagie die Muschel schnell wie ein Blitz aus seinem Ärmel in den mittleren Becher rutschen lässt, bevor er ihn ganz anhebt.

Ich bin immer noch nicht daran gewöhnt, multiple Magieformen so fließend eingesetzt zu sehen, und mein Herz hüpft bei dem Anblick. Es ist vielleicht nicht mehr als ein Taschenspielertrick, aber der Junge ist sehr gut darin.

Das Mädchen seufzt resigniert und fährt sich in einer dramatischen Geste mit den Fingern durch die Haare. »Das hätte ich als Nächstes geraten. Ich dachte, diesmal hätte ich es.«

Und sie hatte es auch.

»Du musst deine Augen trainieren, damit sie so gut und

scharf werden wie meine«, sagt der Händler. »Aber wenn du Lust hast, kannst du es auch noch mal versuchen.«

Das Mädchen sieht zwar aus, als wäre es bereit, alles Geld zu opfern, das es noch in den Taschen hat, um zu beweisen, dass es den richtigen Becher finden kann, aber ich habe nicht vor, dabei zuzusehen, wie es wegen eines gezinkten Spiels pleitegeht. Ganz zu schweigen davon, dass ich eine Gelegenheit brauche, diese Stadt zu erforschen, ohne Bastian und Casem im Nacken sitzen zu haben, und dieser Junge hat mich auf eine Idee gebracht.

»Hast du Lust auf ein Spiel, Vataea?«, frage ich und ignoriere Casems müdes Stöhnen.

Sie grinst verwegen und hakt sich bei mir unter. »Ich dachte schon, du fragst nie.«

»Wartet mal kurz«, ruft Ferrick, als wir losgehen. »Hab ich was verpasst? Was tun wir?«

Bastian zuckt die Achseln. »Ich habe festgestellt, dass es am besten ist, einfach mitzumachen, Mann.« Die Schnallen seiner Stiefel klimpern leise, als er uns nachgeht, und Casem und Ferrick folgen eine Sekunde später. Ohne auf das protestierende Schnauben und die verärgerten Kommentare zu achten, drängeln Vataea und ich uns durch die Menge und bleiben erst direkt vor dem Tisch des Händlers stehen. Er wirft einen kurzen, skeptischen Blick zu mir hoch.

»Dürfte ich es vielleicht mal versuchen?«, frage ich mit der süßesten Stimme, die ich zustandebekomme, warte aber nicht ab, sondern setze mich sofort. Das Mädchen, das vor mir gespielt hat, dreht sich zu mir um, als wollte es protestieren, aber ich streife die Kapuze meines Umhangs ab und warte auf den Schock. Es dauert nicht lange, bis sich leises Luftschnappen und Geflüster wie ein Lauffeuer in den Straßen verbreitet. Dank dieser Pergamente kennt jetzt ganz Visidia mein Gesicht.

»Eure Majestät!« Das Mädchen rappelt sich eilig auf und murmelt einen Strom von Entschuldigungen, während sie sich halb verneigt und halb knickst, bevor sie aus dem Weg stolpert. »Natürlich!«

Vataea setzt sich hinter mich.

»Die Königin möchte *mein* Spiel spielen?« Der Händler versucht, es charmant zu sagen, aber auf seiner Oberlippe bilden sich Schweißperlen. Aus der Nähe sehe ich, dass er jünger ist als ich dachte – vielleicht vierzehn –, und es ist eindeutig, dass er überlegt, ob er mich gewinnen lassen soll. Er wäre dumm, wenn er es nicht täte. Ich bin schließlich die Königin von Visidia. Und eine Königin sollte vor ihrem Volk immer gut aussehen.

Daran, wie sehr er schwitzt, kann ich erkennen, dass er das weiß. Aber als ich eine massive Goldmünze auf den Tisch lege, verdunkeln hungrige Schatten seinen Blick. Ich bezweifle nicht, dass er gutes Geld mit seiner Masche macht, aber eine einzige Goldmünze entspricht wahrscheinlich trotzdem seinem Verdienst in einer ganzen Woche.

»Du musst mich nicht schonen«, sage ich ernst zu ihm.

Jetzt nickt er entschlossen und zeigt mir, dass die Muschel immer noch unter dem Becher in der Mitte liegt – und ich werde dafür sorgen, dass es auch so bleibt. Schließlich kommen Muscheln aus dem Meer. Und Meerjungfrauen regieren das Meer.

Die Becher beginnen sich zu bewegen. Zuerst langsam, dann unglaublich schnell. In dem Moment, in dem die Zeitmagie des Händlers einsetzt und er die Muschel gerade wieder in seinen Ärmel schieben möchte, beginnt Vataea hinter mir leise mit einer Beschwörung, um die Muschel mit ihrer Magie an Ort und Stelle zu halten. Ich gebe währenddessen vor, die Becher im Auge zu behalten, als er aber schneller wird, ist das nicht mehr möglich. Meine Augen wurden nie darauf trainiert, Zeitmagie zu folgen, und selbst wenn mein Leben davon abhinge: Ich würde sterben, bevor ich in der Lage wäre, sicher zu sagen, welcher Becher die Muschel enthält. Vataea dagegen ist vorbereitet.

In dem Moment, in dem die Becher stillhalten, streift ihre

Fingerspitze meinen linken Arm, so leicht, dass ich beinahe glaube, ich bilde es mir ein, und so beiläufig, dass es sonst sicher niemand bemerkt.

Ich deute auf den linken Becher.

»Es tut mir leid, Eure Majestät«, sagt der Händler, während er ihn anhebt. »Ihr habt leider …« Die Menge brüllt und der Händler wird blass, als er den Blick senkt und die Muschel sieht.

Vataea klatscht mit geheucheltem Entzücken in die Hände. Ich behalte den Händler im Blick, der die Fäuste auf dem Tisch ballt. Seine Augen begegnen meinen und ich lächle kokett, um seinen Verdacht zu bestätigen.

Er fährt sich mit der Zunge über die rissigen Lippen, die Frustration ist ihm deutlich an den ruckartigen Bewegungen anzusehen, mit denen er unter den Tisch greift und einen Beutel voller Münzen hervorholt. »Euer Gewinn.« Er kann die Gehässigkeit in seiner Stimme kaum zurückhalten. Ich strecke die Hand aus, nehme mir aber nur meine Goldmünze.

»Ich brauche dein Geld nicht.« Ich deute auf die Gasse hinter uns. Sie ist dunkel und beinahe leer, wird von seinem Tisch abgesperrt und es gibt dort weder blinkende Lichter noch neugierige Ohren. »Aber ich würde gern einen Moment mit dir sprechen, wenn es dir nichts ausmacht mitzukommen?«

Ich ziehe die Kapuze hoch und wage mich in die Gasse, der Händler folgt dicht hinter mir. Widerwillig gehorcht Casem meinem Befehl, vorn Wache zu halten, während der Rest der Crew in der Nähe des Tisches wartet und mit scharfen Blicken darauf achtet, dass niemand eine krumme Tour versucht.

Nicht, dass jemand so dumm wäre, es zu versuchen; sie glauben immer noch, dass ich meine Magie habe. Und selbst ohne Magie bin ich nicht wehrlos. Ich habe mir einen Stahldolch an die eine Hüfte geschnallt, während Rukan in seiner Scheide an meiner anderen Seite ruht.

»Hört zu, Eure Majestät.« Die Stimme des Jungen ist schrill vor Nervosität. »Ich habe ein bisschen Geld, wenn Ihr wollt, aber ich habe eine Familie zu ernähren. Eine kranke Schwester und Eltern, die zu viel von ihrer Zeit aufgegeben haben, um unser Haus nach dem Sturm zu reparieren. Wenn Ihr mich verschonen …«

Ich nehme die Hand des Jungen. Sie ist knochig und schwielig – eine Arbeiterhand – und halte sie sanft zwischen meinen Händen.

»Ich bin deine Königin«, erkläre ich ihm, »nicht deine Kommandantin. Wie ich schon sagte, ich will dein Geld nicht. Du musst allerdings vorsichtig mit deinem Trick sein. Wenn ich ihn so schnell durchschaut habe, werden andere es auch noch tun. Und sie werden viel nüchterner und viel schlauer sein als sie wirken.«

Unter den trüben Öllampen laufen seine Wangen leicht rot an.

»Es ist ein kluger Trick«, füge ich hinzu und hoffe, dass ihn das beruhigen wird. »Aber was, wenn du ihn nie wieder machen müsstest?«

Er schweigt wie ein Grab, sodass ich nicht erkennen kann, ob er überhaupt noch atmet. »Ich kann nicht aufhören, ich brauche das Geld …«

»Aber was wäre, wenn du das Geld nicht brauchen würdest?« Ich drücke ihm eine Goldmünze in die Hand und beobachte dabei sein Gesicht. Er sieht zwar leicht verwirrt aus, am stärksten aber ist die Gier, die in seinen Augen aufflackert und sich in der Art zeigt, wie sich seine Finger zuckend um die Münze schließen. »Wie heißt du?«

»Ronan«, antwortet er, als ich meine Hand wegziehe, und zögert, die Münze einzustecken, als fürchte er, ich könne meine Meinung ändern.

»Also, Ronan, was wäre, wenn ich dir sagen würde, dass ich noch viel mehr Goldmünzen wie diese hier habe? Sagen wir dreißig. Du müsstest deine Schummelei nie wieder riskieren. Du könntest für deine Familie sorgen.«

Er wischt sich mit den Ärmel den Schweiß von der Stirn. Endlich schließt er die Faust um die Goldmünze und steckt sie ein. Als er mich wieder ansieht, klingt seine Stimme entschlossen. »Was muss ich tun?«

Dieser Junge ist clever. Es mag ein Taschenspielertrick gewesen sein, mit dem er meine Aufmerksamkeit geweckt hat, aber wegen dieses Tricks habe ich mehrere Dinge bemerkt. Erstens: Er ist ein sehr guter Schauspieler. Zweitens: Er hat ein Gesicht, das in der Menge untergeht, er sieht aus wie jeder andere Händler in dieser Gegend. Und drittens: Er braucht unbedingt Geld.

»Ich muss jemanden finden.« Ich weiß zwar, dass wir allein sind, dennoch senke ich die Stimme. »Aber ich habe zu viele Leute bei mir, ich würde Misstrauen wecken. Sagt dir der Name Ornell Rosenblathe etwas?«

Er schüttelt den Kopf. »Nein, aber falls er auf Kerost lebt, dürfte er nicht schwer zu finden sein.«

»Da bin ich mir nicht sicher«, gebe ich zu. »Aber falls er nicht hier lebt, musst du vor Sonnenaufgang herausfinden, wohin er gegangen ist. Kannst du das?«

»*Sonnenaufgang?*« Er späht zu den gerade sichtbar werdenden Sternen hinauf und verzieht das Gesicht. Aber beim Gedanken an das Geld strafft er die Schultern. »Das schaffe ich.«

»Gut.« Ich nicke zu der Münze in seiner Tasche hinunter, die einzige Motivation, die er brauchen sollte. »Finde es heraus, und du musst dir nie wieder Sorgen um Geld machen.«

Ich lasse ihm keine Zeit, seine Meinung zu ändern oder nach Antworten zu fischen, die ich nicht habe. Ich kann ihm nicht helfen; ich kann nur hoffen und nach einem Grund suchen, noch einen Tag hierzubleiben, falls Ronan mit leeren Händen zurückkehrt.

Der Hunger im Blick dieses Jungen gibt mir aber die Gewissheit, dass das nicht der Fall sein wird.

13

Auf Kerost gibt es keine Zeit.

Seit Sonnenuntergang sind Stunden vergangen, und immer noch färben verzauberte Lichter die Straßen, Lärm und Gedränge halten sie wach. Die Spielhöllen bleiben offen, servieren Alkohol und nehmen Wetten an, scheinbar endlos. Als wir eine betreten, zieht Casem mir die Kapuze meines Umhangs über den Kopf, um mein Gesicht zu verbergen. Ich verdrehe die Augen; diese Leute interessieren sich wenig für Politik, und sie sind viel zu beschäftigt mit ihren Spielen, um mein Eintreten zu bemerken.

Münzen wechseln von einer gierigen Hand in die nächste, und die Leute, die hier arbeiten, rufen von Tischen und Bars zu uns herüber, bieten Bier und Wein an und beschwören uns, bei ihren Spielen mitzumachen. Ich ertappe Bastian, wie er neugierig einen Blackjack-Tisch beäugt und jedes einzelne Gesicht in der Menge prüft.

Ich versuche, nicht zu sehr darauf zu achten, aber seine Neugier kribbelt in mir und juckt auf meiner Haut. Als ich es nicht mehr aushalte, frage ich: »Wonach suchst du?«

Er richtet sich auf. »Shanty. Sie wird uns Ärger machen, wenn wir ihr an so einem Ort freie Hand lassen.«

Er sagt es nicht unfreundlich, eher besorgt. Ich würde sogar sagen, ein bisschen liebevoll. In mir regt sich Eifersucht, und ich hasse mich selbst dafür. Ich wusste zwar, dass sie und

Bastian in der Vergangenheit irgendeine Verbindung hatten, aber ich habe nie über das Ausmaß dieser Verbindung nachgedacht. Zumindest bis jetzt nicht.

»Du weißt schon, dass sie ihr Gesicht verändern kann, oder? Der ganze Sinn und Zweck ihrer Magie ist, dass man sie unmöglich erkennen kann.« Vataeas honigsamtene Stimme weckt die Aufmerksamkeit einiger Gäste an der Bar. Sie drehen sich um und reißen wegen ihrer überwältigenden Schönheit die Augen auf. Falls sie es bemerkt, beachtet sie die Männer nicht. Sie ist schon so lange an Land, dass sie fast unempfindlich dafür ist, wie wir Menschen sie begaffen. Manchmal ertappe ich sie allerdings dabei, wie sie zurückstarrt: mit Blicken wie Dolchen aus ihren beunruhigenden, goldenen Augen. Dann lächelt sie breit und zeigt ihre scharfen Schneidezähne. Normalerweise genügt das, damit sie in Ruhe gelassen wird.

»Manchmal gibt es ein Zeichen«, erklärt Bastian. »Zum Beispiel eine Tätowierung oder Haarfarbe, die sie gern mag oder Schmuck, den sie absichtlich nicht verändert. Damit jemand, der gezielt hinschaut, sie finden kann.«

»Wie gut kanntest du Shanty eigentlich?« Unbehagen grollt in meinem Magen. Ich habe keinen Grund, mir Sorgen über so etwas Triviales zu machen, vor allem nicht, wenn ich im Moment gar keine Beziehung mit Bastian *will*. Dennoch nagt Neugier an mir.

Bastian lächelt mich entwaffnend an. Er weiß ganz genau, warum ich frage, aber zu meiner Überraschung zieht er mich nicht damit auf. Stattdessen sagt er: »Ich kannte sie, bevor sie die Barracudas gegründet hat. Als ich aus Zudoh weg musste, habe ich eine Weile in Ikae gelebt. Shanty war damals meine engste Freundin, auch wenn es nicht lang dauerte, bis mir klar wurde, dass ich nicht an Land leben konnte. Ich habe sie kennengelernt, als sie noch dabei war, ihre Magie zu lernen, und ich weiß, sie kann manchmal ein bisschen nachlässig in ihren Veränderungen werden, wenn sie weiß, dass sie von niemandem verdächtigt wird. Sie hat ein paar Merkmale, auf die sie immer wieder zurückgreift. Zumindest hat sie das damals gemacht.«

Es ist seltsam, an das Leben zu denken, das Bastian einmal hatte, bevor wir uns kennenlernten. Ohne den Ärger mit dem Königreich und die Verwüstung, die sein Bruder angerichtet hat, wären wir beide uns wahrscheinlich nie begegnet. Visidia ist schließlich ein riesiges Königreich. Selbst wenn ich jeden Zentimeter davon erkunden würde, bezweifle ich, dass ich jemals alle treffen könnte. Und doch kann ich mir ein Leben, in dem ich Bastian nie begegnet wäre, nicht vorstellen. Ich will es nicht einmal versuchen.

»Komm.« Er nickt zu einem Tisch hinüber, der anders aussieht als alle, die ich je gesehen habe: Er hat Zahlen, auf die die Spielenden setzen. Dann würfeln sie. Ich habe keine Ahnung, wie das Spiel funktioniert, aber da mehr als die Hälfte der Umstehenden schon etliche Getränke intus haben, kann es nicht schwierig sein.

»Bist du dir sicher, dass wir hier überhaupt sein sollten?«, will Casem wissen, sein Blick zuckt über die Menge. Sein ganzer Körper ist überraschend angespannt.

Mitfühlend legt Ferrick meinem Leibwächter die Hand auf die Schulter und schüttelt den Kopf. »Das bringt nichts, Casem. Willkommen in einer Crew, die keine Vernunft kennt.«

An dem Tisch steht eine junge Frau mit Kurven zum Niederknien und sanft gewellten, violetten Haaren. Sie hat sich bei einem Mann aus Ikae mit wunderschön geschwungenem, silbernem Eyeliner, der in messerscharfen Spitzen ausläuft, untergehakt. Seine Haare sind vom selben Silberton und seine Haut ist blass. Er steht erhobenen Hauptes in einem todschicken violetten Anzug da und hält sich so, wie es diejenigen oft tun, die stolz auf ihr Geld sind.

Er hat Würfel in der Hand und hält sie der Frau vor die vollen, zart rosafarbenen Lippen. Mit einem Glucksen pustet sie auf die Würfel, und er wirft sie auf den Tisch. Als die Menge jubelt, stelle ich mich auf die Zehenspitzen, um besser sehen zu können, was passiert ist, obwohl nichts davon irgendeinen Sinn ergibt.

»Das ist auf keinen Fall Shanty«, flüstere ich den anderen zu.

Bastian zuckt nur mit den Schultern. »Sie ist eine hervorragende Schauspielerin.«

»Braucht ihr hier ein bisschen Hilfe?« Ferricks Stimme ist ein zischendes Flüstern, als jemand ihn beim Arm nimmt und ihm ein Würfelpaar in die Hand drückt.

»Du bist dran«, heißt es, und er bekommt einen Klaps auf den Rücken. Er stolpert an den Tisch und die Frau, die vielleicht Shanty ist, zieht neugierig eine violette Braue hoch, woraufhin Ferrick vom Hals aufwärts rot anläuft. Zögerlich lässt er den Würfel rollen und würfelt eine Sieben.

»Sieben, die Sieben ist gespielt, die Sieben!«

Die ganze Meute brüllt und Ferricks rotes Gesicht leuchtet noch stärker. »Noch mal«, sagt er und angelt schon in seinen Taschen nach seiner Geldbörse. Ich will ihn gerade am Kragen packen und von dieser Falle wegführen, in die er so leicht getappt ist, als die Frau mit den lila Haaren sich von dem ikaenischen Mann löst – sehr zu dessen Enttäuschung –, und sich stattdessen um Ferrick wickelt. Ich sehe ein roségoldenes Armband an ihrem Handgelenk aufblitzen, zart und in Form von mehreren Dutzend schlanker Fischknochen.

»Wie wäre es, wenn ich für dich auf die Würfel puste?« Ihre Stimme ist ein tiefes, verführerisches Schnurren. Sofort nicken wir anderen unwillkürlich.

»Aye«, sagt Bastian, »das ist sie.«

Ferrick dagegen scheint es nicht zu bemerken. Er wirft einen hastigen Blick zu Vataea zurück, als versuche er, sein Desinteresse an dieser Frau durch seine schier panischen Blicke zu übermitteln. Ohne platzende Blutgefäße kann er unmöglich noch röter werden. Sein ganzer Körper wird steif, als Shanty sich kichernd bei ihm unterhakt. Als sie sich vorbeugt, stößt sie zu fest an seine Hand und Ferrick lässt die Würfel fallen. Sie fängt sie gerade noch rechtzeitig auf und legt sie ihm mit einem leichten Erröten wieder in die Hand.

»Tut mir leid!«, sagt sie zu dem Tisch. »Anscheinend habe ich ein bisschen zu viel Schampus erwischt.« Ferrick, von ihrer Berührung immer noch steif wie ein Brett, wirft unbeholfen die Würfel auf den Tisch. Ich sehe nicht, welche Zahlen er würfelt, aber was es auch ist, dem Mann, der den Tisch bedient, fallen fast die Augen aus dem Kopf, während der Rest der Meute schreit und Ferrick bei den Schultern packt. Sie bejubeln ihn, als wären sie alle seit Ewigkeiten beste Freunde.

»Ich glaube, wir hatten nicht genug zu trinken, um es hier auszuhalten«, seufzt Vataea und zieht ab, als sie die Bar erblickt. »Ich bin gleich wieder da.«

»Brauchst du Geld?«, fragt Bastian schnell und will sein eigenes herausziehen, aber Vataea schnaubt nur.

»Du könntest ein bisschen mehr Vertrauen zu mir haben, Pirat.« Sie verschwindet in der Menge, die sich für sie teilt, und jetzt, da Ferrick glücklich abgelenkt ist, bin ich mir Bastians Gegenwart an meiner Seite sehr bewusst. Es ist ein angenehmes Gefühl, ein warmes Sirren, und ich will mich mehr als alles andere hineinfallen lassen und nie wieder daraus auftauchen. Ich muss mich überwinden, es zu ignorieren und meine Aufmerksamkeit nach vorn zu richten, als Ferrick noch einmal mit zwei Würfeln würfelt und sofort mit weiterem Jubel belohnt wird.

»Als ich jünger war, hätte ich mein letztes Hemd hier gelassen«, versucht Bastian seufzend Konversation zu machen. »So wie die jubeln, gehe ich davon aus, dass unsere Drinks heute Abend auf Ferrick gehen.«

Keine schlechte Idee. Was auch immer Shanty da tut, es funktioniert. Aber sie weckt auch Aufmerksamkeit.

Diskret stoße ich Casem den Ellbogen in die Rippen und nicke fast unmerklich zu zwei Männern hinüber, die am anderen Ende des Tisches hinter den Zuschauern stehen und Ferrick beobachten. Sie sind weniger Männer als Felsbrocken auf Beinen, breit und stark gebaut, mit riesigen Muskeln. Ihre Kleidung ist amethystfarben, sie müssen also Kers sein.

Einer der Männer bemerkt meinen Blick, und in seinen Augen blitzt Erkennen auf. Er stößt seinen Begleiter an, der ebenfalls zu mir herübersieht. Mir wird klar, dass das kein Interesse ist, wie man es von Leuten erwarten würde, die ihre Königin in der Öffentlichkeit erkennen, sondern Boshaftigkeit.

Ich flüstere: »Irgendetwas sagt mir, dass aus diesen Drinks nichts werden wird.«

Bastian folgt diskret meinem Blick und knurrt leise. »Niemand würde in aller Öffentlichkeit einen Streit mit dir anfangen. Dich anzugreifen wäre ein Hinrichtungsgrund.« Die Männer stehen auf und lassen volle Bierkrüge an der Bar stehen, um auf mich zuzukommen. »Andererseits habe ich mich auch schon mal geirrt.«

»Na, ein bisschen ausgehen und das Geld des eigenen Volkes verspielen?« Die Stimme des größeren Mannes ist rau und kratzig. »Das sollte mich eigentlich nicht überraschen, dennoch hätte ich mehr von der neuen Königin von Visidia erwartet.«

Prompt erstirbt der Jubel der Menge und in der Spielhölle herrscht nur noch ein leises, unbehagliches Gebrumm. Der Mann vor mir steht hoch aufgerichtet und selbstzufrieden da, er giert praktisch nach Aufmerksamkeit.

»Ich glaube, wir gehen jetzt einlösen«, sagt Shanty, sammelt die Chips ein und schiebt ein paar in ihre Tasche und andere in ihr Oberteil, bevor sie in der Menge verschwindet.

Ich will etwas sagen, merke aber, dass mein Mund zu trocken ist, um die Wörter zu bilden, wie ich es gern möchte.

Früher hätte ich kein Problem damit gehabt, diese Männer in ihre Schranken zu weisen. Aber jetzt klingt Mutters Stimme in meinen Ohren: *Bring sie dazu, dich zu lieben.*

Dieser Mann will einen Kampf. Er will mich lächerlich machen, will, dass ich die Fassung verliere. Er will, dass ich das Monster bin, für das so viele meiner Leute mich schon halten. Casem und Bastian haben beide bereits die Hände an den Griffen ihrer Schwerter, um sie jeden Moment zu ziehen. Die Anspannung von Bastians Körper fühlt sich in meinen Adern an wie scharfe Stromschläge, die mich erschüttern.

»Sie hat das Geld von gar niemandem verschwendet«, fängt er an zu widersprechen, aber ich lege ihm die Hand auf die Brust und beschwichtige ihn.

Es sehen zu viele Leute zu. Zu viele Gäste erstarren auf ihren Plätzen und warten darauf, wie ihre Königin reagieren wird.

»Ich bin auf einer Rundreise durch das Königreich«, sage ich ohne jede Schärfe in der Stimme und streife meine Kapuze ab. Ich muss mich zwingen, nicht nach meinem Dolch zu greifen, wenn ich bedroht werde; instinktiv suche ich stattdessen nach meiner Magie, nur um zu spüren, wie meine Haut kalt wird, als sie nicht reagiert.

»Wir wissen alles über deine Rundreise«, sagt der zweite Mann mit fester Stimme. Er ist kleiner, aber sehr muskulös. »Kerost will nichts damit zu tun haben.«

Wieder setzt Bastian zu einer Erwiderung an, aber Casem stößt ihm den Ellbogen in die Rippen, bevor er etwas sagen kann.

»Der einzige Grund, warum ich hier bin«, fahre ich fort, »ist um zu sehen, wie ich Kerost weiter unterstützen kann. Dazu muss ich wissen, was auf der Insel passiert.«

Mich nicht zu verteidigen und mich nicht darauf vorzubereiten, ihnen für ihre Beleidigung die Zungen herauszuschneiden, fühlt sich … komisch an. Ich bin nicht daran gewöhnt und diese Männer sind es offenbar auch nicht. Sie wirken verblüfft von der Art, in der ich mich um einen Streit herumlaviere, mich nicht ganz vor der Verantwortung drücke, aber auch nicht alles annehme, was sie sagen.

»Wenn ihr mich bitte entschuldigen wollt«, sage ich fest, »ich würde mir gern weiter die Spiele ansehen. Aber ich möchte euch versichern, dass ich eure Enttäuschungen verstehe und daran arbeite, eine Lösung zu finden. Wenn es mir egal wäre, wäre ich jetzt auf einer anderen Insel, denn dort sind Partys und kostenloses Essen für mich geplant.« Ein paar Leute in der Menge reagieren mit Gelächter auf meinen Witz, und die Gäste wenden sich wieder ihren Spielen zu. Ich weiß, ich habe diesen Kampf gewonnen.

»Also gut«, sagt einer der Männer und kratzt sich im Nacken, während der Lärmpegel in der Spielhölle wieder steigt. Jetzt schenken ihm nicht mehr alle ihre Aufmerksamkeit oder warten auf einen Ausbruch. Ich hätte in dieser Situation ganz leicht die Böse sein können, stattdessen habe ich ihn aber wie einen Narr dastehen lassen. Einfach so schlurfen die Männer davon.

Bastian und Ferrick starren mich überrascht an, während Casem erleichtert aufatmet. Langsam lässt Bastian seine Hand vom Schwertgriff sinken. »Also, das ist auf jeden Fall eine neue Art, mit den Dingen umzugehen.«

Die Heftigkeit von Ferricks Gelächter überrascht mich. »Ihr Götter, es wäre nett gewesen, wenn du das schon vor Ewigkeiten entdeckt hättest. Kannst du dir vorstellen, wie viele Kämpfe wir hätten vermeiden können?«

Ich verdrehe die Augen und bin dankbar, als Vataea mit vier riesigen Bierkrügen in den Händen aus der Menge auftaucht. Sie reicht Casem und mir je einen, dann drückt sie Bastian einen in die wartende Hand, aus dem schon ein paar Schlucke fehlen. Er will gerade protestieren, als sie ihn erwartungsvoll ansieht. »Du hast es nicht bezahlt.«

Er runzelt die Stirn. »Du etwa?«

Sie grinst breit, was uns allen als Antwort genügt.

In der Spielhalle läuft der Betrieb wieder auf Hochtouren, aber jetzt beobachten mich die Leute schärfer oder bitten mich zu ihren Spielen dazu. Sie fragen mich nicht nach Geld oder Chips; stattdessen bieten sie mir alles an, sie wollen nur, dass ich mitspiele. Sie fragen mich, was ich trinke, und bestellen mir etwas. Casem beäugt sie die ganze Zeit mit Argusaugen, er geht jedes Mal, wenn mir jemand ein neues Getränk einschenkt, zur Bar und wieder zurück, um sicherzugehen, dass niemand etwas hineingießt.

Keiner von uns hat eine Ahnung, wo Shanty hin ist, aber da ich gesehen habe, mit wie vielen Münzen sie sich weggeschlichen hat, bezweifle ich nicht, dass sie schon ein anderes Gesicht angenommen hat. Inzwischen sitzen Vataea und ich an einem Blackjack-Tisch. Ferrick steht hinter meiner Schulter und Bastian hinter Vataea. Er betrachtet ihre Karten mit neutralem Gesicht, dann beugt er sich vor und flüstert ihr etwas ins Ohr.

Ich merke, wie ich meine Karten fester umklammere, als ich mich daran erinnere, wie sein Atem meine Haut kitzelte. Wie er *mir* ins Ohr flüsterte.

Ich trinke und zwinge mich, den Blick abzuwenden. Zwinge mich zu lachen, sobald jemand einen Witz macht, und mich zu entspannen, so gut ich es kann, wenn mich so viele Menschen beobachten und die Götter wissen was erwarten. Das Einzige, was ich immer wollte, war, dass mein Volk weiß, wer ich bin, und ich mir seine Liebe verdienen kann.

Warum fühlt es sich dann so an, als hätte ich Gänsehaut? Warum fühlt sich jedes Wort, das aus meinem Mund kommt, an, als versuchte ich durch zugenähte Lippen zu sprechen?

Die Stunden vergehen gleichförmig. Niemand scheint müde zu werden, und die Menge zerstreut sich nicht vor dem Morgengrauen. Das Morgenlicht knallt durch die Fenster herein und flutet den Raum. In der Helligkeit kommt mir der ganze Jubel zu laut vor. Das ganze Make-up und die schimmernden Outfits der Nacht wirken jetzt nicht mehr schillernd, sondern exzessiv und fehl am Platz.

Es wird Zeit, hier rauszukommen und Ronan zu finden. Ich bete darum, dass er die Antworten gefunden hat, die ich brauche; ich bin mir nicht sicher, ob ich mehrere Nächte auf Kerost aushalte.

Ich habe darauf geachtet, nicht zu viel zu trinken, habe nur höfliche Schlucke von allem genommen, was mir spendiert wurde. Genug, dass die Leute uns für freundlich halten, aber nicht so viel, dass meine Sinne getrübt wurden. Trotzdem hämmert mein Herz und ich sehe verschwommen, auch wenn das wahrscheinlich eher an der Erschöpfung liegt als am Alkohol.

Ihr Götter, ich hätte schon vor Stunden schlafen sollen. Das wird ein langer Tag auf der *Keel Haul.*

Als sich die Menge langsam zerstreut, gehen wir wieder hinaus, einige von uns mit schwerem Kopf, andere – und zwar Ferrick und Vataea – immer noch fröhlich lachend. Sie kommen bei jedem Schritt ein paar Zentimeter zu weit vom Weg ab und ihre Wangen sind vom Alkohol sowie vom atemlosen Lachen gerötet.

»Hast du gehört, was er *gesagt* hat?«, lacht Vataea und wischt sich die Tränen aus den Augen.

Ferrick reagiert mit dröhnendem Gelächter, sodass er sich den Bauch halten muss. »Hey!«, sagt er mit tiefer, gekünstelter Stimme. »Bist du nicht eine von diesen *Meerjungfrauen*?«

Vataea heult praktisch vor Lachen, worauf Bastian und ich einen amüsierten Blick tauschen, der ein Kribbeln in meinem Bauch auslöst und mich sofort die Augen abwenden lässt. Ferrick und Vataea machen Arm in Arm so weiter, absolut keiner außer den beiden versteht, worum es geht. Während Ferricks Hand bequem an Vataeas Taille ruht, sehe ich, wie sie sich bewegt, damit seine Hand an ihre Hüfte rutscht. Sie wartet auf eine Reaktion, und ich bemerke, wie sie kurz säuerlich die Lippen verzieht, als Ferrick weiter betrunken lacht und seine Hand höflich wieder nach oben rückt. Erst als sie seine Hand gezielt nimmt und wieder an ihre Hüfte legt, schreckt er überrascht zusammen. Diesmal nimmt er sie aber nicht wieder weg.

Die beiden gehen voran, und ich lasse mir Zeit und suche die Straßen nach einem wirren, schwarzen Haarschopf ab. Ich entdecke Ronan in einer dunklen Ecke unter dem VICE-Schild, er versucht, nicht wegzunicken. Als er mich sieht, zieht er ein finsteres Gesicht und springt auf. »Musstet Ihr wirklich die *ganze* Nacht da drin bleiben?«

Während der Rest der Crew stehenbleibt, um sich nach dem Jungen umzudrehen, sauge ich scharf die Luft ein und erstarre, ich hoffe, sie erkennen ihn nicht wieder. Doch Bastian blinzelt natürlich und tritt vor.

»Du bist der Junge mit den Muscheln«, sagt er knapp. »Das war ein schlauer Trick, den du da abgezogen hast.«

Ronan hebt das Kinn, aber ich knirsche mit den Zähnen und werfe ihm einen stechenden Blick zu, damit er sich mir zuwendet. Er erstarrt und bekommt große Augen, als er es kapiert: Dieses Gespräch können wir nicht vor den anderen führen.

»Lasst mich einen Moment allein mit ihm«, flüstere ich der Crew zu. »Früher oder später wird ihn jemand erwischen, und es ist nie ein hübscher Anblick, wenn es um Geld geht. Geht das Schiff klarmachen, ja? Ich brauche nicht lange.«

»Wir lassen dich nicht …«

Ich bleibe nicht stehen, um mir Casems Widerspruch anzuhören. Ich ziehe Ronan am Handgelenk weiter und ignoriere, wie das greller werdende Sonnenlicht mir den Kopf verdreht. Ich führe ihn in dieselbe Gasse, in der wir in der Nacht zuvor unser Gespräch hatten, und erst als ich mir sicher bin, dass niemand in der Nähe ist, fange ich an zu reden.

»Hast du Ornell gefunden?« Ich versuche, nicht so ungeduldig zu klingen, wie ich mich fühle. Wenn ich zu lange brauche, kommt sicher jemand von der Crew nach mir sehen.

Er nickt rasch. »Ich habe eine Frau getroffen, die den Namen erkannt hat. Sie sagte, sie sei eine Freundin von Ornells Mutter und dass das Letzte, was sie gehört habe, gewesen sei, dass die Familie nach Curmana gezogen ist.« Er mahlt mit den Kiefern und versucht, seine Nervosität zu verbergen. »Es tut mir leid, mehr konnte ich nicht herausfinden. Niemand weiß etwas über ihn oder darüber, ob er noch dort ist.«

Das ist nicht viel, aber es ist eine Spur. Und für den Moment genügt es. Ich fische eine kleine Geldbörse aus meinem Mantel und drücke sie ihm in die Hand. »Pass gut darauf auf, ja? Keine Schummeleien mehr.«

Er schiebt die Münzen in sein Hemd, aber sein Lächeln dauert nur kurz, dann hebt er den Blick und schaut über meine Schulter. Angst breitet sich in ihm aus und er weicht zurück, macht sich kleiner. Jeder Muskel in meinem Körper ist starr, ich schaue auf den Boden, wo nicht nur ein Schatten drohend über mir aufragt, sondern zwei.

14

Langsam lasse ich die Hand zu Rukans Griff gleiten.

»Lauf weg!«, befehle ich Ronan. Das lässt er sich nicht zweimal sagen. Im selben Moment, als er losrennt, weiche ich knapp einem Messer aus, das auf mein Gesicht gerichtet war. Es schneidet mir eine Haarsträhne ab, und ich funkle den Mann, der es geführt hat, böse an. »Die will ich gerade wieder wachsen lassen!«

Es sind die Männer aus der Spielhölle. Sie blinzeln gegen die Sonne an, einer von ihnen mit gezogenem Messer, der andere mit einem Schwert. Ich umklammere fest meinen eigenen Dolch und weigere mich, die Panik zu zeigen, die in mir aufsteigt, weil ich gegen einen Ker kämpfen muss.

Kämpfe nie gegen einen Ker. Mein Herz ist ein Monster, das in meiner Brust tobt, als ich mich an Vaters alte Warnung erinnere. *Sonst hast du ein Messer an der Kehle, bevor du es überhaupt kommen siehst.*

Zeitmagie sollte man nicht zu leichtfertig einsetzen. Sie ist am schwierigsten zu kontrollieren und belastet den Körper am meisten. Aber jeder Ker wäre dumm, wenn er sie in einem Kampf, den er gewinnen will, nicht zu seinem Vorteil nutzen würde.

Ich suche in meinem Inneren nach meiner Magie, tue alles, was mir einfällt – und was ich schon tausendmal getan habe –, um sie zu wecken. Aber wieder einmal weigert sie sich, auf mich zu hören.

Ich weiß, dass meine Magie weg ist, aber ich versuche trotzdem verzweifelt, mich in sie einzuhüllen und sie zu zwingen, auf meinen Ruf zu reagieren. Denn ohne sie habe ich keine Chance in diesem Kampf.

Der größere der Männer holt mit seinem Messer aus, und ich bin erleichtert, dass der Angriff diesmal nicht ganz so schnell geschieht. Ich bekomme einen bösen Schnitt am Unterarm ab, schaffe es aber, dem Schlimmsten auszuweichen und kontere mit Rukan. Doch in der Sekunde, bevor meine Waffe Haut aufschlitzen kann, hallt Mutters Stimme in meinem Kopf wider und ich zaudere. *Bring sie dazu, dich zu lieben. Egal, wo du bist, ich werde dich im Auge behalten.*

Ich halte kurz vor dem Zustechen inne.

Mein Zögern bleibt nicht unbemerkt. Der größere der beiden zögert zwar, aber der kleinere, kompaktere knurrt: »Meinst du, nur weil du uns ein paar Soldaten geschickt hast, sollten wir uns verneigen und dir danken? Glaubst du, das reicht, damit alles wieder gut ist?«

Ich stecke Rukan zurück und greife nach meinem Stahldolch: verstümmeln – nicht töten –, ist die einzige Möglichkeit, das zu gewinnen. Aber ich schaffe es nicht, bevor der Mann schnell wie der Blitz vor mir steht und mich an die Wand schleudert. Mein Rücken knackt, als er gegen den Stein kracht, mir bleibt die Luft weg.

»Hau von unserer Insel ab!« Jedes seiner Worte ist ein einziges Knurren, und sein Atem stinkt nach schalem Alkohol. Ich zucke zusammen, als er sich nah zu mir beugt, eine Hand fest um meinen Hals gelegt, und mir die Luft abdrückt, während sein Schwert schon wartet. Verzweifelt greife ich nach meiner Waffe, doch mein Blickfeld ist schon von Dunkelheit gesprenkelt.

Panik steigt in mir auf und kocht über, als ich meine Magie anflehe, auf mich zu hören. Mich zu beschützen. Als ich darum flehe, dass meine Hand die Stahlklinge erreichen möge, die schon auf mich wartet, wenn ich sie nur erwischen könnte.

Sein Freund, der Große, fängt mit ängstlichem Blick an, sich zurückzuziehen, während der, der mich am Hals gepackt hat, die Klinge hebt. Sie drückt sich an meinen Mantel und ich wappne mich für den beißenden Stahl, mit dem ich inzwischen viel zu vertraut bin.

Aber es bin nicht ich, die davon getroffen wird.

Ich sinke auf die Knie und ringe nach Luft. Meine Finger bohren sich in die Pflastersteine, während ich würge und blinzle, damit der Nebel vor meinen Augen verschwindet.

»Das wird schon wieder.« Ich weiß sofort, dass es Bastians Hände sind, die sich auf meine Schultern legen, denn meine Lungen atmen leichter und meine Sicht wird bei seiner Berührung wieder scharf. Ich lasse mich an seine Brust sinken und reibe meine wunde Kehle.

Mein Angreifer liegt bäuchlings auf dem Boden, zwei lange Nadeln stecken in seiner Nackenhaut. Shanty steht hinter ihm und steckt die verbliebenen Nadeln in die winzigen Lücken zwischen den Fischgräten ihres Armbands und eine winzige Phiole mit einer zähen, weißen Flüssigkeit in ihren Ärmel.

Ferrick steht links von mir, und das scharfe Stechen seiner Erneuerungsmagie, mit der er meine Kehle heilt, gibt mir einen Ruck. Kurz flammt einmal der Schmerz an meiner Kehle auf, dann ebbt er ab und es bleibt nichts als ein dumpfes Ziehen. Trotzdem ist meine Stimme rau, als ich frage: »Ist er …?«

»Tot? Nein.« Shanty tritt dem Mann auf die Hand und drückt mit ihrem Stiefel auf einen seiner Finger, bis er stöhnt. »Siehst du? Nur bewusstlos. Wacht vielleicht mit Mörderkopfschmerzen auf, das hat er aber wohl so gewollt. Casem ist dem zweiten Typ hinterher.«

Gut. Ich hätte die beiden mit Rukan töten können, aber die Einwohner meines Reiches können keine Königin lieben, die sie als Monster sehen; das habe ich schon auf die harte

Tour gelernt. Mein Volk erwartet eine gute und gerechte Königin, keine, die sich unnötig die Hände mit Blut besudelt.

Würde ich Rukans Gift zum Töten benutzen, hätten diese Männer erreicht, was sie wollten; ich wäre für immer als eine rücksichtslose, gefährliche Herrscherin bekannt. Das würde allem widersprechen, was sich Mutter von mir wünscht, und sie würde mich noch am selben Tag nach Arida zurückbeordern.

»Wir hätten dich nicht aus den Augen lassen dürfen«, knurrt Vataea und fletscht die Zähne in Richtung des bewusstlosen Mannes. »Wir müssen sie gefangen nehmen.«

Ich will sie gerade aufhalten, als Ferrick mir zuvorkommt. »Das können wir nicht. Falls jemand erfährt, dass Amora bei unserem ersten Halt angegriffen wurde, nachdem Kerost sich schon geweigert hat, an unserer Visidia-Rundreise teilzunehmen, was meinst du, wie das aussehen würde? Das könnte unsere Reise ruinieren, bevor wir überhaupt damit angefangen haben.«

Bastian wirft sich praktisch in die Brust, als er das hört, aber Shanty schüttelt den Kopf.

»Vielleicht nicht.« Sie kauert sich vor mich und hebt mein Kinn mit dem Zeigefinger an, um mich zu inspizieren. »Wenn mich meine Magie eines gelehrt hat, dann dass die Leute immer das sehen, was du ihnen zeigst.« Sie richtet sich wieder auf und wendet sich an Ferrick. »Geh mir so viel Pergament holen, wie du finden kannst. Und du« – sie dreht sich zu Vataea um – »mach was mit dem Körper des Mannes. Er wacht erst in ein paar Stunden auf; leg ihn irgendwo in die Sonne und lass ihn verbrennen.«

Die Augen der Meerjungfrau leuchten, als sie den Mann unter den Achseln packt und ihn weiter in die Gasse hineinzieht, wo wir sie nicht mehr sehen können. Ich kann nur hoffen, dass sie ihn nicht direkt ins Meer schleppt.

Ferrick geht erst, nachdem er sich noch einmal davon überzeugt hat, dass ich nicht verletzt bin. »Bleib hier«, sagt er ernst, bevor er sich umdreht und die Straße entlangeilt.

Ich habe keinerlei Wunsch, ihm zu folgen. Stattdessen lehne ich den Kopf an Bastians Brust, während er mich hält, und werde bei dem Gefühl der Ganzheit, die seine Berührung auslöst, ruhig. So eng mit ihm verbunden, kann ich nicht unterscheiden, ob es meine Neugier ist, die erwacht, oder seine, als in Shantys Augen der Übermut aufblitzt.

»Was hast du vor?«, fragt er, woraufhin sie die Schultern strafft.

»Vertrau mir, Pirat. Das wird einfach genial.«

Ich lehne auf der *Keel Haul* am Hauptmast, als mir Shanty ihre Kreation überreicht.

»Du musst mir nicht danken.« Sie strahlt, als ich nach dem Pergament greife. »Du kannst mir einfach einen Bonus rüberschieben, wenn Zahltag ist. Leg noch deinen Meeresdolch drauf, dann sind wir quitt.« Mit gierigem Blick beäugt sie Rukan.

Ich ziehe meinen Mantel über den Dolch, damit sie ihn nicht mehr sehen kann, dann breite ich das Pergament auf meinem Schoß aus und erschrecke vor dem bewegten Bild, das sich in einer Dauerschleife vor mir abspielt. Das … bin ich. Aber es ist kein Standbild, eingefangen von einem Künstler. Es ist bunt, lebensecht und blendend.

Ich richte mich auf und mir wird bewusst, dass dieses Pergament dem ähnelt, das sich Yuriel und Vataea auf Arida angesehen haben, und dem, das Lord Garrison mir während der Ratssitzung gezeigt hat. Dieses spezielle hier zeigt mich in der Spielhölle, wie ich mit anderen Gästen ein Glas erhebe, während wir gemeinsam auf die Spiele wetten. Wir lachen fröhlich und amüsieren uns scheinbar so, dass jeder neidisch wäre, weil er es verpasst hat. Darunter steht:

Ihre Majestät Königin Amora Montara will heiraten!
Es sieht so aus, als könnte Visidia schneller als gedacht einen neuen König bekommen! Die Rundreise Ihrer Majestät hat erst vor wenigen Tagen begonnen, und schon freundet sie sich mit den Menschen auf Kerost an. Könnte für die Königin bald Liebe in der Luft liegen? Seid auf alles gefasst, ihr Junggesellen.

Am unteren Ende des bewegten Pergaments gibt es eine Reihe von Werbeanzeigen von Stylistinnen und Modeberatern aus Ikae, die den Männern helfen wollen, sich auf meinen Besuch vorzubereiten. Man kann nur die Augen verdrehen, aber da dieses Pergament die unglücklicheren Ereignisse auf Kerost auslässt, ist es außerdem genial. Was gezeigt wird, ist kurz, süß und genau die Art von Show, die von mir erwartet wird. Ich umklammere das Pergament fester und spüre eigentlich nur meine Müdigkeit, als mich die Erleichterung überkommt.

»Das ist genial«, sage ich zu Shanty, die ihre pinken Haare nach hinten wirft.

»*Ich* bin genial. Gern geschehen.«

Casem sitzt hinter ihr, seine Augen zeigen das verhangene Weiß von jemandem, der curmanische Magie benutzt. »Die Neuigkeit verbreitet sich schon«, sagt er abwesend. Aber als das Blau in seine Augen zurückkehrt, kommt auch seine Aufregung wieder. »Die Gedankenkommunikatoren fressen es. Die Leute aus Ikae nehmen die Story mit auf ihre Heimatinsel und verbreiten sie dort, und sie wollen noch mehr. Sie wollen Berichte von jeder deiner Stationen. Wir können die Geschichte erzählen, wie wir wollen.«

»Nur wenn wir sie selbst in der Hand behalten«, warnt Shanty. »Diese Klatschartikel sind in letzter Zeit so beliebt, die Leute werden sich um Informationen reißen. Der beste Klatsch bringt die fettesten Gewinne, wir müssen unsere Geschichten also am schnellsten veröffentlichen.«

Bestünde der Zweck dieser Reise nur darin, dafür zu sorgen, dass mein Volk mich mag, wäre das eine geniale Strategie. Jetzt aber ist es ärgerlich. Es führt nur dazu, dass noch mehr Augenpaare jede meiner Bewegungen verfolgen und ich noch vorsichtiger sein muss.

Ich gebe Shanty das Pergament zurück und sie bewundert noch einmal ihr Werk. »Das mit dem Bonus sehen wir dann«, erkläre ich ihr, »aber danke. Ich weiß es zu schätzen.«

»Für die Königin doch jederzeit«, neckt sie mich.

Bastian steht mit einem Kompass in der Hand am Steuer und wirft einen säuerlichen Blick auf das Pergament. Er hat nur geschnaubt, als er die Überschrift gesehen hat, und jetzt starrt er finster auf seinen Kompass und tut, als wäre ihm alles egal.

»Auf unserer Route ist erst in drei Tagen vorgesehen, dass wir nach Zudoh kommen«, sagt er. »Wir müssen sie kontaktieren und ihnen sagen, dass wir früher da sein werden.« Mir entgeht der hoffnungsvolle Unterton in seiner Stimme nicht, und ich habe einen Kloß im Hals wegen des schlechten Gewissens. Ich wünschte, ich könnte wie geplant als Nächstes nach Zudoh segeln, aber mein Hauptziel ist, Ornell zu finden und zu erfahren, was er über das legendäre Artefakt weiß.

»Wir fahren erst nach Curmana.« Ich versuche, zurückhaltend zu klingen, aber Bastian kneift misstrauisch die Augen zusammen, und Ferrick mir gegenüber runzelt die Stirn und bewegt sich unruhig. »Casem, setz dich mit ihnen in Verbindung und sag ihnen Bescheid, dass sich unsere Pläne geändert haben.«

Casem zögert. »Aber wir haben einen Reiseplan.«

»Ganz zu schweigen davon, dass Curmana genau am anderen Ende des Königreiches liegt«, grummelt Bastian. »Dort hinzusegeln ergibt überhaupt keinen Sinn. Sowohl deine Mutter als auch Zale reißen uns den Kopf ab, wenn wir die Pläne ignorieren.«

»Wir ignorieren sie nicht«, sage ich. »Wir schützen uns. Wenn wir den Klatschpergamenten voraus sein wollen, muss es nicht sein, dass all diese Reporter unser nächstes Reiseziel kennen. Sie würden uns belagern.« Die Lüge geht mir leicht von der Zunge. Sie ist so einleuchtend, dass einen Moment lang keiner widerspricht.

Ferrick reagiert als Erster, leise und wehmütig. »Ihr Götter, was habe ich mir da nur aufgebürdet.«

Ich ignoriere ihn und stehe auf müden Beinen auf, um den anderen das Kinn entgegenzurecken. »Meine Mutter würde wollen, dass wir Vorbereitungen treffen. Wenn wieder was schiefgeht, wäre das Letzte, was wir brauchen, tausend neue Klatschpergamente.« Ganz zu schweigen davon, dass Ornell zu finden noch schwieriger wäre, wenn so viele Reporter herumschnüffeln. »Sag ihr, wir besuchen als Nächstes Curmana und dass wir unsere Reiseroute flexibel halten. Sie wird es verstehen.« Ich lege jeden Rest Autorität, den ich habe, in meine Stimme und weigere mich, es zu erklären oder genauer auszuführen – wozu ich mir sowieso eine Lüge ausdenken müsste, und mir fällt spontan keine ein.

Bastian beißt die Zähne zusammen, er kann zwar spüren, dass ich ihm nicht die ganze Wahrheit sage, aber meine wahren Gedanken kann er nicht lesen.

»Kurs auf Curmana.« Ich lasse ihn am Steuer stehen und gehe unter Deck, bevor die anderen mich weiter ausfragen können.

Unten in der Kabine schläft Vataea schon ihren Rausch aus, in die Seile der Hängematte verdreht, als hätte man sie direkt aus dem Meer gefischt. Sie zuckt kaum, als ich neben ihr in die Hängematte klettere und sich die Erschöpfung in meinen Knochen ausbreitet.

Als ich diesmal die Augen schließe, bete ich, dass wenigstens einmal der Schlaf auf mich wartet, nicht Vaters Geist.

15

Der Nachthimmel ist schwarz wie Tinte und mit Sternenstaub überzogen, der sich matt schimmernd auf der Meeresoberfläche spiegelt. Müde und langsam, weil ich im Schlaf unterbrochen wurde und wegen des Alkohols, der immer noch in meinem Körper zirkuliert, schaue ich es mir von der Takelage aus an.

Wie üblich haben die Gesichter der Toten auf mich gewartet, sobald ich die Augen geschlossen habe. Vater war unter ihnen, das Gesicht rauchverhüllt, die blutige Hand verzweifelt nach mir ausgestreckt, während die Massen der Gefallenen Visidias nach ihm greifen und ihn herunterziehen.

Ich tue, was ich kann, um die Erinnerung aus meinem Kopf zu vertreiben, und summe leise ein Seemannslied, während ich den Kopf nach hinten an die Takelage lehne.

Bei meinem ersten Mal hier oben haben meine Handflächen so geschwitzt, dass ich mich kaum festhalten konnte. Als ich letzten Sommer mit Bastian in die Takelage geklettert bin, war es das erste Mal seit ich denken kann, dass ich mich wirklich lebendig gefühlt habe. Ich erinnere mich an die Hitze seines Atems auf meiner Haut, als er mich festhielt, damit ich nicht abrutschte. An das freudige Leuchten seiner Augen, als uns eine Möwe kreischend begrüßte und er einfach zurückkreischte. An die salzige Luft, die durch meine Haare fegte, über mein Gesicht strich und mir sagte, dass ich hierhergehöre.

Es war mein erster Vorgeschmack auf echte Freiheit, bevor ich die Wahrheit über Vater und die Montara-Familie erfuhr.

Bevor ich meine Magie verlor und Vater sich in sein Schwert stürzte, um mich zu beschützen.

Ich war damals keine Königin. Ich war Prinzessin Amora Montara – ein Mädchen, das naiv genug war zu glauben, es könne ein Königreich beschützen, das es kaum kannte, mit einer Magie, die nichts weiter war als eine Lüge.

Es kommt mir vor, als wäre das alles in einem anderen Leben gewesen; als Vaters Leichnam der See übergeben wurde, versank dieses Mädchen mit ihm in der Tiefe. Jetzt hat eine Königin seinen Platz eingenommen, die ich kaum wiedererkenne.

Silbernes Mondlicht blinzelt hinter einem Wolkenvorhang hervor und ich schließe die Augen, dränge heiße Tränen zurück, bevor sie kommen. Egal, wie sehr ich versuche, anders zu denken – egal, wie sehr ich versuche, meine Gedanken von diesem dunklen Ort abzuziehen und mich auf das zu konzentrieren, was getan werden muss –, mein Verstand kehrt immer wieder zu diesem einzelnen Gedanken zurück: Sosehr sich mein vergangenes Selbst danach sehnte, eines Tages auf dem Thron zu sitzen – ich bin vielleicht nicht die rechtmäßige Herrscherin über dieses Königreich.

Aber für den Moment, bis Visidia wieder in normalen Bahnen läuft, bin ich die Herrscherin, die es *braucht*. Ich bin die Einzige, die weiß, wie sie die Vergangenheit meiner Familie wiedergutmachen kann. Und bis dahin werde ich nicht weinen, sondern kämpfen, um meinem Volk das Königreich zu geben, das es verdient.

Erst als die Takelage unter mir schwankt, öffne ich die Augen, fange mich wieder und packe die Taue fester. Ich schaue nach unten und erwarte Bastian. Mein Protest bleibt mir allerdings im Hals stecken, als ich sehe, dass es Ferrick ist, der sich Stück für Stück nach oben schiebt. Seine Stirn ist nervös gerunzelt, und alle paar Zentimeter hält er inne, um leise vor sich hin zu fluchen.

»Ihr Sterne.« Seufzend löse ich mich aus den Tauen und steige ein paar Fuß ab, damit er sich nicht quälen und noch höher klettern muss. »Du solltest doch eigentlich schlafen.«

»Das könnte ich auch von dir sagen«, versucht er zu erwidern, aber seine Zähne klappern so stark, dass seine Stimme bebt. Als eine besonders heftige Welle gegen das Schiff klatscht, zuckt er zusammen und krallt sich verzweifelt in die Takelage.

Ich verdrehe die Augen und lege ihm die Hand an den Rücken, um ihm zu helfen, das Gleichgewicht wiederzufinden. Die See begegnet Besuchern im Winter nicht freundlich. Das dunkle Wasser ist aufgewühlt und wild, und in der Takelage fühlt sich jede Bewegung noch verstärkt an.

»Casem schnarcht wie ein betrunkener Matrose«, brummt Ferrick und zieht den Kopf in seinem Mantel ein wie ein Einsiedlerkrebs. Sein Atem bildet fedrige Wölkchen in der Luft. »Ich wollte eine Kerze aus Bastians Zimmer klauen, um das Wachs zu schmelzen und es mir in die Ohren zu stopfen. Aber dann habe ich dich gesehen.«

Ich stelle mir vor, dass sein Lächeln meines spiegeln würde, wäre er nicht so damit beschäftigt, so viel wie möglich von seiner nackten Haut in seinem Mantel zu vergraben.

Ich muss einfach über seine Sturheit lachen. »Wickle die Hände in die Taue.« Das hat mir Bastian bei meiner ersten Klettertour beigebracht. »Die See ist heute Nacht rau, deshalb sollten wir besser vorsichtig sein. Wir können auch weiter runterklettern, wenn du Angst hast …«

»Mir geht's gut.« Ferrick stellt sich dem kalten Wind und kommt aus der Wärme seines Mantels hervor. Wie angewiesen, schlingt er die Taue um seine Hände, um sich abzusichern, und zögert nur ganz kurz, bevor er sich zum Meer dreht. Als ich mich mit dem Rücken an die Takelage lehne, kommt er meinem Beispiel nach.

Ich folge seinem Blick auf die Wellen, die mir jetzt nicht mehr ganz so dunkel vorkommen. Das Mondlicht scheint heller, und es sieht aus, als würden Tausende von winzigen Kristallen auf dem Wasser schwimmen. Sie erleuchten das Meer wie einen Juwel.

Jetzt wünsche ich mir mehr als je zuvor, ich könnte Zeitmagie lernen. Ich würde mich in diesem Augenblick einfrieren, mondgetränkt und mit Blick aufs Meer. Ich würde die Gallionsfigur der *Keel Haul* werden, auf alle Ewigkeit mit diesem Schiff verbunden. So würde ich für immer reisen, statt auf einem Thron zu sitzen, der auf Blut erbaut und von Lügen verbrannt wurde.

»Das erinnert mich an die Nacht, als wir gegen den Lusca gekämpft haben.« Ferricks Stimme ist leise, als wüsste er, dass er mich aus meinen eigenen dunklen Gedanken hervorlockt. »Damals war das Meer ruhiger – zumindest bis die Bestie aufgetaucht ist – aber es war so dunkel wie heute. Und schön … wenn nicht das Riesenmonster gewesen wäre, das versucht hat, uns umzubringen.«

Ich bin überrascht, wie echt mein Lachen ist. Es ist nicht wie auf Arida, wo ich so tun muss, als ob.

Ferrick war dabei in der Nacht, als sich mein Leben änderte. Er war immer dabei. Ihm muss ich nichts vorspielen.

»In dieser Nacht bist du zum mutigsten Menschen geworden, den ich je getroffen habe.« Selbst ich bin überrascht, wie normal sich seine Gegenwart anfühlt. Wie angenehm.

Sein Lachen ist leise, beinah wird es vom Wind davongetragen. »Dasselbe könnte ich von dir sagen.«

Ich denke an den Moment zurück, in dem ich mich auf den Lusca warf. Als ich an die Geschichten dachte, die Visidia mir zu Ehren erzählen würde und daran, wie stolz Vater wäre, wenn ich ihm den Beweis für meinen Sieg über die Bestie bringen würde. Ich bekam nie die Chance dazu, ihm Rukan zu zeigen.

Das Schweigen lastet schwer zwischen uns, aber es ist nicht angespannt oder unangenehm. Ich rücke näher an Ferrick heran und mache es mir in diesem Schweigen bequem, lasse die Augen zufallen und den Kopf an seine Schulter sinken, während er den Arm um mich legt. Ich weiß nicht, wie lange wir so verharren, aber ich hebe erst den Kopf und sehe ihn an, als Ferrick sich regt.

»Tun wir das Richtige?« Er presst die Lippen zu einer schmalen Linie zusammen, und seine grünen Augen sind besorgt und abwesend, als versuche er, ein Rätsel zu lösen.

»Und mit ›wir‹ fragst du mich, ob ich glaube, dass *ich* das Richtige tue?«

Sein Fuß wippt in der Takelage, als er nickt. »Ich fühle mich nicht wohl dabei, alle anzulügen. Vataea verdient es, von Blarthe zu erfahren, und sogar Casem bemüht sich, so gut er kann, es dir leichter zu machen. Er steht täglich im Austausch mit deiner Mutter und den anderen Inseln und versucht, alles so reibungslos wie möglich hinzubekommen. Die Montaras haben seit Ewigkeiten gelogen; du musst nicht so sein wie sie.«

Ich schaue in den wolkenlosen Himmel und frage mich, ob irgendwelche Götter mein Seufzen hören können.

»Ich weiß schon lange nicht mehr, was das Richtige ist, Ferrick. Ich kann nur tun, wovon ich glaube, dass es das Richtige ist. Und im Moment hat Visidia Priorität. Ich werde nicht so sein wie meine Familie; wenn der richtige Zeitpunkt gekommen ist, sage ich allen die Wahrheit. Aber im Moment stehe ich zu meiner Entscheidung.« Ich trete nach der Takelage und lasse die Taue meine Füße umwickeln.

Ferricks höhnisches Schnauben ist so leise, dass ich es fast nicht gehört hätte. »Du bist so daran gewöhnt, alles allein zu machen. Trau uns anderen auch mal was zu, ja? Wir *wollen* helfen.«

Ich verberge meinen finsteren Blick, denn ich bin es leid,

das zu hören. Ich habe mich achtzehn Jahre lang auf jemand anderen verlassen, und man kann ja sehen, wohin es mich geführt hat. Wenn ich möchte, dass etwas erledigt wird, tue ich es am besten selbst. Wenn sie nicht mithalten können, ist das nicht mein Problem.

»Ich weiß es zu schätzen, dass du auf mich aufpasst.« In meinem Ton liegt eine Schärfe, die ich überhaupt nicht verbergen will. Eine Warnung, dass es Zeit wird, dieses Gespräch zu beenden. »Aber ich tue, was ich für das Beste für mein Königreich halte.«

»Tja, dann sag mir, wie ich dir helfen kann«, argumentiert er. »Ich versuche alles zu tun, was ich kann, um für dich da zu sein. Ein guter Freund zu sein, ein besserer Ratgeber, ein stärkerer Kämpfer mit mehr Magie. Was kann ich noch besser machen?«

Als mein Herz schwer wird, verkrampfen sich meine Fäuste um das Tau. »Du bist perfekt, Ferrick. Ich verspreche dir, es liegt nicht an dir.«

Er lässt die Schultern hängen und sich gegen die Takelage sinken. Lange dehnt sich die Stille aus, die einzigen Geräusche sind das Schlagen der Wellen und der pfeifende Wind. Als Ferrick sich schließlich wieder mir zuwendet, ist sein Blick scharf und schlau wie der eines Fuchses. So leise, dass ich mir nicht sicher bin, ob ich es mir nicht selbst in meinem Kopf ausgedacht habe, sagt er: »Wenn du es so haben willst, na schön. Aber deine Sturheit wird eines Tages das Messer in unser aller Brust sein, Amora. Die Götter mögen uns helfen.«

16

Sogar meine Knochen sind müde, als ich mich am nächsten Morgen an Deck schleppe.

Nachdem Ferrick gegangen war, habe ich noch Stunden in der Takelage verbracht, bis meine Finger taub geworden sind von der Kälte, mein Griff schlaff geworden ist und mir die Augen zugefallen sind. Erst dann habe ich mich in meine Hängematte zurückgeschlichen und mir ein paar Stunden Schlaf gestohlen, bevor die Gedanken an Vater und die Visionen der Toten mich wieder geweckt haben.

Bastian ist der Erste, den ich sehe, als ich an Deck komme. Er sitzt allein an der Steuerbordseite, während Vataea und Shanty backbord sitzen. Sie haben einen Jutesack mit Trockenfrüchten, Hartkäse und Trockenfleisch zwischen sich ausgebreitet. Während sie ein merkwürdiges Kartenspiel spielen, bei dem man Karten umdrehen und als Erste mit der Hand auf die Planken schlagen muss, wenn man bestimmte davon sieht, ist Bastian mit einem vertrauten Gegenstand beschäftigt. In dem Moment, in dem ich sehe, was es ist, stockt mir der Atem: Es ist meine Tasche.

Er hat sie ausgeleert und Knochen und Zähne auf dem Sackleinen verteilt. Er benutzt die Magie zwar noch nicht – wenn er es täte, würde ich es spüren –, aber ich kann fühlen, wie er darüber nachdenkt, während er einen Knochen zwischen zwei langen Fingern hält und mit der Kante eines kleinen Messers vorsichtig daran kratzt. Sein Wille pulsiert in mir, und ich weiß sofort, dass er versucht, die Seelenmagie zu rufen.

Sie kommt nicht.

»Du hast mir nie gesagt, dass du Probleme damit hast.« Ich setze mich zögernd vor ihn hin und streiche mit den Fingern über die vertrauten Höcker der Knochen. Ein Teil von mir hasst die Sehnsucht, die in mir erwacht, aber ihre Existenz ist nicht zu leugnen.

Ich finde es furchtbar, was ich mit meiner Magie zu tun gezwungen war. Ich hasse es, dass ich achtzehn Jahre lang gelernt habe zu töten, nur wegen eines Monsters in mir, das es nie gegeben hat. Ich hasse es, dass meine Magie nichts weiter war als eine Lüge.

Aber meine Magie hasse ich nicht; ich könnte nie den intimsten Teil von mir hassen. Und eines Tages werde ich sie in ihrer wahren Form zurückbekommen. Sanft. Friedlich. Schützend. So wie Seelenmagie ursprünglich gedacht war.

Bastian drückt den Knochen zwischen seinen Fingern, diesmal fester. Er studiert ihn, als wäre er eine Art Rätsel, und mein Herz zittert praktisch, als ich mich daran erinnere, wann ich diesen Gesichtsausdruck zuletzt bei ihm gesehen habe: damals, als ich Rukan geschaffen habe. Es war der erste Abend gewesen, an dem wir uns richtig geküsst haben.

Es juckt mich unangenehm, ich muss hier raus, weg von Bastian, aber das Pulsieren meiner Magie in ihm hält mich auf meinem Platz.

»Das liegt daran, dass ich nur mit dir reden kann, wenn du mitten auf dem Meer auf einem Schiff festhängst und es wenig Orte gibt, an denen du dich vor mir verstecken kannst.« Seine Stimme ist so fröhlich, dass ich die Augen verdrehe.

»Jetzt bin ich ja da. Sag mir, was los ist.«

Er schnalzt leise mit der Zunge. »Du scheinst viel mehr Interesse an dem zu haben, was ich zu sagen habe, als ich an deinen möglichen Antworten. Aber ich habe eine Idee – etwas, was uns beiden gerecht wird.« Er blickt auf und Sterne tanzen in seinen umwerfenden Haselnussaugen. »Hast du je darüber nachgedacht, freundlich zu fragen?«

Was würde ich nicht dafür geben, wenn ich diesen verflixten Piraten über Bord werfen könnte.

Ich beiße mir auf die Zunge und verziehe die Lippen zu einem eisigen Lächeln. »Würdest du mir *bitte* sagen, warum du die Seelenmagie nicht benutzen kannst? Du arroganter, schnöseliger Mist ...«

»Du solltest wirklich lernen, aufzuhören, solange du die Oberhand hast.« Er seufzt, rückt aber näher. »Keine Sorge, daran werden wir arbeiten. Und jetzt zu deiner Frage: Es ist ganz einfach. Ich weiß nicht, was ich mit diesem Ding machen soll.«

Er hält einen Knochen hoch und blinzelt ihn im Sonnenlicht an. Ich beuge mich vor und versuche zu erkennen, ob er etwas anderes sieht als ich. Aber alles, was ich sehe, ist ein normaler Fingerknochen.

»Wie meinst du das, du weißt nicht, was du damit machen sollst?«

»Ich meine, ich weiß, wie man die Magie ruft. Ich kann sie spüren. Aber immer, wenn ich versuche, damit zu üben – immer, wenn ich wissen will, wie es sich anfühlt –, weiß ich nicht, was ich tun soll. Du hast dein Feuer, deine Tante hat dieses Magensäureding, wenn sie einen Knochen verschluckt, dein Vater hat Wasser benutzt ... Aber ich weiß nicht, was ich *tun* soll. Woher wusstest du, dass du Feuer benutzen sollst?«

Ich stütze mich nach hinten auf die Hände und versuche, mich daran zu erinnern, ob es je irgendein Zeichen gab. »Ich wusste es einfach«, gebe ich schließlich zu. »Es war instinktiv.«

Sein Seufzen ist viel theatralischer als nötig, und er wedelt mit dem Knochen vor mir herum. »Ich will doch nur dieses fürchterliche Ding brechen.« Er sammelt die Knochen und Zähne ein und stopft sie wieder in die Tasche zurück. »Fluchmagie ist so viel einfacher.«

»Das liegt daran, dass du damit aufgewachsen bist, sie zu lernen.« Meine Haut fühlt sich kalt an, sobald ich die Knochen nicht mehr berühre, und ich unterdrücke das Gefühl. »Alle neuen Magieformen sind am Anfang schwer zu lernen. Sieh dir Ferrick an.«

Ich deute mit dem Kinn zum Bug hinüber, wo Casem versucht, Ferrick Gedankenkommunikation beizubringen. Alles, was Ferrick getan hat, seit er wieder zu Hause war, ist, sich wieder in sein Training zu stürzen, und bei seinem Anblick spüre ich ein Ziehen im Herzen. Ich hätte es wissen müssen, als ich ihn zu meinem Berater gemacht habe – zu meinem engsten Vertrauten – dass er es ernster nehmen würde als jeder andere. Wenn ich ihm so zusehe, weiß ich, dass ich mich richtig entschieden habe. Ich habe keine Ahnung, wie lange sie das schon machen, aber die Haut um Ferricks Mund ist rot gefärbt, und während ich ihn beobachte, fängt schon nach Sekunden das Nasenbluten wieder an.

Mir gegenüber verzieht Bastian das Gesicht. »Das ist ein Argument. Trotzdem ist es kein besonders tolles Gefühl, zu wissen, dass ich die stärkste Magie im Königreich habe und nicht weiß, wie man sie benutzt.«

»Du solltest sie sowieso nicht benutzen«, erwidere ich. »Diese Magie war nie dazu gedacht, von jemandem außer den Montaras benutzt zu werden. Als Kaven versucht hat, sie anderen aufzuzwingen, ist der Großteil von ihnen gestorben.«

»Das ist wahr«, stimmt er mir mit einem leichten Nicken zu. »Aber das war nicht dasselbe. Sie hatten nicht die echte Seelenmagie.«

»Es ist das Risiko nicht wert.« In mir flammt Wut auf. »Wir wissen nicht, was passiert, wenn du sie einsetzt, und ich will dich lebend. Wir müssen einen Fluch brechen, also lass es gut sein. Falls du die Magie je verwenden musst, was die Götter verhüten mögen, wirst du wissen wie.«

»Das sagst du, aber wie …«

»Du wirst es einfach wissen, ja? Ich verspreche es dir.«

Zu meiner Überraschung erstirbt der Rest seines Widerspruchs auf seinen Lippen und die Anspannung in seinem Körper löst sich.

»Wollt ihr zwei den ganzen Morgen arbeiten, oder kommt ihr frühstücken?«, ruft Shanty, die Hände für den Effekt um den Mund gelegt. Heute sind ihre Haare frisch mintgrün, was zu ihren Augen passt, die mit geschwungenem, neonpinkem Eyeliner schön betont sind. Ich weiß zwar, dass es nur ein Glamour-Zauber ist, aber sie ist schicker gekleidet als irgendwem auf einem Schiff erlaubt sein sollte: mit einem schimmernden rosa Cape, das sich leicht um sie bläht wie eine hübsche Wolke. Ihre lose Bluse mit Kragen hängt mit zwei offenen Knöpfen um sie herum, sie ist so hellrosa, dass sie fast weiß aussieht, und steckt in einer schönen, lavendelfarbenen Pluderhose. Heute ist Shanty eindeutig ikaenisch, ihr Geschmack ist so teuer wie meiner und Bastians.

»Was passiert eigentlich, wenn euch Ikaenern die Themen für eure Outfits ausgehen?« Ich nicke spöttisch zu ihrer Kleidung hin, als Bastian und ich uns zu ihnen setzen, dicht gefolgt von Ferrick und Casem.

Shanty wirft sich eine Traube in den Mund. »Unmöglich; die Welt ist zu interessant. Es wird immer zu viele Ideen geben und nicht genug Zeit, sie alle umzusetzen. Also, Frühstück?«

Erst als ich mir einen Käsewürfel in den Mund stecke, nimmt sie zufrieden die Karten wieder auf. Während sie sie mischt, wechselt die Farbe ihrer Fingernägel von einem hübschen Pflaumenblau zu einem tiefen, leidenschaftlichen Rot.

»Versuchst du zurückzugewinnen, was du gestern Nacht auf Kerost verloren hast?«, neckt Bastian sie, und ich bemerke, dass er mit einer kleinen amethystfarbenen Schachtel herumspielt.

Ungerührt wirft Shanty die langen Haare nach hinten. »Das hättest du wohl gern. Ich weiß nicht, wie man Geld *verliert*, Pirat. Ich gewinne immer.« Sie räuspert sich, um unsere Aufmerksamkeit auf die Innenseite ihres Mantels zu lenken, als sie ihn ein wenig öffnet und uns eine fette, roségoldene Geldbörse zeigt, die seitlich darin steckt. Mit der anderen Seite macht sie dasselbe, und diesmal sind zwei Geldbörsen zu erkennen.

Wir anderen können sie nur staunend anstarren.

»Das ist alles von gestern Nacht?«, fragt Bastian, der sich gar nicht erst bemüht, den Neid in seiner Stimme zu verbergen.

»Das Haus gewinnt immer, oder?«, sinniert Shanty. »Einen Teil der Nacht habe ich die Geberin gespielt und ein paar Chips eingesteckt, die ich benutzt habe, wenn ich mich wieder in eine Spielerin verwandelt habe. Mit Ferricks Gewinnen zusammen hätten wir den ganzen Laden kaufen können. Wisst ihr, sie sollten sich ein paar Mittel gegen Verzauberungsmagie ausdenken. Die hätten mir alle auch einfach gleich ihr Geld geben können.«

Vataeas Gelächter ist so laut und echt, dass es unmöglich ist, nicht mitzulachen.

»Bei den Sternen, Shanty.« Bastian schüttelt den Kopf. »Du bist ein Monster.«

»Vielen Dank, ich weiß das Kompliment zu schätzen.« Irgendwann hat sie, ohne dass ich es bemerkt habe, ein schmales Messer herausgezogen. Sie sticht es in die Trauben und fädelt sie auf die Klinge. Sie bewegt sich schnell und verfehlt trotzdem keine. Mehrmals sticht sie aber zu fest zu und bohrt die Stahlspitze in die *Keel Haul*. Jedes Mal, wenn das passiert, wird Bastians Blick finsterer.

»Was gibt es Neues von Curmana?«, fragt Ferrick Casem, um von Shantys eindeutigen Versuchen abzulenken, den Piraten zu ärgern. Ich nehme mir ein bisschen getrocknetes

Möwenfleisch und Käse und wende mich meinem Leibwächter zu.

»Als wir Kerost verlassen haben, konnte ich mit ihren Beratern in Kontakt treten«, sagt Casem zwischen zwei Bissen Trockenfleisch. »Sie erwarten uns in zwei Tagen und sind ›begeistert, endlich die Gelegenheit zu bekommen, die Königin auf ihrem Boden zu begrüßen‹. Anscheinend ist es ewig her, seit sie Besucher aus der königlichen Familie hatten, und sie würden am liebsten alle anderen Stopps absagen. Baroness Ilia Freebourne wird da sein, um dich willkommen zu heißen, und sie haben alle Junggesellen zusammengetrommelt, damit sie dich umhauen können.«

Er unterbricht sich, um ein Stück Käse zu essen, und spart sich so jede künstliche Begeisterung. Für ihn ist das nichts als eine Reise, die ihn weiter von Mira und den Hochzeitsplanungen wegführt, die ihm viel wichtiger wären. Ich habe keinerlei Zweifel, dass er die Hälfte seiner Zeit auf diesem Schiff damit verbracht hat, per Gedankenkraft mit seiner Verlobten zu sprechen; er ist ein echt kitschiger Romantiker geworden. »Es wird Essen und Wein geben und massenhaft Vorräte, wenn wir mit den Feierlichkeiten fertig sind. Du musst dich um nichts kümmern, Amora, du musst sie nur dazu bringen, sich in dich zu verlieben. Die Nachricht kommt übrigens direkt von deiner Mutter. Sie ist zwar nicht begeistert von der Streckenänderung, aber froh darüber, dass du vorsichtig bist.«

Ihr Götter, ich kann es kaum erwarten, Ornell zu finden und dieser lächerlichen Scharade ein Ende zu setzen. Wenn meine Untertanen erfahren, was ich getan habe, werden sie mich dafür entweder lieben oder hassen. So oder so wird meine Arbeit beendet sein.

»Ich kann es kaum erwarten.« Ich schaffe es, nicht allzu bitter zu klingen, und reiße ein Stück Trockenfleisch ab. »Und was ist mit der Insel selbst? War von euch schon mal jemand da?«

Ferrick und Vataea schütteln den Kopf, während Shanty mit den Zähnen eine Traube von ihrem Messer zieht und sagt: »Ich war geschäftlich dort. Ich erzähle gern mehr davon, wenn es euch alle interessiert?« Es ist klar, dass sie nicht nur über die Geografie der Insel spricht.

Ein Teil von mir gibt es zwar ungern zu, aber es interessiert mich wirklich. Ferrick dagegen sieht missmutig aus.

»Ich war ganz oft dort«, sagt Bastian und erspart uns damit die Einzelheiten von Shanty. Während er spricht, schiebt er die kleine Schachtel zu mir herüber, als bräuchte er dafür eine Ablenkung. »Es ist makellos sauber auf Curmana, aber viel zu tun gibt es nicht. Sie züchten hunderte verschiedene Kräuter im Dschungel am nördlichen Rand der Insel und entwickeln Pulver, Tränke und den Großteil der Medizin, die direkt zu suntosischen Heilern geschickt wird. Ihre Spas sind wegen dieser Kräuter sehr beliebt; sie werfen sie dir ins Badewasser oder machen Schönheitswässerchen und Öle daraus, mit denen sie deine Haut massieren, um dich zu entspannen. Es heißt, auf Curmana gibt es für alles ein Kraut. Erinnerst du dich noch an das Pulver, das ich letzten Sommer den Wachen im Gefängnis von Arida gegeben habe? Das kam von dort.«

»Schlafpulver?«, rät Shanty und lächelt, als Bastian sie nicht korrigiert. »Oh, ich liebe gutes Schlafpulver.«

»Es ist eine schöne Insel«, fährt Bastian fort. »Aber es ist ruhig dort. Stellt euch eine schlichte Eleganz vor. Für jemanden, der Abenteuer sucht, würde ich es nicht empfehlen. Alles schließt früh und es ist insgesamt ein bisschen steif.«

Ein ruhiger und entspannter Ort klingt für mich gerade perfekt. Abgesehen davon wird es vielleicht leichter, Ornell zu finden, wenn es dort wirklich so still und ruhig ist. »Das klingt schön«, sage ich, und Bastian zuckt zwar die Achseln, lächelt aber ganz leicht. Ich nehme die Schachtel, die er mir zugeschoben hat, und öffne sie. »Wenn du das organisieren könntest, Casem, fände ich es großartig, diese Spas zu besuchen …«

In der Schachtel liegen Ginnada, und mir klopft das Herz bis zum Hals.

»Woher hast du das?« Es ist albern, aber allein der Geruch der zuckrigen Mandelpaste reicht, um mir das Herz schwer zu machen. Er erinnert mich an Arida, damals, vor Kaven. Daran, wie meine Eltern und ich uns jedes Mal mit diesem Dessert vollgestopft haben, wenn die Köche es für eine Feier zubereitet haben.

Vater liebte Ginnada sogar noch mehr als ich.

Ich atme ihren Duft ein und schließe die Augen. Seit ich meine Magie verloren habe, bin ich nicht mehr so hungrig wie früher. Damals hatte ich praktisch unstillbaren Appetit, denn ich musste für meine Magie permanent meine Energiereserven auffüllen. Aber auch ohne meinen alten Appetit würde ich ein ganzes Schiff voller Ginnada essen, wenn ich die Chance dazu hätte.

»Ich weiß, dass du die Dinger liebst.« Bastian sieht mich nicht an, während er das sagt. In seiner Stimme liegt weder ein Zittern noch Schüchternheit, aber seine Nervosität summt tief in meiner zur Hälfte fehlenden Seele. Er kratzt sich im Nacken, jungenhaft und nervös. »Ich habe sie in Kerost mitgenommen, das ist keine große Sache.«

Doch er irrt sich. Denn alles, was ich sehe, wenn ich die Ginnada anschaue, ist das warme Braun von Vaters Augen. Alles, was ich höre, ist sein dröhnendes Lachen.

Ich wünschte, Bastian wäre nicht immer so nett. Dass er aufhört, sich zu kümmern, zumindest bis ich wieder weiß, wie ich mich genauso um ihn kümmern kann. Zumindest, bis ich innerlich nicht mehr so leer bin.

»Ich kann das nicht annehmen.« Ich kann das Zittern meiner Hände nicht unterbinden, als ich ihm die Schachtel wieder an die Brust drücke. Ich schaue nicht hin, damit ich seinen Blick nicht sehen muss, aber ich spüre seinen Schmerz.

»Es ist nur Ginnada. Du musst nicht …«

»Iss du sie, wenn du willst.« Meine Stimme ist kühl. Meine Brust ist zu eng, ich kann nicht richtig atmen, ich platze beinahe. »Oder wirf sie über Bord, ist mir egal. Aber schaff mir das aus den Augen.«

Alles, was ich höre, ist Vaters Gelächter. Alles, was ich sehe, ist das Blut an meinen Händen. Das Schwert in seinem Bauch.

Ihr Götter, warum hört er nicht auf zu lachen?

»Amora …«

Shanty legt Bastian die Hand auf die Schulter und schüttelt langsam den Kopf.

Ich hasse das Mitleid in ihren Augen.

Ich hasse den Schmerz in denen von Bastian, der meinen eigenen spiegelt.

Ich hasse es, wie sie mich alle ansehen, als wäre ich ein verletztes Tier, das man trösten muss.

Und mehr als alles andere hasse ich, wie allein ich mich fühle, obwohl sie alle direkt vor mir sitzen.

Shanty hat gesagt, sie würden es verstehen, aber wenn ich in ihre Augen schaue, weiß ich, dass sie sich geirrt hat. Sie werden es nie verstehen.

»Ich bin in meiner Kabine.« Als ich aufstehe, muss ich aufpassen, dass ich nicht stolpere. »Holt mich, wenn wir da sind.«

Einen Fuß vor den anderen zwinge ich mich von ihren Blicken weg. Die Treppe hinunter, zu den Kajüten. Ich schaffe es gerade noch zu einem Waschbecken, dann muss ich mich übergeben.

17

Curmana ist genauso schön, wie ich es mir vorgestellt habe, und fast identisch mit dem, was Bastian erzählt hat. Das würde ich den anderen auch sagen, als wir hintereinander von Bord gehen, wenn ich in den vergangenen zwei Tagen überhaupt mit ihnen gesprochen hätte.

Wir kommen auf Sand an, der so rein und weiß ist, dass es schwer zu glauben ist, dass überhaupt jemand auf dieser Insel wohnt – trotz der fünf Curmaner, die vor mir stehen, als unsere Crew von der *Keel Haul* kommt

»Willkommen, Eure Majestät.« Eine schöne Frau mit seidigen, eisblonden Haaren verbeugt sich so tief, dass der Stoff ihrer knöchellangen Baumwollhose über den weißen Sand schleift. Ihre Porzellanhaut ist so glatt und porenfrei, dass sie mehr wie ein Geist als wie ein Mensch aussieht. Ein großer, schlanker, vogelartiger Geist mit einer scharfen Nase und blassen, runden Augen.

Die Frau trägt ein schwarzes Seidenoberteil mit zarten Silberketten als Trägern. Hier ist es zwar deutlich wärmer als auf Kerost, aber die Luft ist doch so kühl, dass sie darüber ein onyxfarbenes Cape mit einem silbernen Emblem trägt, das ich als Zoloblatt erkenne – Curmanas beliebtestes medizinisches Kraut, das auf allen Inseln in fast jedem Heilmittel verwendet wird. Plötzlich weiß ich: Das ist kein Geist, das ist die Baroness von Curmana, Lady Ilia.

Ich werfe einen Blick auf ihren Bauch, der noch geschwollen ist von der Schwangerschaft, und bemerke die tiefen Schatten unter den Augen, die mit einem Neugeborenen einhergehen. Obwohl ich Ilia aus Vaters Regentschaft flüchtig kenne, haben wir kaum miteinander gesprochen. Bei unserem Ratstreffen neulich wurde sie von ihrem Bruder vertreten, weil sie gerade erst entbunden hatte.

Ilia richtet sich auf, ein Lächeln auf den Lippen. Leider reicht dieses Lächeln nicht ganz bis zu ihren Augen. »Ich hoffe, die See hat Euch eine freundliche Überfahrt geschenkt?«, macht sie höflich Konversation. Ich antworte pflichtschuldig, ich bin diese politische Scharade gewohnt.

»Das hat sie, danke. Ich freue mich, endlich hier zu sein, Lady Ilia. Ihr wisst aber hoffentlich, dass Ihr mich nicht persönlich hättet in Empfang nehmen müssen. Ich hätte es verstanden, wenn Ihr mit Eurem Neugeborenen beschäftigt gewesen wärt.«

Sie schürzt die hellrosa Lippen. »Einfach Ilia reicht, vielen Dank. Und das macht mir nichts aus, Eure Majestät. Ich mag jetzt Mutter sein, aber ich bin immer noch die Beraterin dieser Insel: Ich muss meine Pflichten erfüllen. Meine Frau Nelly passt auf unser Kind auf, also macht Euch keine Sorgen. Es ist so eine Freude, Euch hier auf Curmana begrüßen zu dürfen und endlich die Gelegenheit zu bekommen, Euch unsere Insel zu zeigen.« Sogar ihre Stimme ist eine kühle Brise. Ihr scharfes Gesicht bleibt ausdruckslos und passt nicht ganz zu ihren Worten.

Der Rest der Crew hinter mir schweigt, aber ich fange aus dem Augenwinkel die Unsicherheit in Ferricks Gesichtsausdruck auf und weiß, ich bin nicht die Einzige, die Ilia nervös macht. Ihre Schönheit ist ätherisch, aber das macht sie nur noch furchteinflößender. Sie führt mich über den flachen, weißen Sand, der so dicht ist, dass meine Stiefel kaum einsinken. »Ich zeige Euch Euer Zimmer, wo Ihr Euch für die Party heute Abend frisch machen könnt. Ihr werdet …«

»Heute Abend findet eine Party statt?« Ich hasse den Freudenfunken, der in mir aufflackert, am liebsten möchte ich ihn austreten. Ich bin aus einem speziellen *Grund* hier, nicht, um mir ein Kleid überzuziehen und die ganze Nacht zu tanzen. Und doch kann ich das Kribbeln der Vorfreude nicht verhindern, so sehr sehne ich mich nach Ablenkung.

Ganz zu schweigen davon, dass eine Party Menschenmengen bedeutet. Und unter diesen Leuten wird vielleicht Ornell warten.

»Manche werden sie vielleicht die beste Party nennen, die Visidia je gesehen hat!« Das ist eine neue Stimme, weniger raffiniert und viel ausgelassener. Eine andere Frau stürmt aufgeregt den Strand entlang, schöne, honigblonde Ringellöckchen wehen hinter ihr her. Ihre Augen sind strahlend und von einem vertrauten Grün – ein Farbton, den ich schon einmal gesehen habe, es will mir aber einfach nicht einfallen, wo –, und ihr Lächeln ist so warm, dass es sogar den Eisberg Ilia schmelzen kann.

»*Nelly*«, beginnt Ilia, aber mit mehr Wärme in der Stimme. »Du sollst doch auf das Baby aufpassen.«

»Ach, entspann dich, Elias achtet ein paar Minuten auf ihn. Ich wollte die Königin kennenlernen!« Nelly beugt sich vor, um Ilia einen schnellen Kuss auf die Wange zu geben, und die Ratgeberin runzelt zwar die Stirn, seufzt dann aber nur nachgiebig.

»Ich bin diejenige, die die Party geplant hat.« Nelly wartet nicht darauf, bis ich meine Hand ausstrecke, sie nimmt sie einfach und schüttelt sie zweimal kurz und fest. »Wir mussten ein paar Änderungen vornehmen, weil es so kurzfristig war, aber ich verspreche Euch, Ihr werdet es lieben. Wir haben das beste Buffet, das Curmana zu bieten hat; stellt Euch Kuchen und Wein aus Ikae vor, mehr Desserts als Ihr in Eurem ganzen Leben gesehen habt, frischen Fisch mit Mangospalten …«

Je mehr sie aufzählt, desto interessierter wird Casem, er

macht einen großen Schritt nach vorn, um genauer zuzuhören.

»Eure Majestät«, unterbricht Ilia erst, als ich mir nicht mehr vorstellen kann, was nach dieser Party in ganz Visidia noch zu essen übrig sein könnte, »ich möchte Euch meine Frau Nelly vorstellen. Sie kam von Suntosu hierher und arbeitet als die Heilerin der Insel.«

Nellys pfirsichrosa Wangen röten sich. »Entschuldigung, Eure Majestät. Ich habe mich einfach so auf Euren Besuch gefreut. Wir wissen, wie wichtig es für Euch ist, Visidias neuen König zu finden; ich möchte sichergehen, dass unser Anteil daran so reibungslos wie möglich für Euch verläuft. Wenn Ihr heute Nacht die Liebe finden sollt, muss die Atmosphäre absolut perfekt sein!«

Hinter uns schnaubt Bastian höhnisch.

Nellys Blick ist entschlossen, aber Ilia schaut irritiert entschuldigend drein. Der Blick, den sie mir zuwirft, sagt mir, dass wenigstens sie weiß, dass das Ganze nichts mit Liebe oder Romantik zu tun hat, sondern Visidia dienen soll. Ich bin mir sicher, ihr Bruder Elias hat sie nach dem Ratstreffen informiert.

»Meine Frau ist eine große Romantikerin«, erklärt sie, woraufhin Nelly grinst.

»Und dagegen ist nichts einzuwenden! Abgesehen davon ist auf Curmana *nie* irgendwas los. Euch hierzuhaben, wird eine nette Abwechslung für die Bewohner.«

»Aber zuerst sollten wir Ihrer Majestät zeigen, wo sie und ihre Gäste wohnen werden.« Ilia hält die Schultern gerade und den Körper hoch aufgerichtet, wenn sie geht, als balancierte sie so etwas Schweres wie die Aalkrone. Die beiden könnten zwar nicht unterschiedlicher sein, aber wie sie Seite an Seite stehen, ist etwas Vertrautes zwischen ihnen. Eine Natürlichkeit in der Art, wie Nelly ihre Hand in die von Ilia schiebt und sie die Finger verschränken.

In mir flackert der Neid auf, so bitter und umfassend, dass ich mich abwende und versuche, das Gefühl zu ersticken, bevor Bastian es merkt.

Wie muss es wohl sein, so frei und natürlich Gefühle zu empfinden? Vertrauen in die eigenen Gefühle für jemand anderen zu haben, ohne dass einem ein Fluch im Weg steht?

Ich kann mich kaum noch daran erinnern.

»Ihr werdet in einem unserer Spas wohnen, wenn das in Ordnung ist«, sagt Ilia und reißt mich damit aus meinen finsteren Gedanken. »Ich dachte, das wäre der passendste Ort für eine Königin und ihre Bediensteten.«

»Bedienstete?« Vataea will widersprechen, aber Shanty versetzt ihr schnell einen Schubs.

»Wenn du erst siehst, was du dafür bekommst, V., ist dir egal, wie sie dich nennen«, flüstert sie.

Ein wenig abgelenkt von dem Geplauder um mich herum, wende ich mich wieder Ilia zu und nicke, versuche, nicht so begeistert auszusehen, wie ich mich bei dem Gedanken fühle, nicht nur ein paar Nächte keine kleine Kajüte teilen zu müssen, sondern auch eines der Spas zu sehen, von denen mein Cousin Yuriel und Tante Kalea immer geschwärmt haben. »Werden die Festlichkeiten auch dort abgehalten?«

Nellys Lippen zucken, und ich glaube, ich habe etwas Komisches gesagt.

»Curmana rühmt sich, so beschaulich und entspannend wie möglich zu sein«, sagt Ilia knapp. »Wenn Ihr in Ikae wart, dann habt Ihr deren rasanten Lebensstil gesehen. Sie sind frivol; für sie ist alles eine Party.« Mir liegt schon eine scharfe Erwiderung auf der Zunge, aber Ilia fährt fort, bevor ich die Chance dazu bekomme. »Menschen, die nach Ikae kommen, suchen gezielt nach einer Kostprobe dieses Lebens. Aber *hierher* kommen die Leute zum Entspannen. Um sich zu fühlen, als wäre jeder Tag so lang wie drei und als wäre niemals irgendetwas eilig. Touristen kommen für eine Kostprobe unseres ruhigen Lebensstils her – eine Chance zum *Durchatmen*. Unsere Spas sind dafür die würdigsten Orte; wir würden diese Umgebung nicht durch eine Party stören. Unsere Festlichkeiten werden dichter am Wasser, entlang der Küste stattfinden. Sind Euch diese Pläne recht, Eure Majestät?« Sie wirft mir aus ihren leuchtend bernsteingelben Augen einen kurzen Blick zu.

Mehr als alles andere wünsche ich mir, ich könnte mich dumm und dämlich trinken und in den Armen von einem Dutzend gut aussehender Männer tanzen, lachen und mich wie ich selbst fühlen, denn das habe ich seit Ewigkeiten nicht getan. Aber es ist so, wie sie gesagt haben – wir haben nur drei Tage auf Curmana. Ich muss meine Zeit bestmöglich nutzen, um Ornell zu finden.

»Der Plan ist perfekt.« Ich bin zwar müde bis auf die Knochen, aber ich lächle. »Der Abend wird wundervoll werden. Ich brauche nur ein paar Stunden, um mich vorzubereiten. Ich möchte ungern nach Fisch riechen, wenn ich diesen Leuten zum ersten Mal begegne.«

»Lustig.« Bastians neckender Ton überrascht mich. Ich dachte, er wäre immer noch beleidigt wegen der Ginnada, aber er lächelt. »Dann rieche ich wohl die ganze Zeit nach Fisch. Damit hattest du bisher noch nie Probleme.«

»Ich *bin* ein Fisch«, schaltet sich Vataea ein. Im ersten Moment bleibt ihr Gesicht ausdruckslos und wir erstarren und überlegen, ob wir sie beleidigt haben. Doch dann verzieht sie den Mund zu einem Grinsen. »Ich glaube, den Leuten gefällt das.«

Es ist erschütternd, wie sehr mich das allgemeine Gelächter entspannt, umso mehr, als Bastians Lachen ein weiß glühendes Flattern in mir auslöst und mir der Atem stockt.

Bastian fängt meinen Blick auf und mein Herz gerät ins Stolpern. Ihr Götter, was dieser Junge alles in mir auslöst.

»Ist okay, Amora. Ich bin nicht sauer.« Seine Augen unter

den dunklen Wimpern sind warm, aber ich reiße mich los. Es ist wohl kaum fair, dass er so leicht spüren kann, was ich fühle. Ich muss mich konzentrieren und alle Gedanken an ihn von mir schieben, als Ilia und Nelly uns in das Spa begleiten.

Das Innere des Gebäudes ist noch hinreißender als ich es mir hätte vorstellen können, gebaut aus grauem Naturstein und Schieferböden, in die große Kiesel eingelassen sind. Eine Wand wird ganz vom größten Kamin aus Stein eingenommen, den ich je gesehen habe, die Wand gegenüber besteht aus dickem, gelbem Moos, üppigen grünen Blättern und dunklem Efeu, der sich in komplizierten Mustern darüber schlängelt. Drei kleine, sanft plätschernde Wasserfälle tröpfeln unter den Blättern hervor, und das beruhigende Geräusch wird durch den großen Raum verstärkt.

»Ist das das Spa?«, fragt Ferrick skeptisch, worauf Nelly lacht.

»Hier meldet man sich nur an! Die Spas sind weiter hinten im Gebäude.«

Mir wird warm. Mission oder nicht: Ich werde, bevor ich abreise, dem Spa einen Besuch abstatten.

Sofort als wir in unseren Zimmern ankommen, wird mir klar, dass wir die einzigen sind, die hier wohnen. Wir haben das ganze Stockwerk für uns. Auch Ilia und Nelly lassen uns recht schnell allein, damit wir unsere Zimmer erkunden können, und erklären, es gäbe noch viel zu tun vor der Party am Abend.

»Ihr *müsst* die Bäder ausprobieren«, sagt Nelly aufgeregt, bevor die Bediensteten übernehmen und uns helfen, unser Gepäck in unsere Suiten zu bringen. »Es müsste schon eines für Euch vorbereitet sein.«

Und natürlich wartet, als ich über den Natursteinboden gehe, ein perfekt vorgeheiztes Bad auf mich, auf dessen dampfendem Wasser eine Kräutermischung schwimmt. Zitronengras und Salbei locken mich zu der tiefen Steinwanne, aus der Hitze weht und meine Haut streichelt, als ich mich vorbeuge, um die Düfte einzuatmen.

Hinter dem Bad befindet sich eine eiserne Wand mit Gewürzgläsern. Bei näherem Hinsehen stelle ich fest, dass jedes ein winziges Schildchen trägt, auf dem mit eleganter Handschrift der Inhalt beschrieben ist, zum Beispiel Sandelholz oder Lavendel, Rosmarin und Meersalz. Es gibt alles, was ich mir nur vorstellen kann und noch mehr – Duftöle für Haut und Haar. Eine Schale mit einer warmen, schimmernden Flüssigkeit, die verspricht, meine Locken glänzender zu machen. Es gibt Tränke und Tonika, die meine Haut sauberschrubben und dann wieder auffrischen sollen, und eine Wand voller Schönheitsprodukte, die mein Herz flattern lassen.

Es gibt Tiegel mit Rouge in allen Schattierungen, die ich mir vorstellen kann. Dutzende von Lippenstiften und Khol für die Augen. Es gibt Bürsten und Haar-Accessoires und absolut alles, was ich mir je wünschen könnte. Und sollte ich je etwas wollen, was es hier nicht gibt – so unmöglich mir das erscheint –, gibt es in der Ecke ein Seil, an dem ich ziehen kann, um jemanden zu rufen, dem ich eine Notiz geben kann, was ich brauche – egal ob etwas zu essen oder zu trinken, frisches Wasser für die Badewanne, frische Kleidung, eine Stylistin, irgendwas.

Bei den Sternen, es ist kein Wunder, dass meine Tante und mein Cousin so oft hier waren. Ich würde für immer so leben, wenn ich könnte.

Ich bekomme Gänsehaut, als ich ins Wasser steige, und einen kurzen Moment lang schmelzen alle Gedanken an meinen Fluch und meine Mission dahin. Ich bin keine Königin: Ich bin einfach Amora.

Und daran könnte ich mich gewöhnen.

Ich kann mir nicht vorstellen, welches lautlose Wesen sie gebracht haben kann, während ich gebadet habe, aber als ich in mein Zimmer zurückkomme, liegt eine Auswahl an curmanischer Kleidung und Schmuck auf dem Himmelbett.

Die Kleider sind ganz anders als die extravaganten Teile, die ich früher zu Partys getragen habe; statt dickeren Stoffen wie Krepp oder Chiffon sind diese Kleidungsstücke hier aus bequemem Leinen oder federleichter Seide. Es gibt keine eng gebundenen Oberteile, wie ich sie gewöhnt bin. Alles ist fließend und elegant.

Die Sachen sind nicht auf den ersten Blick verschwenderisch, die Details daran sind aber exquisit, von den aufwendigen Schulterverzierungen bis hin zu den tiefen Hals- und Rückenausschnitten. Ein Satinkleid hat am Rücken fast gar keinen Stoff, sondern hauchdünne Goldfäden, die es zusammenhalten und die schimmern wie ein Spinnennetz im Morgentau.

Neben den Kleidern hat man mir auch noch Hosenanzüge gebracht, und einer aus Seide zieht mich sofort in seinen Bann. Das Oberteil ist tief schwarz wie Tinte, mit zarten Trägern, die ganz aus kleinen Onyx-Steinchen bestehen, und endet knapp über dem Nabel. Daneben liegt ein leichtes Cape, schimmernd und so durchsichtig, dass ich mich frage, ob es überhaupt warmhalten soll.

Ich ziehe die dazu passende, knöchellange Hose an. Sie bläht sich weit und ist so bequem, dass ich böse auf Arida bin, weil dieser Modestil dort noch nicht angekommen ist. So sehr ich unsere engen, figurbetonten Kleider liebe – essen zu können, ohne das Gefühl zu haben, ersticken zu müssen, wird eine willkommene Abwechslung sein.

Ich habe gerade juwelenbesetzte Sandalen übergestreift und meine Locken zu etwas nach hinten gebunden, von dem ich hoffe, dass es elegant genug aussieht, als ich ein Geräusch an der Tür höre.

»Noch fünf Minuten«, sage ich, denn ich denke mir, es muss Casem sein. »Ich muss noch meinen Schmuck anlegen.«

Aber kurz darauf höre ich das Geräusch wieder, diesmal so leise, dass ich es kaum wahrnehme, und mir wird klar, dass es überhaupt kein Klopfen war.

Jemand macht sich an der Türklinke zu schaffen.

Sofort muss ich an die beiden Männer denken, die mich auf Kerost angegriffen haben. Mit einer fließenden Bewegung ziehe ich Rukan aus seiner Scheide auf meinem Bett und halte den vergifteten Dolch eng an meiner Seite. Ich hasse es, wie mein Herz rast, als ich zur Tür schleiche. Sämtliche Haare an meinem Körper haben sich aufgestellt und ich bin in Alarmbereitschaft.

Ich bin Amora Montara, Königin von Visidia. Auch ohne Magie kann ich noch kämpfen. Und mit Rukan muss der Schnitt nur so tief sein, dass das Gift der Klinge in den Blutkreislauf eindringen kann, um Leben zu beenden.

Der Gedanke verleiht mir den Mut, die Tür aufzureißen, den Dolch im Anschlag. Aber als ich ihn anhebe und mich zum Zustoßen bereitmache, stolpert Bastian rückwärts an die Wand.

»Ihr Sterne!« Sein Ausruf bleibt ihm fast im Hals stecken, seine Stimme ist drei Oktaven höher. »Ich dachte, wir wären über die Phase unserer Beziehung hinaus, in der wir uns erstechen wollen!«

Rukan wird in meiner Hand bleischwer und ich stecke ihn zurück. »Was *tust* du? Warum hast du nichts gesagt?«

»So wie die Dinge zwischen uns stehen, dachte ich, du würdest mich *spüren.*« Er richtet sich wieder auf und glättet mit einer Grimasse die Falten seines Hemdes. »Ich weiß, du bist nicht begeistert von unserem Fluch, aber könntest du bitte eine bessere Lösung finden, als mich zu ermorden?«

Ich ignoriere ihn, die Wut kocht mir bis zum Hals. »Hast du mich ausspioniert?«

»Natürlich nicht.« Sein Blick huscht zur Seite, er öffnet und schließt die Fäuste. »Ich wollte nur … Bei den Sternen, ich habe einen Fluch an deine Tür geheftet, okay? Nach dem, was auf Kerost passiert ist, dachte ich mir, ein bisschen zusätzlicher Schutz kann nicht schaden.«

Als ich das höre, vergesse ich fast zu atmen, meine Haut wird warm. »Warum hast du mir das nicht einfach gesagt? Ich kann mich sehr gut …«

»Selbst schützen?« Sein Gesicht ist jetzt dicht vor meinem. »Genau deshalb habe ich dich nicht vorher gefragt, weil ich wusste, dass du das sagen würdest.«

Im ersten Moment recke ich defensiv die Schultern. Aber dann sehe ich Blut an seinem Finger, einen Tropfen davon hat er an meine Türklinke geschmiert. Ich möchte zwar böse auf ihn sein, aber es gibt keinen Grund dazu. Genaugenommen ist es vor allem Verlegenheit, die meine Stimme leise und meine Wangen heiß macht.

»Danke«, murmle ich und schlinge die Arme um mich. »Und … es tut mir leid wegen neulich. Ich wollte nicht die Beherrschung verlieren.«

Er zögert, Nervosität liegt in der Luft. »Es muss dir nicht leid tun. Ich hätte es besser wissen müssen.«

»Es gab nichts zu wissen, ja? Nur … komm einfach rein und wasch dir die Hände.«

Erst jetzt erlaube ich mir, ihn richtig *anzusehen*, und Hitze breitet sich meinen Hals hinauf aus. Ich habe ihn noch nie so herausgeputzt gesehen. In einem Mantel in einem satten Onyxton mit golden schimmernden Knöpfen und Paspeln sehen seine Schultern breit und seine Brust stolz aus. Seine Haare hat er nach hinten geglättet und seine warme, goldbraune Haut glänzt von den Ölen und Cremes. Als er den Raum betritt, kann ich nichts anderes mehr denken, als dass er wie ein vollkommen anderer Mann aussieht: attraktiv und selbstsicher.

Er sieht aus wie ein Adliger.

»Ist das Zedernholz?« Ich beuge mich vor und schnuppere an der Luft um ihn, suche nach der Meeresluft, die an seine Haut gehört.

»Genaugenommen ist es Vetiver.« Er reckt das Kinn, als wäre er stolz, dass ich es bemerkt habe. »Es riecht gut, oder?«

Ich rümpfe die Nase. »Es riecht nicht nach dir.«

Sobald die Worte heraus sind, möchte ich sie am liebsten wieder in meinen Mund zurückstopfen und schlucken. Die Überraschung, die in Bastians Augen aufflackert, heizt meine Haut so auf, dass ich fürchte, ich könnte hier und jetzt zu Asche verbrennen.

»Ach.« Bastian schnalzt mit der Zunge und zieht die Augenbraue hoch. »Also *magst* du den Fischgeruch.«

Götter, sogar sein Lächeln sieht anders aus. Leuchtender. Schlauer. Durchtriebener. Er strahlt mich an und funkelt vor Übermut, mein Herz stolpert. Ich fand Bastian immer gut aussehend, aber ihn so sauber zu sehen, von Kopf bis Fuß in sattes, samtiges Onyx gekleidet, macht etwas mit meinem Körper, von dem mir lieber wäre, es wäre nicht so.

Das ist nicht der Bastian, den ich gewöhnt bin – der Pirat mit dem schiefen Lächeln und dem Mutwillen im Blick.

Das ist Bastian Altair, der heiratsfähige, visidische Junggeselle, der hier ist, um Eindruck zu machen.

Zu meinem Pech hat es funktioniert. In meinen Fingern kribbelt es vor Verlangen, durch seine gelackte Frisur zu fahren und sie wieder wild zu verwuscheln. Einen oder zwei Knöpfe an seinem onyxfarbenen Hemd aufzumachen und zu sehen, ob sein ganzer Körper ölig glänzt.

Ich bin froh, dass ich einen Moment Zeit habe, mich zu fangen, als er im Bad verschwindet, um sich die Hände zu waschen, aber ich verliere mich sofort wieder, als er zurückkommt.

»Lass mich dich heute Abend begleiten.« Was er sagt ist wie kühles Wasser auf meiner Haut. Ich fühle das nervöse Pulsieren seiner Seele, aber er zeigt es nicht. Er hält mir den Arm hin und ich muss mich zurückhalten, als ich instinktiv danach greife, so dringend möchte ich ihn berühren.

»Schmuck«, keuche ich. Ich muss mich ablenken. Das ist nicht der richtige Zeitpunkt für *solche* Gefühle.

»Schmuck?« Bastian runzelt die Stirn, dann hellt sich sein Gesicht auf, als ich auf mein Bett deute und auf die Schmucksammlung, die darauf liegt. »Ach so. Klar. Ich kann draußen im Flur warten, wenn du noch ein bisschen Zeit brauchst?«

Er macht einen Schritt zurück, und ich schüttle – auch wenn ich beim besten Willen nicht verstehe, warum –, den Kopf, bevor er an der Tür ist. Ich beiße mir auf die Unterlippe und meine Stimme verrät mich. »Bleib. Du kannst mir sagen, was am besten an mir aussieht.«

»Alles sieht am besten an dir aus.« Sein Lächeln leuchtet vor Charme. Als ich nichts sage, wischt Bastian es aber eilig wieder weg und setzt sich abwartend auf die Bettkante.

Ich streiche mit den Fingern über die Juwelen, gebe vor, darüber nachzudenken, um mich abzulenken. Aber bei den Göttern, ich kann an nichts anderes denken als daran, wie es das Eis in meinen Adern zum Schmelzen bringt, wenn er mir so nah ist. Ich kann nicht aufhören, darüber nachzudenken, wie schrecklich gut er in diesen Sachen aussieht, aber ich stelle mir auch vor, wie er ohne sie aussieht. Ganz zu schweigen davon, dass er auf meinem *Bett* sitzt.

Vielleicht sind meine Gefühle für Bastian doch echt. Es ist, als hätten wir vom ersten Moment an eine geistige Verbindung gehabt.

Ich hoffe, du wirst bei diesen Jungs dein Bestes geben, hat er mich herausgefordert. *Denn du wirst zutiefst enttäuscht sein, wenn du feststellst, dass keiner von ihnen ich bin.*

Es gibt keinen einzigen Teil von mir, der nicht auf der *Keel Haul* davonsegeln und Visidia mit Bastian zusammen erkunden möchte. Ich erinnere mich an Momente, in denen ich dachte, Bastian könnte der Richtige für mich sein; dass er meine Seele auf eine Weise verstand, wie es nie jemand sonst würde tun können. Aber unser Fluch hat diese Gefühle durcheinandergebracht.

Ich könnte sehr wohl in Bastian Altair verliebt sein. Aber

solange unser Fluch nicht gebrochen ist, kann ich mir selbst und dieser Entscheidung nicht trauen.

Ich kann nur diese Gedanken vertreiben, die nächstbeste Halskette in die Hand nehmen und hochheben, als hätte ich sie schon die ganze Zeit betrachtet.

»Die hier?«, frage ich und sehe jetzt erst, dass es eine elegante Silberkette mit Tränen aus schwarzen Perlen und passenden Ohrringen ist.

Er lässt sich Zeit bei der Betrachtung, dann nickt er, als ich die Ohrringe anlege – einfache Perlen, die an einer Onyx-Kette baumeln, unaufdringlich und elegant. Als ich mir aber die Kette umlegen will, schaut Bastian zu, wie ich mit dem Verschluss kämpfe. Er hat Mitleid und steht auf.

»Gib her.« Er nimmt den zarten Schmuck in seine breiten, schwieligen Hände. Ich schaudere, als sie meinen Nacken berühren, und meine Lungen werden eng, bis mein Atem nur noch leise, kurz und rau geht.

Bastian scheint meinen Kampf nicht zu bemerken. Er schafft es, die Kette schnell zu schließen und rückt sie gerade.

»So.« Seine heisere Stimme macht seltsame Dinge mit meinem Magen. »Schön.« Aber er schaut nicht die Kette an, und seine Hände bewegen sich nicht von meinen Schultern weg.

Mein ganzer Körper besteht aus Gänsehaut und versinkt gleichzeitig in Feuer, er steht in Flammen bei seiner Berührung. Beim Klang seiner Stimme.

Ich halte es keine Sekunde mehr aus.

Ich drehe mich um, und Bastian weiß genau, was ich will, denn er will es auch. Seine festen Hände umfassen meine Schultern und er zieht mich mit genauso viel Verlangen an sich wie in mir tobt. Ich schlinge ihm die Arme um den Hals. Ich hasse mich dafür, dass ich ihn küsse, und ich hasse mich dafür, dass ich je daran gedacht habe, es nicht zu tun. Rückwärts lasse ich mich aufs Bett fallen und ziehe ihn mit. Ich schaffe es nicht, unseren Kuss zu unterbrechen und zucke zusammen, als sich ein Paar Ohrringe in meinen Rücken bohrt, und Bastian versucht, alles wegzufegen.

Aus Angst, wir könnten diesen Moment zerstören, sagt keiner von uns ein Wort. Ein falsches Wort, ein falscher Atemzug, ein falscher Blick, und alles wäre vorbei.

Seine Lippen finden meine Halsbeuge, und ich seufze zufrieden, während mein Körper droht, unter seinem tröstlichen Gewicht zu schmelzen. Seine Lippen zeichnen zunächst zarte Muster auf meine Haut, aber je länger es dauert, desto gieriger werden wir. Wir küssen einander. Berühren einander. Halten einander.

Doch dann fragt er: »Bist du dir sicher?«, und wir geraten ins Wanken. Meine Haut brennt, meine Lungen dehnen und füllen sich, atmen viel leichter, als sie es tun, wenn er und ich getrennt sind. Wenn ich mich auf ewig auf diesem Bett zusammenrollen könnte, seine Haut an meiner, dann würde ich es tun.

Ich lecke mir die trockenen Lippen, versuche, die richtigen Worte zu finden, obwohl ich mir nicht sicher bin, was ich will. In Bastians Gegenwart ist meine Willenskraft katastrophal.

»Ich verstehe.« Indem er als Erster das Wort ergreift, erspart er mir eine Antwort. Zart streichen seine Finger durch die Haarsträhnen, die sich aus meiner Frisur gelöst haben. Er wickelt sich eine davon um den Finger. »Ich war vielleicht nicht durch einen Fluch an eine Person gebunden, aber ich war an die *Keel Haul* gebunden, weißt du noch? So sehr ich dieses Schiff liebe, ich habe ihm meinen Fluch übel genommen. Ich will nicht, dass das bei uns so ist.

Ich weiß, was du fühlst, ist erschreckend«, fährt er fort und rutscht herum, damit er mehr neben als auf mir liegt. »Aber wir müssen zusammenarbeiten, wenn wir das durchstehen wollen, Amora.« Der Klang meines Namens aus seinem Mund schürt ein wildes Feuer tief in mir. »Ob es dir passt oder nicht, ich stecke mit dir zusammen in diesem Chaos. Du musst das

Gewicht der Welt nicht allein auf deinen Schultern liegen haben. Lass mich auch was davon tragen.«

»Das ist leichter gesagt als getan.« Ich löse mich von ihm, aber er hält mich an der Schulter fest und bittet mich so, ihm in die Augen zu schauen. Ich tue es nicht; täte ich es, würde mich das womöglich komplett zerbrechen.

»Vielleicht ist es für dich leichter«, sagt er. »Aber bei den Sternen, ich brauche auch Hilfe. Nur dass ich im Gegensatz zu dir keine Angst habe, es zuzugeben. Nach allem, was passiert ist, fühlt es sich manchmal an, als würde jeden Moment die Welt auf mich stürzen. Aber mit dir zusammen zu sein, stabilisiert mich. Ich weiß, du brauchst Raum, und ich habe mein Möglichstes getan, um ihn dir zu geben. Aber ich kann das nicht, denn getrennt zu sein, tut nicht nur dir weh. Ich habe so sehr versucht, für dich da zu sein, dir Zeit zu lassen, aber … Ich brauche jemanden, der für mich da ist.«

Ich kann mir nicht vorstellen, wie viel Kraft es kostet, das zuzugeben. Dennoch kann ich ihn nicht ansehen. Ich kralle die Hände in den Stoff meiner Hose.

»Du musst mich nicht lieben.« Seine Stimme ist diesmal sanfter, so leise, kaum mehr als ein Flüstern. »Du musst gar nichts tun. Aber wir brauchen einander jetzt, und wir haben zu viel durchgemacht, als dass unsere Freundschaft wegen eines Fluchs ins Wanken geraten sollte, den wir gemeinsam wieder in Ordnung bringen werden.«

Seine Stimme klingt so flehend, dass mir der Atem stockt. Das Gewicht seines Körpers ist nicht mehr tröstlich, es ist erstickend. Ich schiebe Bastian von mir und umklammere meine enger werdende Brust.

Die Wände kommen auf mich zu, bis ich nur noch einen Tunnel vor mir sehe. Meine Atemzüge sind hektisch und hart. Mein Körper ist zu schwer und zu kalt, als dass ich mich noch darauf konzentrieren könnte, etwas dagegen zu tun.

Ich kann Bastian am Ende dieses Tunnels nicht mehr sehen,

obwohl ich irgendwo in meinem Hinterkopf weiß, dass er immer noch vor mir sitzen muss. Stattdessen sehe ich Vater, tot auf dem Boden. Ich sehe Kaven über ihm, wie er lächelnd eine Klinge an die Lippen hebt, von der Vaters Blut tropft. Als ich Bastian doch sehe, liegt er zuckend am Boden, die Augen so verdreht, dass man nur noch das Weiße sieht, und eine Traube von Toten drängelt sich um ihn, beobachtet ihn mit hungrigem Lächeln.

Dann sehe ich nur noch das Blut, das sich über mein Sichtfeld legt.

Rot.

Rot.

Rot.

Rot.

Jetzt höre ich Geräusche, sie kommen aus dem Tunnel. Im ersten Moment kann ich sie nicht entschlüsseln, aber sie werden lauter und lauter, bis sie an meine Schädeldecke pochen wie die mühsamen Hammerschläge des ums Überleben ringenden Kerost.

Ich versuche, sie zu übertönen, indem ich ein bekanntes Seemannslied vor mich hinsumme, bemühe mich, den Rhythmus zu halten. Ich versuche, mich über das Hämmern hinweg zu konzentrieren, aber ich komme immer wieder aus dem Takt. Ich komme immer wieder …

Plötzlich drückt ein Gewicht auf meinen Körper, das ausreicht, damit ich innehalte. Damit der Tunnel ein klein wenig breiter wird, während das Hämmern aufhört. Die Rufe, die ich gehört habe, werden deutlicher, und jetzt merke ich, dass ich nicht die Einzige bin, die summt.

Der Tunnel verschwindet.

Bastian hält mich fest, er hat die Arme von hinten um meinen Oberkörper geschlungen. »Ist schon gut«, sagt er mit beruhigendem Nachdruck. »Ist schon gut, ich bin ja da.«

Ich lege die Hände um seine Arme und lasse mich an seine

Brust sinken, während das Beben meiner Atemzüge und die Enge in der Brust abebben. Ohne dass ich ihn darum bitten muss, summt er das Lied weiter, denn ich kann es nicht mehr. Mein Körper ist wie Blei, als ich an ihm lehne, so schwer und müde, dass ich mich kaum bewegen kann. Aber wenigstens kann ich wieder sehen. Wenigstens bin ich zurück in der Wirklichkeit.

»Bist du da?«, fragt er mich, worauf ich immerhin ein leises Brummen zustande bringe. Die Anspannung in seinen Schultern löst sich ein wenig und er lockert seinen Griff. Als Reaktion darauf umklammere ich ihn fester, um mich in der Realität zu verankern, weit weg von den Erinnerungen, die ich in meiner Verzweiflung in der hintersten Ritze meiner Gedanken zu verstauen versucht habe.

»Lass dir Zeit«, flüstert Bastian. »Atme einfach. Wir können die ganze Nacht so bleiben, wenn es sein muss.«

Und auch wenn ich weiß, er meint es ernst, weiß ich auch, dass er sich irrt. Denn ich bin keine Touristin auf Wellnessurlaub, ich bin die Königin von Visidia, und heute Abend erwartet mich eine ganze Insel.

Nichts möchte ich lieber als den Rest des Abends genau so zu verharren. Regungslos, beschützt und vollständig den besänftigenden Lauten dieses Jungen zuhören, der spektakulär falsch summt. Ich weiß nicht, ob ich mich überhaupt bewegen *könnte*. Selbst das Atmen tut weh, und ich sehe immer noch so verschwommen, dass ich Sorge habe, es könnte nie wieder normal werden. Aber ich kann mir den Luxus nicht leisten, in meinen Gefühlen stecken zu bleiben, ganz egal, wie sehr ich es vielleicht bräuchte.

»Ich muss aufstehen«, sage ich zu Bastian, auch wenn keiner von uns Anstalten macht, sich zu rühren. Stattdessen bleiben wir noch lange still sitzen, bis er sich schließlich regt.

»Ist das vor ein paar Tagen auch passiert? Als du die Ginnada gesehen hast?«

Ich schlucke den langsam kleiner werdenden Kloß in meinem Hals. »Das ist schon ein paarmal passiert.« Ich mache mir Sorgen, dass er mich nach mehr Einzelheiten fragen könnte, zum Beispiel danach, was ich sehe, wenn das passiert, aber er tut es nicht. Stattdessen drückt er mir einen Kuss auf die Schläfe und wiegt mich weiter in seinen Armen.

»Es tut mir leid, dass du das durchmachen musst, Amora. Aber wir sind alle für dich da.«

Ich weiß nicht, wie lange wir da sitzen, aber Bastian hält mich fest, bis sich meine Muskeln lockern und die Anspannung verebbt. Mein ganzer Körper tut weh, als ich mich zwinge, mich von seiner Brust zu lösen, und wacklig aufstehe. Sofort steht er auch und wartet ab, ob ich ihn brauche, während ich meine zerzausten Haare ordne und meine Hose glatt streiche. Im Spiegel sehe ich, dass meine Lippen geschwollen und meine Augen rot sind. Aber ich hoffe, dass das in der Dunkelheit der Nacht niemand sehen wird.

Als ich fertig bin, nehme ich Bastians Arm und lasse mich von ihm durch den Korridor führen, dankbar für seine Gegenwart. Mein Körper fühlt sich an, als hätte ich zu viel von meiner Magie benutzt und mich völlig verausgabt. Ich konzentriere meine Energie auf jeden Schritt und hoffe, dass es mit etwas Essen und Ablenkung von meinen Gedanken soviel besser wird, dass ich glaubwürdig an den Festivitäten des Abends teilnehmen kann.

»Du schaffst das«, sagt er, und ich versuche, mich in diese Worte einzurollen. Sie wie eine Rüstung anzulegen. »Ich bin da, wenn du mich brauchst.«

»Danke.« Ganz kurz drücke ich seinen Arm und spüre, wie er sich entspannt. »Und ich kann auch versuchen, da zu sein.«

Sein Gesichtsausdruck wird weicher, er schaut nach vorn, er weiß genau wie ich, dass es kein Zurück mehr gibt, als wir uns jetzt ins Gewühl stürzen. Ich kann mich weder von ihm abwenden noch von den Hunderten an Junggesellen, die nach dem Titel des Königs gieren.

18

Partys auf Curmana sind ganz anders als die lauten, wuseligen Events, die ich gewohnt bin.

Es gibt keine Stände, an denen zuckersüße Ginnada verkauft werden. Keine Köche mit Schweiß auf der Stirn, die Spieße mit frisch gegrilltem Fleisch oder glasierte Desserts aus Ikae verteilen, und kein ungeniertes Gelächter von tanzenden Partygängern, die sich um die Wein- und Bierfässer am Straßenrand scharen.

Stattdessen gibt es hier Curmaner in schmalen, onyxfarbenen Roben, die mithilfe von Levitationsmagie winzige Essensportionen und moderat gefüllte Gläser mit rotem Perlwein in der Menge herumschweben lassen. Statt der lauten Trommeln und Hörner, die ich kenne, spielt eine Harfenistin in einer entlegenen Ecke eine Musik, die so sanft und schön ist, dass man leicht dazu einschlafen könnte. Fast niemand spricht, und wenn es jemand tut, dann ausgeglichen und leise und nur mit dem höflichsten Lächeln.

Auf Arida würden wir das nicht »Party« nennen.

Von der Stille bekomme ich Gänsehaut. »Warum sagt niemand was?«

»Sie reden doch.« Bastian lässt den Blick in der Bucht schweifen, von einem hungrigen Junggesellen zum nächsten. Die Anspannung in seinen Schultern steigt. »Nur nicht laut. Gedankensprache, schon vergessen?«

Ihr Götter, ich kann mir nur vorstellen, was sie über mich sagen. Ich fand Gedankenmagie bei Mira immer großartig; sie kennt immer den besten Klatsch und Tratsch aus dem Königreich. Aber wenn ich es von dieser Seite betrachte, ist das wahrscheinlich die Magie, die ich von allen am wenigsten mag.

Ich entdecke Ferrick, der mit einer grinsenden Nelly plaudert, die ab und zu verstohlene Blicke auf Vataea wirft, über die Ferrick offensichtlich spricht. Sein ganzes Gesicht ist feuerrot, als sich Nelly vorbeugt und ihm verschwörerisch etwas zuflüstert. Ferrick nickt, hört sich aufmerksam den romantischen Rat an, den sie ihm vermutlich gibt.

Neben ihnen steht Ilia und hört mit einem fast unmerklichen Lächeln auf den Lippen zu. Während Nelly ein umwerfendes, hauchdünnes, schwarzes Kleid mit funkelnden, smaragdgrünen Verzierungen trägt, hat Ilia einen samtigen, onyxfarbenen Anzug mit einem dazu passenden, üppigen Umhang an. Ihre Haare sind zu einem langen Zopf geflochten, der ihr über die Schulter hängt, während Nellys elegant gelockt und auf eine Weise auf ihrem Kopf aufgetürmt sind, die eigentlich gar nicht halten dürfte, es wundersamerweise aber trotzdem tut.

Ferrick trägt zwar eine ähnliche Kleidung wie Bastian, aber die kräftige Farbe lässt seine blasse Haut fast geisterhaft scheinen. Ein paar Meter weiter befindet sich das Zentrum seines Interesses: Vataea steht neben Shanty, die einem der Kellner ein ganzes Tablett Essen abgenommen hat und es zwischen ihnen hält, während sie an ihrem Perlwein nippt. Bewunderer haben sich in einer Traube um sie geschart und werfen hoffnungsvolle Blicke auf die Mädchen; ein paar von ihnen bringen den Mut auf, sie zum Tanzen aufzufordern. Vataea sieht in ihrem Seidenkleid, das sich wie eine zweite Haut an ihren Körper schmiegt, auch wirklich umwerfend aus. Sie ist kühlere Temperaturen gewohnt, deshalb hat sie jede Form von

Mantel oder Cape weggelassen und zeigt ihren tiefen Ausschnitt und die schmalen, diamantbesetzten Träger in ihrer ganzen Pracht. Shanty hat beschlossen, die typische Farbe und den Stil Curmanas zu ignorieren, und hat ihr eigenes, hautenges Kleid in denselben auffallenden Violettton verzaubert wie ihre Haare und Augen. Das kurze Kleid schmiegt sich eng an ihre Kurven, und sie genießt die Aufmerksamkeit.

Hinter ihnen gibt Nelly Ferrick einen kleinen Schubs, und er bahnt sich den Weg zu den beiden Mädchen, er schlurft fast bei jedem Schritt. Er sieht aus wie ein Fisch auf dem Trockenen und fummelt an seinem Hemdkragen herum, als wäre der zu eng. Irgendwann kommt er aber bei Vataea an und sagt etwas, das ich nicht hören kann, mit Wangen, die so rot sind wie Wein. Aber es bringt sie zum Lächeln, und sobald er die Hand ausstreckt, greift sie danach. Vataea zerrt ihn praktisch zur Tanzfläche.

Das ist der kleine Stimmungsschub, den ich brauche, um meinen Arm von Bastians zu lösen. Sofort spüre ich die Kühle durch seine Abwesenheit, und es kostet mich meine ganze Selbstbeherrschung, ihn nicht wieder anzufassen.

»Reservier einen Tanz für mich.« Seine Anspannung schwingt in seiner Stimme mit und bildet Fältchen in seinen Augenwinkeln. »Ich bin in der Nähe.«

Er verschwindet in der Menge, und Nelly kommt zu mir geeilt. Casem folgt ihr, er sieht wie ein echter Leibwächter aus mit dem königlichen Wappen, das an seiner Schulter schimmert. Oder so echt wie möglich, denke ich, schließlich hat er einen Teller mit fünf Fleischspießen in den Händen.

»Ist das nicht schön?«, fragt Nelly aufgeregt und legt den Kopf in den Nacken, um die paar Hundert weiß funkelnden Laternen zu bewundern, die über uns am Himmel schweben. Sie sind wie winzige Sterne, von Magie gehalten, und wiegen sich hübsch in der Brise. »Soviel zum Thema stimmungsvolle Beleuchtung. Der Rahmen ist gesteckt, die Männer sind da, und jetzt ist auch die Frau der Stunde endlich angekommen. Seid Ihr bereit für Euren großen Abend?«

Hinter ihr beißt Casem mit einem wissenden Grinsen ein Stück Fleisch von einem Spieß. Ich ignoriere ihn.

»Ich platze fast vor Begeisterung.« Ich winke eine der curmanischen Servicekräfte heran, woraufhin mithilfe von Magie ein lächerlich kleines Stück Plundergebäck mit einer süßen Creme auf mich zuschwebt. Es ist zwar köstlich, aber kein richtiges Essen, es ist einfach zu klein und zierlich. Ich bräuchte ungefähr fünfzig schwebende Tabletts, wenn ich je genug für eine Mahlzeit zusammenbekommen wollte.

Ein weiteres Blätterteigteilchen schwebt auf mich zu, und ich erschrecke, als ich keine Creme, sondern köstliches Schmorfleisch darin schmecke. Die Servicekraft lacht über meine Reaktion, und plötzlich bin ich umgeben von Gebäckteilchen, die um mich herumtanzen und nur darauf warten, aus der Luft gepflückt zu werden.

Was für ein Service. Sobald ich aber nach dem nächsten greife, runzelt Nelly die Stirn und hält meine Hand fest.

»Zum Essen ist auch später noch Zeit.« Sie zieht mich mit überraschend festem Griff mit sich und steuert mit entschlossenem Blick auf die Party zu. Die Begeisterung strahlt förmlich von ihr ab, als sie mich durch die Menge auf ein wogendes Meer von Menschen zu lotst. Casem hat Mühe, mit uns Schritt zu halten, und Nelly lässt meine Hand los, um laut in ihre eigenen zu klatschen.

»Verehrte Menschen von Curmana«, beginnt sie mit einem breiten Grinsen. »Heute habe ich die große Freude, den Ehrengast des Abends anzukündigen, die Königin von Visidia, ihre Majestät Amora Montara.«

Aller Augen wenden sich mir zu. Die laut geführten Gespräche verebben. Rücken werden gestreckt, Kinne angehoben und Brustkörbe blasen sich auf, während abschätzige Blicke über mich schweifen. Ich gebe mein Bestes, nicht alle finster anzustarren, deren Blicke zu lange auf mir ruhen oder zu hungrig wirken. Hier in der Öffentlichkeit, vor den Augen aller, werde ich höflich sein. Von Angesicht zu Angesicht bin ich allerdings nicht dafür verantwortlich, wenn mein Dolch aus Versehen die streift, die mich beäugen, als wäre ich ein Preis, den es zu gewinnen gibt, oder wenn ich ihnen beim Tanzen auf die Zehen trete.

Als die Menge sich verneigt, winke ich ihre Geste höflich ab. Früher hätte ich in ihrer Ehrerbietung geschwelgt, hätte ihren Respekt über mich wegspülen und mich mit Stolz erfüllen lassen. Wenn ich jetzt auf sie herabschaue, sehe ich nur die Gesichter der Toten, die mich anstarren.

Wie viele von diesen Leuten haben bei Kavens Überfall geliebte Menschen verloren? Oder bei den Stürmen auf Kerost?

Ich bin eine Lügnerin, die nicht hier stehen sollte; die Montaras sind nichts weiter als eine Fassade, nicht mächtiger als jeder andere. Das Monster, vor dem uns mein Urahn Cato einst gewarnt hat, war nichts weiter als ein Trick von ihm, um Macht zu gewinnen.

Und doch verneigen sich diese Leute vor mir, denn nicht einer von ihnen kennt die Wahrheit.

Ich tue alles, was ich kann, um mich zu erden, kämpfe gegen den Drang, mich umzudrehen und vor ihren Blicken zu fliehen. Aber Ornell könnte hier in dieser Menge sein, und ich werde diese Scharade aufrechterhalten, bis ich ihn finde, koste es, was es wolle.

Cato Montara war ein Feigling. Tante Kalea war ein Feigling. *Vater* war ein Feigling.

Ich werde keiner sein.

»Bitte«, sage ich und hoffe, dass mein Lachen freundlich klingt. »Das ist heute Abend nicht nötig. Seht ihr eine Krone auf meinem Kopf?« Ich warte lächelnd. »Nennt mich Amora. Ich hoffe, ich habe im Lauf des Abends das Vergnügen, jeden Einzelnen von euch kennenzulernen. Nicht als eure Königin, sondern …« Ich lege eine kurze Pause ein und hole Luft, um ein bisschen nervös zu wirken. Ich presse die Lippen zusammen, dann werfe ich ihnen unter meinen Wimpern hervor einen Blick zu und spiele die Rolle der freundlichen Königin, die sittsam darauf hofft, ihren König zu finden. »Einfach als ich selbst.«

Casem tritt vor, um mich den Strand entlangzubegleiten, die Lippen hat er amüsiert verzogen, was ich als Zeichen werte, dass ich meine Aufgabe gut mache. Er legt mir die Hand auf die Schulter, um sich selbst auch an die Menge zu wenden; irgendwie hat er es geschafft, seinen Teller mit Essen verschwinden zu lassen.

»Wie ihr alle wisst, sucht ihre Majestät einen Verehrer. Jemanden, der *König* werden wird.« Er wackelt mit den Augenbrauen und ich versuche, nicht zu würgen, denn es könnte auf gar keinen Fall irgendein dahergelaufener Junggeselle, den ich treffe, König von Visidia werden, als wäre das ein Wettbewerb. Nicht, wenn ich so lange und so hart dafür trainiert habe und die Hälfte der Zeit immer noch nicht den blassesten Schimmer habe, was ich tue. Und doch behalte ich das künstliche Lächeln im Gesicht, als hinge mein Leben davon ab, während Nelly es mir gleich tut.

»Der Abend ist noch jung«, sagt sie, »und jeder bekommt seine Chance. Also seid geduldig, und lasst die Festivitäten beginnen!«

Casem drückt leicht meine Hand und führt mich die restlichen Stufen hinunter. »Besorg dir Wein«, sagt er, um mich anzufeuern. »Du wirst ihn brauchen.«

Casem hat nicht gelogen.

Ich habe eigentlich mehr Brautwerbung und weniger Politik erwartet, aber nach drei Stunden und zwei Gläsern Perlwein habe ich mich von einem Mann zum nächsten getanzt und musste mir mindestens von einem Dutzend anhören, warum genau sie als König geeignet sind und welche tausend Dinge ich in Visidia falsch mache.

Bisher ist nirgendwo einer namens Ornell zu finden.

Wie erwartet sind die meisten dieser Junggesellen so dumm zu glauben, sie könnten mich mit flinker Zunge gewinnen, aber ich gebe ihnen nicht die Zeit, sich selbst reden zu hören. Heute Abend sind zu viele Leute hier, aber nur einer, den ich finden muss. Ich muss in Bewegung bleiben.

»Ich glaube, Visidias Streitkräfte brauchen ein straffer organisiertes Training«, erklärt mir einer der Männer. Nelly hat ihn mir als Lord Gregori vorgestellt. Und weil er zum Adel gehört, egal zu welch unbedeutendem, glaubt er offenbar, dass er das Recht hat, sich wie ein aufgeblasener Ochse zu benehmen. Er ist irgendwas Anfang zwanzig, mit schneeweißer Haut und flachsblonden, welligen Haaren, die er wahrscheinlich viel zu lang in die perfekte Form gekämmt hat. »Nach allem, was im vergangenen Jahr passiert ist, denke ich, es wird Zeit, dass wir uns besser vorbereiten. Wir sollten mit der Wehrpflicht anfangen und zusehen, dass wir effektivere Langstreckenwaffen bauen. Ich habe eine Skizze von einer, die Euch gefallen wird, sie wird mit Schießpulver betrieben. Stellt Euch eine Kanone vor, die man in der Hand halten kann …«

»Faszinierend.« Ich unterbreche seinen Gedankenfluss mit einem Abwinken. »Sagt mir, kennt Ihr jemanden namens Ornell? Ornell Rosenblathe?«

Mit vor Verärgerung gerümpfter Nase schüttelt er den Kopf. Als er wieder das Wort ergreift, trinke ich mein Weinglas aus und winke jemanden heran, um mir mein drittes Glas und noch ein paar Plunderteilchen zu nehmen, damit ich die Hochnäsigkeiten des Jungen hinunterspülen kann. Er scheint es nicht zu bemerken und faselt weiter von Waffen, die er bauen möchte, und davon, dass es für ihre Entwicklung mehr Budget bräuchte. Ich stecke mir eines der schwebenden Gebäckteile in den Mund und finde überrascht eine neue Geschmacksrichtung.

»Das ist mit Minze!«, teile ich ihm mit und bin froh, endlich eine vernünftige Ablenkung zu haben.

Er kneift beleidigt die Augen zusammen. »Wie bitte?«

Ich deute auf den Rest des Gebäcks und beiße noch einmal hinein, bevor ich ihm das grüne Gelee zeige, das herausquillt. Dann nehme ich noch einen Schluck Wein. »Das ist Minzgelee. Möchtet Ihr probieren?« Ich halte ihm die restliche Hälfte hin und sein Blick huscht von dem Gebäck zu meinem Weinglas und wieder nach oben. Er verzieht die Lippen.

»Schön zu sehen, dass unsere Königin ihre Partnersuche ernst nimmt.«

Das ist so lächerlich, dass ich prusten muss. Ja, ich mag ein wenig vom Wein benebelt sein, aber ich habe meine fünf Sinne noch beisammen. Ich habe schließlich eine Mission.

»Und es ist schön zu sehen, dass es keinen Mangel an Männern gibt, die glauben, sie seien geeigneter für meinen Job als ich«, sage ich lässig. »Sagt mir, ist Euer Größenwahn angeboren oder kam der erst im Lauf der Zeit?«

Gregori bleibt der Mund offen stehen, aber vor lauter Überraschung kommt kein Laut heraus. Selbst das leise Ploppen meines Perlweins ist lauter als er, als ich noch einen Schluck nehme und ihm erkläre: »Ich habe achtzehn Jahre täglich trainiert, um meine Krone zu tragen. Ich bin diejenige, die Kaven besiegt hat und seine Bedrohung von Visidia beendet hat. Also *bitte* macht mich doch weiter klein. Erzählt mir alles über Eure dummen Waffen und wie sie unseren politischen Konflikt lösen.« Ich drücke ihm mein leeres Weinglas in die Hand. »Ach, wenn ich recht darüber nachdenke, möchte ich das eigentlich doch nicht. Entschuldigt mich bitte.«

Ich lasse ihn stehen, ohne mich noch einmal umzusehen, der Ärger verbrennt meine Haut. Vor einem halben Jahr hätte ich den Jungen noch an seinen Fingern aufgehängt, weil er die Krone verspottet hat. Leider habe ich diese Option nicht mehr.

Es ist ja nicht so, als hätte ich mich auf die ganze Sache *gefreut*, aber bei den Sternen, ich dachte eigentlich, es gäbe wenigstens ein bisschen mehr Tanz und Flirten. Es wäre nett gewesen, wenigstens eine kleine Atempause von den Überlegungen und Diskussionen über die Veränderungen im Königreich zu bekommen.

»Lächle, Amora«, grummle ich vor mich hin. »Lache, Amora. Bring sie dazu, dich zu lieben, denn für uns gelten andere Maßstäbe, Amora.«

Inmitten der Menge entdecke ich einen kleinen, stämmigen Mann, der von Kopf bis Fuß in ein sanftes Hellblau gekleidet ist. Ich habe keine Ahnung, welches Thema er mit seiner Garderobe aufgreift, aber seine breit aufgeplusterte Kragen- und Schulterpartie sagt mir, dass er aus Ikae kommt. Der Blick aus seinen gelben Augen kreuzt sich kurz mit meinem, dann wirbelt er hinter mich, wo ein wütender Gregori immer noch mit meinem Glas in der Hand herumsteht.

Als der Ikaener etwas auf ein Stück Pergament kritzelt, beiße ich fest die Zähne zusammen, um meinen finsteren Blick nicht herauszulassen, denn plötzlich weiß ich, dass er einer der Reporter ist, vor denen Shanty uns gewarnt hat. Und ich liefere ihm eine super Story.

Mein Herz zieht sich zusammen und ich versuche, einen Kellner heranzuwinken, als ich heftig mit der Brust von irgendjemandem kollidiere. Ich stolpere zurück, aber der Mann fängt meine Hand, bevor ich fallen kann, und richtet mich wieder auf.

»Vorsicht«, sagt er mit tiefer, rauchiger Stimme. »Ich möchte ungern Ärger bekommen, weil ich versehentlich die Königin verletzt habe.«

Ich spähe in ein Gesicht hoch, das mir überraschenderweise vertraut ist: Lord Elias, der jüngere Bruder von Lady Ilia und der Mann, den sie als Vertretung zum Ratstreffen auf Arida geschickt hat.

Er hat ein kantiges Kinn und breite Schultern. Als ich ihn das letzte Mal gesehen habe, war ich zu sehr auf die Sitzung konzentriert, um groß auf ihn zu achten. So aus der Nähe hat er aber ein so hübsches Gesicht, dass mein Mund trocken wird. Ich presse die Lippen zusammen, versuche, mich wieder zu sammeln, während ich tief in Augen schaue, die so blau sind wie die Wellen des Meeres und sich schön von seiner sonnengebräunten Haut abheben. Er ragt über mir auf und lässt ein Grinsen aufblitzen. Ich bemerke einen Tag alte Bartstoppeln und ertappe mich überrascht dabei, dass ich sie berühren möchte.

»Dafür würde man dich ins Gefängnis werfen«, höre ich mich gepresst sagen. Mein Magen macht einen Satz, als er lacht, leise und tief. Ich möchte es ignorieren, aber ich kann nichts gegen die Vertrautheit tun, die mich überkommt. Er erinnert mich an einen blonden Bastian, stark und breit gebaut, mit einem tiefen Lachen und einer rauchigen Stimme.

»Du würdest aber doch bestimmt kommen und mich herausholen?«, neckt er mich. »Ich weiß, meine Königin ist viel zu gutherzig, um mich unter der Erde verrotten zu lassen.«

Ich gebe vor, darüber nachzudenken, und blinzle ihn an. »Das klingt, als würdest du deine Königin kein bisschen kennen. Aber ich sage dir was. Bei dem Problem kann ich dir behilflich sein, du solltest mir helfen, mir noch ein Glas …«

»Perlwein?« Nelly steht hinter Elias und strahlt wie der Mond, als sie uns Gläser mit perlendem, rosa Wein in die Hände drückt. »Ich freue mich so, euch beide plaudern zu sehen. Aber die Tanzfläche sieht ein bisschen leer aus …«

Elias' Kichern ist leise und ein klein wenig befangen.

»Ich muss mich für meine Schwägerin entschuldigen.« Er wirft ihr mit gerunzelter Stirn einen kurzen Blick zu. »Sie versucht schon das ganze Jahr, mich zu verkuppeln.«

»Ich will nur helfen«, sagt sie unschuldig zwischen zwei Schlucken Wein. »Du brauchst ein gutes Mädchen in deinem Leben, Elias.«

»Und ich bin ziemlich gut selbst in der Lage dazu, mir eines zu suchen, das kann ich dir versichern.« Er seufzt und bezaubert mich damit, wie sich seine Wangen leicht röten. Schnell streckt er mir sein Glas entgegen. »Trotzdem, Eure Majestät, ich hoffe, das klärt unser kleines Missgeschick?«

»Es ist ein Anfang.« Ich stoße mit ihm an und werde selbst ein bisschen rot, als Nelly sich langsam nach hinten zurückzieht.

»Dann lasse ich euch beide mal allein.« Sie zieht sich in die Menge zurück, wo Ilia schnell nach ihrer Hand greift. Auf dem Gesicht der Ratgeberin liegt ein strenger, ernster Ausdruck, als sie mich ein wenig länger als nur einen Augenblick ansieht.

Nelly presst die Lippen zusammen. Behutsam zieht sie ihren Arm weg und murmelt etwas, was ich nicht verstehen kann. Es ist klar, dass sie streiten, auch wenn sie es leise tun, um keine Aufmerksamkeit zu erregen, und so verschwinden sie in der Menge.

Ich bin zwar neugierig geworden, aber ich kann nichts tun, denn aus dem Augenwinkel heraus sehe ich wieder den Reporter aus Ikae. Ich denke über Elias nach. Er ist alles, was Mutter und das Volk von Visidia sich für mich vorstellen würden: charismatisch, gut aussehend und adlig. Und solange mich der Reporter beobachtet, weiß ich, dass meine Chance, herauszufinden, worüber die beiden sich gestritten haben, schon vorbei ist. Heute ist kein Raum für Politik, und da Ornell nirgendwo zu finden ist, kann ich genauso gut Visidia eine Show bieten.

»Ich muss zugeben, ich hatte nicht erwartet, dass du heute Abend hier sein würdest, Lord Elias.« Ich lasse meine Stimme sanfter klingen. Meine Augen freundlicher strahlen. »Du hast mir nie den Eindruck von jemandem gemacht, der Interesse an der Krone hat.«

»Ich habe nie darüber nachgedacht«, sagt er mir einem ungezwungenen Schulterzucken, schluckt den Köder und stellt sich bequemer neben mich. »Aber nachdem ich dich auf Arida kennengelernt hatte, habe ich beschlossen, dass ich an derjenigen interessiert bin, die die Krone *trägt*. Ich dachte mir, warum sollte ich es heute Abend nicht mal versuchen und schauen, ob es eine Verbindung gibt?«

»Lustig«, erwidere ich. »Du hast mir früher nicht besonders interessiert gewirkt.«

»Würdest du mir glauben, dass ich schrecklich schüchtern bin?« Show oder nicht, sein Grinsen erdrosselt mich fast. Egal, mit wie vielen Männern ich heute Abend gesprochen habe, ich konnte nicht ein einziges Mal Bastian aus meinem Kopf vertreiben. Ich habe jedes neue Gesicht mit seinem verglichen. Jede Stimme mit der Art, wie seine Worte meinen Magen hüpfen lassen. Jedes Augenpaar damit, wie ich es genieße, in seine zu schauen. Bisher war niemand mit ihm vergleichbar.

Elias ist aber zumindest ähnlich. So ähnlich, dass er eine wunderbare Ablenkung sein könnte, wenn ich ihn nicht zu genau ansehe oder zu sehr hinhöre.

»Wusstest du, dass der Name Amora ›schöne Sonne‹ bedeutet?« Ohne einen Schluck genommen zu haben, hat er seinen Perlwein gegen ein Glas blutroten Wein ausgetauscht. »Und so siehst du auch aus. Strahlend und schön, wie eine riesige Kugel aus Sonnenlicht.«

Ich habe eigentlich vor, nur einen kleinen Schluck Wein zu nehmen, um einen klaren Kopf zu behalten, aber als ich das Glas neige, verschlucke ich mich und nehme aus Versehen einen riesigen Mundvoll, der mir fast zur Nase wieder herauskommt. »Beim Blut der Götter, wo hast du *das* denn gehört?«

Ein neckisches Lächeln umspielt Elias' Mund. »Das habe ich nicht. Aber das *sollte* es bedeuten.«

Und Götter, muss ich lachen, auch wenn es hauptsächlich vom Alkohol kommt und von meiner lächerlich brennenden Nase.

»Und wie oft hast du schon versucht, ein Mädchen mit diesem Spruch zu beeindrucken?« Ich versetze ihm einen spöttischen Stoß mit dem Ellbogen in die Seite, und er reibt sich die Stelle mit einem tiefen Lachen.

»Ich schwöre, den habe ich nur für dich fabriziert.«

Die Musik schwillt an, jetzt ist sie nicht mehr quälend sanft und langsam. Sie wird so lebhaft, dass andere den Weg auf eine improvisierte Tanzfläche auf dem Sand finden, und sie sehen so verwirrt aus, dass ich glaube, sie haben noch nie zuvor getanzt. Als ich zu Elias hinüberschiele und ihn gerade fragen möchte, ob er mitkommt, hat er schon die Hand ausgestreckt.

»Damen, mit denen ich in der Vergangenheit getanzt habe, haben mir gesagt, ich hätte zwei linke Füße«, sagt er mit einem schiefen Grinsen, »aber ich war mir nie sicher, ob ich ihnen glauben soll. Fühlst du dich qualifiziert, das zu beurteilen?«

Ein ganz schöner Schwätzer, der Kerl.

Ich denke nicht groß über das Angebot nach, denn wenn ich es täte, würde ich es mir vielleicht anders überlegen. Ich sollte zum Nächsten weitergehen und Ornell suchen. Vielleicht liegt es daran, dass ich weiß, dass ich eine Show abziehen sollte, oder daran, dass er mich gerade so zum Lachen gebracht hat, dass ich mich fast verschluckt hätte. Oder vielleicht daran, dass er mich an Bastian erinnert oder daran, dass er damals auf Arida, als ich meine Magie für die Ratgeber vorgetäuscht habe, der Einzige war, der sich nicht entsetzt abgewendet hat. Was auch immer der Grund ist, ich nehme seine Hand.

Aller Augen sind auf uns gerichtet, als er mich zur Tanzfläche führt, inklusive, da bin ich mir sicher, Bastians. Aber ich erlaube mir nicht, über ihn nachzudenken.

Als Elias die Hände an meine Hüften legt, erstarre ich und bekomme Gänsehaut. Ich lege eine Hand auf den Arm, der meine Taille hält, und den anderen an seine breite Schulter, dann trete ich näher an ihn heran. Die Musik ist zwar schneller als zuvor, aber immer noch so langsam und elegant, dass wir uns in den Armen halten müssen.

Elias' Griff ist fest und angenehm, vertraut, obwohl er es nicht ist. Ich merke, wie ich mich entspanne, während wir tanzen, die Welt verwandelt sich langsam in einen Nebel aus Lichtern und Juwelen. Elias hat ganz sicher keine zwei linken Füße; er ist ein hervorragender Tanzpartner und ein noch besserer Gesprächspartner. Anfangs kann ich mit seinen geistreichen Bemerkungen mithalten, aber je länger wir tanzen, desto träger und geleeartiger werden meine Gliedmaßen. Meine Füße werden langsam und der Nebel aus Lichtern und Juwelen ist nicht mehr schön, sondern so unangenehm, dass ich blinzle. Selbst als ich aufhöre, mich zu bewegen, dreht sich die Welt um mich weiter.

Ihr Sterne, ich muss mehr Alkohol gehabt haben als ich dachte.

In dem Moment, in dem das Stück endet, löse ich mich von Elias, atemlos und schweißbedeckt. Ich trinke nicht zum ersten Mal; ich weiß, wie es sich anfühlt, wenn ich meiner Grenze zu nahe komme. Ich habe bewusst etwas gegessen und langsam getrunken, aber anscheinend habe ich nicht gut genug aufgepasst.

»Ich muss aufhören«, presse ich hervor. »Es tut mir so leid.«

Seine Augen werden zwar etwas größer, aber ich bin froh, dass Elias nicht beleidigt aussieht. »Mach dir keine Sorgen. Du siehst aber aus, als wäre dir nicht gut. Kann ich etwas …«

Ich schüttle den Kopf, ich will nicht, dass er mich so sieht. »Du bist ein guter Tanzpartner, aber ich schulde es den anderen, dass ich mit der Vorstellungsrunde weitermache.« Jetzt, da wir aufgehört haben zu tanzen, hat sich die Welt ein wenig stabilisiert. Mein Blickfeld ist an den Rändern zwar immer noch undeutlich, und wenn ich mich zu schnell bewege, gerate ich aus dem Gleichgewicht, aber es ist besser. »Wie wäre es, wenn wir uns morgen treffen? Ich könnte jemanden gebrauchen, der mir die Insel zeigt.« Obwohl mir schwindlig ist, entgeht mir nicht, wie er die Brust aufbläst, und ich lache leise über seinen Eifer.

»Es wäre mir eine Ehre.« Er zögert keine Sekunde. »Dann warte ich morgen Vormittag hier auf dich?«

Ich habe keine Chance zu antworten. Brennende Magensäure steigt in meiner Kehle auf und ich schließe die Augen, um sie zurückzudrängen, ich habe nicht vor, mich vor der ganzen Insel zum Gespött zu machen.

»Majestät? Bist du sicher, dass ich nichts …«

»Du kannst aus dem Weg gehen und ihr ein bisschen Luft lassen.«

Dank der Welle aus Wärme und Erleichterung, die mich flutet, weiß ich, dass die Stimme Bastian gehört. Als ich die Augen wieder öffne, sehe ich, dass er vor mir steht und mir ein Glas Wasser in die Hände drückt. Als Elias zögert, flackern Bastians Augen finster, seine Stimme wird zu einem leisen Knurren.

»Dreh dich um und geh. Wenn du weiter so starrst, weckst du noch Aufmerksamkeit.«

Aber dafür ist es zu spät. Der Reporter aus Ikae in der Ecke zaubert auf dem Pergament in seinen Händen, und ich bin mir sicher, da sind noch ein Dutzend andere, die ich nicht sehen kann, die dasselbe tun.

»Wir sehen uns morgen, Elias«, sage ich eindringlich, versuche zu lächeln, scheitere aber kläglich, als mich eine neue Welle der Übelkeit überkommt. Zum Glück versteht er die Andeutung und neigt den Kopf, bevor er sich zurückzieht.

»Also morgen. Gute Besserung, Eure Majestät.«

Sobald er weg ist, schwanke ich, falle aber nicht. Bastians Hände liegen auf meinen Schultern und stützen mich. Seinem Blick nach zu urteilen ist klar, dass er den ganzen Abend zugesehen hat. Nicht, dass ich etwas anderes erwartet hätte.

»Tja, du hältst dich auf jeden Fall immer an den gleichen

Typ.« Ein Teil der Bitterkeit in seiner Stimme ist zwar mit Elias gegangen, aber er ist immer noch ganz und gar nicht begeistert. »Was ist passiert?«

Ich klammere mich weiter an seinen Arm, um mich zu stützen. »Ich glaube, mich hat plötzlich der Wein erwischt. Ich dachte, ich hätte mich zurückgehalten, aber …« Meine Stimme verhallt, als er nickt und mir fest eine Hand um die Taille legt. Als ich es spüre, flammt Hitze in meinem Bauch auf und ich erinnere mich an all die Orte auf meiner Haut, über die diese Hände schon einmal gestrichen haben, vorhin in meinem Zimmer.

»Wie fühlst du dich jetzt?«

»Schwindlig. Aber hier sind immer noch so viele Leute, die ich kennenlernen muss. Ich muss – ich muss sie sprechen gehen.« Ich habe zu lange mit Elias getanzt; ich hätte diese Zeit darauf verwenden sollen, sicherzugehen, dass ich alle kennenlerne. Ich will mich gerade von Bastian losmachen und durch die Menge jagen, als sich seine Finger an meiner Hüfte spreizen. Angespannt beäuge ich sie. »Was tust du?«

Er richtet sich auf und meidet meinen Blick, indem er nach oben sieht. »Du nuschelst, Amora. Das Letzte, was ich will, ist, dass die Leute darüber reden, wie sich ihre Königin bei ihrem ersten Besuch auf Curmana betrunken hat, oder dass sie diese verfluchten bewegten Bilder verbreiten. Ich lasse dich nicht allein wieder da raus.« Er wendet sich an die Menge und hebt die Stimme für sie, bevor ich widersprechen kann. »Das wird der letzte Tanz für ihre Majestät heute Abend! Sie muss morgen früh raus und hat noch viel Zeit, alle kennenzulernen. Alle, mit denen sie mehr Zeit verbringen möchte, werden morgen benachrichtigt.« Das letzte presst er mit hörbarem Ärger zwischen zusammengebissenen Zähnen hervor.

»Noch ein Tanz?«, grummle ich. Mein Kopf hämmert und meine Füße tun weh.

»Wir können nicht überstürzt abhauen, ohne verdächtig

auszusehen«, sagt Bastian freundlich; wenigstens hat er den Anstand, auszusehen als bereue er es, mich dazu zu zwingen. »Tu mir den Gefallen und tanz noch einen Tanz, dann kommen wir hier sauber weg. Wir besorgen dir was zu essen und Wasser, dann kannst du deinen Rausch ausschlafen und den Tag morgen mit meinem Doppelgänger verbringen. Aber jetzt noch ein Tanz.«

Er lässt seine Stimme zwar leicht und neckisch klingen, aber in seinen Worten liegt Furcht. Durch unseren Fluch sickern seine Gefühle so heftig in mich ein, als wären es meine eigenen.

Diesmal gebe ich ihnen nach und lehne mich an Bastians Brust. Über seine Schulter sehe ich Ferrick, der zuschaut und sich bereithält, einzuschreiten, sollte ich ihn brauchen. Aber im Moment ist Bastians Berührung genau das, was ich gegen diese Übelkeit brauche. Das Gefühl seiner Haut an meiner beruhigt mein schwankendes Sichtfeld, reicht aber nicht, um es ganz zu besänftigen.

Ich war auch früher schon betrunken, aber so hat es sich nie angefühlt. Unser »Tanz« besteht daraus, dass er mich auf den Beinen hält, während die Welt um mich herum wieder verschwimmt.

»Hast du etwas gegessen?« Sein Lächeln ist breit und stolz, künstlich für alle, die zusehen.

»Ich habe Ilia und Nelly streiten gehört«, antworte ich stattdessen, ich weiß nicht mehr, was er mich gefragt hat.

»Weißt du, worum es ging?«

»Vielleicht war sie sauer, weil das alles hier künstlich ist?« Ich lache in seine Schulter, ich kann ihn nicht mehr sehen. Meine Haut ist so heiß. So klebrig. Alles ist weiß. »Sie muss so viel Geld für diese Party ausgegeben haben, und es ist alles ein *Fake.*«

Als die Musik endet, lache ich wieder und spüre, wie sich Bastian anspannt. »Halt noch ganz kurz durch. Ich bringe dich hier weg.«

»Tut mir leid«, sagt jemand. Ferrick, vielleicht? Bei den Göttern, ich liebe Ferrick. »Aber wir haben die strikte Anweisung, Ihre Majestät zu einer vernünftigen Uhrzeit in ihr Zimmer zu bringen, damit sie sich auf ihren restlichen Aufenthalt auf Curmana vorbereiten kann. Aber bitte genießt doch weiter diese wundervolle Party. Esst, trinkt, tanzt!« Er sagt noch etwas, was die Menge zum Lachen bringt, aber ich höre es nicht.

Weil es mir nicht mehr gelingt, etwas vorzuspielen, dreht mich Bastian mit dem Rücken zu den Leuten. Ich kann nicht mehr tun, als seinen Arm zu halten und mich von ihm führen zu lassen.

»Was ist los mit ihr?« Aus der Ferne erkenne ich die Stimme als Vataeas und frage mich, wann sie gekommen ist.

»Sie sagte, es sei zu viel Wein gewesen«, murmelt Bastian leise. »Benimm dich einfach normal. Lach oder so was. Bei den Sternen, Vataea, du ziehst zu viel Aufmerksamkeit auf uns.«

Sie lacht leise, wie Bastian es ihr vorgeschlagen hat. Aber als wir weiter weg sind, flüstert sie: »Bist du dir sicher, dass es der Wein ist?«

»Mir geht's gut«, versuche ich zu widersprechen, aber ich weiß nicht, ob mir die Worte je über die Lippen kommen oder ob alle mich ignorieren.

»Vielleicht eine Lebensmittelvergiftung?«, fragt Casem. Wir müssen weit genug von der Menge weg sein, denn als meine Füße unter mir wegrutschen, wird mein Körper mit Wärme geflutet, weil Bastian stehenbleibt, um mich auf die Arme zu nehmen und an seine Brust zu drücken.

»Wir müssen sie in ihr Zimmer bringen, ohne dass es jemand sieht«, sagt Bastian. »Shanty, wie wär's mit ein bisschen Hilfe?«

Diese Worte und der Druck zweier warmer Hände an meinen Wangen sind das Letzte, an das ich mich erinnere.

19

Als ich am nächsten Morgen aufwache, übergebe ich mich als allererstes in die Metallschüssel neben meinem Bett.

Ich erinnere mich zwar nicht daran, dass das schon mal passiert ist. Aber an der Art, wie ich nach der Schüssel greife, als wüsste ich, dass sie da ist, kann ich erkennen, dass das nicht das erste Mal ist.

Erst nachdem ich noch ein paarmal trocken gewürgt habe, bemerke ich Bastian auf der Chaiselongue neben mir. Ich erschrecke, als ich ihn sehe, mein Magen verkrampft sich noch mehr, und Bastian beißt die Zähne zusammen.

»Sieht so aus, als wärst du diesmal wach.« Er steht auf, um meine losen Locken nach hinten zu nehmen und mit einer Haarspange zu befestigen, die am Abend vorher noch nicht da war. »Hier, trink ein bisschen Wasser.« Wortlos nimmt er die Schüssel und verschwindet damit. Zwei Minuten später ist er wieder da und stellt eine leere neben mich. »Wie geht es dir?«

»Besser, glaub ich.« Jetzt, da mein Magen leer ist, hat sich meine Übelkeit ein bisschen gelegt. Meine Haut ist nicht mehr glitschig vom kalten Schweiß, sondern klebrig von der Erinnerung daran. »Was ist gestern Nacht passiert? Ich weiß noch, dass ich getanzt habe, und dann sind wir gegangen und alles danach ist … verschwommen.«

Aus dem Bad ist ein Klappern zu hören, und sowohl Vataea als auch Shanty strecken die Köpfe heraus.

»Ich hab dir doch gesagt, dass sie wach ist«, murrt Vataea und kommt zu uns. Die Sorge steht ihr deutlich ins Gesicht geschrieben, und selbst Shanty, die hinter ihr hergetrottet kommt, sieht so beunruhigt aus, dass ich eine Gänsehaut bekomme.

»Ihr macht mir Angst, wenn ihr solche Gesichter zieht«, versuche ich sie zu necken, aber der Witz versandet bei ihren besorgten Blicken. »Entspannt euch. Ich hatte zu viel Wein, aber jetzt geht's mir wieder gut.«

Da erscheint Ferrick. Er öffnet vorsichtig meine Zimmertür und balanciert ein schweres Tablett mit Essen herein. Ich erwarte eine dieser eleganten Gourmetmahlzeiten, von denen Tante Kalea und Yuriel immer geschwärmt haben, stelle aber überrascht fest, dass alles, was er mitgebracht hat, aus dem Vorrat der *Keel Haul* stammt. Trockenfleisch, Käse, Fisch und Nüsse. Casem folgt ihm mit einem Wasserfass vom Schiff.

Ich ziehe ein finsteres Gesicht, denn ich bin überraschend hungrig, weil ich mich übergeben habe. »Haben sie uns kein Frühstück angeboten?«

»Doch. Aber du bekommst das von uns.« Ferrick stellt das Tablett ab und ich beiße nur ein bisschen widerwillig von einem Stück Trockenfleisch ab. So hungrig wie ich bin, lasse ich mich nicht von dem Essen ablenken. Die Crew sieht mich mit so mitleidigen Blicken an, dass es mich an die Male erinnert, als ich fast vom Lusca getötet und von Kaven verletzt wurde. Sie sind angespannt und zappelig, als glaubten sie, ich könnte jeden Moment umfallen. Gerade will ich ihnen versichern, dass es mir gut geht, dass sie sich alle für unseren Tag fertigmachen können, da lässt mich der Blick, den sie miteinander wechseln, innehalten.

Sie sind nicht nur überbesorgt. Etwas stimmt nicht.

»Amora, wir müssen dir etwas sagen. Aber du darfst nicht ausflippen, und du musst uns vertrauen.«

Mein ganzer Körper wird kalt, als ich das Zittern in Ferricks

Stimme als echte Angst erkenne. Er streckt die Hand aus und ich nehme sie sofort. Vataea legt die Hand auf meinen Oberschenkel, und selbst Shanty, die wirklich nicht der gefühlsduselige Typ ist, hat die Lippen zusammengepresst und sieht eher wütend aus als durcheinander.

»Wir wussten, dass es große Spannungen im Königreich gibt«, sagt Ferrick. »Wir wussten schon als wir aufgebrochen sind, dass uns ein paar Leute ablehnend begegnen würden. Aber Amora, wir glauben nicht, dass es am Alkohol lag, dass es dir gestern so schlecht ging. Wir glauben, du wurdest vergiftet.«

Ich entreiße ihm meine Hand, atme scharf ein und halte unwillkürlich die Luft an. »Warum?«, frage ich fordernder als beabsichtigt. »Wie kommt ihr darauf?«

Bastian beugt sich vor, stützt die Ellbogen auf die Knie und sieht mich mit dem ernstesten Ausdruck, den ich je bei ihm gesehen habe, an. »Du hast Blut gespuckt. Ferrick war die ganze Nacht hier und hat alles getan, um dich am Leben zu halten. Ich kann mir vorstellen, dass du ohne ihn tot wärst; du hast erst aufgehört, als die Sonne aufging.«

»Du hast das auch gesehen?«, frage ich Ferrick, der überrascht den Kopf einzieht. Er will etwas antworten, aber Bastian fragt rau: »Du glaubst, ich lüge?«

Er hat keinen Grund dazu, aber ich will es nicht glauben. Ich habe mich gestern Abend nicht bedroht gefühlt. Ich hatte den Eindruck, ich würde die Show abziehen, von der meine Mutter mir sagte, dass unser Volk sie sehen wollte, bis auf den einen oder anderen Ausrutscher wie das mit Lord Gregori.

Die meisten haben aufgeschlossen auf mich gewirkt. Hat eines dieser Gesichter wirklich gelogen?

»Nein«, erwidere ich leise. »Aber könnte es sein, dass du es falsch interpretiert hast? Ich habe ziemlich viele Pasteten mit Schmorfleisch gegessen.«

Er runzelt die Stirn und lehnt sich zurück. »Es war kein

Schmorfleisch. Curmana ist auf Kräuter spezialisiert, schon vergessen? Die meisten, die man hier finden kann, haben Heilkräfte. In kleinen Mengen sind sie relativ harmlos, wie das Zoloblatt auf Curmanas Wappen. Aber … nicht alle Kräuter sind ungefährlich, und sagen wir einfach, ich kannte mich früher ganz gut aus auf Curmanas Markt. Wenn du weißt, wo du suchen musst, ist Gift nicht schwer zu finden.« Sein Blick flackert zu Shanty hinüber, die ihre Lippen noch fester zusammenpresst.

»Er hat recht«, gibt sie zu. »Ich habe mit verschiedenen Gesichtern einiges davon gekauft. Es gibt viele verschiedene Arten von Giften, aber das hier war tödlich. Du hast Glück, dass Ferrick da war, und was immer das war, was du zu dir genommen hast: Es kann nur eine kleine Portion gewesen sein.«

Jetzt ist der kalte Schweiß wieder da und läuft mir über den Rücken, als mir die Erkenntnis dämmert: Ich hätte letzte Nacht sterben können. Wäre Ferrick nicht gewesen, dann *wäre* ich gestorben.

Vataea zieht die Decke über meine Schulter, und in ihrem Blick steht eine wilde Fürsorge, die erschreckend wäre, wenn ich nicht wüsste, dass sie mir gilt. »Wer auch immer das war, ich bringe ihn um.« Sie klingt neutral und beiläufig, als teilte sie uns mit, sie werde Toast zum Frühstück essen. Ferrick legt ihr sanft die Hand auf die Schulter.

»Wenn du es nicht tust, tue ich es.« Bastian ballt die Fäuste. »Aber zuerst müssen wir denjenigen finden.«

Ferrick nickt und setzt sich auf die Bettkante. »Oh, wir werden ihn finden«, sagt er ohne jedes Zögern. Er reckt das Kinn und klingt jetzt noch entschlossener: »*Wir* werden ihn finden, Amora. Das machst du nicht allein. Wenn wir denjenigen schnell finden sollen, musst du uns dir helfen lassen.«

Sehr zu meiner und seiner Überraschung finde ich keine Worte des Widerspruchs. Ich habe mich so lange allein gefühlt, selbst mit meiner Crew an meiner Seite. Aber jetzt, da ich die Wut in ihren Augen sehe – ihre Angst spüre –, will ich ihre Unterstützung. Ich will denjenigen finden, der hinter allem steckt, und diese Hürde *will* ich nicht allein überwinden müssen.

Vater ist wegen des Throns und der Entscheidungen, die er als König getroffen hat, gestorben. Ich wusste im selben Moment, als ich mir die Krone aufgesetzt habe, dass der Tod es als Nächstes bei mir versuchen würde. Man gewinnt eine gewisse Stärke, wenn man an der Macht ist, aber man ist auch einer besonderen Gefahr ausgesetzt. Und ohne meine Magie – ohne *irgendeine* Magie – möchte ich mich dieser Gefahr nicht mehr allein stellen.

Mehr als alles andere will ich die anderen einweihen. Ich *will* nicht alles allein erforschen. Es ist nur … schwierig. Aber vielleicht in kleinen Dosen. Vielleicht kann das der erste Schritt sein.

Ferricks Anspannung löst sich und er stößt einen tiefen Seufzer der Erleichterung aus. Wäre mir nicht so übel, würde ich vielleicht sogar lachen, so übertrieben ist es.

»Gut.« Damit keine möglicherweise lauschenden Bediensteten ihn hören können, senkt er die Stimme so sehr, dass wir anderen uns vorbeugen müssen: »Wir treffen uns heute Nachmittag zu einem Ausflug zum Markt, um herauszufinden, wo das Gift gekauft wurde und von wem.« Dann wendet er sich Shanty zu, die sich aufrichtet, als er sagt: »Wir brauchen deine Hilfe.«

»Ihr braucht es nur zu sagen.« Shantys Lächeln ist so tödlich wie ein gezacktes Messer, auch wenn es nur einen kurzen Moment aufblitzt, bevor sie sich wieder mir zuwendet. »Aber vorher möchtest du vielleicht etwas sehen, Amora.«

Ferrick reißt den Kopf zu ihr herum, sein Gesicht ist verkniffen und ernst. »Ich dachte, damit wollten wir warten.«

»Sie muss es wissen …«

Als alle saure Gesichter ziehen, seufze ich. »Was auch

immer es ist, zeig es mir. Der Tag kann ja nicht noch schlimmer werden.«

Doch als sie ein Stück Pergament aus der Tasche zieht, es auseinanderfaltet und ich die bewegten Bilder sehe, weiß ich sofort, wie sehr ich mich irre.

Ihre Majestät, Königin Amora: eine fähige neue Regentin oder ein Kind mit Krone?

Letzte Nacht konnten wir beobachten, wie Königin Amoras Gefolge Ihre Majestät mehrere Stunden vor dem offiziellen Ende von ihrer eigenen Party fortbegleitete. Angestellte berichten, Königin Amora habe sich noch bis weit in den frühen Morgen übergeben, und wir müssen uns fragen: Könnte die Königin schwanger sein?

Die Erbfolge der Montaras schwindet, und es ist kein Geheimnis, dass die Königin schnell für einen Thronerben sorgen muss. Unsere Quellen behaupten, das Kind könnte von einem dunkelhaarigen Mann sein, der gesehen wurde, als er vor der Feier allein die Räumlichkeiten Ihrer Majestät betrat.

Doch vielleicht gibt es auch eine andere Antwort. Laut Lord Gregori, dem Enkel des Vertreters von Suntosa, Lord Garrison, war Ihre Majestät während der nächtlichen Festivitäten stark angetrunken.

»Ich habe versucht, sie zu bremsen«, erzählte er uns in einem Exklusivinterview. »Wir haben den größten Teil des Abends zusammen verbracht, Strategien für Visidia entworfen und die Waffenentwicklung besprochen. Anfangs schien es Amora gut zu gehen. Sie hat gelächelt und gelacht, und wir haben uns sehr gut amüsiert. Aber vielleicht war der Abend zu viel für sie, denn im Lauf der Party fiel mir auf, dass sie immer schneller trank. Als ich daran dachte, sie zu stoppen, hatte sie schon fast sechs Gläser

Wein getrunken und wurde zunehmend wütend auf mich. Als ich bemerkt habe, dass mit ihr etwas nicht stimmt, habe ich schnell ihre Bediensteten losgeschickt, damit sie Amora einsammeln. Ich weiß nicht genau, wie es ihr geht, aber ich werde heute auf jeden Fall nach ihr sehen. Wir sind heute Nachmittag verabredet.«
Sollte Lord Gregori recht haben, so müssen wir uns fragen: Wie sicher ist Visidia in den Händen einer frischgebackenen, achtzehnjährigen Königin? Ist es zu viel …

Ich knülle das Pergament zusammen, ohne es zu Ende zu lesen, ich hasse das bewegte Bild von mir, auf dem ich Lord Gregori mein leeres Weinglas an die Brust drücke.

»Deine Mutter ist nicht glücklich«, sagt Casem schüchtern. »Sie schreit mich schon den ganzen Morgen an.« Seine Augen sind milchig-weiß, der vernebelte Blick einer Person, die Gedankenmagie benutzt. Als die Farbe wieder in sie zurückkehrt, seufzt er und reibt sich müde die Schläfen.

»Sag ihr, es war eine Lebensmittelvergiftung.« Meine Stimme zittert vor Wut. Ich versuche nicht, sie zu unterdrücken, im Gegenteil: Ich lasse mich von ihr antreiben. »Wenn sie erfährt, dass es etwas anderes war oder glaubt, ich würde mich hier draußen zum Gespött machen, lässt sie mich nach Arida zurückholen.«

»Wäre das so schlimm?« Es ist Ferrick, der das fragt, er hat eine Hand am Schwertgriff. »Du hast schon zwei Mordanschläge hinter dir. Vielleicht sollten wir nach Hause zurückkehren und versuchen, etwas anderes zu planen.«

»Ich werde nicht vor meinem Königreich den Kopf einziehen.« Ferrick sollte besser als alle anderen verstehen, warum das so wichtig ist. Als er den Mund öffnet, um mir zu widersprechen, fixiere ich sowohl ihn als auch Bastian – der aussieht, als würde er jeden Moment Ferricks Partei ergreifen – mit einem scharfen Blick. »Ich bin die Königin von Visidia. Ich bin aus einem guten Grund hier, und ich gehe nicht, bevor ich alles erreicht habe, was ich vorhatte.« Zitternd versuche ich aufzustehen. »Wir ziehen unseren Vormittag wie geplant durch, und dann treffen wir uns am Nachmittag, um herauszufinden, wer das war. Und Casem, tu mir in der Zwischenzeit einen Gefallen: Finde den Reporter, der dieses Pergament geschrieben hat, ja? Ich würde mich gern mit ihm unterhalten.«

20

Egal, wie todmüde und schwach ich mich fühle, ich muss mich lächelnd präsentieren und weiter arglos so tun, als wäre alles in Ordnung.

Nachdem ich alle bis auf Vataea rausgeworfen habe – die auf einer Chaiselongue in meinem Zimmer liegt und finster die Tür anstarrt, als könnte sie jeden Moment zum Leben erwachen und mich angreifen – mache ich mich auf den Weg ins angrenzende Badezimmer und versuche, meiner Haut wieder ein bisschen Leben einzuhauchen.

Ich schäume die Badewanne mit Pulvern und Tinkturen ein, die mich alle vitalisieren sollen, schrubbe meine Haut mit duftenden Cremes und tränke meine Haare mit schimmernden Ölen. Nach dem Bad kämme ich meine Locken glatt nach hinten und schlinge sie zu einem Knoten. Um meine Wangen zu beleben, benutze ich schließlich Rosenwasser und Rouge. Als ich fertig bin, sehe ich weit weniger müde aus als ich mich fühle, passabel genug, um mich auf den Weg zu machen. Als Erstes zu meinem Date mit Lord Freebourne.

Ich dachte zwar daran, es abzusagen, aber Ferrick bestand darauf, dass wir kein Misstrauen wecken sollten. Ich soll aber nichts zu mir nehmen, weder Wasser noch Essen, es sei denn, es kommt direkt von meiner Crew.

»Du siehst hübsch aus.« Als ich voll angezogen und geschminkt aus dem Bad komme, steht Vataea auf, um ihre langen Glieder zu strecken. »Du siehst aus, als wolltest du den Mann wirklich beeindrucken.«

Ihr fragender Unterton juckt auf meiner Haut. *Will* ich Elias beeindrucken? Er ist gut aussehend und schlau, das muss ich ihm lassen. Aber meine Gedanken halten sich nicht mit ihm auf. Er war eine amüsante Ablenkung für den Abend, doch wenig mehr.

»Ich will ganz Curmana beeindrucken«, erkläre ich ihr stattdessen, auch wenn die Worte bitter schmecken. Wie viel Mühe soll ich mir geben, wenn irgendjemand hier versucht hat, mich zu vergiften? Ich hasse es, dass ich nicht offen agieren und das Königreich in Alarmbereitschaft versetzen kann, damit wir herausfinden können, wer das war. Ich hasse es, dass ich etwas vorspielen muss.

Vataea hakt einen Beutel an ihrer Hüfte fest und streicht mit den Fingern flüchtig über ihren Dolch, um sicherzugehen, dass er da ist. Zu Hause auf Arida haben Casem und ich ihr geholfen, die lange, gezackte Klinge zu entwerfen. Sie ist dünn und so leicht, dass sie Vataea nicht herunterzieht, sollte sie sie ins Meer mitnehmen müssen. Dennoch ist die tödlich gezackte Klinge gefährlich. Vataeas wahre Waffe wird zwar immer ihre Stimme und das Wasser um sie herum sein, aber sie brauchte etwas zu ihrem Schutz hier an Land. Zu meiner Überraschung hat sie die Klinge ziemlich lieb gewonnen.

»Also dann, gehen wir sie beeindrucken.« Sie zieht sich ihre schwarzen Stiefel über und wirft mir einen Mantel zu, dann machen wir uns auf den Weg. Shanty wartet im Schneidersitz draußen im Flur und zupft an ihren Nägeln. Sie sieht erleichtert aus, dass sie aufstehen kann, und ich bin erleichtert, dass ich sie habe. Diese beiden Mädchen sind in einem Kampf bei Weitem die härtesten und fähigsten meiner Crew; sollte jemand etwas versuchen, bin ich froh, sie an meiner Seite zu haben.

Aber leider ist Shanty nicht allein. Bastian steht neben ihr, die muskulösen Arme vor der Brust verschränkt.

»Wir müssen reden«, sagt er und zieht die Augenbraue hoch, als sich Shanty verschlagen ein Stück näherschiebt, um zu lauschen. »Allein.«

»Ich habe eine Verabredung«, beginne ich, aber er ignoriert mich, nimmt mich beim Handgelenk, zieht mich in mein Zimmer zurück und schließt die Tür hinter uns. Draußen knurrt Vataea ein paar eindeutige Wörter.

»Freebourne kann warten.« Er lässt mein Handgelenk los, seine Augen sind sternenlos und stählern. »Ich weiß, ich habe gesagt, es ist mir egal, wenn du Geheimnisse hast, aber das war gelogen. Wir spielen mit dem Feuer und es ist Zeit, mir die Wahrheit zu sagen. Warum sind wir wirklich hier?«

Meine Brust wird taub. Es kostet mich alles, ihm in die Augen zu sehen und mich nicht zu verraten. »Visidia braucht einen Erben …«

»Erzähl mir doch nichts!« Sein Knurren ist giftig, roh und frisch. »Wir wissen beide, dass das nichts weiter als eine Scharade ist, Amora. Und wir sollten nicht vergessen, dass ich deine *Seele* spüren kann. Du hast gestern Abend jemanden gesucht, aber es war kein Verehrer. Jedes Mal, wenn sich dir jemand vorgestellt hat, warst du *enttäuscht*. Du hast jemanden gesucht, und ich will wissen, wen. Keine Spielchen mehr.«

Meine Zunge wird schwer und nutzlos, als die Wahrheit zwischen uns steht.

»Warum lügst du mich an?«, drängt er, und zumindest darauf habe ich eine Antwort.

»Weil ich Abstand von dir brauche, Bastian.« Die Worte platzen in einem Schwall aus mir heraus. »Ich musste das Gefühl haben, wieder ein eigenständiger Mensch zu sein. Als wärst du nicht bei jeder Entscheidung dabei, die ich treffe!«

»Und du denkst, ich will das nicht auch? Für uns beide?« Er hat die Fäuste an den Seiten geballt, versucht, ihr wütendes Zittern zu beruhigen. »Du tust, als hätte ich dir irgendwie unrecht getan, als hätte ich mir das *ausgesucht*. Als hätte *ich* uns mit diesem Fluch belegt, Amora; ich will das genauso wenig wie du. Aber die Götter sollen verhüten, dass du einmal ehrlich zu mir bist, damit wir zusammenarbeiten können, statt alles allein zu versuchen. Dass ich nicht jeden Tag unglücklich sein muss, weil ich glaube, dass die Frau, die ich liebe, losläuft und so tut, als suchte sie sich einen *Ehemann*! Dass ich nicht zuschauen muss, wie sie herumstolziert, während das Königreich sie umbringen will, und ich darf nicht einmal *versuchen*, sie zu beschützen.«

In dem Moment, in dem Bastian die Worte über die Lippen kommen, erstarrt er, und seine Augen werden rund wie die einer Eule, als ihm klar wird, was er gesagt hat. Selbst der Raum scheint den Atem anzuhalten und lautlos darauf zu warten, dass jemand das Schweigen bricht.

Meine Haut wird klamm und ich habe keine Ahnung, ob es richtig ist, ihm weiter in die Augen zu schauen oder mich abzuwenden. Doch bevor ich mich entscheiden kann, dreht sich Bastian um, schlägt stöhnend die Hände vors Gesicht und streicht sich dann frustriert über die Haare.

»Weißt du was, ich mache das jetzt nicht. Ich hoffe, du amüsierst dich gut mit diesem hübschen Aushängeschild. Er scheint ja ein echter Charmeur zu sein.«

Ich überlege mir, ihn aufzuhalten. Vielleicht habe ich sogar etwas gesagt, ich weiß es nicht genau. Aber Bastian reißt trotzdem die Tür auf, stürmt den Flur entlang und lässt zwei Mädchen stehen, die mich verwirrt anblinzeln.

»Also«, sinniert Shanty mit einem Blick auf Bastians davonstürmende Gestalt und dreht sich dann mit geschürzten Lippen zu mir um. »Ich nehme an, das heißt, dass du bereit bist für dein Date?«

Kochend vor Wut schnappe ich mir meinen Mantel vom Bett und schlüpfe mit eckigen Bewegungen hinein. Ich wünschte mir, ich hätte valukanische Magie, damit ich etwas in Brand stecken könnte. »Bringen wir es hinter uns.«

Elias wartet am weißen Sandstrand, er hat die Lippen zusammengepresst und wandert in kleinen Kreisen umher. Als er uns sieht, richtet er sich auf und wirkt fast überrascht. »Amora! Ich habe heute Morgen die Zeitung gelesen; wie geht es dir? Ich wollte bei dir vorbeikommen, um selbst nach dir zu sehen, aber dieser Leibwächter von dir hat mir das Leben schwer gemacht. Ich glaube, er kann mich nicht besonders leiden.« Er sieht überraschend jungenhaft aus, und mir fällt wieder ein, wie Bastian ihn genannt hat – hübsches Aushängeschild.

Er hatte nicht ganz unrecht. Doch obwohl sich ein Teil von mir hämisch freuen möchte, weil das eindeutig Eifersucht bei Bastian ist, möchte ein anderer Teil von mir ihn finden und …

Ich weiß nicht recht, was. Seinen Mantel in Brand stecken? Ihn ins Meer schubsen? Sein nervtötendes Gesicht küssen?

Ihr Götter, ich hasse diese Unsicherheit.

Elias späht über meine Schulter und nickt den beiden Mädchen grüßend zu, auch wenn seine Aufmerksamkeit einen kleinen Moment zu lang auf Vataea ruht. Obwohl man ihr in ihrer Kleidung die Narben an Hals und Oberschenkeln von ihren Kiemen und der Schwanzflosse nicht ansieht, ist klar, dass etwas an ihr anders ist.

»Deine Kammerzofen?«, fragt er.

Vataea verengt die Augen zu gefährlichen Schlitzen. »Wenn Kammerzofen die sind, die dir das Herz mit bloßen Zähnen herausreißen oder dir einen Dolch ins Auge rammen, sobald du die Königin auch nur falsch ansiehst, dann ja. Dann sind wir ihre Kammerzofen.«

Elias' Adamsapfel hüpft, als er schluckt. »Also keine Kammerzofen. Ist zur Kenntnis genommen.«

Ich überlege, ihm zu sagen, dass er sich keine Sorgen machen muss oder dass Vataea und Shanty eher bellen als beißen, aber das wäre eine Lüge, die zu schnell auffliegen könnte. Stattdessen nehme ich also seinen angebotenen Arm, auch wenn mein Herz etwas ganz anderes sagt.

»Ich muss zugeben, ich war enttäuscht, als ich dich gestern Abend nicht mehr gesehen habe«, sagt er, als wir unseren Strandspaziergang beginnen. »Du hast dich so schnell weggeschlichen. Aber es wird schön, einen Tag einfach für uns zu haben und uns die Insel anzuschauen.«

In seiner Stimme liegt echte Begeisterung und ich wünschte, ich könnte mithalten. Gestern Abend, als ich benebelt vom Wein und anscheinend auch Gift war, schien mir eine Runde über die Insel mit Elias eine wunderbare Idee zu sein. Jetzt bin ich allerdings zu abgelenkt von meinen Gedanken an Bastian.

Dieser Dreckskerl hat gesagt, er *liebt* mich. Aber das kann unmöglich stimmen. Seine Gefühle müssen so durcheinander sein wie meine, wie kann er es also wagen, so etwas zu sagen? Und dann einfach zu *gehen!*

Ich muss all meine Kraft aufwenden, um meine Gedanken von Bastian abzulenken; ihn an einem anderen Ort zu verstauen, damit ich mich auf meine Zeit mit Elias konzentrieren kann, der angesichts seiner Stellung Curmana besser kennt als die meisten. Ich bin hergekommen, um Ornell Rosenblathe zu finden, und heute muss ich Fortschritte machen.

»Lebst du schon dein ganzes Leben hier?« Vataea und Shanty halten einen angemessenen Abstand zu uns, aber ich spreche trotzdem leise, damit es intimer wirkt. Je entspannter er ist, desto mehr Informationen kann ich ihm entlocken.

»Die vollen zweiundzwanzig Jahre.« Sein Lächeln ist viel zu charmant. »Ich habe die meisten anderen Inseln bereist, aber Curmana ist mein Zuhause. Sollte meiner Schwester etwas passieren, gehöre ich zu den potenziellen Ratgebern, die ihren Platz einnehmen würden. Also versuche ich, meistens auf Curmana zu bleiben, um mitzubekommen, was auf der Insel passiert.«

Mich juckt die Neugier, aber ich lasse mir nichts anmerken. Stattdessen bleibe ich höflich interessiert. »Ist in letzter Zeit denn etwas Interessantes passiert?«

Etwas, das mit Gift zu tun hatte, vielleicht?

Es könnte sein, dass er nichts von der zwielichtigen Unterwelt seiner Insel weiß, genau wie ich keine Ahnung hatte, wie schlimm es um das Königreich stand, während ich auf Arida festsaß. Ich suche sein Gesicht nach einem Zeichen ab, nach irgendeinem Zucken oder Zögern, das anzeigen könnte, dass er weiß, dass sich in Curmana etwas regt, von dem die königlichen Beamten noch keine Ahnung haben. Aber sein Ausdruck bleibt selbstbewusst und ungerührt, verrät nichts.

»Nichts allzu Aufregendes, nein. Wir haben so weit im Norden milderes Wetter, deshalb plagen uns die Stürme der südlichen Inseln nicht. Die Einkommen sind im Lauf der Jahre stetig gestiegen, wir bauen unsere Spas aus und heben die Preise für unsere luxuriöseren Dienstleistungen an. Wir sind unglaublich stabil und eigenständig, da wir auch den Großteil der Kräuter und Öle, die wir verkaufen, hier auf der Insel produzieren.«

»Was ist mit dem Verbrechen?«

Und da ist es. Kurz und so flüchtig, dass ich es fast übersehen hätte: ein kurzes Zucken seines Kiefermuskels.

»Wie bitte, Eure Majestät?«

»Die Verbrechensrate«, wiederhole ich. »Wie sieht die aus?«

»Ich wage zu sagen, dass Curmana der sicherste Ort ist, den du je besuchen wirst. Ich war vor Kurzem in Ikae, und es ist erstaunlich, wie viele Bagatelldiebstähle es dort gibt. Durch die Ruhe hier sind Einwohner und Touristen gleichermaßen zufrieden; deshalb ist unsere Verbrechensrate niedrig.«

Einwohner von Curmana beäugen Elias und mich, als wir über den glatten, weißen Strand wandern. Der Sand ist so pudrig, dass ich mich frage, ob sich so wohl der Schnee auf Zudoh anfühlt. Die meisten neigen die Köpfe, aber eine Handvoll Kinder starrt zu mir hoch, sehr zum Entsetzen ihrer Eltern, die eilig versuchen, sie dazu zu bringen, die Köpfe zu neigen.

Shanty beobachtet sie auch und sieht sich wachsam ihre Gesichter an. Sie hält nach anderen mit Verzauberungsmagie Ausschau, die nur hier sind, weil sie auf eine Story für die Klatschpergamente des Abends aus sind. Kurz überlege ich, was wohl in den heutigen stehen wird.

> Königin Amora und Lord Elias Freebourne – auf Curmana liegt etwas in der Luft. Könnte es Liebe sein?

Oder vielleicht:

> Ein Lord oder ein Pirat – könnte einer dieser charmanten Junggesellen vielleicht unser neuer König werden?

Bevor mein Gesicht meinen Ärger verraten kann, reiße ich mich aus diesen Gedanken und konzentriere mich wieder auf meine Mission.

»Wir hatten einen Freund der Familie, der von hier stammte, und der immer davon schwärmte, wie wundervoll Curmana ist.« Ich lasse meine Stimme leicht klingen, als schwelgte ich in schönen Erinnerungen. »Kennst du zufällig die Familie Rosenblathe? Ornell Rosenblathe? Er hat mir immer von dem Essen und den Spas erzählt, und davon, dass Curmana es schafft, dass sich eine Badewanne voll warmem Schlamm anfühlt wie der größte Luxus aller Zeiten. Ich würde ihn sehr gern sehen, solange ich hier bin.«

Alles in mir erstarrt, als Elias die Augen zusammenkneift und die Stirn in Falten legt, während er sein Gehirn durchforstet. Hoffnung bläst sich auf und droht, in mir zu platzen. Ich balle die Fäuste und grabe die Fingernägel in die Handflächen, um sie im Zaum zu halten.

Aber sie fällt in sich zusammen, als Elias die Lippen schürzt und seufzt. »Tut mir leid. Ich weiß, der Name kommt mir bekannt vor, aber ich kann mich nicht erinnern, wo ich ihn einordnen soll.«

Ich versuche, meine Enttäuschung nicht zu zeigen, denn ich habe keine Wahl, ich muss weiterspazieren.

Curmana ist wirklich eine andere Welt. Eine wundersame, entspannende, schöne Welt.

Eine Gruppe Touristen liegt ausgestreckt am Strand und informiert sich in den neuesten Pergamenten oder liest dicke Bücher. Viele tragen riesige Hüte und Brillen, um die Augen zu beschatten, während sie ihre Haut mit weiten Hosen und wehenden Oberteilen bedeckt haben. Curmanische Kellner in schwarzem Leinen lassen mithilfe von Gedankenmagie allerlei Waren neben sich schweben und bieten Touristen Essen und Getränke an.

Weitere Touristen sitzen behaglich an einer Feuerstelle, während sich andere weiter weg auf schwebenden Liegen entspannen, ihre Körper glänzen, weil Bedienstete Öle in ihre Haut massieren und ihnen dampfende Steine auf den Rücken legen.

So entspannend das sein mag, man kann nur schwer ignorieren, wie ruhig ganz Curmana ist. Auf eine Weise erinnert es mich an den Tag, an dem ich damals Zale in ihrem Lager auf Zudoh kennenlernte. Nur dass dieses Schweigen hier nicht auf Angst beruht. Weil so viele Curmaner über Gedanken kommunizieren, folgen die Touristen ihrem Beispiel automatisch und bleiben still. Selbst wenn sie hörbar sprechen, ist ihr Geplauder kaum mehr als ein Flüstern.

»Wir könnten reingehen, wenn du möchtest«, bietet mir Elias an, als er merkt, wie ich eine hübsche Steinhütte bewundere, aus deren Innerem Dampf quillt. »Dieses Gebäude ist für die Meditation gedacht. Es soll helfen, Geist und Seele zu entgiften. Manche behaupten, sie kommunizieren dort sogar mit den Göttern.«

Ich schnaube. »Als würden sich die Götter mit einem Menschen abgeben.«

Er lacht. »Dann lassen wir den Dampfraum aus. Keine Sorge, es gibt noch mehr zu sehen.« Elias führt mich tiefer ins Landesinnere von Curmana, weg vom Hafen.

Ich verbringe meinen Morgen damit, mich herumschleppen zu lassen, während ich gezwungen bin, so zu tun, als hätte ich keine hämmernden Kopfschmerzen von dem Gift.

Es ist nicht so, als wäre mein Ausflug mit Elias *schlecht*, aber je mehr Touristenattraktionen wir sehen, desto mehr wandern meine Gedanken zu der Frage, wie ein Date mit Bastian hier wohl wäre. Wenn ich mich von ihm auf seiner Heimatinsel Zudoh herumführen ließe, würde er mir nie Orte zeigen, die für Touristen gedacht sind. Er würde mir die Höhle zeigen, die er als Kind erforscht hat, oder den besten Aussichtspunkt der Insel. Und selbst wenn wir zwei Stunden bräuchten, ihn zu erreichen, er wäre es wert. Bastian würde mir nie die Orte zeigen, die jeder finden kann; er würde mir die Orte zeigen, an denen kleine Stücke seiner Seele wohnen.

Ich bin mir sicher, selbst hier auf Curmana hätte er mir viel faszinierendere Dinge zu zeigen als ein malerisches Restaurant, in dem ich nicht zu Mittag essen könnte, oder einen Rundgang durch die verschiedenen Spas.

Mit Elias frage ich mich unwillkürlich: Wo ist der Spaß auf dieser Insel? Wo ist die Schattenseite? Wo sind der Klatsch und die Geheimnisse der Insel, die man findet, wenn man sich durch die Oberfläche gräbt?

Mit Bastian zusammen zu sein hat mich verdorben; alles darunter fühlt sich an wie verschwendete Zeit.

»Du hast den Kopf ganz schön in den Wolken«, flüstert Shanty, reckt den Hals und blinzelt in die Sonne. »Glaubst du, wir finden ihn, wenn wir genau genug hinschauen?«

Ich zwinge mich in die Welt um mich herum zurück und verdrehe die Augen, obwohl sie grinst. »Haha, sehr lustig.«

Ein Hain aus Bananenpflanzen liegt vor uns. Er ist wild überwuchert, und die großen Blätter hängen willkürlich herum. Dahinter, weiter nördlich, befindet sich eine Landschaft, in der die Flora so dicht wächst, dass ich nicht einmal eine Lücke dazwischen erkennen kann.

»Da oben ist der Marktplatz«, erklärt mir Elias, der meinem Blick gefolgt ist. »Die meisten Einheimischen leben da hinten. Wir bemühen uns darum, dass die Gebiete am Wasser ruhig bleiben, um für die Touristen den Frieden zu erhalten. Viele Einheimische leben gern weiter draußen; da können sie lauter sein und die Regeln sind weniger streng. Außerdem ist es näher am Markt und an allen Arbeiten, die mit dem Dschungel zu tun haben, wie Kräuter für die suntosische Medizin zu sammeln.«

»Und für Gift«, murmle ich Vataea leise zu, die daraufhin die Schultern strafft und sich misstrauisch umsieht.

Als der Sand gewundenen Wurzeln und trockenem Laub weicht, das unter meinen Stiefeln knirscht, nehmen bescheidene Bauten Gestalt an, das muss der Rand des Marktes sein. An seinem Beginn steht ein kleines Steingebäude, das mit Moos den Blättern Hunderter dicker Bäume, die darüber aufragen, bedeckt ist. Über der Tür hängt ein winziges, gemaltes Holzschild mit einer dampfenden Teetasse darauf.

»Das ist einer von meinen Lieblingsplätzen auf der Insel«, sagt Elias, als er die knarrende Tür öffnet. »Und man ist unter sich. Ich dachte mir, das ist vielleicht …«

»Intimer«, ist das Wort, das er sucht, aber bei der Vorstellung bekomme ich Gänsehaut.

Alles, was ich höre, sind Bastians Worte, die in meinem Kopf widerhallen.

Die Frau, die ich liebe.

Die Frau, die ich liebe.

Die ich liebe.

Ich hole tief Luft und versuche, meinen Kopf freizubekommen.

Egal, wie mir beim Duft des Honigbrots, der aus dem Ofen der Teestube herüberweht, das Wasser im Mund zusammenläuft, ich will Elias gerade vorschlagen, einen neuen Plan zu machen, als Ilias gertenschlanke, eisig geisterhafte Gestalt aus den Tiefen des Ladens auftaucht. Elias erstarrt, er ist ganz offensichtlich genauso überrascht wie ich.

»Lee?« Er blinzelt seine Schwester an. »Was tust du denn hier?«

»Ich suche dich.« Sogar ihre Stimme ist scharf wie ein Eiszapfen, der mich durchbohrt. »Wir haben doch besprochen, dass du heute Verpflichtungen hast. Du solltest jetzt im Wald sein und den anderen Pflückern helfen. Wir haben keine Zeit für … das hier.« Sie wedelt mit ihrer knochigen Hand zwischen uns herum, ihre scharfen Wangenknochen verstärken ihren finsteren Blick zusätzlich.

Elias sieht rebellisch aus. »Amora ist nur ein paar Tage hier …«

»Ich bin mir sicher, sie wird es verstehen.« Ilias Blick lodert so wild, dass ich beinahe einen Schritt rückwärts gemacht hätte. Es liegt etwas Tödliches darin, das gestern noch nicht da war. Unwillkürlich frage ich mich sofort, ob sie wütend ist, dass ich heute noch hier bin. Ob sie wütend ist, dass ich überlebt habe.

Es ist, als wäre sie angewidert von der Vorstellung, dass ihr Bruder in meiner Nähe ist. Selbst Vataea und Shanty neben mir sind erstarrt und halten sich bereit, einzugreifen.

»Ich verstehe das vollkommen«, knurre ich. Das Misstrauen juckt mich. Ich könnte ihr ganz einfach sagen, sie solle gehen und Elias und mich allein lassen, aber selbst mit den Mädchen an meiner Seite ist es das Risiko nicht wert. Ich werde sie nicht in so eine Lage bringen, wenn es sich vermeiden lässt.

»Vielleicht könnten wir es aufs Abendessen verschieben?« In Elias' Stimme liegt Bedauern. Seine Schultern hängen herunter, sein Gesichtsausdruck ist entschuldigend.

»Vielleicht«, sage ich, auch wenn ich ihn nicht ansehe. Ich starre in Ilias blasse, eisige Augen, während sie das Kinn trotzig erhoben hat und darauf wartet, dass ich sie herausfordere.

»Ich habe heute Morgen die Pergamente gelesen«, sagt sie kühl. »Ich freue mich, dass es Euch besser geht, Eure Majestät. Erkundet gern nach Herzenslust unsere bescheidene Insel, aber für den Moment muss ich Euch Elias entführen. Ich bin mir sicher, Eure Kammerzofen werden eine wunderbare Gesellschaft abgeben.«

Vataea zieht ein finsteres Gesicht, aber Ilia sieht es nicht. Sie wendet sich ihrem Bruder zu, nimmt ihn beim Arm und zieht ihn von mir weg, als hätte ich eine ansteckende Krankheit. Innerhalb von Sekunden ist sie mit ihm aus der Tür verschwunden, und wir drei bleiben allein mitten in diesem kleinen, leeren Teeladen zurück. Erst da bemerke ich die Frau hinter dem Tresen, sie ist dünn und schon älter. Sie reißt überrascht die Augen auf, als wir sie dabei ertappen, dass sie mich direkt anstarrt, und sieht aus, als würde sie gleich ohnmächtig.

Mit krächzender, nervöser Stimme fragt sie: »Tee, Eure Majestät?«

21

»Das könnte viel schneller gehen als ich dachte«, sagt Ferrick mit einem prüfenden Blick auf den Markt, der sich an der Straße entlangzieht.

Spät an diesem Nachmittag, nachdem wir mehrere Stunden lang die Besitzerin des Teeladens unterhalten haben, indem wir so getan haben, als würden wir ihren Tee trinken – alle bis auf Shanty jedenfalls, die behauptet hat, gegen die meisten Gifte immun zu sein, und fröhlich alles kosten konnte –, ist der Markt belebter.

Er ist an den Rand des dichten Dschungels gebaut, dort, wo sich Sand und Wurzelwerk treffen. Manche Händler verkaufen ihre Waren von Holzhütten aus, andere lehnen an dicken, knorrigen Bäumen. Sie nutzen das Blätterdach als Sonnenschutz, ihre Waren haben sie auf Decken vor sich ausgebreitet. Anders als auf dem Markt von Ikae gibt es hier aber keine Marktschreier, die überteuerten Fisch oder das Angebot des Tages anpreisen. Niemand verkauft feine Kleider oder kostet Bier auf einer Straße voller konkurrierender Händler.

Curmanas Marktplatz ist, genau wie der Rest der Insel, so beunruhigend still, dass ich den nervösen Schauder nicht unterdrücken kann, der mir über den Rücken läuft. Es ist nicht so, als würden die Leute nicht reden; es gibt vereinzelt Geplauder und Gelächter. Sogar Tauschhandel. Aber so viele Gespräche finden ohne Worte statt. Ich sehe ein Paar, das sich ab und zu in die Augen sieht und zu etwas nickt, das die beiden vermutlich lautlos besprechen. Ein Kind rennt zwischen den Händlern herum und will spielen. Aber bevor das Mädchen sich zu weit entfernen kann, hebt sein Vater es mithilfe von Levitationsmagie an und holt es durch die Luft wieder zu sich. Das Mädchen blinzelt kaum, bevor es wieder davonläuft, es ist kein bisschen überrascht.

Falls sie miteinander reden, tun auch sie es schweigend. Selbst wenn ich bewundere, wie heimlich diese Magie vonstattengehen kann, ist es doch ziemlich merkwürdig, wenn Menschen so … still sind.

»Diese Insel ist furchtbar.« Bastians Stimme ist ein leises Kratzen, er gibt sich größte Mühe, in der unheimlichen Stille nicht gehört zu werden. Die lautesten Geräusche kommen von den Insekten in den Bäumen hinter uns. »Bist du dir sicher, dass wir nicht in einem Fluch gefangen sind?«

So viele stille Menschen sind furchteinflößender als es ein Fluch je sein könnte, aber das sage ich ihm nicht. Seit dem, was er in meinem Zimmer zu mir gesagt hat, haben wir uns kaum angesehen.

Aus dem Augenwinkel kann ich gerade so die dichten, blonden Locken und die babyblauen Augen sehen, mit denen Shanty ihn verzaubert hat. Er hat jetzt keine gepflegten Bartstoppeln mehr an den Wangen und am Kinn, sondern einen Vollbart, den ich unwillkürlich anstarren muss. Ich habe noch nie jemanden mit einem Vollbart geküsst, und ich bin irritierenderweise neugierig, wie sich das wohl anfühlen mag.

Bastian ist nicht der Einzige von uns, dessen Äußeres durch Shantys Verzauberung verändert ist. Sich selbst hat sie glatte, braune Haare und eine sanfte Erscheinung verliehen, damit sie nicht auffällt. Vataeas Meerjungfrauenmerkmale hat sie zwar zu verstecken versucht, aber das hat nicht ganz funktioniert. Ihre Narben sind nicht zu sehen, doch jeder, der Vataea anschaut – mit ihren jetzt langen, rotbraunen Haaren, den runden Augen und vollen rosa Wangen – würde sich trotzdem sicher noch fragen, wie eine Person so schön sein kann.

Ferrick und Casem scheinen Zwillinge zu sein: Sie tragen beide schwere, onyxfarbene Roben, die zu der Tintenschwärze ihrer Haare passen. Casem trägt seine Haare kurz, während Ferricks lang genug sind, dass er sich hinten im Nacken einen Dutt machen kann. Sein langes Gesicht ist verbreitert, seine Schultern dagegen sind schmaler. Ich selbst habe mich nicht im Spiegel gesehen, seit Shanty Kleidung und äußere Erscheinung von uns vor dem Teeladen geändert hat, aber mir fallen lockere, rote Wellen über die Schultern und ich weiß, mein Gesicht und Körper müssen genauso schlau verborgen sein wie die aller anderen.

»Als Gruppe erregen wir zu viel Aufmerksamkeit«, sagt Bastian. »Wir müssen uns aufteilen. So wird es leichter, Informationen zu bekommen. Und falls etwas passiert, können Amora und ich einander finden.«

Da ist unser Fluch doch zu etwas gut. Egal, wo Bastian ist, ich kann ihn spüren wie ich einen Leuchtturm in einer mondlosen Nacht sehe.

»Geh nur nicht zu weit weg.« Ich lege die Hände auf meinen Magen, als ich mich an den weiß glühenden Schmerz erinnere, wenn einer von uns sich zu weit vom anderen entfernt.

»Alle nehmen sich vor, bis Sonnenuntergang wieder hier zu sein.« Ferrick legt die Hand dahin, wo, wie ich weiß, sein Schwertgriff sein muss, auch wenn er unter dem dicken Stoff seiner Robe verborgen ist. Seine verzauberten, blauen Augen finden meine und er wartet, bis ich nicke, dann entspannt er sich.

Bastian packt mit dem einen Arm Ferrick an der Schulter und mit dem anderen Casem. »Also, gehen wir. Ihr drei« – sein Blick findet einen winzigen Moment meinen, bevor er sich die Haare aus dem Gesicht streicht und sich abwendet – »passt auf euch auf.«

Vataea stemmt die Hand in die Hüfte. »Als würde ich zulassen, dass irgendwas passiert.«

Und damit trennt sich unsere Gruppe, taucht an zwei Enden des Platzes in den Markt ein. Wir kommen an mehreren Holzhütten vorbei, die am Rand des Dschungels zwischen die Bäume gebaut wurden. Sie sind weiß gestrichen, damit sie sich vom Blätterdach und den riesigen, gebogenen Baumstämmen abheben. An den meisten werden gewöhnliche Dinge verkauft, wie Gewürze fürs tägliche Kochen, Medizin oder Heilmittel. Shanty deutet auf eine Flasche mit wilden Karottensamen – eine beliebte Methode, um Schwangerschaften zu verhindern –, und grinst mich mit scherzhaft wackelnden Augenbrauen an.

»Konzentrier dich«, knurre ich zurück und ignoriere die Hitze, die mir in der Brust und den Hals entlang aufsteigt.

Abgesehen von den fehlenden Stimmen, wirkt hier nichts seltsam oder gefährlich, und trotzdem hallen Bastians Worte vom letzten Sommer in meinen Ohren wider. *Jede Stadt hat eine Unterwelt. Du musst nur wissen, wo du suchen musst.*

»Wonach sollen wir Ausschau halten?«, fragt Vataea und vertreibt Stechmücken vor ihrem Gesicht.

Ich bin froh, dass sie fragt, denn während Shanty selbstbewusst und entschlossen vorausstapft, habe ich mich dasselbe gefragt.

»Wir suchen nach etwas Offensichtlichem«, sagt Shanty, »aber das stimmt nicht ganz.«

Wie hilfreich.

Je länger wir suchen und höflich die freundlich angebotenen Gewürze und Heiltränke ablehnen, desto deutlicher wird, dass ich nicht die Anführerin dieser Gruppe bin. Shanty ist alles andere als das unscheinbare Mädchen, dessen Aussehen sie sich gezaubert hat, und sie geht zwischen den Ständen auf die Jagd wie ein hungriges Raubtier auf Beutefang. Vataea und ich tauschen einen Blick: Wir haben beide keine Wahl, als ihr zu folgen.

Shanty tut so, als betrachte sie einen Karren voller Obst und Gemüse. Während sie mit der einen Hand eine kleine Melone bewundert, lässt sie mit der anderen einen Pfirsich in ihre Tasche gleiten. Erst als wir außer Sichtweite sind, zieht sie ihn heraus, beißt hinein und wischt sich den Saft ab, der ihr über Lippen und Kinn läuft.

»Du machst das genau wie Bastian.« Ich erinnere mich an seine geschickten Finger. Wie schlau er eine Münze von einer Hand in die andere wechseln kann, bevor irgendwer auch nur Zeit zu blinzeln hat.

Shantys Lachen ist herzhaft und echt, dann beißt sie noch einmal in ihren Pfirsich und sagt mit vollem Mund: »Was glaubst du, wer ihm das beigebracht hat?«

Vor Überraschung stolpere ich beinahe über meine eigenen Füße. Es ist kein Geheimnis, dass Bastian und Shanty sich früher schon kannten. Als wir uns zum ersten Mal begegnet sind, sagte sie zu Bastian, er schulde ihr Geld, weshalb ich dachte, es sei etwas Flüchtiges gewesen. Ich dachte, er hätte vielleicht ein paar Tage in Ikae verbracht und sei ihr zufällig begegnet, oder er hätte sie für einen Job angeheuert. Aber es steckt mehr dahinter.

Shanty wirft den Pfirsichkern in den Sand. »Das war damals, als wir noch Kinder waren, bevor die Barracudas überhaupt einen Namen hatten. Ich war eine Jahreszeit zuvor von zu Hause abgehauen und er war ungefähr genauso lang auf seinem Schiff.

Wir haben uns auf dem Markt kennengelernt«, fährt sie fort und wischt sich die vom Pfirsich klebrigen Hände an der Hose ab. »Er hatte es auf Brot abgesehen, ich hatte ein Paar rosa Diamantohrringe im Auge. Ich hatte auch Hunger, versteht mich nicht falsch, aber ich fand, Bastian dachte nicht groß genug. Warum sich mit dem Brot begnügen, wenn man etwas haben konnte, mit dem man sich eine ganze Bäckerei kaufen konnte? Ich hatte noch keine volle Kontrolle über meine Magie, aber ich hatte von klein auf gelernt, wie ich mein

Gesicht soweit verändern kann, dass mich niemand erkennt. Wenn ich mich verzaubert hatte, ging ich in die Geschäfte und tat so, als kaufte ich ein. Manchmal, wenn ich Geld übrig hatte, kaufte ich auch wirklich etwas, so vertrauten sie einem meiner Gesichter und passten nicht so genau auf, wenn ich den Juwelen zu nahe kam.

Ich hatte dieses Geschäft eine Woche lang ausgespäht. Ich ging jeden Tag mit einem anderen Gesicht hin, um zu sehen, wer gerade arbeitete und welcher Verkäufer das leichteste Ziel werden würde. Und jeden Tag war auch Bastian da, streifte durch die Straßen und stahl Kleinigkeiten wie Gebäck und Obst. Ich glaubte nicht, dass er mich je bemerkt hatte; ich war daran gewöhnt, diejenige zu sein, die beobachtete, denn mich konnte niemand je wiedererkennen. Bis es Bastian eines Tages tat.«

Shanty schüttelt mit einem leichten Lächeln den Kopf.

»In dem Moment, in dem ich die Ohrringe endlich hatte, raste ich in meinen Unterschlupf zurück – ich glaube, es war ein Laden, der pleite gegangen und schwer zu verkaufen war. Ich glaubte nicht, dass mir jemand gefolgt war, und doch war Bastian dort. Er tauchte bei mir auf, um mir zu sagen, dass er an diesem ersten Abend gesehen hatte, wie ich Magie benutzte, um mein Gesicht zu verändern, und dass er seitdem immer wusste, dass ich es war. Während ich ihn beobachtet hatte und ihn so albern fand, weil er sich mit so banalen Sachen zufriedengab, war er derjenige mit der Trickgaunerei im ganz großen Stil. Er wusste, dass ich die Ohrringe hatte, und er hatte gesehen, was ich konnte. Er hätte mich verraten können und wäre dafür belohnt worden. Diese Ohrringe waren nicht die ersten Juwelen, die ich gestohlen hatte; die Ladenbesitzer beklagten sich über Diebstähle und die Soldaten griffen auf der Suche nach mir hart durch. Er wusste das, da bin ich mir sicher, aber als ich ihn fragte, ob er mich verraten würde, lachte er und sagte: nicht, wenn wir Partner würden. Schlauer Mistkerl.

Ich hatte keine Wahl. Anfangs versuchte ich ein paarmal, ihm abzuhauen, aber er schaffte es immer, mich aufzuspüren. Er war viel frühreifer als er durchblicken ließ.«

Es dauert einen Moment, bis ich merke, dass ich lächle, und ich versuche, es zu unterdrücken, bevor eine der anderen es sehen kann. Der Bastian aus ihren Geschichten klingt genau nach dem Piraten, in den ich mich ursprünglich verliebt hatte.

»Was ist passiert?« Das ist Vataea mit gedämpfter, melodiöser Stimme. »Warum habt ihr beide euch getrennt?« Ich bin auch neugierig, und Shanty bemerkt es.

»Es war nie etwas Romantisches, falls ihr das dachtet. Männer sind nicht mein Ding. Bastian und ich waren für eine Weile Geschäftspartner, aber er hat sich nie so in Ikae eingelebt wie ich. Er ging jeden Abend, um auf seinem Schiff zu schlafen, und kam früh am nächsten Morgen zur Arbeit zurück. Er hatte eine Menge Geheimnisse, aber das war in Ordnung, weil ich auch welche hatte. Keiner von uns bohrte beim anderen nach; einen Partner zu haben, war zu nützlich, und ich denke, wir wollten es nicht zerstören. Allein zu stehlen ging ganz gut, aber zu zweit schafft man so viel mehr. Einer von uns konnte für die Ablenkung sorgen, der andere stehlen. Wir fingen an, nicht nur kleine Juwelen zu stehlen, sondern auch Waffen. Teure Kleidung. Alles.

Als Bastian älter wurde«, fährt sie fort, »merkten wir aber, dass er mit seinem Lächeln mehr vermochte als für schnöde Ablenkung zu sorgen: Er konnte Herzen gewinnen. Er fing an, Mädchen aus einflussreichen Familien den Hof zu machen, und ich glaube, uns wurde beiden langsam klar, dass er niemanden mehr brauchte, der ihm half, sein Gesicht zu verändern. Er wusste zu gut, wie er sein eigenes nutzen konnte. Er nahm in Ikae, was er kriegen konnte, und ging weg, als es nichts mehr für ihn zu holen gab. Er brauchte mich nicht mehr. Das klingt schlimm, aber ich war nicht allzu böse.« Sie zuckt mit den Schultern. »Wir hatten nie das, was ich eine wahre Freundschaft nennen würde; ich glaube nicht, dass Bastian wusste, wie so was geht. Aber durch die Arbeit mit ihm merkte ich, wie gern *ich* mit anderen arbeitete, und dass man mit vielen erfolgreich sein kann. Als er weg war, suchte ich mir also andere, die auf den Straßen lebten, wie wir es getan hatten, und ich gründete die Barracudas.«

»Du hast gesagt, er schuldet dir Geld, was war damit?«, bohre ich nach. »Damals, als wir uns zum ersten Mal getroffen haben.«

»Er kam früher ab und zu in der Lounge vorbei. An einem dieser Tage hat er meinen verdammten Ohrring geklaut.« Ich bin überrascht, als sie es mit einem Lachen sagt. »Diese rosa Diamantohrringe von dem Abend, an dem wir uns begegnet sind. Ich habe sie am Ende nie verkauft, ich mochte sie zu sehr. Einen davon habe ich immer noch, aber Bastian hat es in einer Nacht geschafft, den anderen zu klauen.«

Ich erinnere mich daran, letzten Sommer so einen Ohrring gesehen zu haben, damals, als ich an seinem Schreibtisch an Rukan arbeitete. In der Zeit dachte ich nicht groß darüber nach, ich ging einfach davon aus, es handle sich dabei um ein vergessenes Andenken aus einer vergangenen Beziehung, oder vielleicht um teure Juwelen, die er verkaufen wollte, wenn er die Gelegenheit dazu bekam.

Bastian hätte damals nichts gegen Freunde gehabt. Ich weiß besser als alle anderen, wie gern er sich niederlassen wollte, aber er glaubte nicht, dass er es konnte. Wenn er so viel Zeit mit Shanty verbrachte, dann nicht, weil er sie brauchte oder sich dazu gezwungen fühlte. Es war, weil er es wollte.

Shanty war ihm wichtig, was wahrscheinlich nicht nur der Grund dafür war, warum er diesen Ohrring gestohlen hat, sondern auch, warum er ihn immer noch besitzt. Als Erinnerung, falls er sie nie wiedergesehen hätte.

Was auch immer er für eine Piratenshow abzieht, Bastian ist ein guter Mann.

»Amora?«, fragt Vataea noch einmal, ihre honigsamtene Stimme wärmt meine Haut. »Alles in Ordnung?«

Ich will abwinken, aber als ich die Hand hebe, hält mich etwas zurück. Ich vertraue bei Vataea mehr als bei allen anderen darauf, dass sie mir die Wahrheit sagen wird. Meerjungfrauen lügen selten, soweit ich das erlebt habe. Sie haben wenig Sinn dafür, die Wahrheit zu verschleiern, nur um die Gefühle von jemandem zu schonen.

»Glaubst du, ohne den Fluch wäre ich jetzt mit Bastian zusammen?« Die einzige Art, wie ich das herausbringe, ist schnell und mit Gewalt, damit ich nicht darüber nachdenken kann. »Glaubst du, ich liebe ihn?«

Sie sieht mir direkt in die Augen, und ohne zu blinzeln sagt sie: »Ich glaube, du kennst die Antwort schon.« Sie geht an mir vorbei, ohne sich umzusehen, merkt nicht, dass mir der Atem stockt.

Wie kann sie sich so sicher sein?

»Wir haben keine Zeit für persönliche Enthüllungen.« Shanty stößt mich mit der Hüfte an, um meine Aufmerksamkeit zu wecken, und deutet mit dem Kopf nach vorn. »Siehst du das da oben? Am Ärmel dieser Händlerin? Das ist unser Zeichen.«

Ich brauche länger als ich zugeben möchte, bis ich sehe, was sie meint: ein goldenes Zolo-Blatt an der langen, onyxfarbenen Robe der Händlerin.

»*Das* ist das Symbol, nach dem wir suchen?«, fragt Vataea mit derselben Skepsis. »Diese Blätter sind hier auf allem.«

»Das ist das Schöne daran.« In Shantys Stimme liegt fast schon Bewunderung. »Zolo-Blätter sind dafür bekannt, dass sie zwei Adern in der Blattmitte haben. Ihr werdet merken, dass dieses Symbol aber nur eine hat. Die klügste Art, etwas zu verstecken, ist, es vor aller Augen zu tun.«

Blinzelnd erkenne ich, dass sie recht hat. Aber ohne sie hätte ich es nie bemerkt.

Die Frau, die das Symbol trägt, lächelt genauso höflich wie die anderen, nur dass ihr Lächeln nicht ganz ihre Augen erreicht.

»Rosmarinbrot?« Sie hat nicht einmal einen richtigen Verkaufsstand. Sie sitzt an den Stamm eines knorrigen Baumes gelehnt und hat einen Korb mit Brot vor sich stehen.

Shanty nimmt einen Laib und hebt ihn an die Nase. »Muss im Moment ein hartes Geschäft sein, bei so viel Konkurrenz. Ich glaube, wir sind schon an mindestens vier Brotständen vorbeigekommen.« Aus dem Augenwinkel bemerke ich, wie sich Vataea langsam zurückzieht und sich mehrere Schritte links von Shanty positioniert. Sie nickt mir zu, und ich folge ihrem Beispiel und stelle mich ihr gegenüber auf Shantys rechte Seite. Zusammen bilden wir ein Dreieck und riegeln die Frau an dem Baum ab.

»Wenn man das beste verkauft, kommen trotzdem Kunden«, sagt die Händlerin.

»Du hast eine hübsche Robe an. Ich mag die Stickerei.« Shanty nimmt einen vorsichtigen Bissen, kostet ihn nur kurz und spuckt ihn dann auf den Boden. »Ja, das ist sie. Was ist das? Mondsamen? Muss eine milde Dosis sein, man schmeckt sie kaum unter dem Rosmarin. Soll das ein leichtes Beruhigungsmittel sein?«

Die Händlerin macht ein langes Gesicht und sagt mit einem schweren Seufzen: »Du bist das Mädchen, vor dem mich alle gewarnt haben, nicht wahr? Die Gesichtswandlerin? Wir sollen dir nichts mehr verkaufen.«

Shanty grinst breit, als wäre sie erfreut darüber, dass jemand vor ihr gewarnt werden muss. »Viel Glück damit. Bring uns zu deinem Laden und mach es uns nicht schwer, sonst muss ich dich dazu überreden. Und du wirst feststellen, dass ich unglaublich überzeugend sein kann.«

»Du bist eine *Diebin*. Falls du glaubst, wir laden dich ein, nachdem du das ganze …«

Shanty schnalzt mit der Zunge. »Na, na, na. Reden wir nicht über die Vergangenheit, jetzt sind wir in der Gegenwart.« Ihr Blick huscht zu mir, dann zu dem Dolch an meiner Hüfte, und sie zuckt kurz mit der Augenbraue. Ich verdrehe die Augen und ziehe Rukan, nur weil es die auffälligere der zwei Waffen ist. Ich halte Rukan zwischen meinen Handflächen und die Händlerin schluckt.

Shanty greift nach der Waffe und ich gebe sie ihr widerwillig. Sofort fühle ich mich nackt; jetzt fehlt mir nicht nur meine Magie, sondern auch mein zweitbester Schutz. Als mein Atem schneller geht und mich die Angst packt, versuche ich, ruhiger zu atmen.

Mein Blickfeld wird enger, aber bevor ich fallen kann, sehe ich Vataea. Ihr Blick bohrt sich in meinen und ich bemühe mich von Neuem, mich zu fangen.

Ich versuche, an ihr Lachen zu denken, an ihr Lied, das das Meer steuert und unser Schiff lenkt. An das eine Lied, das ich sie singen höre, wenn sie spät am Abend am Bug über der Gallionsfigur sitzt, wenn sie glaubt, niemand hört zu.

Ich spreche die Sprache nicht und verstehe auch nicht die Worte, aber ich spiele die Melodie in meinem Kopf ab, bis meine Brust nicht mehr so eng ist und ich endlich wieder tief Luft holen kann. Ich hebe das Kinn an und richte mich auf, nicke Vataea kurz zu.

Mir geht's gut.

Sie nickt zurück, und auch wenn an der Spannung in ihren Schultern deutlich zu erkennen ist, dass sie mir nicht glaubt, lässt sie es gut sein.

»Du bist mit Gift vertraut«, sagt Shanty beiläufig zu der Händlerin, während sie mit Rukan spielt und die seltsame, blau irisierende Marmorierung sowie die gezackte, dunkelblaue Spitze mit dem Widerhaken bewundert. »Sag mir, hast du je die Legenden über den Lusca gehört? Wusstest du, dass jedes seiner Tentakel gezackte Haken voll tödlichem Gift besitzt, das mit keinem anderen vergleichbar ist? Es ist unwahrscheinlich, dass man je ein Gegenmittel finden wird; die einzige Möglichkeit, nicht daran zu sterben, besteht darin, dir die infizierten Gliedmaßen abzuschneiden oder das Blut abzulassen, bevor sich das Gift zu schnell verbreiten kann. Diese Klinge ist der gezackte Haken des Lusca, denn diese Frau hier, unsere *Königin*, hat ihn auf See besiegt.« Als Shanty in meine Richtung nickt – sie hat viel zu viel Spaß an der ganzen Sache – wird die Händlerin blass. Ihre Fingerspitzen graben sich in die Erde und sie zieht die Füße an, macht sich eindeutig zur Flucht bereit.

»Nur ein Schnitt in deinen hübschen Hals, nur ein *Stich*, und du bist so gut wie …«

Die Händlerin springt auf, aber ich bin vorbereitet. Ich stürze mich auf sie und trete ihr gezielt die Beine unterm Körper weg. Sie fällt mit dem Gesicht voraus in das sandige Gras, und bevor sie sich wieder hochstemmen kann, sitze ich schon rittlings auf ihr, eine Hand um den Griff meines Stahldolches gelegt. Mit der anderen habe ich ihre Haare gepackt und ziehe ihr Gesicht aus dem Sand.

»Das nächste Mal fasst du dich kürzer«, grummle ich Shanty an, die ein leises Schnauben von sich gibt.

»Es ist viel Arbeit, sich kreative Drohungen auszudenken«, seufzt sie. »Ein bisschen Anerkennung wäre schön.«

Hitze kribbelt in meinem Nacken und hält meine Konzentration wach. Mein Blut rauscht, durch meine Adern schießen winzige Energiestöße. Zum ersten Mal seit die Götter wissen wie lang, fühle ich mich *lebendig*. Obwohl ich ganz hinten in meinem Kopf weiß, dass es falsch ist – obwohl ich weiß, dass ich den Kampf *nicht* lieben sollte – tue ich es.

Nach diesem Gefühl sehne ich mich mehr als nach jedem anderen.

Die Händlerin flucht und versucht, mit ihren langen Nägeln nach mir zu kratzen. Einer davon hat eine dünne, elegante

Metallspitze, die ihren Finger wie ein langer, geschmückter Fingernagel verlängert. Sie kratzt damit über meine Hose, und obwohl sie den Stoff nicht durchdringt, beginnt er zu zischen. Was auch immer sie für ein Gift an dieser metallenen Fingerspitze hat, es *brennt*, und ich fluche, als es sich schnell durch meine Hose ätzt, denn ich weiß, das kann nur bedeuten, dass es sich als Nächstes durch meine Haut frisst.

Ich lasse ihre Haare los und schlitze mit dem Dolch meine Hose auf, reiße den Stoff ab, bevor er sich in mein Bein schmelzen kann. Die Händlerin versucht, die Ablenkung zu nutzen, um mich abzuwerfen und zu fliehen, aber Vataea hat ihr den Fuß auf den Hals gedrückt, bevor sie fliehen kann. Ihre goldenen Augen sind tödlich.

»Ich bekomme langsam Hunger.« Vataeas Stimme ist der reine Frost. »Versuch das noch mal, und ich häute dich lebendig und filetiere dich wie einen Fisch.«

»Ooh, der ist gut, V.«, schaltet sich Shanty ein. »Merk dir den unbedingt. Den brauchen wir bestimmt noch mal.«

Blass und starr bleibt die Händlerin liegen. »Du bist kein Mensch.«

»Wie lieb von dir, dass du das bemerkst«, sagt Vataea. Ihre Worte sind genauso gezackt und tödlich wie der Blick dieser goldenen Augen. »Also, wenn dir dein Herz lieb ist, machst du es uns nicht schwer. Meine Freundinnen und ich haben ein paar Fragen an dich.« Sie nimmt ihren Fuß vom Hals der Händlerin, und ich stemme mich soweit hoch, dass sie wieder Luft bekommt und sich aufrichten kann.

»Ich bringe euch hin«, krächzt die Händlerin und reibt sich die Kehle. »Und ich sage euch, was ihr wissen wollt. Aber beeilt euch bitte, bevor uns noch jemand sieht.«

22

Die Feuchtigkeit klebt an meiner Haut, als wir uns in den Dschungel aufmachen, weit über den Markt hinausgehen und uns tief in das Dickicht aus verwilderten Bäumen und üppiger Flora schlagen. Summende Insekten schwirren um uns herum, angelockt von unserem süßen Schweiß, und ich schlage sie mit einem stetigen Strom von Flüchen weg, während sie versuchen, meine Haut zu kosten.

Je tiefer wir uns in den Dschungel vorwagen – und je weiter ich mich von Bastian entferne –, desto schwerer werden meine Glieder und mein Fluch legt sich auf meine Knochen.

»Wie weit noch?«, will ich wissen, als die Händlerin an einem verwachsenen Baumstamm zögert und seine Rinde untersucht. Wenn ich die Augen zusammenkneife, kann ich erkennen, dass ein winziges Zolo-Blatt grob hineingeschnitzt ist. Die Anspannung in meinen Schultern lässt nach. Die Händlerin führt uns nicht in die falsche Richtung: Sie sucht. In einem so riesigen Dschungel ist es unmöglich, irgendetwas auseinanderzuhalten. Wo auch immer wir hingehen, es muss gut versteckt sein.

»Wir sind fast da.«

Ich frage Shanty: »Wie hast du den Ort letztes Mal gefunden?«

»Ich war noch nie im Lager.« Eine Stechmücke stürzt sich auf ihren Hals, sie erschlägt sie und zieht eine Grimasse wegen der Innereien auf ihrer Handfläche. »Ich hatte mich so verzaubert, dass ich wie eine der Händlerinnen aussah und habe ihre Waren gestohlen.« Ich ziehe die Augenbraue hoch und sie grinst. »Irgendwas muss man ja arbeiten, Amora. Es kam niemand zu Schaden, der es nicht verdient hatte.«

Ich spüre einen Stich in der Brust, da wo meine fehlende Seelenmagie sein sollte; was würde ich nicht alles geben, um einen kurzen Blick in Shantys Seele werfen zu können.

Je tiefer wir in den Dschungel eindringen, desto dichter wird das Blätterdach über uns und desto mehr verdeckt es den Himmel. Kein Sonnenlicht schafft es zwischen den Ästen hindurch, deshalb ist es unmöglich zu sagen, wie lange wir schon hier draußen sind und wie nah der Sonnenuntergang ist. Mein Herz zieht sich angstvoll zusammen und ich wende mich an die Händlerin: »Tu dir einen Gefallen und beeil dich.«

Die Frau beschleunigt zwar ihren Schritt, aber mit finsterem Blick. Ich schleppe mich hinter ihr her, meine Stiefel mühen sich durch das dicke, feuchte Moos und das überwucherte Unkraut, das uns zu verschlingen droht, um mit ihr mitzuhalten. Nachdem sie vielleicht zum vierten Mal über etwas gestolpert ist, knurrt Vataea und sticht mit ihrem Dolch nach dem Unterholz.

»Du weißt, dass sie unbeseelt sind, oder?«, fragt Shanty beiläufig. »Dass sie nicht wirklich *versuchen*, dir was zu tun?«

Trotzdem spuckt Vataea auf den Boden. »Das Land ist zu voll. Im Meer gibt es wenigstens Platz. Man sieht, wo man hinwill.«

Mit Schaudern erinnere ich mich daran, wie sie mich mit ins Meer genommen hat, damit wir an Kavens Barriere vorbei nach Zudoh kamen. Die See hatte sich riesig angefühlt, aber ganz sicher nicht leer. In ihren Tiefen lauerte zu viel Unbekanntes, Dinge, die ich nicht sehen konnte, von denen ich aber wusste, dass sie mich beobachteten.

Zu Vataeas Glück ist es nicht mehr weit. Die Händlerin klopft an die Rinde eines weiteren Baumes, und diesmal bleiben wir drei starr stehen, denn es klingt hohl. Die Händlerin gräbt ihre Finger in die graue Rinde und schält sie ab, als wolle sie den Baum öffnen.

»Stufen?« Vataea kneift die Augen zusammen und nähert sich der Händlerin mit gezogener Waffe. Ich selbst halte Rukan wieder fest umklammert und folge ihr, spähe in den Baum hinunter. Tatsächlich wurden Stufen in den Stamm gehauen und führen zwischen den Wurzeln hindurch in die Dunkelheit von etwas, das ein ausgehöhlter Raum zu sein scheint.

Es ist genial. Man könnte ewig suchen und würde es niemals finden.

»Ich gehe als Erste«, biete ich an. »Falls sie Gedankenmagierin ist, könnte es sein, dass wir da unten Gesellschaft bekommen.« Obwohl ich Anstalten mache, die Treppe hinunterzusteigen, drückt mir Vataea die Hand an die Brust, um mich zurückzuhalten.

»Du bist die Königin«, sagt sie schlicht, ausdruckslos und sachlich. »Du musst überleben.«

Sie hat nicht vor, ein Nein zu akzeptieren, deshalb schiebt sie sich an mir vorbei und steigt die Treppe hinunter. Ich folge ihr eilig, Shanty und die Händlerin ebenfalls.

»Falls du irgendwas Komisches vorhast«, warnt Shanty die Frau mit gespielt liebenswürdiger Stimme und drückt ihr ein schmales Messer an den Rücken, während sie gehen, »bist du tot, bevor du deinen nächsten Atemzug machst.«

Die Stufen bestehen aus knarrenden, improvisierten Brettern aus morschem Holz auf Erde und sind nicht besonders stabil. Wir nehmen sie langsam, die Waffen gezückt trotz der Stille, die uns erwartet.

Im Tunnel ist es völlig dunkel und erstickend, die Luft ist so schal, dass sich meine Lungen zusammenziehen, und ich muss mir jeden meiner Schritte ertasten, bevor ich den Fuß aufsetze. Erst als die Stufen enden und der Boden eben wird, gewöhnen sich meine Augen so gut an die Dunkelheit, dass ich den Umriss eines kleinen Holztisches und die Öllampe daneben sehen kann. Mit geübter Leichtigkeit zündet die Händlerin die Lampe an und der enge Raum wird in ein trübes, bernsteinfarbenes Licht getaucht.

Niemand wartet auf uns, um uns anzugreifen. Keine gezogenen Waffen, bis auf unsere eigenen, und keine bevorstehenden Kämpfe.

»Sie sind hier drüben.« Die Händlerin nickt zu einem kleinen Raum hinüber, der in der Ecke herausgehauen ist, und ich tausche einen Blick mit Vataea. Ihr wissender Gesichtsausdruck bestätigt meinen Verdacht: Hier stimmt etwas nicht. Das ist zu einfach.

»Halte dich nicht lange auf«, sage ich zu ihr. »Wir müssen schnell wieder hier raus.«

Ampullen mit flüssigen Giften und Baumwollsäckchen voller Pulver füllen die Regale an den Wänden. Auf ihnen allen steht nicht, was drin ist, sondern wie sie wirken. Ich bekomme eine Gänsehaut, als mir klar wird, dass bei mehr als der Hälfte davon ein winziges Totenschädelsymbol das Etikett ziert, und schon fallen mir hundert verschiedene Arten ein, wie ich diesen Ort gern niederbrennen würde. Wenn ich mir vorstelle, dass so etwas die ganze Zeit direkt vor meiner Nase existiert hat.

Hat Vater irgendetwas davon gewusst? Nach allem, was passiert ist, würde es mich nicht überraschen. Wie lange hat die Montara-Familie zugelassen, dass dieses Königreich sich selbst zerstört? Mit jedem Tag, der vergeht, wird meine Aufgabe, Visidia wieder herzurichten, viel schwieriger.

»Jemand hat versucht, unsere Königin zu töten.« Shanty mustert die Regale und macht sich nicht die Mühe, es heimlich zu tun, als sie unter dem offenen Protest der Händlerin drei verschiedene Ampullen und zwei Säckchen Pulver in ihren Taschen verschwinden lässt. Ich beiße mir auf die Wangen, denn ich hasse es, dass ich mir überlege, wofür sie sie wohl benutzen will. Shanty hat sich bisher nur als hilfsbereit erwiesen, und ich bezahle sie zu gut, als dass sie eine Bedrohung für mich sein könnte.

Es sei denn, jemand hätte ihr mehr geboten …

Ich finde es furchtbar, dass ich so denke, und doch beobachtet Vataea die Gesichtswandlerin genauso aufmerksam wie ich. Mit zusammengekniffenen Augen versucht sie zu entziffern, was genau Shanty da mitnimmt. Die Luft um Shanty wird verschwommen, als sie im Raum herumgeht, und ich ignoriere das dumpfe Hämmern in meinen Schläfen, mit dem sich das Gift von gestern Nacht wieder bemerkbar macht.

»Wir glauben, jemand hat ihr heimlich etwas ins Essen gemischt«, sagt Shanty. »Es muss etwas gewesen sein, was sich leicht überlagern lässt.«

Die Händlerin schnaubt höhnisch. »Ihr glaubt, das könnte jemand auf einer Party machen? Ihr etwas speziell in *ihr* Essen mischen? Da sind zu viele Leute. Zu viele Risiken. Es würden noch andere krank werden.«

Plötzlich fühlt sich Rukan in meinen Händen schwer an. »Wenn nicht im Essen oder Wein, was dann?«

»Welche Symptome hattest du?« Die Händlerin sucht die Regale ab und schaut die Etiketten im trüben Licht blinzelnd an. Vataea hält sich in ihrer Nähe und mustert die Ampullen mit säuerlicher Miene.

»Ich habe Blut erbrochen, und alles hat sich gedreht. Als ich aufgewacht bin, hatte ich das Gefühl, ich hätte schon seit einem Jahr kein Wasser mehr getrunken, und gestern Abend hatte ich ständig Hunger, egal, wie viel ich gegessen habe. Am Ende des Abends habe ich nicht mehr mitbekommen, was passiert ist. Ich bin ohnmächtig geworden.«

»Das schließt ein Gift, das direkt auf den Blutkreislauf wirkt, aus. Dafür ist der Zeitraum zu lang und du bist zu schnell wieder auf den Beinen.« Sie geht zu einem anderen

Regal weiter, immer noch blinzelnd. »Es hätte ein Gift sein können, das man einnimmt, aber … nein. Zu riskant. Es muss auf anderem Weg in den Körper gelangt sein. Vielleicht …«

»Über die Haut.« Sobald die Worte Shantys Mund verlassen haben, liegt mir die Erkenntnis bleischwer im Magen.

Mein Bad. Etwas war in den Ölen und Elixieren, die ich ins Wasser gegeben habe. Die ich über den Dampf des Bades eingeatmet und in denen ich meinen Körper eingeweicht habe.

Das Bad, das Lady Ilia für mich vorbereitet hatte, als ich auf Curmana ankam.

Ich habe mir nichts dabei gedacht, als ich in mein Zimmer kam und das Bad schon für mich eingelassen war. Ich bin schließlich die Königin. Das ist ganz normal.

Aber es war niemand gewesen, der einen guten ersten Eindruck hinterlassen wollte; jemand hat versucht, mich umzubringen.

Ich stütze mich an einem Regal ab, um mich aufrecht zu halten, und stoße dabei so fest dagegen, dass eine der Ampullen herunterrollt und auf dem Boden zerspringt, sodass sich Glasscherben verteilen, von denen eine neongelbe Flüssigkeit tropft.

Die Händlerin durchsucht noch ein paar Regale, dann schnalzt sie mit der Zunge und zieht ein Fläschchen heraus. Sie hat gefunden, was sie gesucht hat.

»Hat es so gerochen?« Sie hält es mir hin, aber Shanty nimmt es zuerst und atmet tief ein, bevor sie es an mich weitergibt.

Es riecht nach Zitronengras und Salbei.

Galle steigt mir in die Kehle auf. »Wem hast du das zuletzt verkauft?«

Das Gesicht der Händlerin bleibt ungerührt. »Das muss schon eine Weile her sein. Ich kann mich nicht mehr erinnern …«

Ich knalle die Faust gegen das Regal, sodass noch mehr Ampullen auf dem Boden zerschellen.

»Ich spiele keine Spielchen.« Ich packe die Händlerin an der Hand und zerre sie zu mir her, dabei ignoriere ich ihr scharfes Luftschnappen und den Protestruf, als ich ihr Rukan über den Zeigefinger ziehe und dabei die Klinge mit dem Widerhaken gerade so fest andrücke, dass ein kleines bisschen Blut herauskommt. Sofort ziehen sich kreuz und quer blaue Linien über ihre Haut, als das Gift in ihren Blutkreislauf eindringt. Sie schreit und ich halte ihr mit der anderen Hand den Mund zu. Als sie mich beißt, drücke ich ihr Rukan tiefer in den Finger, bis sich ihr Zubeißen in ein Schluchzen verwandelt, als die Klinge den Finger beinahe sauber durchschneidet.

»Du hast eine Minute, um mir einen Namen zu geben.« Ich reiße meine Hand von ihrem Mund los, und sobald sie zu schreien anfängt, findet mein Knie ihren Magen und sie bekommt keine Luft mehr.

Ein Menschenleben ist nicht wichtiger als das Königreich. Falls ich sterbe, stirbt damit auch die Chance des Volkes auf Freiheit. Anders als bei dem Kampf auf Kerost kann und werde ich hier, wo es niemand sieht und nach allem, was sie getan hat, ungehindert angreifen.

Langsam, damit sie jeden Zentimeter der Klinge spürt, ziehe ich sie ihr über einen zweiten Finger.

»Je mehr Gift in deinem Blut ist, desto schneller wirkt es. Versuch das noch mal, und du bekommst keine Chance mehr, etwas zu sagen. Ich schneide dir die Kehle durch.«

Sie versucht, mich mit Tränen in den Augen böse anzusehen, aber als ich ihr Rukan an den Hals halte, wird ihre Angst zu groß. Sie zittert, ihre Entschlossenheit bröckelt.

»Das hat jemand vor ein paar Tagen bestellt, mehr weiß ich nicht! Die Person kam nicht in den Laden, wusste aber, wer ich war. Wir haben über Gedankenmagie miteinander gesprochen, und ich konnte unter der Kapuze kein Gesicht erkennen. Wir haben die Waren ausgetauscht, das war alles.«

Ich nehme meine Waffe nicht weg, sondern drücke sie ihr

noch fester an die Haut. »Um deinetwillen will ich hoffen, dass dir noch mehr einfällt.«

»Amora ...«, hebt Vataea an, aber ich drehe mich nicht um.

Die Händlerin atmet jetzt schneller, ihre Haut ist klamm. »B...blond! Ich habe blonde Haare gesehen und die Person war groß. Und ... bei den Göttern, sonst weiß ich nichts! Ich glaube, die Stimme war irgendwie verzaubert; sie klang jedes Mal anders. Aber ich habe nie ein Gesicht gesehen, ich schwöre es.«

Ich weiche zurück, um die anderen beiden anzusehen. »Es muss jemand gewesen sein, der wusste, dass wir kommen. Diese Person hat gewusst, in welchem Zimmer ich übernachte.«

»*Amora.*« Vataeas Stimme ist jetzt angespannt, ihr Blick auf die Treppe gerichtet. »Sie hat gesagt, sie hätten über Gedankenmagie kommuniziert.«

Die Bedeutung dieser Worte lässt mich erstarren. Angst breitet sich bis in meine Finger und Zehen aus, und mein Griff um Rukan wird schlaff.

»Wir müssen hier raus.« Die Händlerin hat sich im Dschungel doch nicht verirrt. Sie hat Zeit geschunden.

»V., Shanty, los!« In diesem engen Raum dürfen wir uns auf keinen Fall in einen Kampf verwickeln lassen.

Die beiden zögern nicht. Sie stecken ihre Waffen weg und laufen zur Treppe, und ich nehme Rukan vom Hals der Händlerin, die mit einem kalten, schmerzerfüllten Lachen den Kopf nach hinten sinken lässt.

»Ich hatte immer gehört, unsere Königin sei bösartig«, knurrt sie. »Ich hätte diesem Kunden ein stärkeres Gift geben sollen.«

Ich lasse sie auf dem Boden liegen und nehme die Öllampe.

»Wir gehen nicht ohne dich«, warnt Vataea vom Fuß der Treppe aus, sie steht neben einer nervösen Shanty, die aussieht, als wäre sie sich da nicht so sicher. »Was tust du?«

Ich schaue mir die Wand mit den Pulvern und Giften an. Vielleicht konnte ich nicht verhindern, dass diese Gifte hergestellt wurden, aber ich kann ganz bestimmt verhindern, dass sie verkauft werden.

»Wenn du es lebend hier rausschaffst, dann viel Glück beim Abschneiden deiner eigenen Hand«, sage ich zu der Händlerin. »Das ist die einzige Möglichkeit, das Gift aufzuhalten.«

Die Frau kommt taumelnd auf die Beine, Blut tropft ihr wie Wein von den Fingerspitzen. Als ich gegen die Regale trete und die Fläschchen herunterfallen und zerschellen lasse, macht sie ein würgendes Geräusch.

Ich sehe mir ihr Entsetzen nicht an. Ohne mich umzudrehen, schicke ich ein Gebet an die Götter, werfe die Lampe in die auslaufenden Gifte und laufe so schnell wie mich meine Beine tragen, wobei ich Shanty und Vataea vor mir herschiebe. Zum Glück dauert es länger als ich dachte, bis die Gifte und das Öl Feuer fangen, aber die Explosion zieht mir fast den Boden unter den Füßen weg, als ich auf halber Höhe der Treppe bin. Eine von uns schreit in der Dunkelheit, und das Nächste, was ich weiß, ist, dass die Dunkelheit von fauchenden roten Flammen überschwemmt wird.

Die Händlerin stolpert hinter uns her, als Vataea die selbst gebaute Tür in dem Baumstamm mit einem Tritt öffnet. Sie zerrt Shanty und mich nach draußen. Ich habe kaum Zeit, die Händlerin durch die Tür zu ziehen, da knallt Vataea die Tür schon zu, als hoffe sie, das Feuer ersticken zu können.

Rukans Gift wütet in der Frau; dunkelblaue Linien ziehen sich durch ihre Haut, zerfressen ihre Finger und breiten sich über die Arme aus. Wenn sie ihr Leben retten will, muss sie schnell sein. Mehr als sie herauszuholen, bevor das Feuer sie erwischt, will ich nicht tun. Sie hat sich dieses Grab selbst geschaufelt.

Irgendwann während wir abgelenkt waren, hat Shantys Verzauberung nachgelassen. Ich bemerke es erst, als sie auf mich zu stolpert und hustend die Wärme ihrer Magie in meine Haut schmelzen lässt wie Kerzenwachs. Aus den Augenwinkeln heraus sehe ich, dass sie meinen Haaren einen warmen Kupferton verliehen hat und sie in Locken nach hinten zieht. Daran, wo sie mich anfasst, kann ich erkennen, dass sie mein Kinn und meine Nase verändert, bevor sie meine Kleidung verdeckt.

Ihre Arbeit an Vataea geht schnell, das Gesicht der Meerjungfrau wird kleiner und runder, ihre Haare nehmen ein warmes Braun an. An sich selbst arbeitet sie als Letztes, lässt ihre Haut altern, sodass sie müde aussieht, und gibt sich dicke Tränensäcke unter den Augen, während ihre Haare zu einer hellen, grauen Kurzhaarfrisur werden.

»Du erschreckst mich«, sage ich zu ihr, als ich mich wieder gefangen habe. Meine Augen brennen vom Rauch und dem Gift, ob von gestern Nacht oder weil ich eben die Dämpfe eingeatmet habe, weiß ich nicht genau. »Die Verkleidungen der Jungs werden wahrscheinlich auch nachgelassen haben. Wir müssen uns beeilen und …«

Ein Schlag trifft mich hart im Gesicht, lässt mich taumeln. Keuchend halte ich mir instinktiv den schmerzenden Kiefer, ich erwarte, Blut zu spüren. Aber da ist nichts, und vor mir steht auch nichts Bedrohliches.

»Hat jemand gesehen …«

Noch ein Schlag. Diesmal bleibt mir die Luft weg und ich schlinge die Arme um den Körper, suche mit tränenden Augen nach der Ursache.

Die Erkenntnis trifft mich zu spät. Ich kann nur noch in scharfen, winzigen Zügen atmen. Nicht ich werde geschlagen – sondern Bastian.

»Die Jungs haben Probleme.«

23

Mein Körper protestiert zwar vor Schmerzen, die nicht meine eigenen sind, aber ich zwinge meine brennenden Beine zu einem Sprint. Die anderen beiden stellen keine Fragen, sie bleiben mir einfach dicht auf den Fersen, als ich durch den Dschungel breche. Anders als beim Hinweg weiß ich genau, wohin ich muss. Meine Seele kennt den Weg; es ist mein Körper, der Mühe hat, mitzuhalten.

Ich spüre, dass wir uns den anderen schnell nähern, als mir plötzlich alle Luft aus den Lungen gepresst wird. Ich sinke auf die Knie, umklammere meine Kehle. Dunkelheit schiebt sich vor mein vernebeltes Blickfeld und erinnert mich an damals, als ich mit dem Lusca im Wasser und kurz vor dem Ertrinken war, weil mich der Ozean in seinen Klauen hatte.

Und dann ist es einfach wieder weg. Ich kralle mich verzweifelt in die Wurzeln unter mir und schnappe nach Luft.

Bastian erstickt.

»Lauft weiter«, keuche ich zitternd, schleppe mich weiter, zwinge mich, einen Fuß vor den anderen zu setzen, bis ich wieder laufen kann. »Sie sind ganz in der Nähe. Bleibt wachsam …«

Als ich wieder von Atemlosigkeit ergriffen werde und meine Beine unter mir nachgeben, haken sich die anderen beiden bei mir unter und schleppen mich weiter, bis ich meine zitternden Knie wieder belasten kann.

Dieser verdammte Fluch.

In meiner Brust zuckt es und meine Haut wird warm, das heißt, Bastian ist in der Nähe. Aber der Dschungel ist dicht und dunkel unter dem Dach aus dicken, ledrigen Blättern, und ich kann ihn nicht sehen.

Warum kann ich ihn nicht sehen?

»Passt auf!« Das ist Ferricks Stimme, aber die Warnung kommt zu spät. Riesige Wurzeln reißen sich aus dem Boden unter mir los und drängen uns zurück. Sie erheben sich in die Luft, und mir wird gerade noch rechtzeitig klar, was sie tun, sodass ich Shanty und Vataea zurückhalten kann. Die Wurzeln wachsen zu der dreifachen Größe an, dann klatschen sie mit aller Kraft auf den Boden und treffen mich hart an der Brust. Ich keuche, aber ich habe wenig Zeit, mich zu sammeln, bevor sich weitere Wurzeln losreißen und strecken, um uns zu fangen.

»Das ist Verzauberungsmagie«, flüstert Shanty ehrfürchtig. Sie weicht zurück, entgeht knapp den Wurzeln, die sich um meine Beine schlingen, und durchtrennt sie mit ihrem Messer, um mich zu befreien. Schnell zieht sie eine der von ihr eingesteckten Giftampullen mit einem Totenkopf auf dem Etikett aus der Tasche. Sie taucht mehrere Nadeln hinein, dann schiebt sie sie in die Unterseite ihres Fischknochenarmbands. Zwei der Nadeln behält sie aber zwischen den Fingern.

»Und Levitationsmagie, wie es aussieht.« Ich schleppe mich mit wunder Kehle dichter an sie heran.

»Wer von euch ist die Königin?« Bei der leisen, vertrauten Stimme entsteht ein Knoten in meiner Brust und droht, mir den Atem zu nehmen. »Zeig dich, und ich lasse alle anderen gehen.«

Bevor ich etwas sagen kann, gräbt Vataea ihre Fingernägel in mein Handgelenk. »Kein Wort!«

Als keine von uns vortritt, bricht das Blätterdach über uns und etwas bewegt sich. Ich umklammere fest Rukans Griff, als ich sie sehe: Die Jungs schweben in der Luft, halb erstickt von den Schlingpflanzen, die drohen, sie jeden Moment fallen zu lassen.

Würden sie fallen gelassen, hätte Ferrick mit seiner Erneuerungsmagie eine Chance, und Casem könnte seine Luftverbundenheit nutzen, um den Sturz abzufedern, Bastian aber würde zweifellos umkommen.

»Bleibt zurück! Es ist …« Bastian wird das Wort abgeschnitten, als sich eine Liane mit einem Ruck von seiner Körpermitte löst, zu seinem Mund peitscht und sich in seinen Hals schlängelt. Er keucht und würgt. Ich fühle Bastians Schmerz in meinen Knochen, als wäre er mein eigener. Es kostet mich meine ganze Kraft, diesen Schmerz nicht zu zeigen. Nicht an dem Geist der Liane zu würgen, die sich in meinem Hals windet.

Ich werde meinem Feind meinen Fluch nicht verraten. Abgesehen davon muss mir Bastian nicht sagen, gegen wen ich kämpfe. Tief in meinem Inneren weiß ich es schon, das wird mir jetzt klar. Zwar wussten mehrere Leute, dass ich kommen und in welchem Zimmer ich wohnen würde, aber nur eine Person war vor Kurzem auf Ikae und hatte die Möglichkeit, Verzauberungsmagie zu studieren.

»Sei nicht so ein Feigling und zeig dich, Elias.« Ich entreiße Vataea meine Hand und trete vor. Durch Shantys Verzauberungsmagie bin ich nicht wiederzuerkennen, aber Elias geht das Risiko ein, dass ich es wirklich bin. Er sitzt auf einem zu dicken Ast und benutzt jetzt Levitationsmagie, um zu Boden zu schweben; mit seinen vernebelten, weißen Augen nimmt er Blickkontakt zu mir auf.

»Ich hatte gehofft, du wärst bis zum Morgen tot.« Seine Stimme wird leiser. »Du bist klüger als ich dachte.«

»Das sagen mir alle Männer.« Ich halte Rukan bereit, versuche, herauszufinden, wie ich nah genug herankomme, um zuzustechen. »Ich dachte, du praktizierst Gedankenmagie.«

»Hast du je daran gedacht, dass einige von uns beides praktizieren?« Sein Stolz ist ekelerregend.

Ich hasse es, dass ich schreie, als der Boden unter mir wegkippt, weil mein Körper von seiner Levitationsmagie mit einem Ruck nach vorn gerissen wird. Als er Rukan sieht, lässt er die Idee, die er ausgebrütet hat, allerdings fallen und mich auch. Hinter uns zischt etwas durch die Luft, zur gleichen Zeit gefolgt von einem Schrei und einer Reihe anschaulicher Flüche, als die Jungs zu Boden stürzen. Sie fallen so schnell, dass mein ganzer Körper erstarrt; Casem hat kaum eine Chance, die Hände an den Mund zu legen und zu pusten, um einen Luftstrom zu schaffen, der Ferrick und Bastian gerade noch zur Seite fegt, bevor sie auf dem Boden aufschlagen.

Für seinen eigenen Schutz bleibt wenig Zeit. Er schafft es fast gar nicht, den Sturz abzufedern und schlägt so hart auf, dass sein Schrei mir verrät, dass er sich etwas gebrochen hat, aber nicht so hart, dass der Aufprall ihn umbringt.

Elias' finsterer Blick wird noch finsterer, als sie sicher landen, und seine Enttäuschung genügt, um mir zu denken zu geben – Elias ist kein Dummkopf. Ich war in genug Kämpfe verwickelt, um zu wissen, dass man keine Risiken eingeht, wenn man die Magie des Gegners nicht kennt. Er wusste nichts von diesen dreien, und doch hat er das Risiko auf sich genommen, dass sie aufs Schlachtfeld fallen und für ihn außer Reichweite geraten.

Sofort muss ich daran denken, wie Ferrick auf der *Keel Haul* versucht hat, Gedankenkommunikation zu lernen, erinnere mich an das Blut, das aus seiner Nase lief und an die Kopfschmerzen, die Casem bekommt, wenn er die Magie zu oft einsetzt.

An eine neue Magie muss man sich gewöhnen; sie belastet den Körper. Und Elias ist keine Ausnahme von dieser Regel. Er hat die Schwäche seiner Magie zu leicht verraten: Sie hat ihre Grenzen. Gewicht, Zeit oder Entfernung; einer dieser

Faktoren, oder alle, waren schuld, dass Elias nicht gegen mich kämpfen konnte, ohne die Jungs loszulassen.

Dieser Kampf wird nicht leicht werden, aber unbesiegbar ist Elias nicht.

»Warum tust du das?« Ich muss graben, um meine Stimme zu finden. »Ich versuche, Visidia zu *helfen.*«

Seine Antwort kommt nicht mit Wut, sondern mit einer tiefen, beunruhigenden Feindseligkeit. »Glaubst du wirklich, *du* bist das Beste für Visidia? Jahrhundertelang lebte meine Insel in Frieden, trotz der Herrschaft deiner Familie. Wir haben jede Vorsichtsmaßnahme getroffen, um uns zu schützen, damit es so bleibt. Aber von dem Moment an, in dem du den Thron bestiegen hast, warst du eine Bedrohung für Curmana. Du hast in unsere Unabhängigkeit eingegriffen. In unsere Macht. Du bist das Letzte, was dieses Königreich braucht.«

»Eure *Macht*?« Ich finde das Stählerne in meiner Stimme wieder und klammere mich daran. »Was ist mit der Macht der anderen Inseln? Soll eure Stabilität ihren Ruin bedeuten? Warum sollten sie leiden müssen, nur damit ihr es bequem habt? Sieh dir Kerost an – verschiedene Magieformen zu besitzen *hilft* ihnen.«

Er macht eine zornige Handbewegung zur Seite. »Du hast selbst gesagt, dass Curmana autark war. Warum können die anderen Inseln das nicht auch sein? Warum müssen wir unsere Ressourcen teilen, unsere Kraft, weil wir gezwungen sind, unter deiner Herrschaft zu leben? Warum können wir uns nicht selbst regieren?«

Mein Hals ist trocken und schmerzt von dem Rauch und den Lianen, die Bastian gewürgt haben. Ich versuche, etwas zu sagen, merke aber, dass ich keine Antwort darauf habe. Nur eine Frage dazu: »Du willst also, dass Curmana abtrünnig wird?«

»Ich will, dass *alle* Inseln abtrünnig werden.« Angespannt und kochend vor Wut spuckt er die Worte aus. »Ich habe genug davon, mir anzuschauen, wie meine Insel für das Leben der anderen verantwortlich ist. Wir arbeiten hart; warum sollten wir die Erträge nicht selbst einfahren? Warum sollten wir sie teilen müssen?«

»Ich verstehe nicht, wie du so hartherzig sein kannst, dass du bereit bist, andere leiden zu sehen, wenn du ihnen doch auch helfen könntest.«

»Und ich verstehe nicht, wie es deine Familie über Jahrhunderte geschafft hat, ein ganzes Königreich davon zu überzeugen, den Montaras zu folgen, wenn ihr nichts für uns getan habt! Wir brauchen dich nicht.«

So sehr ich es versuche, mein Verstand hat Mühe, ihm zu folgen, er ist immer noch mit der Idee hinter Elias' Aussage beschäftigt. Ich habe nie ernsthaft darüber nachgedacht, aber seine Worte treffen mich hart – warum *braucht* das Königreich eine Herrscherin?

Um es mit der königlichen Armee zu schützen? Um die Sicherheit in den Gefängnissen zu gewährleisten? Als letzte Instanz beim Erlassen von Gesetzen?

Was tun wir für die Inseln, was nicht auch jede selbst tun könnte?

Mache ich überhaupt irgendetwas Gutes für mein Volk?

Schwere Schritte lenken mich ab. Ich drehe mich noch rechtzeitig um, sodass ich sehen kann, wie Bastian sein Breitschwert in Vorbereitung auf einen Angriff hebt. Aber seine Bewegungen sind zu langsam, und mir wird schwer ums Herz, als ich merke, dass ich das Gift in seinem Körper *fühle*. Ich weiß zwar, dass es nicht in meinem Blut kreist, aber es beißt trotzdem und macht mich schwerfällig. Wenn es zu einem physischen Kampf mit Elias kommen sollte, kann ich ihn unmöglich gewinnen. Ganz zu schweigen von meiner fehlenden Magie, hat dieser Fluch meinen Verstand vernebelt und meinen Körper geschwächt, weil in Bastians Adern Gift fließt. Wenn ich das hier beenden will, muss ich schnell sein.

»Wenn du tot wärst, würde das genügen, um das Königreich wachzurütteln«, sagt Elias und zieht mithilfe seiner Magie die Lianen schützend um sich. Sie schwellen an, bis sie dick sind wie Baumstämme, und sie ragen über uns auf. »Wir könnten eine Revolution der Freiheit für jede unserer Inseln starten. Wir wären für unsere Inseln verantwortlich und sonst niemand.«

Seine Überzeugung stimmt mich nachdenklich; die Sicherheit in seinen Worten und die Art, wie er die Schultern reckt, erinnern mich an Kaven. An jemanden, der einst vielleicht wirklich eine vernünftige Idee hatte, der sich aber in seine Ideologien verrannt hat.

»Du willst keine Freiheit.« Ich mache einen Schritt nach vorn, während er mich misstrauisch mustert. »Du willst Macht.« Selbst ohne meine Magie werde ich nicht zögern. Als ich Rukan anhebe, sehe ich vor meinem inneren Auge all das Blut, das diese Klinge vergossen hat. Ich mag schwach sein, aber ich bin nicht hilflos. Ich werde ihn besiegen.

Beim nächsten Schritt bleibt mir die Luft weg und seine Levitationsmagie reißt mir die Beine unterm Körper weg. Casem versucht noch, mich festzuhalten, aber sein Körper gehorcht ihm nicht, er kann die Luft nicht rechtzeitig beschwören. Ich knalle mit dem Rücken an einen Baum und schreie auf, als sengender Schmerz durch meinen Körper schießt. Meine Schulter bricht an einem Dutzend Stellen.

Vataea und Shanty sind da, um mich aufzufangen, während Ferrick immer noch in den Lianen festhängt. Seine Augen sind geschlossen, und mir bleibt das Herz stehen, ich fürchte das Schlimmste. Doch dann bemerke ich die Konzentrationsfalten zwischen seinen Brauen und ich erkenne, dass er nicht verletzt ist – er heilt sich selbst von demselben Gift, gegen das Bastian kämpft. Es ist sicher dasselbe, mit dem auch Casem ringt.

Ich sehe Elias an, während sich Bastian hinter ihm bewegt, auch wenn ich keine Ahnung habe, wie er immer noch stehen kann. Es kann nur noch das Adrenalin sein, das ihn dazu befähigt, noch einmal nach Elias auszuholen, auch wenn der Schlag sein Ziel nicht trifft. Innerhalb von Sekunden bäumen sich Lianen in Elias' Rücken auf, versetzen Bastian einen Schwinger ans Kinn und winden sich fest um ihn. Er kommt mit einem so heftigen Schmerz auf dem Boden auf, dass ich meine Brust umklammere und nach Luft schnappe.

Während er sich am ganzen Körper zitternd wieder auf die Beine müht, werden mir drei Dinge klar:

Erstens: Wir sind Elias zahlenmäßig überlegen. Aber weil er Gedankenkommunikation praktiziert, müssen wir ihn so ablenken, dass er keine Unterstützung rufen kann.

Zweitens: Bastian braucht Heilung für das Gift, das sich durch seine Kehle frisst und droht, uns jeden Moment beide zu überwältigen.

Drittens: Ich weiß, wie ich diesen Kampf gewinnen kann.

Als Shanty versucht, mir wieder auf die Beine zu helfen, packe ich ihre Hand, drücke sie fest und streife ihr, so heimlich ich kann, das Armband vom Handgelenk. In ihren Augen blitzt eine Warnung auf, vorsichtig zu sein, doch sie stellt keine Fragen und lässt sich auch nichts anmerken, als ich die darin eingearbeiteten Nadeln zwischen meinen Fingerknöcheln verstecke.

»Du Bastard.« Bastian, stur wie er ist, hat schon wieder das Schwert gegen Elias erhoben. Er sieht aus wie damals im Kampf gegen Kaven: Raserei im Blick und der ganze Körper zum Töten bereit. Er schwankt, und auch wenn er unmöglich gewinnen kann, weigert er sich zurückzuweichen und schindet Zeit für uns. »Für das, was du ihr antun wolltest, wirst du brennen.«

»Heute wird es mir gelingen.« Ohne einen Finger zu rühren, wirft Elias Bastian wieder zu Boden. Stahl blitzt auf, als er eine schmale Klinge aus seinem Gürtel zieht.

Die Angst schießt kalt wie Eis durch mich hindurch, als er

sich mit dem Schwert über Bastian beugt. Atemlos versuche ich, mich aufzurappeln, aber ich werde es niemals rechtzeitig schaffen.

Und doch ist es nicht Angst, was ich bei Bastian spüre. Es ist Stolz.

Glitschig wie ein Aal tritt er Elias gegen die Brust, zieht von irgendwo in seinem Mantel ein Faustmesser hervor und rammt es Elias in die Hand.

Der taumelt rückwärts und hält sich die blutige Hand. »Dafür wirst du sterben!«

Bastian wirft mir einen flüchtigen, beinahe entschuldigenden Blick zu und greift an seine Seite – zu einer Tasche an seinem Gürtel.

Die Erkenntnis trifft mich einen Moment, bevor ich das Pulsieren meiner Magie in ihm aufflammen spüre, weißglühend und alles verzehrend. Es ist Feuer in meinen Adern, das mich verbrennt, bis ich auf den Knien liege und fast darunter ersticke.

Ich versuche, es zu kontrollieren; mich dem vertrauten Druck meiner Magie zu öffnen. Doch sie weigert sich zu gehorchen. Weil sie nicht in *mir* ruht. Sie ruht in Bastian, und er hat keine Ahnung, wie er mit ihr umgehen muss.

Er umklammert eine Knochenscherbe, überzieht sie mit Elias' Blut von dem Faustmesser, und ich krümme mich zusammen. Seine Muskeln spannen sich entschlossen, doch seine Verwirrung überrollt mich wie eine Welle, während er den Knochen anstarrt.

Du wirst es wissen, habe ich zu ihm gesagt. *Falls du die Magie je verwenden musst, was die Götter verhüten mögen, wirst du wissen, wie.*

Und plötzlich weiß er es.

Bastian steckt das Ende des blutigen Knochens in den Mund und beißt es durch, der Knochen splittert, und fast bricht einer von Bastians Zähne mit ihm.

Auf Elias' Schrei folgt eine Reihe von Knackgeräuschen, als sein Arm sich so grotesk verdreht, dass die Knochen aus der Haut stehen.

Er brüllt und sinkt auf die Knie, während Bastian den Knochen ausspuckt und an dem Blut an seinen Lippen und auf seiner Zunge würgt.

Elias atmet mit zusammengebissenen Zähnen, kochend vor Wut und verzweifelt. Bastian hat sich in der Hitze und Macht der Magie verloren und zieht jetzt zitternd einen weiteren Knochen aus der Tasche, bricht aber zusammen, bevor er ihn benutzen kann, die Seelenmagie wütet gegen seinen Körper an.

Elias' verhangene Augen werden weiß wie Milch, seine unverletzte Hand ruckt nach vorn, und wieder werde ich gegen meinen Willen gezogen. Er zerrt mich über den Dschungelboden, bis seine Hand um meinen Hals liegt, drückt zu, hält mich am Boden fest und rammt seinen Dolch in meinen Oberschenkel.

»Noch eine Bewegung«, speit er zwischen wütenden Atemzügen, »und ich bringe sie um.«

Ich kann meine Qual nicht verbergen, als Elias seine Klinge tiefer in meinen Oberschenkel rammt, um seine Worte zu unterstreichen, dann reißt er sie wieder heraus. Entweder ist es Bastians Schmerz oder mein eigener, aber vor meinen Augen blitzt es weiß auf. Ich spüre jeden Zentimeter des kalten Stahls in meinem Körper.

Mit zitternden Händen greife ich nach Elias, als fiele ich.

Und bei den Göttern, wie gern würde ich fallen. Einfach aufgeben. Aber ich habe diesen ganzen Schmerz nicht auf mich genommen, um Elias dann nicht mitzunehmen, wenn es mich erwischt.

Erneut rammt er mir seinen Dolch in den Schenkel und reißt ihn grob wieder heraus. Doch diesmal beugt er sich dafür herab und ich packe mit einer Hand eine seiner Strähnen, bringe den letzten Tropfen Willenskraft auf, den ich noch besitze und ziehe mich weit genug hoch, dass ich ihm die giftgetränkten Nadeln zwischen meinen Fingern tief in den Hals stoßen kann.

Elias zuckt zurück, die Augen treten ihm fast aus den Höhlen und werden blutunterlaufen, als der milchige Nebel daraus verschwindet. Er drückt sich die zitternden Finger an den Hals und würgt, als sie eine Nadel streifen. Ein leiser, ängstlicher Laut entschlüpft ihm. »Was hast du mit mir gemacht?« Das Beben seiner Hand wird zu einem Zittern, auch wenn er sich große Mühe gibt, seine Waffe gerade zu halten. »Was hast du getan?«

Ich lache, halb wahnsinnig, und wärme meine Finger in der kleinen Pfütze Blut, die sich um meine offene Wunde bildet. Wenn das so weitergeht, wird es nicht lange dauern, bis ich verblute; ich kann nur hoffen, dass das Gift schnell wirkt. »Gift ist scheiße, was?«

Dicke Blutstropfen perlen aus seinem Hals und rollen daran herab. Ich blinzle durch den Nebel, der meine Sicht bedroht, und lächle, als das Blut nicht rot ist, sondern tintenschwarz.

Elias umklammert schreiend seinen Dolch mit beiden Händen, und ich weiß genau, was er damit vorhat. Doch bevor er mich wieder angreifen kann, durchbohrt ein Messer seinen Bauch. Bastian lässt keuchend seine Hand von dem Heft sinken. Die Nachwirkung der Seelenmagie, für deren Einsatz sein Körper nicht gemacht ist, setzt ein, und er verdreht die Augen. Außerdem frisst sich das Gift durch mich und die Wolke vor meinem Sichtfeld wird dichter. Meine eigenen Atemzüge gehen keuchend, meine Augen tun es den seinen nach und gehorchen mir nicht mehr.

Als er von Krämpfen geschüttelt wird, geht es mir genauso.

24

Beim Erwachen rieche ich Sandelholz und höre besorgte Stimmen flüstern.

Kurz überlege ich mir, die Augen fest zugekniffen zu lassen, um vielleicht zu dem süßen Sirenengesang des Schlafes zurückzufinden. Doch als ich eine der leisen Stimmen als Bastians erkenne, werde ich unwillkürlich aufmerksam; seine Stimme ist rauer als sonst. Je länger ich ihr zuhöre, desto mehr Puzzleteile fügen sich zusammen, bis mir das Gift wieder einfällt. Das Schwert. Mein Oberschenkel. Und noch ein Mensch, der durch meine Hand gestorben ist.

»Amora?«, lockt mich Nellys lebhafte Stimme. »Eure Majestät, könnt Ihr mich hören? Ich glaube, sie wacht auf.« Über den Holzboden klappern Schritte, und die Luft zieht sich zusammen. Langsam, auch wenn ich mir wünsche, ich müsste es nicht, öffne ich die Augen und blicke in den Kreis der ängstlichen Gesichter um mich – Vataea, Shanty, Ferrick, Casem, Ilia und Nelly. Als mir bewusst wird, dass ein Gesicht fehlt, runzle ich die Stirn, bis warme Finger über die meinen streichen und ich mich umdrehe.

Bastian liegt auf der Liege neben mir, seine Haare sind völlig durcheinander. »Wir sollten uns überlegen, an unserer synchronen Ohnmacht zu arbeiten. Vielleicht könnten wir sie ausbauen zu so einer Abenteuer-Erlebnis-Sache?«

»Wie wäre es mit einer Nie-wieder-Sache?«, schaltet sich

Ferrick ein, ohne auf Bastian zu achten, der die Nase rümpft. »Ich habe mich nicht als persönlichen Heiler verpflichtet.«

»Ich weiß nicht so recht, ob wir es als Abenteuer bezeichnen können, wenn es *gar* keine Ohnmachten gibt, Mann.«

Ich umfasse seine ausgestreckte Hand und genieße die Wärme der Verbindung zwischen uns. Mein mühsames Lachen klingt wie das Quaken eines Frosches, heiser und schmerzhaft. »Wie lange waren wir weg?«

»Du?« Bastians scherzhafter Tonfall bekommt einen ernsten Unterton. »Zwei Tage. Ich war nach dem ersten wach, aber sie haben mir Bettruhe verordnet wegen meiner … Symptome.«

»Ihr hattet beide *Krämpfe*«, stellt Nelly streng klar und verengt die Augen, als Bastian versucht, sich herauszureden. Meine Brust wird eng, als er seine Aufmerksamkeit von meinem Gesicht abwendet und sich weigert, mich anzusehen. Aber ich brauche Nellys Worte nicht, um zu wissen, dass etwas mit ihm nicht stimmt. Ich fühle mich, als wäre mein Körper von einer Kanonenkugel getroffen worden, jede Bewegung ist schneckenlangsam, der Schmerz dumpf, aber von Ferne da.

Dieser Schmerz gehört Bastian, und plötzlich weiß ich, dass er von der Seelenmagie kommt, die er benutzt hat.

Bastian hat zwar wegen Kavens Fluch Zugang zu meiner Magie, aber er ist kein Montara; sein Körper ist nicht darauf ausgelegt. Jeder einzelne von Kavens Anhängern, der Seelenmagie versucht hat, war am Ende tot oder sehr krank. Selbst Kaven konnte ihr schließlich nicht entkommen, sie verzerrte seine Wahrnehmung und trieb seine Mordlust so weit, dass sie ihn komplett zerstörte.

Ich versuche, seine Aufmerksamkeit auf mich zu lenken, aber er weicht mir wieder absichtlich aus.

»Du warst zu sorglos.« Ferrick ist derjenige, der das Schweigen bricht, er hat die Finger so fest in meine Laken gekrallt, dass seine Knöchel weiß werden. »Du bist jetzt die *Königin*, Amora. Du darfst dich nicht ständig in Gefahr bringen.«

»Irgendwie schaffe ich es doch immer wieder ganz gut heraus.« Das klingt angespannt und verbittert, und es kommt aus mir heraus, bevor ich es aufhalten kann. »Verletzt werden immer nur alle anderen.«

Bastian kneift die Lippen so fest zusammen, dass ich weiß: Das hätte ich nicht sagen sollen. Trotzdem stimmt es. Egal, wie oft ich mich in einen Kampf stürze, am Ende geht es immer jemandem schlechter als mir. Vater. Tante Kalea. Mira. Bastian.

Nelly räuspert sich, als wollte sie die Spannung verscheuchen. Sie sitzt neben meinem Bein und wäscht es mit einem Tuch, von dem eine zähe, gelbe Flüssigkeit tropft. Ferrick sitzt ihr gegenüber und beobachtet sie aufmerksam.

»Ich kann deine Wunden so oft schließen, wie es nötig ist«, brummt er, als könnte er meinen Blick spüren, »aber ich kann kein zusätzliches Blut herstellen. Ich weiß zu schätzen, was du für uns getan hast, aber es ist unsere Aufgabe, *dich* zu schützen. Unser Königreich braucht dich jetzt.«

Sein warnender Ton gibt mir zu denken, und ich versuche verzweifelt, ihn nicht sehen zu lassen, wie peinlich mir das ist.

»Es tut mir leid.« Ich presse die Worte hervor, sie schmecken mir gar nicht. Ferricks Kiefermuskeln arbeiten wütend.

»Deine Wunden sind versiegelt.« Er steht auf, rührt sich aber nicht, denn er weiß nicht, wohin. »Weil ich mich um dich, Bastian und Elias gleichzeitig kümmern musste, reichte meine Energie nur dafür, dich von der Schwelle des Todes fernzuhalten. Du wirst eine Narbe zurückbehalten, aber dafür haben wir Salben, und wenn wir hier fertig sind, kann ich versuchen, sie zu heilen, doch das könnte lange …«

Ich setze mich zu schnell auf, das Blut schießt mir in den Kopf und ich unterdrücke einen Fluch wegen des dumpfen Pochens in meinem Schenkel. »Elias lebt?«

Ferrick richtet sich auf, sein finsterer Blick sieht ein wenig schuldbewusst aus. »Ich wusste nicht, was ich sonst tun soll. Er hat mir zugesehen, als ich mich um dich und Bastian gekümmert habe. Er hat die ganze Zeit *gestarrt* und ... Ja. Er lebt.«

Ich werfe Bastian einen verstohlenen Blick zu, dessen kühle Augen mich ansehen. Elias hat gesehen, wie Bastian Seelenmagie praktiziert hat. Falls sich das herumspricht, bevor wir bereit sind, dem Königreich die Wahrheit zu sagen, könnte das alles ruinieren.

»Es gibt etwas, was du wissen solltest.« Ferrick spricht zwar freundlich, aber etwas in seinem Tonfall lässt mich aufhorchen. »Das Gift ... Es hat seinen Verstand angegriffen. Er scheint sich nicht daran zu erinnern, wer er ist.«

Wenn das stimmt, ist es eine Erleichterung. Aber ich kann es mir nicht leisten, Risiken einzugehen; meine Gedanken kreisen schon jetzt um die Frage, wie ich das geheimhalten kann.

»Was Ihr mit Elias gemacht habt ... habt Ihr das geplant?« Bis jetzt hat Ilia geschwiegen. Schatten füllen die harten Linien ihres Gesichts aus, es macht sie älter.

»Ich habe getan, was ich tun musste, um am Leben zu bleiben«, sage ich zu ihr und mir fällt wieder ein wie wütend ihr Blick im Teeladen war und wie sie Elias praktisch von mir losgerissen hat. In dem Moment dachte ich, sie hasst mich, aber vielleicht war sie gar nicht meinetwegen beunruhigt. »Hast du gewusst, dass er derjenige war, der mich vergiftet hat?«

Ihr Stuhl verschluckt sie praktisch, und die Streifen von den getrockneten Tränen auf ihrem Gesicht sagen mir, dass ihr das gefallen würde. »Ich hatte so einen Verdacht.« Sie setzt sich auf, um Ferrick eine Hand auf die Schulter zu legen, und ihre Stimme zittert. »Ich werde dir nie genug dafür danken können, dass du ihn gerettet hast. Ich hätte nie gedacht ... Ich wusste, er wollte Dinge für Curmana und für das Königreich, mit denen ich nicht einverstanden war. Aber ich hätte nie gedacht, dass er so weit geht.«

Nelly nimmt Ilias Hand und hält sie in ihrem Schoß, als wollte sie ihrer Frau sagen, dass sie für sie da ist. »Das ist meine Schuld, Eure Majestät. Ilia hat mir von ihren Befürchtungen erzählt und mich gewarnt, aber ich wollte es nicht glauben. Ich kenne ihn, seit er ein Kind war; er ist wirklich wie mein eigener Bruder. Ich dachte, wenn er Euch kennenlernt oder wenn er Euch vielleicht zuhören würde, würde er verstehen, dass es auch noch andere Lösungen gibt als nur seine eigenen. Ich wollte, dass er dazulernt.«

Nellys Schuldgefühle sind so greifbar, dass es mir vorkommt, als träfen sie mich in dichten Wellen, und ich frage sie: »Ihr wusstet also beide von den Giften auf eurer Insel? Und von den Veränderungen, die Elias für Visidia wollte?«

Nelly lässt den Kopf hängen und ihr treten Tränen in die Augen, doch Ilia beißt die Zähne zusammen und hebt das Kinn höher.

»Wir haben versucht, selbst mit den Giftverkäufen fertig zu werden, bevor sich die königlichen Soldaten einschalten müssen«, sagt sie. »Ich wollte nicht glauben, dass mein Bruder zu so etwas fähig wäre. Aber ich verspreche Euch, ich werde alles tun, was in meiner Macht steht, um es nicht nur Euch gegenüber wiedergutzumachen, sondern dieser ganzen Insel. Ich dachte, es wäre der richtige Zeitpunkt, ihm eine Chance zu geben, sich zu beweisen und sich in seine Rolle als Regent einzufinden. Ich wollte ihm zeigen, wie herausfordernd diese Rolle in Wahrheit ist … Scheinbar habe ich aber seine Arroganz unterschätzt. Er ist so jung, die Macht muss ihm sofort zu Kopf gestiegen sein.«

»Ich bin jünger als er, und ich bin die Königin dieses ganzen Reiches.« Das gibt Ilia zu denken, sie lässt die Schultern hängen, während ich mich Casem zuwende. »Die Menschen brauchen nicht immer nur Lektionen; manchmal brauchen sie Bestrafung. Sein Alter ist keine Entschuldigung für einen versuchten Königsmord. Casem, du bringst ihn sofort nach Arida, dort wird er im Gefängnis warten, bis ich wiederkomme. Ich werde seinen Prozess selbst beaufsichtigen.«

Ilia zuckt zusammen, als hätte ich sie geschlagen; wir wissen beide, dass er diesen Prozess nicht gewinnen wird. Sie öffnet den Mund, schließt ihn wieder und sagt am Ende nichts, während Nellys Unterlippe zittert.

Um ihretwillen wünschte ich mir, ich könnte eine Ausnahme machen. Aber Elias hat kein kleines Vergehen begangen, und auch wenn er noch keine Ahnung davon hat: Er weiß zu viel. Selbst wenn ich ihn ins Gefängnis stecke, kann er über Gedankenmagie kommunizieren. Er könnte die Informationen, die er hat, viel zu leicht teilen.

»Ich sollte bei dir bleiben«, widerspricht Casem mir leise, wenn auch ohne Überzeugung in der Stimme. Sein Gesicht ist sehr blass, er weiß genauso gut wie ich, dass wir einen Weg finden müssen, Elias für immer zum Schweigen zu bringen. Wenn er schon vergiftet ist, wäre es nicht allzu schwer zu glauben, dass er auf der Überfahrt nach Arida auf dem Schiff gestorben ist.

»Ferrick wird deine Stelle als Gedankensprecher einnehmen«, erwidere ich. »Das hat Vorrang.«

Ilia macht ein seltsames, ersticktes Geräusch in ihrer Kehle, und Ferrick drückt mitfühlend ihre Schulter. Einen Moment lang hasse ich ihn dafür, dass er dazu in der Lage ist. Dass er sich bei ihr entschuldigen kann und dass er nicht für diese Entscheidung verantwortlich ist. Während ich diejenige bin, die hier liegt und fast verblutet ist, weil ich jemanden aufgehalten habe, der Königsmord begehen wollte, darf ein anderer der Gute sein.

Nelly hält Ilias andere Hand fest, und als wollte er die Spannung des Augenblicks brechen, nickt Ferrick ihr zu und sagt: »Nelly gehört zu Curmanas Heilpersonal und hat die Entwicklung der hiesigen Kräuter und Medikamente selbst studiert. Sie hat die Salbe für dein Bein gemacht.«

Ich blinzle und spähe nach unten. Mein Bein ist von einer dicken, grünen Paste bedeckt, die nach Minze und Basilikum riecht.

»Falls Amora je beschließen sollte, dass sie gern einen neuen Berater hätte, komme ich zum Studieren hierher.« Die Ehrfurcht in Ferricks Blick, mit dem er die Salbe beäugt, ist nicht zu übersehen. »Hier gibt es so viel. So viele Kräuter und Pflanzen für Stärkungsmittel und Medizin und …«

»Gift.« Ich ziehe die Brauen in die Höhe, und Ferrick runzelt die Stirn.

»Ja … und Gift. Aber es gibt auch Gutes auf dieser Insel, Amora. Diese Kräuter haben Erstaunliches geleistet.«

»Ich hätte Euch warnen sollen, als ich das erste Mal davon gehört habe.« Ilias Stimme ist brüchig, ihr Kummer und ihre Schuldgefühle sind sicherlich die deutlichsten Emotionen, die ich bisher an ihr gesehen habe. »Für jede großartige Medizin, die wir erschaffen, findet irgendwer da draußen einen Weg, sie in etwas Schändliches zu verwandeln. Ich habe Soldaten Ermittlungen anstellen lassen, ein paar von ihnen waren sogar heimlich eingeschleust, und wir haben auch eigene Verhaftungen durchgeführt. Ich dachte, wir könnten das intern regeln; wir wollten niemanden ängstigen.« Sie zögert. »Aber jetzt sehe ich, dass das nicht gereicht hat. So gut wir darin geworden sind, sie zu jagen: Sie sind nur besser im Verstecken geworden. Ich hätte nie gedacht, dass mein Bruder in so etwas verwickelt sein könnte.«

»Ihr habt recht«, sage ich. »Ihr hättet uns sofort warnen müssen, als Ihr entdeckt habt, dass es ein Problem darstellt. Aber jetzt können wir nur noch Wege finden, diese Substanzen zu kontrollieren. Wir können den Zugang zum Dschungel verbieten. Soldaten patrouillieren lassen und jedem den Zutritt verwehren, der keine Berechtigung hat, die Kräuter für die Entwicklung von Medizin zu verwenden. Selbst dann sollte niemand allein in den Dschungel gehen dürfen; sie werden in Teams gehen.«

»Amora.« Erst als Bastian die Augen verdreht, bemerke ich, wie dunkel seine Augenränder sind. »Du bist fast verblutet. Die Politik kann warten, bis du dich besser fühlst.« Vorsichtig und mit verzerrtem Gesicht richtet er sich auf und streckt wieder die Hände nach mir aus. »Ich glaube, wir sollten erst mal gesund werden und dann weitermachen. Je weniger Leute von diesem Zwischenfall erfahren, desto besser. Die Einzigen, die es überhaupt je erfahren müssen, sind in diesem Raum.«

Weitermachen.

Ich erstarre.

Vier Tage auf Curmana. Vier verschwendete Tage, in denen ich Ornell Rosenblathe kein Stück nähergekommen bin. Das kann ich nicht akzeptieren.

»Was glaubt mein Volk, wo ich bin?« Ich sage es zögerlich, fast habe ich Angst zu fragen.

»Wir haben ihnen gesagt, Ihr hättet eine schlimme Lebensmittelvergiftung«, sagt Nelly leise, »und dass wir Mühe haben, Euch gesund zu pflegen und vor den Leuten abzuschirmen, weil Ihr nichts lieber wollt, als sie zu sehen.«

»Alle Pergamente reden darüber«, schaltet sich Shanty ein. »Das ist gut. Die Leute sind wütend auf Curmana, nicht auf dich. Das hat bei den Visidiern Mitgefühl geweckt.«

So dankbar ich dafür bin, stoppt es doch nicht das Ziehen in meiner Brust. Ich versage in jeder Hinsicht. Ob ich mein Volk kennenlernen und eine Show für die Leute abziehen soll, oder ob es darum geht, Ornell und das Artefakt zu finden – nichts, was ich angefangen habe, ist mir gelungen.

Auf Kerost wurde an mir gezweifelt, weil ich mich mit meinen Untertanen eingelassen habe.

Auf Curmana wurde ich von jemandem vergiftet, der meine Herrschaft beenden wollte.

Ich möchte mir nicht einmal vorstellen, was an unserem nächsten Reiseziel passieren könnte.

Fast bin ich versucht, jetzt aufzugeben. Meinen Fluch und meine verlorene Magie zu akzeptieren und auf dem Thron sitzen zu bleiben, bis jemand mich holen kommt. Ich kann es dem nächsten armen Kerl überlassen, das Chaos in diesem Königreich in Ordnung zu bringen.

Und doch kann ich mich nicht zu diesem Schritt durchringen. Ich schaffe es einfach nicht, mich nicht zu kümmern.

Denn in meinem Herzen bin ich immer noch Visidias Königin. Mein Volk hat alles und noch viel mehr verdient, wegen dem, was meine Familie ihm angetan hat, und leider bin ich die Einzige, die es ihm geben kann. Ich muss es bis zu meinem letzten Atemzug weiter versuchen.

»Elias hat mir gesagt, Ihr könntet Euch gut Namen merken«, sage ich zu Ilia. Es fühlt sich an, als schwömme ich in schlammigem Wasser, als ich versuche, die Worte zu finden, aber ich schaffe es. »Habt Ihr je von jemandem mit dem Familiennamen Rosenblathe gehört? Es gibt einen Abenteurer mit dem Namen Ornell Rosenblathe, und ich habe Grund zur Annahme, dass er hier auf Curmana ist. Ich muss ihn treffen, bevor ich die Insel verlasse.«

In dem Moment, in dem Ilias Augen groß werden, explodiert in mir die Erleichterung, und ich könnte weinen. Stumm danke ich den Göttern dafür, dass sie wenigstens dieses eine Mal Mitleid mit mir hatten.

Ilia kennt den Namen. Um das zu erkennen, brauche ich ihre Antwort nicht. Doch merkwürdigerweise huscht ihr Blick zu Nelly, deren feuchte Augen groß sind wie die einer Eule.

»Woher«, fragt Nelly, »kennt Ihr meinen Geburtsnamen?«

25

Es war dumm von mir anzunehmen, Ornell sei ein Mann. Die ganze Zeit habe ich mit einem Junggesellen gerechnet, dabei hatte ich sie direkt vor der Nase.

»Wenn du meine Hilfe willst«, sagt Bastian kurz und bündig zu mir, »dann solltest du mir jetzt sagen, was los ist.«

Inzwischen sind nur noch wir beide im Raum. Auf meinen Befehl hin wartet Nelly draußen, während die anderen ganz gegangen sind. Als ich Bastian jetzt ansehe, glühen meine Wangen und mir dreht sich der Magen um. Ich muss immer an das letzte Mal denken, als wir zu zweit waren und an das, was er damals zugegeben hat.

Die Frau, die ich liebe.

Die Frau, die ich liebe.

Etwas hat sich hier auf Curmana zwischen uns verändert. Von dem Moment an, als ich ihn dabei erwischt habe, wie er Schutzzauber an meine Tür geheftet hat, bis zu dem Zeitpunkt, als er trotz des Giftes in seinem Körper und der Auswirkungen der Seelenmagie Elias genug abgelenkt hat, um mich zu retten, hat mein Ärger auf ihn nachgelassen. Fluch oder nicht Fluch, ich würde Bastian mein Leben anvertrauen, egal, wie sehr ich mich dagegen gesträubt habe.

»Ich habe einen Weg gefunden, den Fluch der Montaras zu brechen.« Es ist Zeit, ihm alles zu erzählen – von Blarthe und dem Hinweis, den er mir gegeben hat, und dass ich nicht schlafen kann. Von den Gesichtern, die ich jedes Mal sehe, wenn ich meine Augen schließe. Ich erzähle ihm von der Macht, die angeblich von den Göttern zurückgelassen wurde, und davon, dass ich damit den Schaden wiedergutmachen kann, den meine Familie angerichtet hat. Die ganze Zeit über schaut er wortlos zu Boden und denkt nach. Ich rede genug für uns beide, denn sobald ich einmal angefangen habe, die Wahrheit zu sagen, kann ich sie nicht mehr aufhalten. Es ist befreiend, sie loszulassen.

»Weiß Vataea, dass du mit Blarthe zusammenarbeitest?«, ist das Erste, was Bastian fragt. »Du musst es ihr sagen.«

Ich lasse die Schultern hängen. Ich weiß, dass ich das sollte; Vataea verdient es zu wissen, dass wir den Mann gefangen haben, der ihr jahrelang Schmerz und Verletzungen zugefügt hat. Aber ich bin meinem Ziel näher als je zuvor, und ich darf mir diese Gelegenheit nicht entgehen lassen. Ganz abgesehen davon: Was würde sie von mir denken, jetzt, da ich es so lange geheimgehalten habe?

»Wenn der Zeitpunkt passt«, sage ich zu Bastian, »dann sage ich ihr alles.«

Als er aufsteht und sich über den dunklen Bart streicht, der langsam wieder Form annimmt, warte ich angespannt auf seine Reaktion. Darauf, dass er mich anschreit oder mir sagt, wie naiv ich sei, indem ich auf Blarthes Wort hin alles aufs Spiel setze.

»Ich will das auch«, sagt er schließlich. »Ich will meine Freiheit, und ich will ungehindert reisen. Aber wenn wir das machen, dann müssen wir, du und ich, an einem Strang ziehen. Ich helfe dir, aber nur, wenn du versprichst, dass wir von jetzt an zusammenarbeiten. Keine Geheimnisse mehr.«

Ich zucke zusammen, denn ich erinnere mich daran, dass ich genau diese Worte letzten Sommer zu ihm gesagt habe. Ich hätte nie erwartet, wie schuldig ich mich in der anderen Rolle fühlen würde.

»Du würdest mir verzeihen?«, frage ich zögernd. »Einfach so?«

Er lacht leise auf. »Du hast mir schon viel Schlimmeres verziehen, Amora. Haben wir eine Abmachung?«

Ich nicke, meine Haut fühlt sich ganz heiß an. »Wir haben eine Abmachung.«

»Dann sollten wir jetzt herausfinden, was Ornell uns zu sagen hat.« Bastian durchquert den Raum, um Nelly zu holen, die nervös vor der Tür wartet. »Hast du ihn dabei?«, fragt er, woraufhin sie nickt und ihm einen großen, glatten Stein übergibt. Er legt ihn schnell auf einen kleinen Tisch, den er heranzieht, und setzt sich Nelly gegenüber.

»Alles, was du tun musst, ist an das zu denken, was du uns sehen lassen willst«, weist er sie an. »Lass deine Erinnerungen frei fließen. Kannst du das?« Während er spricht, versucht er, seine zitternden Hände auf dem Stein zu beruhigen, als ihn ein erneutes Nachbeben der Seelenmagie überkommt. Ich selbst fühle mich dabei, als würde mein Körper kochen, bis es vorbeigeht. Zitternd atme ich aus, während Bastian nur den Stein fester packt, als wollte er vorgeben, er hätte nichts gespürt.

Nelly könnte uns zwar einfach ihre Geschichte erzählen, aber die Erinnerungen füllen die Lücken, wo Worte es nicht können. Mit Hilfe von Bastians Fluchmagie kann sie mir alles zeigen, was sie über das Artefakt weiß, auch wenn es an mir sein wird, zu entschlüsseln, was es bedeutet.

»Nelly, da wir auf deine Erinnerung zugreifen, musst du nichts weiter tun, als dein Blut auf den Stein zu geben«, sagt Bastian. »Du bist diejenige, die agiert. Ich führe dich nur an und verbinde die Erinnerungen mit dem Stein. Zieh deine Hand nicht zurück, bevor du uns alles gezeigt hast.«

Nelly nickt und späht zu mir herüber. Ich liege immer noch auf meinem Krankenlager, das Bein hochgelegt, und versuche, meine Schmerzen nicht zu zeigen.

»Bist du dir sicher, dass das funktioniert?«, frage ich. »Sie besitzt keine Fluchmagie.«

Bastian wirft mir einen Blick zu. Er zieht seinen Dolch, nimmt Nellys Hand und drückt die Spitze leicht in ihren Zeigefinger, gerade stark genug, dass ein Blutstropfen hervorquillt. Er hebt den Stein an und tupft ihr Blut auf seine Oberfläche. »Es wird funktionieren, weil ich sie anleite. Das wird nicht anders als damals, als du dir letzten Sommer Siras Erinnerungen über Cato angeschaut hast.«

Es ist eigenartig zu sehen, wie vielseitig Fluchmagie ist. Jahrelang dachte ich, die Magie hätte nur einen Zweck – eine gruslige und furchterregende Fähigkeit, die Leute in einem Zustand festzuhalten, in dem sie alle möglichen seltsamen Bilder sehen, die derjenige, der die Magie ausübt, sie sehen lassen will. Aber wenn sie so angewandt wird, um Gedanken, Bilder oder Erinnerung zu übermitteln, zeigt das, wie breit gefächert Magie sein kann. Sie verändert und entwickelt sich ständig, steht nie still. So möchte ich, dass mein Königreich auch ist.

Nelly legt die Finger um den Stein und schließt die Augen, während Bastian ebenfalls einen Finger darauf drückt und die Augen zukneift.

»Amora, berühr den Stein«, sagt er, und ich gehorche.

Mit konzentriert gerunzelter Stirn lehne ich mich zurück, als das ferne Pulsieren der Magie in mir anschwillt. Bastians Magie fühlt sich kühl und friedlich an. Sie ist nicht wie die ausgehungerte, glühende Bestie der Seelenmagie, und es ist seltsam, daran erinnert zu werden, dass sich Magie so anfühlen soll. Das, was ich mein ganzes Leben praktiziert habe, war keine echte Magie, sondern ein Fluch. Diese Magie laugt Bastian zwar nach einer Weile aus, aber seine Müdigkeit kann durch Schlaf geheilt werden. Es ist nicht die Müdigkeit bis in die Knochen, die lebensbedrohliche Erschöpfung, die meine Magie mit sich bringt.

Wieder schwillt die Magie zu einem Höhepunkt an, und

während Nelly sie mit ihren Erinnerungen füttert, werde ich davon mitgerissen.

Sein Name ist Rogan Rosenblathe, und ich wünsche mir nichts mehr, als dass er mich ansieht.

Ich werde auf dieselbe Art in Nellys Erinnerung gezogen, wie ich letzten Sommer in Siras Erinnerungen gezogen wurde. Nur dass ich diesmal keine Frau bin, sondern ein kleines Mädchen von vielleicht acht Jahren, und derjenige, dessen Aufmerksamkeit ich mir so wild wünsche, dass es sich anfühlt, als wären die Gefühle meine eigenen, ist mein Vater.

Ich beobachte Papa durch den Spalt, den er seine Bürotür offen gelassen hat und der gerade breit genug ist, dass ich hineinspähen kann. Wie üblich sitzt er an seinem Schreibtisch, in ein Durcheinander von Pergamenten vertieft – Notizen, Karten, Tabellen, Handbücher über Sternbilder und sogar ledergebundene Bücher mit alten Legenden der Seefahrt.

Man hat mir erzählt, Papa sei früher einmal Seemann gewesen, Jahre vor meiner Geburt. Aber er spricht nicht über diese Zeiten.

Leere Bier- und Weinkaraffen liegen und stehen auf Schreibtisch und Boden verteilt, und Papas Haare sind zerwühlt, weil er sie sich so oft gerauft hat, an den Strähnen gezerrt und Wörter geflucht hat, von denen Mama mir gesagt hat, dass ich sie nie verwenden soll.

»Es müsste hier sein«, murmelt er vor sich hin, seine Stimme ist so leise und fieberhaft, dass ich Gänsehaut bekomme. »Es müsste hier sein. Verfluchte Götterkreaturen, warum ist es nicht *hier*?« Plötzlich springt er auf und knallt eine Faust auf den sowieso schon splitternden Holztisch. Eine unangezündete Öllampe fällt herunter, und Öl spritzt über den strohgedeckten Boden. Das hungrige Holz saugt es auf, aber Papa bemerkt es nicht. Erst als er mein scharfes, überraschtes Luftschnappen hört, sieht er zur Tür herüber.

»Mariah?« Seine messerscharfe Stimme lässt mich von der Tür zurückweichen, ich überlege, ob ich davonlaufen soll. Aber es bleibt keine Zeit. Mit schweren, betrunkenen Schritten kommt er näher. »Habe ich dir nicht gesagt, du sollst nicht …«

Papa reißt die klapprige Tür auf, in seinem Gesicht steht Verwirrung. Erst als er nach unten schaut, bemerkt er mich, wie ich mich zitternd an die Wand drücke und versuche, mich so klein zu machen, wie ich mich fühle.

»D…du bist nicht zum Abendessen heruntergekommen«, stammle ich. »Ich wollte … nach dir sehen …«

Er seufzt, und hier im Licht des Korridors sehe ich, dass seine Augen feucht und blutunterlaufen sind. Er tritt die Tür hinter sich auf und sagt: »Komm rein«, auch wenn keine Zuneigung in seiner Stimme liegt. Da ist nichts von der Wärme, die ich immer noch zu finden hoffe.

Aber es ist mir egal; Papa hat mich noch nie in sein Büro gelassen, und ich kann mich kaum an das letzte Mal erinnern, als ich mit ihm gesprochen habe. Ich klammere mich an das, was ich bekommen kann.

»Ich mag Karten auch, weißt du?« Aus dem Augenwinkel heraus beobachte ich, ob er beeindruckt ist. »Und ich kenne alle wichtigen Sternbilder und weiß, wie man mit ihnen navigiert. Meine Freundin und ich werden eines Tages Seeleute, genau wie du! Sie wird der Kapitän und ich der Steuermann. Außer … du würdest irgendwann beschließen, dass du wieder segeln willst. Vielleicht könnte ich dann stattdessen dein Steuermann werden? Wenn du möchtest.«

»Ich werde wieder segeln.« Er sagt es so rundheraus, dass mir das Herz aufgeht. »Sobald ich herausgefunden habe, wohin ich muss. Aber du kommst nicht mit.«

Mein Herz fällt wieder in sich zusammen. Auch wenn ich es nie gewagt habe, etwas anderes zu *glauben*, habe ich immer gehofft, Papa würde zumindest darüber nachdenken. Ich studiere jeden Abend, genau wie er. Ich weiß, ich könnte eine große Hilfe sein, wenn er es mich versuchen lassen würde.

Meine Traurigkeit schwillt an, aber ich werde sie ihm nicht zeigen. Papa zeigt seine Gefühle schließlich auch nie. Vielleicht dürfen Seeleute das nicht. Vielleicht ist das ein Test und ich soll meine auch nicht zeigen?

»Suchst du etwas?« Ich setze mich auf die Kante des kleinen Bettes hinter ihm. Dann recke ich das Kinn und versuche, ernst zu klingen, sodass ich seine Aufmerksamkeit wert bin.

Zu meiner Überraschung funktioniert es. Papa sagt nicht, ich solle gehen, und er wirft mir auch keinen vernichtenden Blick zu. Er sitzt nur auf seinem Stuhl, fährt sich mit beiden Händen durch die blonden Haare und zerrt mit einem Seufzen an den Haarspitzen.

»Ja«, sagt er zunächst, und ich zögere. Ich weiß nicht, ob ich nachfragen oder still sein soll. Am Ende entscheide ich mich für etwas dazwischen.

Ganz leise – fast hoffe ich, er hört es nicht – frage ich: »Was denn?«

Der Stuhl unter ihm knarrt, als er sich zurücklehnt und einen großen Schluck aus seiner Karaffe nimmt. Selbst von hier aus kann ich die Süße des Rums in seinem Atem riechen. »Möchtest du das wirklich wissen, Ornell?«

Etwas in meinem Inneren regt sich, sagt mir, ich solle gehen; ich habe Papa noch nie so gesehen, und irgendetwas fühlt sich falsch an. Aber bevor ich mich bewegen kann, spricht er weiter, und ich bringe es nicht über mich, ihn zu unterbrechen. Er hat noch kein einziges Mal so viel mit mir gesprochen; ich sollte das *wollen*.

Langsam nicke ich.

»Ich suche diejenige, die mein Herz hat.« Seine Stimme ist ruhig und sachlich, jedes Wort wie ein Schlag. »Ich suche eine Möglichkeit, die Frau, die ich liebe, von den Toten zurückzuholen.«

Mein ganzer Körper wird taub. »Aber ... Mama ist nicht tot.« Noch bevor ich es sage, weiß ich, dass es naiv ist, aber die Wörter purzeln einfach so heraus. Noch nie hat Papa so gesprochen; noch nie hat er Gefühle wie Liebe in Worte gefasst. Es muss der Rum sein, der es aus ihm herauslockt, denn mit jedem Schluck werden seine Augen glasiger und blutunterlaufener, und die Wörter purzeln schneller aus seinem Mund.

»Nein, aber Corina«, presst er hervor. »Und egal, wie oft ich versucht habe, sie zu retten, ich bin immer gescheitert. Sag mir, hast du das gelesen?« Er schleudert seine Füße auf den Tisch, die Zehen an den Rand des ledergebundenen Buches über Seefahrt, das bei der Zeichnung eines Vogels aufgeschlagen ist, der in eine Stadt in den Wolken fliegt. Ich habe es nie gelesen, aber ich habe genug darin geblättert, um zu wissen, dass es in dem Buch um die Legenden von Visidia geht – Dinge wie Kelpies, Hydras und den Lusca – Legenden, von denen Mama mir erzählt hat, dass sie von betrunkenen Seeleuten erfunden wurden, um sich die langen, einsamen Nächte zu vertreiben.

»Hier drin gibt es eine Legende über die Götterkreaturen – vier göttliche Wesen, die ersten Geschöpfe der Götter, von denen jedes eine Aufgabe bekam: den Schutz des Landes, des Meeres, des Himmels und der Menschheit. Sie beschützen unsere Welt mit Körpern, in denen die Macht der Götter ruht. Eine Schuppe ihrer Haut oder eine Feder ihrer Flügel genügt, einen zum mächtigsten Menschen zu machen, den es je gab.« In seinen Augen leuchtet ein Hunger, der meine Hände zittern lässt. Verzweifelt halte ich sie in meinem Schoß ruhig. »Aber ihre Magie hat einen Preis – um zu bekommen, was du dir am meisten wünschst, musst du aufgeben, was du am meisten liebst.

Als ich achtzehn war«, fährt er fort, »war ich mit einer Frau verlobt, für die ich die Sterne vom Himmel geholt hätte: Corina. Wir sollten im nächsten Sommer heiraten, als sie eines Tages ihren Vater zum Fischen begleitete und nie wiederkam.

Weder sie noch ich konnten ahnen, dass es eigentlich überhaupt nicht ums Fischen ging, sondern um Wilderei, darum, Meerjungfrauen zu fangen und die Schuppen ihrer Körper zu stehlen. Am Ende setzten diese Meerjungfrauen ihre Stimmen ein, um den Kampf zu gewinnen, und sie nahmen jedem einzelnen der Seeleute an Bord dieses Schiffes das Leben. Ich sollte Corina nie wiedersehen, aber mit diesem Schicksal konnte ich nicht leben. Im selben Moment, als ich von ihrem Tod hörte, wusste ich: Ich musste einen Weg finden, sie zurückzubekommen, egal, wie hoch der Preis war, den ich dafür zahlen musste.

Es hat mich fünf Jahre gekostet, das Geheimnis der Götterkreaturen zu entdecken – würde ich ihre Macht erlangen, so konnte ich Zeitmagie einsetzen und sie verstärken. Ich würde die Uhr zurückdrehen und ihr Leben zurückgewinnen können. Und das tat ich.« Seine Stimme ist ein leises Flüstern, als erzählte er keine Geschichte mehr, sondern spräche nur für sich selbst. »Ich habe es geschafft. Ich habe die Wassergottheit gejagt – eine Bestie aus Korallen und Seegras – und mir eine Schuppe von ihrem Körper gestohlen. An diesem Tag habe ich mein Schicksal für immer verändert.«

Mit langen, blassen Fingern umklammert er die Karaffe. »Aber Götter sind trickreiche Mistkerle. Ich hatte nie aufgehört, Corina zu lieben – sie war der Grund, warum ich am Leben war. Der Grund für jeden meiner Atemzüge. Ich wusste nicht, worauf ich mich mit dieser Magie einließ; ich dachte, ich könnte etwas anderes anbieten, und dass ich, solange ich Corina wiederbekam, alles andere schaffen konnte. Aber was ich mir am meisten wünschte, war sie, und was ich am meisten liebte, war auch sie.

Ich drehte die Uhr zurück und holte sie wieder. Aber sie erinnerte sich nicht an mich. Und sosehr ich mich auch bemühte, sie noch einmal für mich zu gewinnen, sie war abgestoßen von mir. Egal, was ich tat, ich konnte ihr Herz nicht erobern. Und am Ende spielte das alles keine Rolle mehr. Sie ging am selben schicksalhaften Tag wieder auf das Schiff ihres Vaters und die Meerjungfrauen stahlen sie mir noch einmal.

Also habe ich es ein zweites Mal versucht. Von der Wächtergottheit des Himmels hieß es, sie habe Flügel, so weich und weiß wie Wolken. Ich segelte zu einer Insel, weit jenseits dieses Königreiches, zu einem Ort mit Bergen, die so hoch sind, dass sie den Himmel berühren. Dort hatte man die Gottheit zum letzten Mal gesehen, und dort suchte ich zwei Jahre, bis ich fand, was ich gesucht hatte – eine gefallene Feder, getränkt mit ihrer Magie und Macht. Wieder drehte ich die Zeit zurück, und wieder entglitt mir Corina und kehrte auf dieses verfluchte Schiff zurück. Ich weiß nicht, was ich damals verlor, aber ich gewann etwas noch viel Wichtigeres: das Wissen, dass ich etwas anderes lieben musste, etwas Neues, bevor ich es erneut versuchte.« Er nimmt einen großen Schluck aus seiner Karaffe. »Ich dachte daran, eine Familie zu gründen. Wenn ich das hatte, könnte ich diesen verdammten Wächtern etwas Neues geben, im Austausch für Corina.«

Das Leuchten der Öllampe kommt mir dunkler vor und der Luftzug im Raum kühler, er fährt mir in die Knochen. Von den Wänden rücken Schatten heran, die aus den dunkelsten Spalten kriechen, sich zur Tür und über den Boden strecken. Sie packen mich an der Kehle und lassen meine Stimme heiser werden.

»Du wolltest mich und Mama eintauschen? Aber … wir würden sterben.« Meine Stimme klingt nicht wie meine eigene; sie quietscht zu sehr. Habe ich ihn missverstanden? Das kann er doch sicher nicht gemeint haben?

Papa würde mich nie eintauschen …

Sein Profil wird in dem trüben, bernsteinfarbenen Licht verschattet, er besteht jetzt nur noch aus scharfen Kanten und Dunkelheit – ein Monster in der Nacht. Er wendet sich mir nicht zu, versucht nicht einmal, die Angst zu lindern, die heiß in meinem Inneren kocht und mich so betäubt, dass ich mich nicht rühren kann.

»Ich muss nur einen Wächter finden.« Er wendet sich wieder den Pergamenten auf seinem Schreibtisch zu, und jetzt sehe ich, dass eines davon eine Karte voller handschriftlicher Notizen ist. Mehrere Inseln sind eingekreist oder durchgestrichen, überall auf die Karte sind Dinge hingekritzelt. Es sind Wörter wie »Leviathan?« und »Feuerschlange?«, dazu Seitenzahlen für Quellenmaterial, abgeschriebene Notizen und Zeichnungen der Bestien. Die Luftgottheit ist in den Illustrationen bereits so schön, mit Federn, die so dicht und weiß sind, dass sie fast aussehen wie Fell, und einem gebogenen Obsidianschnabel. Sie hat zwar vier riesige Krallen, aber sie sieht nicht aus wie eine grausame Bestie. Sie sieht friedlich aus, es müsste ein Verbrechen sein, wenn sich jemand auch nur überlegte, sie zu jagen.

Ich warte stumm wie eine Tote, um zu sehen, ob Papa zu lachen anfängt oder sonst noch etwas sagt. Sein Rücken bleibt über die Pergamente gebeugt, und er schiebt sie mit Geflüster herum, das zu leise und zu schnell ist, als dass ich es verstehen könnte. Es dauert nicht lang, dann wird mir klar, dass ich vergessen wurde.

Ich bete zu den Göttern, dass das so bleibt, und mache meine Füße und Atemzüge so lautlos wie möglich, als ich vom Bett gleite und aus dem Raum schleiche. Mein Herz hämmert so wild, dass ich mir noch Sorgen mache, er könnte es hören, als ich schon halb den Flur hinunter bin und zu Mamas Zimmer laufe.

Mama hat immer gesagt, Papa habe seine eigene Art, die Menschen zu lieben. Als ich in ihr Bett klettere und die Tränen schneller kullern als ich damit fertig werden kann, während ich ihr erzähle, was passiert ist, wird mir aber klar, dass wir jetzt beide die Wahrheit kennen: Papa liebt uns nicht, und er wird es auch nie tun.

Das haben ihm die Götter weggenommen, als er zum zweiten Mal versuchte, ihre Magie zu stehlen: sein Herz.

Rogan Rosenblathe war ein wahrhaft herzloser Mann.

Es kommt mir vor, als würden Stunden vergehen, bis Nelly sich mit einem Luftschnappen löst, das Bastian und ich ihr nachmachen, und plötzlich den Fluch beendet. Doch auch hier in der Realität bleiben meine Gedanken beim letzten Teil von Nellys Erinnerungen hängen.

Sie und ihre Mutter schlichen sich noch in derselben Woche davon und ließen Rogan weit hinter sich. Sie zogen zur Familie ihrer Mutter auf Suntosu, wo Ornell ihren Namen änderte und mit zwölf begann, sich der Erneuerungsmagie zu widmen, bevor sie später zum Arbeiten nach Curmana zog. Sie hat ihren Papa nie wiedergesehen, und ich bin froh darum.

Und doch ist es nicht Nelly, die gedanklich bei mir im Vordergrund steht, als die Erinnerungen langsam enden, und auch nicht die Tatsache, dass der Einsatz dieser Magie der Götterkreaturen einen hohen Preis fordert, von dem ich bis jetzt nichts wusste – *um zu bekommen, was du dir am meisten wünschst, musst du aufgeben, was du am meisten liebst.*

In diesem Moment ist das alles nicht von Bedeutung. Alles, was zählt, ist, dass Rogan Rosenblathe die Magie der Götterkreaturen erfolgreich benutzt hat, um mit den Toten wieder vereint zu werden.

Und wenn er das konnte, was hält mich dann davon ab, dasselbe zu tun?

26

Nellys Wangen sind nass von den Tränen und in ihren großen, smaragdgrünen Augen steht Überraschung.

»Tut mir leid.« Sie tupft sich die Wange eilig mit dem Saum ihrer Bluse ab. »Es tut mir so leid, ich weiß nicht, was über mich gekommen ist. Es ist nur … Ich denke nicht gern an ihn.«

»Es gibt keinen Grund, sich zu entschuldigen.« Bastian sieht sie voller Mitgefühl an. »Manche Erinnerungen bleiben besser vergessen.« Mir entgeht nicht der Schatten, der sich über sein Gesicht legt und seinen Blick hohl macht. Ich fühle, wie die Emotionen in ihm kochen, und ich kann zwar seine Gedanken nicht lesen, aber seine Sehnsucht sagt mir, dass er an eine längst vergangene Zeit denkt. An eine Zeit, in der er noch mit seiner Familie auf Zudoh war.

An eine Zeit, bevor sein Bruder ihm dieses Leben gestohlen und mir den Vater genommen hat.

»Eigentlich war es auf eine Art reinigend.« Nellys Lächeln ist dünn wie ein Schilfrohr, und ihre sonst heitere Stimme zu scharf. »Obwohl er ein schrecklicher Mann war, habe ich jahrelang über ihn und seine verdammten Karten nachgedacht. Ich denke … Ich glaube, ich habe in Elias etwas von meinem Vater gesehen. Ich habe meinem Vater nicht helfen können, aber ich dachte, vielleicht könnte ich Elias helfen, versteht ihr? Es ist manchmal schwer, sich einzugestehen, dass man nicht für andere verantwortlich ist. Keinem von beiden hätte ich helfen können.«

Bastian sieht mich eindringlich an. Anders als Ferrick, der sensibler wäre und mir nur stumme Botschaften geschickt hätte, sieht Bastian genauso neugierig aus wie ich, als ich frage: »Nelly, konntest du aus diesen Karten je etwas herausfinden?«

Nellys Blick verdüstert sich, sie presst die Lippen aufeinander. »Was auch immer mein Vater gesucht hat, Eure Majestät, Ihr wollt es nicht anfassen. Die Magie, die er genutzt hat, ist etwas, das nicht zu dieser Welt gehören sollte. Kein Mensch sollte je davon wissen.«

Ich richte mich so gut wie möglich auf, um ihr in die Augen zu schauen, und lege jedes bisschen Autorität, das ich besitze, in meine Stimme. »Wenn du herausgefunden hast, wo man die Götterkreaturen finden kann, musst du es mir sagen. Gib mir keinen Grund, es als Befehl zu formulieren.«

Es dauert zwar nur einen Moment, aber ihre Entschlossenheit bekommt Risse. Wieder steigen ihr die Tränen in die Augen. »Valuka«, sagt sie, dann schweigt sie lange, als müsste sie darum kämpfen, die Wörter aus sich herauszuholen. »Wie ich schon sagte, ich war von ihm besessen. Selbst als meine Mutter und ich geflohen sind, habe ich alles über die Götterkreaturen gelesen, was ich konnte. Ich habe so viele Jahre damit verschwendet, sie aufzuspüren, als könnte eine zu finden meinen Vater dazu bringen, mich zu lieben oder zu erkennen, dass ich etwas wert bin.« Sie schnaubt spöttisch und senkt den Kopf. »Es gab viele angebliche Sichtungen der Götterkreaturen, vor allem um Kerost herum. Die Leute glaubten, dass es dort so viele Stürme gibt, muss etwas mit wütenden Götterkreaturen zu tun haben, die in den Gewässern der Umgebung leben. Aber ich mochte diese Legende nie. Sie erschien mir zu einfach.

Es gab aber eine andere, die mir aufgefallen ist. Über eine mystische Schlange, die in den Tiefen von Valukas Vulkanen lebt«, fährt Nelly fort. »Die Vulkane sind aktiv, es ist also schwer herauszufinden, ob so eine Kreatur wirklich existiert. Aber ich bin eines Tages dorthin gereist, nur um es zu sehen. Ich kam nicht einmal in die Nähe des Vulkans; der Rauch ist zu dicht. Es ist unnatürlich. Doch … da ist diese *Präsenz*. Ich kann es nicht erklären, aber es ist, als wäre etwas in dem Rauch, etwas Mächtiges. Ich würde mein Leben darauf verwetten, dass es sich dort versteckt. Aber ich hoffe um Euretwillen, Amora, dass Ihr es niemals finden werdet.« Damit steht sie auf und geht zur Tür. »Denkt daran, die Salbe zweimal am Tag aufzutragen, das hilft gegen die Narbenbildung. Und macht Eure Dehnübungen. Macht es gut, Eure Majestät, und viel Glück.«

Als sich die Tür schließt, sieht Bastian mich eindringlich an, suchend. »Wusstest du, was das Artefakt bewirken kann?«

Die Sehnsucht in ihm nimmt zu, genau wie meine. Mit der Macht der Götter in unseren Händen könnten wir alles verändern.

»Ich wusste nicht alles.«

Wir könnten die Toten zum Leben erwecken … ich könnte *Vater* zurückholen.

Der Hunger in Bastians Augen verrät mir, dass sich seine Gedanken nicht allzu sehr von meinen unterscheiden, und zum ersten Mal, seit wir diesen Fluch haben, wünsche ich mir, ich könnte tiefer in seinen Geist eindringen und sehen, was er denkt.

»Du vermisst sie wirklich, nicht wahr?«, frage ich.

Bastian rollt die Schultern und richtet sich auf, bevor er antwortet. »Jeden Tag.«

»Und es wird nie leichter?«

Einen langen Moment sagt er nichts und presst nur nachdenklich die Lippen zusammen. Dann, langsam, kommt er zu meiner Liege und setzt sich auf die Kante. Als er meine Hand nimmt, kühlt meine Haut ab.

»Der Verlust kann die Leute zu schändlichen Taten treiben.«

Sein Daumen streicht langsam über meine Fingerknöchel, auch wenn sein Blick in die Ferne geht, irgendwo in seinen Gedanken versunken. »Bei mir hat das dazu geführt, dass ich jahrelang vor meiner Heimat geflohen bin und mein Volk habe leiden lassen. Bei Rogan dazu, dass er seine Fähigkeit zu lieben aufgegeben hat und bereit war, seine Frau und sein Kind zu opfern.

Ich weiß nicht, ob es je leichter wird«, fährt er fort. »Falls ja, dann warte ich immer noch darauf. Denn egal, was Kaven getan hat – egal, wie viel Schmerz er verursacht und wie viel er uns genommen hat – ich vermisse immer noch die Tage, bevor er Catos verdammtes Messer gefunden und beschlossen hat, dass es seine Bestimmung ist, Visidia zu verändern. Ich frage mich immer noch, ob ich etwas hätte bewirken können. Ob ich etwas falsch gemacht oder eine Gelegenheit verpasst habe, die meine Familie hätte retten können.«

Bastian sieht mich nicht an; ich kann spüren, dass seine Seele ausfranst. Es ist genau wie bei meiner. Auch ohne diesen Fluch zwischen uns sind Bastian und ich gleich.

»Der Verlust wird dich zerreißen, Amora.« Er sieht mich mit seinen haselnussbraunen Augen eindringlich an. »Die Kreatur wird dir nehmen, was du ihr gibst, und sie wird nie zufrieden sein. Also wage es ja nicht, dich selbst zu geben.«

Er umfasst meine Hand fester und ich weiß genau, was er meint, ohne fragen zu müssen. Bastian muss meine Gedanken nicht lesen, um meine Seele zu verstehen. Hätte er seine Eltern zurückholen können, da bin ich mir sicher, dann hätte er es getan.

Vater war nicht immer ein perfekter Mensch, und er war ganz sicher kein perfekter König. Aber Götter, was habe ich ihn geliebt.

Ich könnte für immer mit meinen Flüchen leben, wenn ich dafür die Magie der Götterkreaturen verwenden dürfte, um ihn wiederzusehen.

Um seinen Rat zu suchen. Mit ihm zu segeln. Zu einem Abenteuer aufzubrechen und die wildesten Monster der Meere zu jagen.

Götter, was würde ich nicht geben, um sein Lachen noch einmal zu hören.

Aber egal, wofür ich die Magie des Götterkreaturen benutze, ich muss einen weit höheren Preis dafür zahlen, als ich mir je vorgestellt habe.

Um zu bekommen, was du dir am meisten wünschst, musst du aufgeben, was du am meisten liebst.

Es gibt vieles, was ich liebe; aber was liebe ich am *meisten?* Was genau werde ich bezahlen müssen, wenn ich diese Magie verwenden darf?

»Versprich mir, dass du dieses Artefakt nicht benutzen wirst.« Bastians Stimme ist so leise, wie ich es noch nie gehört habe. »Falls wir es finden, überlegen wir uns einen Weg, es zu benutzen, der keinen so hohen Preis fordert. Ich möchte nicht, dass du es anrührst, Amora. Nicht, bevor wir einen besseren Weg gefunden haben.«

Angst strahlt in Wellen von ihm ab, doch ich bin nicht beleidigt. Er hat recht, wenn er an meinen Absichten zweifelt.

Hätte ich die Macht, Vater zurückzuholen, könnten er und ich Visidia zusammen heilen. Wir könnten einen anderen Weg finden, dem Königreich die Seelenmagie zurückzugeben. Er könnte wiedergutmachen, was er getan hat.

»Ich verspreche es.« Die Lüge kommt mir über die Lippen, bevor ich daran denke, sie aufzuhalten. »Wenn wir das Artefakt gefunden haben, wird uns ein anderer Weg einfallen, es einzusetzen.«

Unter Bastians prüfendem Blick stehe ich auf und beende unser Gespräch, indem ich durch die schweren Satinvorhänge spähe, um sicherzugehen, dass der Abend anbricht.

Ilia war so weise, uns zur Erholung nicht ins Gebäude der Heiler zu bringen, sondern in ihr Privathaus. Ich kenne zwar nur die Gästesuite, aber ihr schöner, weißer Steinboden und die Decke mit Gittermuster genügen mir, um zu beurteilen, wie prachtvoll es ist.

Mein Bein ist fast verheilt, aber in den Muskeln meines linken Oberschenkels flammt immer noch ein Schmerz bei jedem kleinen Schritt auf. Auf Bastians Unterarm gestützt, beiße ich die Zähne zusammen und bewege die steifen Muskeln, als wir eine steinerne Wendeltreppe hinuntergehen.

»Die anderen müssten schon warten«, sagt er, während er so langsam geht, wie es meine Bedürfnisse vorgeben. Was leider wenig mehr ist als ein langsames Kriechen.

Ich erwarte eine stille Nacht über dem Strand, als Bastian die Tür aufreißt, aber was ich bekomme ist weit mehr.

Der Strand ist gesäumt von curmanischen Bürgern in ihren feinsten Kleidern, sie haben die Köpfe geneigt und die Hände mit Opfergaben erhoben – Seide, Obst, Süßigkeiten, und das den ganzen Weg bis zur *Keel Haul* entlang.

Bei ihrem Anblick stolpere ich, vor Überraschung bleibt mir die Luft weg. Bastian stützt mich mit der Hand am Rücken und grinst über das Schauspiel, das sich uns bietet.

»Ich weiß, ich hätte es ihnen nicht sagen sollen«, höre ich Ilias Stimme leise und schüchtern von der Veranda, »aber dein Volk konnte dich nicht lange sehen, und die Leute wollten sich verabschieden.«

Vorsichtig löse ich meinen Arm von Bastians und richte mich auf, um meine Verletzung zu verbergen, als ich den Strand entlanggehe.

Die erste Person, die ich dort warten sehe, ist ein Mann, den ich von der Feier wiedererkenne, einer, der höfliche Konversation gemacht hat. Er beugt ein Knie und bietet mir einen wunderschönen Seidenschal an. »Das soll Euch auf Eurer Reise warmhalten«, sagt er, als ich die Seide langsam entgegennehme und mit den Fingern über den luxuriösen Stoff streiche.

Neben ihm beugt eine Frau mit einem losen Haarknoten das Knie und bietet mir eine Flasche prickelnden Rotwein an. »Damit Ihr auf Eurer Reise locker bleibt.«

Ich lache, danke ihr und reiche die Flasche an Bastian weiter, der beschützend hinter mir steht. Selbst der Reporter aus Ikae wartet am Strand und seine Hände zittern, als er mir seine Entschuldigung in Form von Süßigkeiten anbietet. An ihm gehe ich naserümpfend vorbei. Ich hatte zwar nie die Gelegenheit, etwas zu ihm zu sagen, aber es sieht ganz so aus, als hätte ihm Casem einen deutlichen Vortrag gehalten.

Ich wünsche mir, ich könnte das Essen einsammeln, das mir mein Volk anbietet, oder die Lotionen und Öle, die sie mir in die Hände legen. Ich möchte ihnen vertrauen, aber der Schmerz in meinem Oberschenkel erinnert mich daran, dass ich das besser nicht tue. Ich werde lächeln und ihre Gaben annehmen, aber nur, um später alles loszuwerden, was mit Gift versetzt sein könnte. So schmerzhaft das ist, es wird sicherer sein.

Sogar die curmanischen Soldaten helfen, die Gaben zur *Keel Haul* zu tragen, und eines der ersten Male seit dem Sommer schwillt meine Brust vor Stolz.

Vielleicht war Elias wirklich eine Ausnahme. Vielleicht glauben doch nicht alle, dass ich meine Sache so schlecht mache.

Casem wartet am Fuß von *Keel Hauls* Rampe auf uns. »Ich bete dafür, dass deine Besuche auf den anderen Inseln ungefährlicher und großartiger werden als das, was du bisher erlebt hast.« Er streckt die Arme aus und zieht mich in eine feste Umarmung. Ich lache schwach an seiner Brust und erwidere die Umarmung.

»Grüß Mira von mir«, sage ich, als ich mich von ihm löse und Casem an der Rampe zurücklasse. »Und sag meiner Mutter, wir sind als Nächstes auf dem Weg nach Valuka.«

Casem verzieht keine Miene und fährt sich mit blassen Fingern durch seine honigblonden Wellen. »Ich lasse Valuka wissen, dass sie mit den Vorbereitungen beginnen können. Falls du etwas brauchst, soll mich Ferrick kontaktieren. Er ist ein furchtbar schlechter Gedankenkommunikator – es klingt immer, als würde er durch eine Meeresschnecke brüllen –, aber er müsste mich erreichen können.«

»Das werde ich. Und es tut mir leid, dass ich das von dir verlange, Casem, aber ... du weißt, was mit Elias zu tun ist.«

Er nickt knappt, ich muss es nicht näher ausführen. »Ich kümmere mich darum. Du konzentrierst dich auf dich, ja? Wir schaffen das schon.«

Mit einem Nicken lasse ich ihn los und gehe die Rampe nach oben, wo mich Shanty und Vataea mit stolzem Lächeln erwarten.

Als wir die Anker lichten und von der Anlegestelle wegtreiben, Wirft mir Bastian über die Schulter einen Blick zu. »Nach Valuka?«

»Nach Valuka.«

Bastian hebt einen Kompass in die Luft, dreht das Steuerrad und nimmt Kurs Richtung Westen. »Halt dich fest, Ferrick, und versuch, deinen Mageninhalt bei dir zu behalten. Das wird eine holprige Nacht.«

27

Nicht einmal das sanfte Schaukeln der Wellen genügt, um mich in den Schlaf zu wiegen. Jetzt bin ich überzeugt davon, dass ich nie wieder eine Nacht durchschlafen werde, wenn ich nicht vergiftet oder krank bin. Ich hätte auf Curmana Schlafpulver stehlen sollen, solange ich die Gelegenheit dazu hatte.

Es ist der Schmerz in meinem Oberschenkel, der mich wachhält, aufmerksam horche ich auf jede knarrende Bodendiele und jeden Windstoß gegen das Schiff. Ich weiß, es ist irrational – mitten auf dem Meer kann mir nichts passieren, es sei denn, der Lusca versucht noch einmal sein Glück. Trotzdem gehen mir Erinnerungen von Kerost und Curmana im Kopf herum und spiegeln meinen Augen seltsame Bewegungen von Bestien in den Schatten vor, die gar nicht da sind.

Einige der Kers haben die Nase über meine Regentschaft gerümpft, sie finden, ich habe zu spät zu wenig getan.

Elias hat versucht, mich zu vergiften, um am Thron zu rütteln und die Monarchie zu stürzen. Er wollte Curmana selbst regieren und war dafür bereit, mich umzubringen.

Und egal, wie ich es drehe und wende – egal, wie machthungrig Elias sein mag –, vielleicht hatte er recht.

Warum sollten die Montaras Visidia nach all der Zeit und alldem, was wir angerichtet haben, immer noch regieren?

Aber es gibt noch einen anderen Gedanken neben den Erinnerungen an Elias, der mich beschäftigt.

Ich hatte gedacht, mein Plan sei klar: das Artefakt finden, meine Flüche brechen und Visidia wieder zu dem machen, was es schon immer hätte sein sollen. Doch jetzt gräbt sich der Anflug eines Zögerns tief in mich ein.

Falls ich dieses Artefakt finde, habe ich die Macht, Vater zurückzuholen. Und trotz Bastians Warnung, trotz des schrecklichen Gefühls in mir, dass es Visidia weiterbringt, den Fluch zu brechen, und dass Vater ein schrecklich schlechter König ist, möchte ich egoistisch sein. Ich will sein Lachen noch einmal hören. Ich will seine richtigen Augen sehen, nicht die zwei Löcher voll Rauch und Schatten, die in meinen Träumen auf mich warten.

Aber wenn ich mir dieses Geschenk mache, was passiert dann mit Visidia? Ohne die Wahrheit – ohne dass ihnen ein für alle Mal die Magie wiedergegeben wird – wie viel besser bin ich dann als alle anderen Montaras?

Ganz zu schweigen davon, dass ein Preis zu zahlen sein wird, egal, was ich entscheide.

Um zu bekommen, was du dir am meisten wünschst, musst du aufgeben, was du am meisten liebst.

Aber was genau ist das?

»Willst du mir sagen, was das Problem ist, oder hast du vor, die ganze Nacht weiter zu seufzen?« Vataeas Stimme durchschneidet die Stille in unserem dunklen Raum. Selbst schlaftrunken klingen ihre Worte wie ein Wiegenlied.

»Und was ist, wenn ich mich fürs Seufzen entscheide?« Bei dem Witz wird sie entweder die Augen verdrehen oder mich bei lebendigem Leib fressen, so oder so werde ich aber wissen, ob sie wach genug für dieses Gespräch ist.

Zu meiner Überraschung schnaubt Vataea nur. »Dann schmelze ich eine Kerze und stopfe mir das Wachs in die Ohren, und du kannst seufzen, solange du willst.« In der fensterlosen Kajüte ist es zu dunkel, um sie zu sehen, aber ich höre, dass sie sich bewegt, weil ihre Hängematte raschelt. Als sie weiterspricht, ist ihre Stimme lauter und konzentrierter. »Was ist los?«

Mein verletzter Oberschenkel pulsiert, als ich mich zu ihr umdrehe. Auch wenn wir uns nicht sehen können, fühlt es sich so besser an. »Warum bist du noch hier, V.?«

So lange, wie sie schweigt, weiß ich, diese Frage hat sie nicht erwartet. Sie zögert einen Moment, und erst, als es so scheint, als würde sie gar nicht mehr antworten, fragt sie mit für sie unüblich leiser Stimme: »Hättest du es lieber, wenn ich woanders wäre?«

»Bestimmt nicht. Aber du könntest im Moment überall sein und alles machen. Warum bist du dann also hier bei uns? Warum riskierst du dein Leben für uns, wenn du so viel mehr tun könntest?«

Ihr Seufzen, lang und dramatisch, folgt nach einer kurzen Pause. »Hätte ich gewusst, dass wir heute Nacht über unsere Gefühle reden, hätte ich weitergeschlafen.«

Ich verdrehe die Augen und denke daran, ihr mein Kissen ins Gesicht zu werfen. Als ich aber an ihre Zähne denke, überlege ich es mir anders.

»Tu mir den Gefallen«, sage ich. »Nur dieses eine Mal.«

Sie dreht sich zur Seite, und auch wenn ich mir nicht sicher sein kann, könnte ich schwören, dass ihre gelben Augen mich in der Dunkelheit sehen können.

»Wenn du es wirklich wissen möchtest, sage ich es dir. Aber ich sage es nur einmal und werde es niemals wiederholen.« Erst klingen die Worte wie eine Warnung, wirken dann aber schnell schüchtern, als sie kaum hörbar weiterspricht: »Ich hätte nie gedacht, dass ich Freunde haben will, bis ich euch kennengelernt habe, Amora. Wir Meerjungfrauen sind anders; wir haben Verbindungen, aber nicht die Art von Freundschaften, die ihr Menschen habt. Und ich glaube … ich mag das. Aus irgendeinem Grund habe ich euch Guppys irritierend gern. Abgesehen davon wollte ich das Königreich sowieso immer sehen, und manchmal tut man so etwas besser auf einem Schiff als mit den eigenen Flossen.«

Ihre Worte treffen mich, spalten mich sauber in der Mitte. Plötzlich weiß ich, dass ich Vataea die Wahrheit sagen muss. Ich muss ihr alles erzählen.

»V., es gibt da etwas …«

»Das reicht jetzt mit diesem Thema«, sagt sie so knapp, dass ich weiß, es ist ihr peinlich. »Sag mir lieber, was mit dir los ist. Warum seufzt du so?«

»Nein, ich …«

»Sag es mir, oder ich schlafe draußen.«

Die Schuldgefühle verursachen mir Gänsehaut, aber der Moment, es ihr zu sagen, ist vorbei. Stattdessen gehorche ich und frage: »Glaubst du, Elias hatte recht?«

Sie antwortet langsam, nachdenklich. »Ich glaube, Elias wollte Macht.«

»Aber glaubst du, er hatte *recht*? Dass Visidias Problem vielleicht der Umstand ist, dass wir eine einzelne Herrscherin haben?«

Diesmal zögert sie so lange, dass ich fürchte, sie sei eingeschlafen. »Wie kommst du darauf?«

Ich erstarre und drehe mich jetzt zu den Schatten an der Decke, meine Gedanken wirbeln wild herum. »Ich glaube, seine Methoden waren die falschen, aber er hatte nicht unrecht. Die Montaras regieren seit Jahrhunderten, trotzdem kann ich die guten Dinge, die sie für dieses Königreich getan haben, an einer Hand abzählen. Meine Familie hat zu viel Macht, und Visidia stagniert unter unserer Herrschaft. Schau dir an, wie Kerost floriert, seit sie mehrere Magieformen lernen können, seit sie sich selbst helfen können. Kannst du dir eine Welt vorstellen, in der sie dieses Recht schon die ganze Zeit gehabt hätten? Ich muss immer daran denken, wie anders diese Welt wäre, wenn … wenn meine Familie nicht das Sagen gehabt hätte.«

Vataea denkt darüber nach, dann fragt sie: »Aber wäre sie wirklich besser?«

Und genau das ist die Frage. Darauf komme ich immer wieder zurück. Egal, wie viel ich darüber nachgrüble, ich kann die Antwort unmöglich kennen.

»Was würdest du tun?« Ich versuche, in der Dunkelheit ihren Blick einzufangen, ganz leicht kann ich das schwache Glühen ihrer Augen sehen. »Wenn du ich wärst, würdest du vortreten oder abtreten?«

»Wenn ich du wäre, würde ich aufhören, mir selbst die Schuld für die Fehler der Toten zu geben, selbst wenn wir früher einmal dasselbe Blut hatten.« Das sind harte Worte, aber aus genau diesem Grund kann ich so leicht mit Vataea reden. Bei ihr gibt es keine Verstellung. »Manchmal bedeutet zurückzutreten dasselbe wie vorzutreten. Das ist die Situation, in der du dich befindest, du musst sie verstehen lernen und Frieden damit schließen, Amora. Aber du musst die Vergangenheit hinter dir lassen, wenn du je eine bessere Zukunft sehen willst. Du liebst dein Königreich mehr als alles andere: Du wirst tun, was das Beste für es ist.«

Es ist, als würde die ganze *Keel Haul* bei diesen Worten stillstehen.

Du liebst dein Königreich mehr als alles andere.

Mit lähmendem Entsetzen wird mir klar, dass sie recht hat – ich liebe Visidia mehr als alles andere.

Sollte ich die Magie der Götterkreaturen nutzen, wäre das der Preis, den ich bezahlen müsste: der Verlust meines Königreichs.

Aber was würde das bedeuten? Wäre ich unfähig, Visidia zu regieren? Wäre ich gezwungen, irgendwo anders zu leben, weit weg, in einem unbekannten Königreich? Oder würde ich bleiben und einfach die Liebe zu meinem Königreich verlieren? Und wenn das so wäre, könnte ich damit umgehen?

»Amora?« Ihre süße Stimme klingt schläfrig, und ich weiß, sie driftet weg.

»Ruh dich aus, V.« Ich verschränke die Arme hinterm Kopf und wünsche mir, ich könnte dasselbe tun. »Ich schaffe das schon.«

Und auf die eine oder andere Art werde ich das auch.

Genau wie immer, wenn mich der Sirenengesang des Schlafs endlich ruft, träume ich von Vater.

Ich träume von dem Rauch, der sich um ihn bildet, als er sich in sein Schwert stürzt. Davon, wie das Feuer seine Haut Stück um Stück verkohlt.

Er streckt sich nach mir aus, sein Gesicht ist eingehüllt in Rauch und sein Körper bedeckt von den Gesichtern der Gefallenen Visidias wie von einem Mantel.

Ich laufe, will ihn unbedingt retten. Will, dass der Rauch sich verzieht, damit ich sein Gesicht wieder sehen kann. Ich bete zu den Göttern, sie mögen mir noch einen letzten Moment mit ihm schenken.

Aber jeder Schritt trägt mich weiter weg, bis sein Körper nichts mehr ist als Rauch, Asche und die Erinnerung an eine Hand, die sich nach mir ausstreckte, damit ich ihn rette.

Wieder sehe ich Vater brennen und weiß, dass ich zu langsam war, um ihn zu retten.

Und wieder wache ich auf.

28

Die Bucht von Valuka ist voll türkiser Flammen, als wir am frühen Morgen ankommen, drei Tage, nachdem wir Curmana verlassen haben. Die Flammen bewegen sich wie in einem Tanz, Feuerzungen schießen vom Meer zum Himmel empor, dann regnen sie in tausend blendenden, pinken Funken wieder herab. Mir stockt der Atem, als sie auf die *Keel Haul* niedergehen und genau in dem Moment, bevor sie das Schiff berühren, verglühen.

Der Hafen ist voller Valukaner in ihren feinsten rubinroten Gewändern, aus der Ferne sieht es aus wie ein Meer aus Blut. Sie verwandeln das Wasser um uns herum, es bildet schimmernde Wirbel, die uns in Luftstrudel ziehen, in denen meine Haare so wild herumpeitschen, dass ich mich lachend an die Reling der *Keel Haul* klammere.

Der Wind ist Musik auf dem Wasser, er drückt und schiebt es, heult und flüstert. Eine Gruppe Valukaner auf dem Wasser der Bucht streckt die Arme hoch über den Kopf, sie lassen das Meerwasser durch ihre Finger gleiten, dem Ruf ihrer Magie folgen. Die Wellen dehnen sich aus und ziehen sich wieder zusammen, bis sie einen Körper formen. Dann ein Gesicht. Ein Maul. Eine Seeschlange nimmt vor mir Gestalt an, der Wind faucht durch ihre mächtigen Kiefer. Der Drache folgt jeder Bewegung, die die Valukaner machen, und schlängelt sich um das Schiff. Er taucht ins Wasser, nur um vor mir wieder aufzutauchen, sein wütendes, klaffendes Maul und die wässrige Mähne sind nur Zentimeter von meinem Gesicht entfernt. Mein Herz pumpt schnell, droht zu bersten.

Der Wind heult um den Drachen, Feuer lodert in seiner Brust auf, bevor er den Kopf nach hinten neigt und einen Funkenregen in den Himmel speit. Dampf zischt um die magische Bestie, und ich stolpere voll Ehrfurcht ein paar Schritte nach hinten.

»Ist das alles für uns?«

»Nein.« Bastian fängt mich auf und legt die Hände sanft an meine Taille, während wir zusehen, wie dem Drachen riesige Flügel aus Wasser wachsen. »Das ist alles für dich.«

Ich schiebe ihn nicht weg.

Mit einem letzten Feuerspucken erhebt sich der Drache in den Himmel, bevor sein Körper zerbirst und Tausende von Wassertröpfchen – schillernd wie Drachenschuppen – aufs Meer und aufs Deck regnen lässt.

Als der Drache verschwindet, kommt mir die See plötzlich zu still vor, obwohl so viele Menschen da sind. Die Wellen ziehen uns jetzt ans Ufer, wo ein Dutzend Valukaner eilig helfen, die *Keel Haul* zu vertäuen. Es ist unmöglich, nicht zu bemerken, dass fast alle von ihnen junge Männer sind – vor allem, als ich mich von Bastians starrem Körper löse.

Vataea tritt neben mir an die Reling, schaut hinüber und pfeift leise. »Her mit den Junggesellen.«

Ferrick stellt sich neben sie und blickt über die Menge. »Die verschwenden jedenfalls keine Zeit.«

»Und sie halten sich nicht zurück«, schnaubt Bastian. »Bei den Sternen, so heiß ist es doch gar nicht. Zieh dein Hemd wieder an, hier sind Damen an Bord!«, ruft er einem freizügigen Valukaner zu, der zu ihm herauflächelt.

Vataea grinst. »Bist du eifersüchtig, Bastian?«

Er reckt die Schultern und nimmt eine herablassende Pose

ein. »Natürlich nicht. Hast du gesehen, wie Amora mich mit Blicken auszieht? Ich habe nichts zu befürchten.«

Als die Rampe der *Keel Haul* herabgesenkt wird, lasse ich mir Zeit und schaue, um ihn zu ärgern, noch lange über die Reling. Einer der jungen Valukaner fängt meinen Blick auf und lässt ein listiges Grinsen aufblitzen. Seine Haut ist dunkelbraun und seine lockigen Haare sind kurz geschoren. Er hat ein Lächeln, das die Götter geschaffen haben, damit es einen bezaubert. Als er mir zuwinkt, winke ich zurück.

»Ernsthaft?«, fragt Bastian.

»Ich muss doch den Schein wahren, oder nicht?«, flüstere ich zurück.

Vataea schnappt sich meine Hand und schiebt mich lachend die Rampe hinunter an Land, wo ich sofort von nicht weniger als fünfzig Valukanern begrüßt werde. An ihrer Spitze stehen stolz sowohl Lord Bargas als auch Azami. Sie sehen blendend aus in den blutroten Mänteln mit der goldenen Stickerei, die dem ähneln, den Bastian trug, als wir uns kennenlernten. An den Manschetten ziert die Mäntel ein Emblem zweier Aale, die sich um einen rauchenden Vulkan winden.

»Willkommen, Eure Majestät«, sagt Azami mit einer so echten Begeisterung, wie ich sie auf dieser ganzen Reise noch nicht gespürt habe. Sie verzichtet auf Formalitäten und zieht mich in eine kurze, aber feste Umarmung, während Lord Bargas lächelnd zusieht.

Ich bemerke, was mir auf Arida nicht aufgefallen ist: Seine Schultern sind vom Alter schon leicht nach vorn geneigt, und die Haut unter seinen Augen ist schwer vor Erschöpfung. Seine Hände, die er an die Seiten presst, zittern leicht.

»Wenn ich bedenke, dass das kleine Mädchen, das ich aufwachsen sehen habe, jetzt als die Königin von Visidia hier ist. Dein Vater wäre so stolz.« Er legt Azami die Hand auf die Schulter. »Entschuldigt mich, Majestät, aber meine alten Knochen sind nicht mehr, was sie einmal waren. Ich habe Azami mit der Aufgabe betraut, während Eurer Zeit hier auf Euch aufzupassen. Das wird eine gute Gelegenheit für euch beide, einander kennenzulernen; sie wird früh genug Valukas neue Ratgeberin sein.«

Azami glüht praktisch vor Aufregung. »Willkommen, Majestät. Ich hoffe, unsere Vorführung war nach Eurem Geschmack?«

Ich lache, das Funkeln in ihren Augen entgeht mir nicht. »Es war unglaublich. Aber das wäre für uns doch nicht nötig gewesen.«

Mitten im Zentrum des Territoriums von Erde und Wasser, erstreckt sich Valuka endlose Meilen in alle Richtungen. Die Insel ist in einzelne Quadranten aufgeteilt, die den Elementen zugeordnet sind, und hinten rechts kann ich weit entfernt ein Dickicht aus Bäumen erkennen, das zum sumpfigen Wasserterritorium führt. Links erheben sich die Felsnadeln der Berge in den Himmel und verschwinden in den Wolken, die die Grenze zwischen dem Erdterritorium und dem Luftterritorium markieren, das ich nicht sehen kann.

Weit im Norden erheben sich drei riesige Vulkane im fernen Feuerterritorium. Während die beiden kleineren Vulkane inaktiv zu sein scheinen, ragt einer über ganz Valuka auf, aus dem sich wie eine Schlange eine dichte Rauchwolke windet.

»Das kann kein gutes Zeichen sein«, sagt Vataea skeptisch.

Sowohl Lord Bargas als auch Azami werfen einen kurzen, verwirrten Blick zu dem Vulkan und lachen dann.

»Es gibt keinen Grund zur Sorge«, sagt Azami. »Der sieht furchteinflößender aus als er ist.«

»Stört euch der ganze Rauch nicht?«, beharrt Vataea.

Azami antwortet sorglos, während sie uns zu der sumpfigen Ostseite der Insel führt: »Überhaupt nicht. Der Legende nach lebt eine Bestie tief in diesem Vulkan, die Valuka vor Gefahren schützt. Wir sehen den Rauch als ihre Art, uns zu sagen, dass sie noch da ist.«

Dem Artefakt so nahe – so kurz davor, die Macht der Götter in meinen Händen zu halten –, spüre ich bis in die Knochen den Drang, mich umzudrehen und sofort auf den Vulkan zuzulaufen, bis ich die Feuerschlange finde. Sie ist nicht nur eine legendäre Beschützerin, sondern angeblich auch ein von den Göttern geschaffenes Wesen: eine der Götterkreaturen.

Als Kind habe ich zugehört, wenn mir Vater Legenden über die Feuerschlange vorlas und immer davon erzählte, dass er die Bestie eines Tages finden und ihr eine Schuppe vom Rücken stehlen würde, nur um zu beweisen, dass er es konnte. Er sagte dann immer, er werde mich mitnehmen; es würde ein Abenteuer nur für uns beide werden.

Wir hatten keine Ahnung, dass die Bestie eine Götterkreatur war, aber der Drache stand, wenn man den Seefahrerlegenden glauben konnte, auf einer Stufe mit dem Lusca: Etwas so Mächtiges und Andersweltliches konnte unmöglich existieren. Aber ich habe es immer geglaubt, und seit mir Vater zum ersten Mal davon erzählte, wollte ich dieser Bestie eines Tages gegenübertreten. Doch ich wollte Vater dabei an meiner Seite haben.

»Hast du sie je gesehen?«, frage ich und versuche, meine Gedanken vom Wandern abzuhalten. Wäre ich mit Vater und unter anderen Umständen zum ersten Mal nach Valuka gekommen, hätte es mir die Welt bedeutet, sein Gesicht zu sehen, wenn er die Feuerschlange gesehen hätte. Ich würde alles geben, um diesen Moment mit ihm zu haben.

»Wir lassen dem Drachen gern seinen Freiraum.« Azamis Stimme ist sanft, als hätte sie die Schwermut in meinem Ton gehört. »Es wird allgemein angenommen, dass er die Insel beschützt, aber wir Valukaner glauben etwas anderes. Würde dieser Vulkan ausbrechen, würde die ganze Insel zerstört. Wir glauben nicht, dass der Drache die Vulkane vor uns schützt; wir glauben, er beschützt uns vor den Vulkanen. Und so lassen wir ihm seinen Freiraum bei der Arbeit. Abgesehen davon könnten wir auch gar nicht in die Nähe der Dämpfe gehen, selbst wenn wir es versuchten.«

Diese Änderung des Mythos überrascht mich. Ich bin mit Geschichten aufgewachsen, aus denen ich gelernt habe, dass die Reißzähne des Drachen länger sind als ein ganzer Mensch. Dass Gift, so heiß wie Feuer in seinen Adern fließt und dass die Berührung einer Schuppe Haut wegschmelzen kann. Die Geschichten besagten, man hätte ihn noch nie gesehen, weil die Leute zu große Angst hätten, ihm nachzuspüren, nicht, weil er zu beschäftigt damit ist, eine ganze Insel vor der Gefahr zu schützen.

»Kümmert Euch nicht um den Vulkan, Majestät. Wir müssen Euch etwas viel Großartigeres zeigen!« Azamis Stimme ist voll echter Begeisterung. »Diese Jahreszeit war eine der großartigsten, die unsere Insel seit Langem erlebt hat. Ich weiß, es gab einiges Zögern wegen der veränderten Gesetze, aber für Valuka waren sie wunderbar. Bitte erlaubt uns, es Euch zu zeigen.«

»Bitte«, sage ich. »Nenn mich Amora.«

Azami lächelt und neigt höflich den Kopf.

»Ich gebe zu, dass ich Vorbehalte hatte, als sie mir ursprünglich von ihrer Idee erzählte«, fügt Lord Bargas in seinem ruppigen Bariton hinzu. »In diesem Königreich lief weit länger als ich meinen Titel habe alles gleich; aber das ist auch einer der Gründe, warum ich mich zurückziehe. Azami ist jung; sie kann sich an die veränderten Zeiten anpassen, während mir die Fantasie dafür fehlt.«

»Letzen Sommer standen wir kurz vor einer Krise, als viele unserer heißen Quellen zu versiegen begannen. Aber jetzt …« Azami macht eine Kunstpause und lächelt, dass es mein Blut wärmt. »Jetzt müssen wir es dir zeigen. Folge mir, hier entlang! Eure Sachen lassen wir in eure Zimmer bringen.«

Jeder Knochen meines Körpers tut weh, und das absolut Letzte, was ich mir vorstellen kann, ist Small Talk mit Fremden. Vor allem, wenn ich mich beeilen und schnell den Feuerdrachen finden muss. Ich weiß zwar immer noch nicht genau, wie ich es einsetzen möchte, aber ich kann nichts tun, solange dieses Artefakt nicht mir gehört.

Doch ich bin schließlich immer noch in geheimer Mission hier. Und es ist praktisch ausgeschlossen, dass alle in der Menge Valukaner sind. Sie tragen zwar alle denselben leuchtenden Rubinton, aber ich zweifle nicht daran, dass einige dieser Gesichter in Wahrheit getarnten Reportern aus Ikae gehören. Wenn sie zusehen, muss ich den richtigen Moment abpassen.

Ganz zu schweigen davon, dass Azamis Begeisterung ansteckend ist. Trotz allem merke ich, wie ich mich von ihr angezogen fühle, ich möchte ihr folgen.

Und so sage ich: »Es wäre mir ein Vergnügen«, denn was bedeutet schon eine Nacht mehr? Nur noch eine Nacht, bevor ich mein Schicksal entscheiden muss.

»Dann komm.« Azami nimmt mich bei der Hand. »Valuka wartet auf dich.«

Die Winter auf Valuka sind zu warm für einen Mantel. Selbst mein dünnes Leinenhemd klebt bei der Hitze an meiner klammen Haut.

Ihr Götter, ich kann mir nicht vorstellen, im Sommer hier zu leben.

Wir befinden uns tief im Wasserterritorium, umgeben von Sümpfen, die so zäh und grün sind, dass man nicht einmal ein paar Zentimeter in die Tiefe schauen kann. Wuchernde Schlingpflanzen und knorrige Wurzeln schlängeln sich am Boden und bilden krumme, unebene Pfade zwischen dem Wasser. Die meisten Bäume sind abgeholzt, wodurch eine Fläche aus Sumpf- und Marschland entstanden ist, mit nasser Erde, die an unseren Stiefeln klebt.

»Unsere Insel ist die größte im Königreich«, sagt Lord

Bargas, die Hände hinter dem Rücken verschränkt, während er das Terrain um sich herum in Augenschein nimmt und die Nase rümpft über den Matsch an seinen Stiefeln und Hosenbeinen. »Aus diesem Grund haben wir einige alternative Transportmöglichkeiten eingeführt. Hier werde ich euch leider für heute verlassen. Aber nicht ohne ein Geschenk.«

Er beschreibt mit beiden Händen einen Bogen in der Luft, und um ihn herum erwachen die Marschen zum Leben; schlammiges Wasser schraubt sich daraus empor. Aber das Wasser fällt nicht; stattdessen nimmt es Gestalt an wie vorher in der Bucht, es verwandelt sich in einen kleineren, wässriggrünen Drachen, der in der Luft schwebt. Daneben schnellt noch mehr Wasser hoch und formt sich zu vier Pferden, die mit ihren Hufen aus Gischt auf den Boden stampfen und die Algen- und Lianenstränge schütteln, die ihre Mähnen bilden.

»Sie werden euch dort hinbringen, wo ihr hin müsst«, bietet Lord Bargas an. »Azami, ich übergebe unsere Königin und ihre Begleiter in deine Obhut.«

Azami grinst und macht eine Faust, mit der sie auf die Erde boxt. Eine Erdscholle reißt unter ihren Füßen und erhebt sich vom Boden, sodass sie darauf schwebt.

»Sie ist in guten Händen, Onkel. Bist du bereit, Amora?«

Der Drache windet sich um mich, taucht zwischen meinen Beinen hindurch und hievt mich mit einer schnellen Bewegung auf seinen Rücken. Ich schnappe nach Luft, erwarte durchnässt zu werden, aber jeder Teil des Drachen, den ich berührt habe, hat sich in festes Eis verwandelt.

»Bist du dir sicher, dass es keinen hygienischeren Weg gibt, wie wir dort hinkommen?« Ferrick zieht mit einem Blick auf das trübe Wasser eine Grimasse, während Shanty vergnügt auf ihr Ross klettert. Vataea ist eher neugierig als vorsichtig und streicht mit den Fingern durch das Wasser. Ich kann praktisch sehen, wie es in ihrem Kopf arbeitet und sie sich überlegt, ob sie so etwas vielleicht selbst auch hinbekommen könnte.

»Ich hatte keine Ahnung, dass die Magie von Valuka so vielseitig ist«, sagt Bastian und beäugt sein Pferd.

»Ach?«, fragt Lord Bargas mit gespielter Überraschung. »Ich hätte gedacht, jemand, der einen Valukaner gespielt hat, müsste mehr darüber wissen.« Er lässt Bastian keine Chance zu kontern. Stattdessen macht er eine schnelle Bewegung aus dem Handgelenk, und das Wasserpferd stößt Bastian den Kopf in den Bauch und wirft ihn sich auf den Rücken.

»Wage es ja nicht, alter Mann …« Bastian unterbricht sich mit einem Aufschrei, als das Wasserpferd losgaloppiert und Bastian sich festhalten muss. Lord Bargas lacht so vergnügt, dass sein Bauch wackelt.

Die Reittiere von uns anderen laufen los, während Lord Bargas uns, immer noch lachend, zum Abschied winkt, und ich presse fest die Schenkel um das behelfsmäßige Tier unter mir und halte mich fest.

Wind peitscht meine Wangen, und meine Finger werden taub vom eisigen Körper des Drachen, als er über den anderen über die Landschaft fliegt.

Shanty johlt lachend und benutzt die Mähne des Pferdes als Zügel. »Schneller!«, brüllt sie. Ihr gehorchend schnaubt das Pferd nebligen Atem und stampft über das Sumpfwasser, als wäre es fester Boden.

Vataea und ich lassen uns nicht gern abhängen, wir wechseln einen kurzen Blick, dann jagen wir lachend hinterher. Ich breite die Arme aus, als der Drache an ihnen vorbeisegelt. Umtost vom Wind fühle ich mich, als würde ich fliegen. Wir schlängeln uns zwischen krummen und halb entwurzelten Bäumen hindurch, um deren Äste sich Moos windet.

Unter uns trägt die Erde Azami weiter, bewegt sie flüssig über den Boden hinter uns her; sie hat es schwerer, sich ihren Weg um die Hindernisse herum zu bahnen.

Im rauschenden Wind blinzle ich, ziehe den Kopf ein und halte den Mund wegen der Schwärme von Stechmücken über den stehenden Sumpfgewässern geschlossen. Wir bringen innerhalb von Minuten mehrere Meilen hinter uns und erblicken schließlich die Valukaner, die in dem sumpfigen Marschland auf uns warten. Sie drängen sich auf einer großen Fläche zusammen, von der alle Bäume entfernt wurden. Als sie uns entdecken, breitet sich Lächeln auf ihren Gesichtern aus. Mein Drache zittert, als er sich zum Boden absenkt, und setzt mich vor ihnen ab, indem er sich in Dampf auflöst. Ich schwanke beim Landen, mein Körper ist noch ganz benommen, aber voller Adrenalin.

Ihr Sterne, ich würde dafür bezahlen, das noch mal machen zu dürfen!

»Und wie gefällt dir unsere bescheidene Insel bisher?«, fragt Azami trällernd.

Mein Lachen als Antwort ist fröhlich und atemlos. »Ich plane schon meinen nächsten Besuch.«

Ihr Lächeln könnte unmöglich strahlender sein. »Dann wird dir gefallen, was als Nächstes kommt.« Sie lässt das Stück Erde unter sich fallen und es verbindet sich wieder mit dem Boden, als sei nie etwas gewesen. »Ich möchte euch zum großartigsten Schauspiel in ganz Visidia willkommen heißen!«

Im selben Moment treten die wartenden Valukaner in Aktion. Die mit einer Verbundenheit zur Erde stampfen mit ihrem linken Fuß auf das Marschland und wischen in einem schnellen Bogen durch die Luft. Der Boden unter uns bebt, dann bricht die Oberfläche und bildet ein Halbrund mit langen Bänken aus Matsch. Andere Valukaner härten ihn mit weiß glühenden Flammen, die aus ihren Mündern oder Handflächen lodern, bevor Azami uns mit einer Geste bedeutet, uns darauf zu setzen. Erst dann bemerke ich, dass Bastian, im Gegensatz zu uns anderen, bis auf die Knochen durchnässt ist und seine Haare platt an seinem Kopf kleben.

»Kein Wort!«, knurrt er und setzt sich mit verschränkten Armen, während weitere Valukaner still wie Statuen ihre Plätze einnehmen, und Azami uns den Rücken zudreht, um zwischen ihnen hindurchzugehen. Wir fünf halten den Atem an, und einen kurzen Moment lang überlege ich, ob das alles hier eine Falle ist. Bei so vielen Valukanern wären wir augenblicklich überwältigt.

Doch dann dreht sich Azami um, und wir sind nicht mehr im Sumpfgebiet von Valuka, sondern in das grandioseste Schauspiel versetzt, das ich je gesehen habe. Es ist wie die Wassershow, die sie zur Begrüßung gemacht haben, aber größer und kunstvoller als alles, was ich mir je hätte vorstellen können.

In perfektem Einklang richten sich die wasseraffinen Valukaner aus ihrer Hocke auf und nehmen dabei trübes Sumpfwasser mit. In ihren Handflächen verwandelt sich das Wasser in vollkommene Kugeln, die sie hin- und herwerfen. Jedes Mal, wenn sie das tun, teilt sich das Wasser und nimmt eine neue Gestalt an, bis jeder Valukaner einen winzigen Delfin aus Wasser hält, alle in verschiedenen Farben.

Mehrere Valukaner beugen sich nach vorn und blasen auf das Wasser, ihr Atem friert die Delfine ein. Sie fallen den Künstlern aus den Händen, doch statt zu zerspringen, ist es, als verschlucke der Boden die Delfine. Er spuckt sie wieder aus und es sieht aus, als würden die Delfine an Land schwimmen, wobei sich der Boden hebt und senkt wie Wellen.

»Ihr Sterne!« Shanty holt scharf Luft und beugt sich vor, in ihren Augen lodert ein Hunger, den ich langsam an ihr kenne: ein Hunger, der erwacht, wenn sie etwas Wertvolles sieht, das sie haben möchte.

Als Nächstes kommen Valukaner mit einer Verbundenheit zu Feuer und speien heiße Flammenkugeln, die sie denjenigen mit Luftverbundenheit zuwerfen. Die Luft facht die Flammen an und schafft ein Inferno unter ihnen. Wir alle schnappen nach Luft, als sich vier Valukaner rückwärts in das Inferno fallen lassen und so elegant eintauchen wie Schwäne. Ich lasse meinen ängstlich angehaltenen Atem entweichen, als ich sehe, dass die Flammen sie nicht verbrennen; die Valukaner beeinflussen die Luft um sich, was sie wiederum in den Himmel katapultiert. Als der Strudel sie wieder ausspuckt, teilen sie sich erneut auf und verweben elegant die Luft unter ihren Füßen, sodass es aussieht, als ritten sie auf Wolken.

Einige der Valukaner praktizieren auch Verzauberungsmagie; sie formen und verändern die Luft unter sich, verzaubern sie zu Formen wie dunkelblaue, mit Sternen gefüllte Wolken oder ein wildes, fauchendes Seemonster, sodass es wirkt, als ritten sie in den Kampf.

Als sie schließlich herabsinken, tun sie es sanft und landen lautlos und zufrieden lächelnd mit einer leichten Verbeugung auf ihren Füßen.

Wir springen auf und applaudieren, und Azami strahlt, die Hände vor Aufregung ineinander verschränkt. »Hat es euch gefallen? Ehrlich?«

»Natürlich, es war unglaub…«

»Ich habe so viele Ideen!«, unterbricht mich Shanty, die Wörter platzen förmlich aus ihr heraus. »Ich habe noch nie Elemente- und Verzauberungsmagie so vermischt gesehen, das ist genial! Ich finde, Ihr solltet es bei Nacht spielen. Macht die Farben strahlender. Und Ihr könntet Musik dazunehmen, die darauf abgestimmt ist!« Azami verzieht zunächst überrascht das Gesicht, aber sie lacht, als Shanty ihr aufgeregt einen Arm um die Schultern legt. »Ihr baut das doch aus, oder? Macht es zu Geld?«

»Das ist der Plan. Wir müssen in Verzauberungsmagie noch besser werden, aber es ist ein Anfang. Wir wollen uns den veränderten Zeiten anpassen und zeigen, dass Wandel nicht beängstigend sein muss.«

Ich habe meine Wachsamkeit schon aufgegeben, als sie sich zu mir umdreht, so aufgeregt und erleichtert, dass ich keine Ahnung habe, wie ich je den Verdacht haben konnte, sie könnte mir etwas zu tun. »Ich will, dass Valuka wie ein vor Magie übersprudelnder Ort wirkt«, sagt sie vorsichtig, als wollte sie sich absichern. »Ich möchte, dass es ein Ort wird, wo man Wasserpferde reiten oder auf dem Wind davonsegeln kann. Ich möchte, dass es Aufführungen gibt und dass es so schön wird, dass die Leute immer wiederkommen möchten.«

»Es ist genial.« Shantys Grinsen ist so gierig und verschlagen, dass ich fast überlege, Azami von ihr wegzuziehen. Doch die zukünftige Ratgeberin ist so begeistert. Während sie sich glücklich an Shantys Arm klammert, grinst sie so breit, dass ihr Gesicht auseinanderzufallen droht.

»Und das war alles deine Idee?«, frage ich.

Azami wirkt nicht mehr schüchtern bei ihrer Antwort. Sie reckt die Schultern und wirft sich schwarze Haarsträhnen nach hinten, damit sie mir direkt in die Augen schauen kann.

»Visidia hat ewig lang stagniert«, sagt sie selbstbewusst. »Und viele seiner Bewohner sind genauso, sie haben Angst vor Veränderungen und davor, wirklich zu sehen, was Visidia sein könnte, wenn wir zulassen, dass das Königreich floriert. Du veränderst das Fundament dieses Königreiches, und ich glaube an deine Mission. Ich glaube an das, was du tust, und ich möchte ein Teil davon sein.«

Das Lächeln zu diesen Worten trifft mich hart in der Brust und füllt eine Leere, von der ich nicht wusste, dass sie da war.

»Ich möchte helfen, ein neues Visidia zu gestalten«, sagt sie mit einer Stimme, die so ruhig und selbstbewusst ist wie der Regen. »Gemeinsam können wir unser Königreich zum Besseren verändern, davon bin ich überzeugt.«

Und zu meiner Überraschung glaube ich ihr.

»Azami Bargas«, sage ich zu ihr, »ich glaube, du wirst eine der besten Ratgeberinnen, die Visidia je gesehen hat.«

29

Unser erster Tag auf Valuka hat gerade erst begonnen.

Männer schwirren aufgeregt um uns herum. Wenn sie glauben, ich würde nicht hinsehen, kontrollieren sie ihre Frisuren und ihren Atem. Anders als auf Curmana tragen sie nicht ihre feinsten Kleider, sondern lose Tuniken und Baumwollhosen – Kleidung, die es ihnen erlaubt, sich so frei und flexibel zu bewegen, wie es ihre Magie erfordert.

»*Wir* wollten diejenigen sein, die eine Show für *dich* machen«, erklärt mir Azami. »Nicht umgekehrt. Ich weiß, du bist aus einem bestimmten Grund hier, Amora, aber ich wollte nicht, dass du das Gefühl haben musst, auf dem Präsentierteller zu sitzen. Ich wollte, dass alles so natürlich ist wie es geht.«

»Was vermutlich der Grund war, warum du mir keine Zeit gelassen hast, mich frisch zu machen?«

Azami lächelt entschuldigend. »Du wirst sowieso nur schwitzen. Ich dachte mir, es würde dir Spaß machen, wenn du heute unsere Magie mit uns ausprobierst. Wir können herausfinden, welche Verbundenheit du hast!«

Es ist, als würde auf einen Schlag alle Hitze von der Insel abgesogen und ich bleibe kalt und angespannt zurück. »Ich … dachte, die Leute können wählen, welches Element sie praktizieren wollen?«

Sie streicht sich die glatten schwarzen Haare hinter die Ohren. »Das kann man natürlich. Aber die Leute fühlen sich normalerweise zu einem mehr hingezogen als zu den anderen. Du wirst es wissen, wenn du es fühlst. Wenn du deine Verbundenheit gefunden hast, nimmt sie dich ganz ein. Als wäre es dir immer vorherbestimmt gewesen, sie zu haben, und als wäre sie immer ein Teil von dir gewesen.« Azami nimmt mich bei der Hand; mir bleibt keine Zeit, sie aufzuhalten, als sie mich von dem Sumpfland weg auf festeren Boden führt.

»Meine Verbundenheit ist die Erde«, verkündet sie, als sich eine Handvoll valukanischer Männer nähert, die sich verneigen, uns ihre Namen sagen und sich dann zu uns setzen.

Normalerweise hätte Azami recht. Das wäre auf jeden Fall meine bevorzugte Art gewesen, die Bewohner der verschiedenen Inseln kennenzulernen: ganz entspannt in ihrem Alltag. Aber wenn die halbe Seele fehlt, kann ich keine Magie praktizieren, egal, wie gern ich es möchte. Die Hohe Animantin soll die Stärkste im Königreich sein – was wird mein Volk denken, wenn es nun herausfindet, dass ich die valukanische Magie nicht lernen kann?

Sie hat recht, wenn sie sagt, dass ich schwitzen werde – mehr, als sie es sich vorstellen kann. Mein Körper ist taub, eiskalt, und dennoch stehen mir Schweißperlen am Haaransatz und mir ist übel.

»Fangt damit an, dass Ihr Euch erdet«, schlägt ein junger Mann mit herrlich sonnengebräunter Haut und Sommersprossen unter grünen Augen vor. »Lasst Euch von ihr stabilisieren. Spürt ihre Kraft von den Zehen aus.« Er holt tief und übertrieben Luft und wartet darauf, dass ich ihn imitiere. »Fühlt Ihr es?«

Ich grabe meine Zehen in die Erde und warte, aber alles, was ich fühle, ist das Bedürfnis, meine Füße sauberzuschrubben.

Ich spähe zu den anderen hinüber. Vataea hat sich hingesetzt und verkündet dramatisch, hier sei es zu heiß und wir sollten sie ins Meer zurückwerfen, bevor sie völlig verschrumple.

Shanty, Ferrick und Bastian konzentrieren sich und geben ihr Bestes, obwohl auch ihre Haut vor Schweiß glänzt. Innerhalb einer Stunde stellen wir fest, dass nicht einmal einer von uns eine Verbundenheit zur Erde hat. Die Valukaner tätscheln uns die hängenden Schultern, und auch wenn Azami leicht enttäuscht aussieht, bleibt sie zuversichtlich.

»Das ist nicht schlimm«, erklärt sie mit einer Entschlossenheit, von der ich mir gut vorstellen kann, dass sie beim Choreografieren solch spektakulärer Shows hilft. »Wir haben den ganzen Tag Zeit, um eure Verbundenheiten zu finden!«

Doch auch in den Sümpfen finden wir sie nicht, wo uns ein charmanter Mann durch die Magie führt, die er uns erklärt wie einen Tanz – weich und fließend oder wütend und präzise. Ich erkenne die Lektion als dieselbe, die ich bei dem valukanischen Mädchen auf Kerost gesehen habe.

Vataea hat es schnell raus und beeindruckt eine Gruppe valukanischer Männer, die ihr verzückt applaudieren. Erst als sie nicht hinsehen, bemerke ich, wie sich Vataeas Lippen in einer stummen Beschwörung des Wassers bewegen, und ich weiß, dass es nichts weiter ist als ihre Sirenenmagie, mit der sie sie täuscht.

Ich wäre zwar nur zu gern in der Lage, meinen eigenen Wasserdrachen zu erschaffen, um darauf zu reiten, aber erst als wir zu einem lodernden Lagerfeuer kommen, regt sich wirklich Sehnsucht in mir. Als ich meine Magie noch hatte, brauchte ich Feuer, um sie zu benutzen. Hätte ich die Kraft gehabt, dieses Feuer selbst zu erschaffen, ihr Götter, ich wäre unbesiegbar gewesen.

Während wir alle unsere Hände zu der Feuerstelle ausstrecken und den Anweisungen folgen, unsere Gedanken zur Ruhe zu bringen und in uns nach der Hitze zu suchen, die irgendwie in unserem Innersten sein soll, sind es Ferricks

Hände, die Feuer entfachen. Bei seinem überraschten Luftschnappen zucke ich zusammen, und Neid flammt in mir auf, als winzige Funken seinen Arm hinaufflackern.

»Bleib ganz ruhig«, sagt einer der Valukaner, die uns anleiten, und nimmt Ferrick bei den Schultern. »Tief atmen. Man muss einen klaren Kopf haben, um diese Magie zu kontrollieren. Konzentriere dich darauf, wie es sich in deinen Händen anfühlt. Atme und lass los.«

Ich atme tiefer, versuche, dasselbe zu tun, hoffe und bete, dass die Magie kommen möge. Ich hasse es, dass nicht ich es bin, die sie haben darf, aber ich schäme mich für meinen Neid, als die Funken Begeisterung in Ferricks Augen wecken und ihm eine ganz neue Welt der Möglichkeiten eröffnen.

Ein winziger Blutstropfen läuft aus seiner Nase, aber er wischt ihn weg; selbst die Schwierigkeit, eine neue Magie auszuüben, trübt seine Begeisterung nicht.

Meine Enttäuschung und die Schuldgefühle werden nur schlimmer, als wir die letzte Verbundenheit üben: Luft. Azami beobachtet mich mit neugierigen Augen und voller Erwartung, aber es sind Bastian und Shanty, die Fäden davon durch ihre Finger weben, Laub in ihre Handflächen heben und lachen, als sie einander Windböen in die Haare pusten.

Bastian grinst begeistert, und den Gefühlen nach zu urteilen, die in seiner Seele anschwellen, verstehe ich auch, warum: Wenn er Windmagie beherrscht, kann er helfen, die Segel der *Keel Haul* zu führen und braucht möglicherweise nicht einmal mehr eine volle Crew. Es ist genial, aber ich fühle mich trotzdem, als ließe er mich zurück.

Sie lassen mich *alle* zurück.

Und warum sollten sie auch nicht? Ferrick und Bastian praktizieren jetzt jeweils drei Magieformen, und ich habe noch nicht einmal eine. Meine Blutlinie ist direkt für den Ruin von Visidia verantwortlich. Mein eigenes Volk versucht, mich zu töten.

Ich würde mich auch zurücklassen.

»Hast du bei keiner davon einen Funken gespürt?«, drängt mich Azami. »Vielleicht ist es uns entgangen. Wenn du mehr Zeit brauchst, würde es den anderen sicher nichts ausmachen, länger zu bleiben und dir beim Lernen zu helfen.«

Azami ist aufrichtig; das weiß ich. Wie die anderen glaubt sie, ich sei hier, um einen König für Visidia zu finden, und sie war wenigstens nett genug zu versuchen, mir die Anwärter von Valuka so natürlich wie möglich vorzustellen, indem ich mit ihnen arbeite. Nichts, was sie tut, ist *falsch*. Und doch steigt der Druck in meiner Brust, schießt durch meinen Körper und hinterlässt ein Gift, das meine Brust so eng macht, dass ich kaum atmen kann.

In den Blicken der Valukaner liegt Enttäuschung. Eine Erwartung, die ihren Wunsch überlagert hat, mich für sich zu gewinnen. Visidias Hohe Animantin sollte eigentlich die mächtigste Person im Königreich sein, und sie haben mir gerade beim Scheitern zugesehen.

Ihre Blicke führen mich in die Nacht meiner Geburtstagsfeierlichkeiten zurück, als mich meine Magie vor einer ganzen Menschenmenge überwältigt hat. Die Erinnerung lastet wie ein Anker auf meiner Brust, er sinkt tiefer und tiefer, bis er den Schutzpanzer zerschlägt, den ich um mich herum aufgebaut habe. Ich umklammere meinen Bauch, meinen Hals, versuche, Luft in meine Lungen zu zwingen, während in meinen Ohren Erinnerungen an diese Nacht schrillen.

Sie wird alles zerstören!

Sie sollte hingerichtet werden! Sie wird uns alle töten!

Bastians Kopf ruckt nach oben und sein Blick findet meinen schnell wie der Blitz, als mein Blickfeld zum Tunnel wird. Ich muss ihm nicht sagen, dass ich Hilfe brauche, er ist schon an meiner Seite, drückt mit den Händen meine Schultern, um mir zu verstehen zu geben, dass er da ist.

Warum tue ich das?

Was ist schon dabei, wenn mich alle für schwach halten, weil ich nicht in der Lage bin, ihre Magie zu lernen? Warum ist das meine Schuld?

Warum tue ich das alles hier überhaupt?

Warum ist es wichtig, was Visidia von mir hält, wenn ich so dicht davorstehe, den Schlüssel zu ihrem Schicksal in Händen zu halten? Ich könnte die Seelenmagie für sie befreien. Ich könnte Visidia wieder zu dem machen, was es immer sein sollte, und ihnen endlich die Wahrheit sagen. Ich könnte unser Königreich in die Zukunft führen, für die es immer bestimmt war.

Oder ich könnte egoistisch sein. Ich könnte Vater wieder holen, und mit seiner Wiedererweckung würde der Druck der Krone nicht mehr allein auf mir lasten. Mutter würde wieder lächeln. Ich könnte sein Lachen hören und ihm Rukan zeigen. Er und ich könnten Visidia gemeinsam wieder aufbauen, und ich würde mich nicht so allein fühlen.

Es ist egal, was alle anderen denken. Visidias Schicksal liegt in meinen Händen, und ich werde damit tun, was ich will. Eine Königin muss nicht lächeln. Sie muss keine Spielchen spielen.

Eine Königin muss regieren.

»Ich mache das nicht mehr.« Die Worte fühlen sich nicht wie meine eigenen an. Sie sind ein bitteres Flüstern, so leise, dass sich Azami vorbeugt.

»Amora?«

Meine Knie geben nach.

»Die Party ist vorbei.« Bastians Stimme klingt wie aus weiter Ferne. »Jetzt gehen einfach alle nach Hause, die Königin sieht euch alle morgen wieder …«

»Nein.« In dem Moment, als das Wort meinen Mund verlässt, kann ich wieder leichter atmen. Diese Freiheit lässt ein Lachen in meiner Kehle aufsprudeln. »Nein, ich glaube nicht, dass ich sie morgen sehen werde. Ich … ich glaube, ich bin fertig.«

Azamis Gesicht wird aschfahl. Die anderen hinter ihr starren mich verblüfft an. »Stimmt etwas nicht, Majestät? Ich bin mir sicher, ich kann das …«

»Du machst das genial.« Mit jedem Wort lässt der Druck auf meiner Brust nach. Mit jedem Atemzug fühle ich mich ein bisschen mehr wie ich selbst. »Ich weiß alles zu schätzen, was du mir gezeigt hast, und alles, was du für Valuka tust. Ich bin mir sicher, jeder einzelne dieser Männer ist wundervoll, aber ich habe zu hart für diesen Thron gearbeitet; ich habe zu viel für mein Volk geopfert. Niemand, egal, wie nett oder wunderbar er sein mag, wird es je verstehen oder darauf vorbereitet sein, die Last dieser Krone auf sich zu nehmen, und ich bin es leid, so zu tun, als würde ich es einem von ihnen erlauben. Sag Lord Bargas, er soll das Königreich wissen lassen, dass ich fertig bin mit dieser Scharade.«

Auf jeder Insel, die ich bisher besucht habe, habe ich zu viel Zeit damit verloren, den Schein zu wahren. Zweimal wäre ich fast gestorben, als ich die Leute davon überzeugen wollte, mich zu mögen. Ich habe genug davon, so zu tun, als wäre ich jemand, der ich nicht bin, nur um akzeptiert zu werden.

Ich bin Amora Montara, und ich werde nicht länger eine Spielfigur sein. Ich werde eine Königin sein.

»Es wird aber auch wirklich Zeit, dass du mit dieser Scharade aufhörst«, sagt Vataea, als wir uns an diesem Abend in unserem Zimmer einrichten. »Ich war überrascht, dass es so lang gedauert hat.«

Ich ziehe ein Kissen auf meinen Kopf, atme tief den Lavendelduft der frisch gewaschenen Bettwäsche ein und gebe mir größte Mühe, darin zu verschwinden. Ich bin zwar froh, dass ich keine endlose Reihe von Verehrern mehr kennenlernen muss, aber morgen wird ein Sturm der Entrüstung durch die Pergamente gehen.

Doch das ist nicht wichtig. Es darf nicht wichtig sein. Ab

morgen wird es Zeit, die Götterkreatur zu finden und das Schicksal Visidias auf die eine oder andere Art zu drehen.

Erst als zusätzliches Gewicht das Bett knarren lässt, rege ich mich und schäle mich lange genug aus dem Kissen hervor, um Vataeas Blick zu sehen, der sich in mich bohrt.

»Bemitleidest du dich?«, fragt sie so direkt, dass ich einen Moment lang daran erinnert werde, dass sie kein Mensch ist. »Oder ist es, weil du wieder deinen Vater vermisst?«

»Ich vermisse ihn immer.« Als ich mich aufsetze, folgt sie meinem Beispiel.

»Es gibt auch viele, die ich vermisse.« Sie sagt es zwar beiläufig, aber etwas Schweres drückt ihre Schultern nieder. Licht flackert in ihren Augen und wird trüb. Jahrhundertelang wurden Meerjungfrauen illegal gejagt, um ihnen die Schuppen abzuziehen und aus den schlimmsten andere Gründen. So lange, wie sie schon lebt, bin ich mir sicher, dass sie viele verloren hat.

»Ich weiß, seine Regentschaft war auf Lügen aufgebaut. Und dass er alles getan hat, um sie aufrechtzuerhalten«, sage ich schließlich. Ich habe Mühe, hörbar zu sprechen. »Ich *weiß* das. Aber … ich würde alles geben, um ihn wiederzusehen. Und sei es nur für einen Moment.« Ich kann nicht sagen, was der Grund ist, aber etwas in mir splittert unter ihrem leuchtenden Blick. Die Gefühle fluten mich, als wäre ein Damm gebrochen, frei und alle auf einmal. »Egal, was er getan hat, er ist mein Vater. Ich habe einfach das Gefühl, wenn er hier wäre, könnte er mir helfen, dieses Durcheinander in Ordnung zu bringen.«

»Du kannst nicht die Lügen mehrerer Jahrhunderte in zwei Jahreszeiten ungeschehen machen.« Vataea hält meine Schultern mit festem Griff. »Du tust dein Bestes, Amora. Das genügt. Ich habe viele verloren, aber ich lasse nicht zu, dass ich mit ihnen verloren gehe. Sie würden nicht wollen, dass wir unser Leben unterbrechen, weil ihre Zeit abgelaufen ist. Trauere, aber verliere dich nicht in deinem Kummer.«

Das ist viel einfacher gesagt als getan. Auch wenn sie noch so viele verloren hat, sie war nie verantwortlich für den Schmerz – und den Tod – so vieler.

»Die Götter sind grausam, weil sie ihn mir genommen haben.« Selbst für mich hört sich das pathetisch an, aber ich meine es genau so. So sehr, dass ich jedes Wort in Richtung der Götter sende wie einen Schlag und hoffe, dass sie die ganze Wut darin spüren können. »Ich wünschte einfach, sie würden ihn mir wiedergeben.« Gemeinsam könnten wir die Magie wieder einführen. Kaven besiegen. So viele Leben retten.

Wenn ich es nicht besser wüsste, würde ich Vataeas Gesichtsausdruck für mitleidig halten.

»Selbst ich weiß, dass es nicht weise ist, eure Götter zu verfluchen, Amora.« Vataea gleitet von meinem Bett, kriecht in ihr eigenes und löscht unterwegs die Kerze. »Du weißt nie, wann sie womöglich zuhören.«

30

Jemand beobachtet mich.

Ruckartig und atemlos setze ich mich in meinem Bett auf.

Das einzige Licht im Raum stammt vom Mond und fällt durch die Lücken zwischen den Gardinen herein. Ich blinzle durch seinen Silberschleier, doch alles, was ich sehe, ist Vataea, die tief und fest in dem Bett neben meinem schläft, sie atmet schwer und ungestört.

Behutsam lege ich mich wieder hin, überzeugt davon, dass mir meine Nerven einen Streich spielen, und versuche, meinen Atem wiederzufinden. Doch im selben Moment, als ein Schatten vor meinem Fenster vorbeihuscht, bin ich wieder auf den Beinen, Rukan fest in der Hand und bereit, Vataea aufzuwecken. Da höre ich den Schatten lachen.

Es ist ein dröhnender, stolzer Laut, der meine Lungen rasseln lässt und mich beinahe in die Knie zwingt. Ich würde dieses Lachen überall wiedererkennen. Aber … das kann nicht sein.

»Vater?« Meine Stimme ist heiser und leise, doch als Antwort erschallt erneut sein Lachen. Es klingt so nah, dass ich große Mühe habe, nicht zu wimmern.

Als sich Vataea immer noch nicht rührt, kneife ich mich fest ins Handgelenk, denn ich weiß, das kann nur ein sehr grausamer Traum sein. Als das Kneifen brennt, stockt mir der Atem und ich warte keine Sekunde länger, sondern werfe mir einen Umhang übers Nachthemd, schnalle mir Rukans Scheide um und laufe los. Wie der Blitz durchquere ich das Haus, der kühle Marmor ist beißend kalt an meinen nackten Füßen.

»Vater!«, rufe ich noch einmal, lauter diesmal, jetzt, da keine schlafenden Ohren mehr in der Nähe sind. Er lacht wieder, und diesmal sehe ich etwas, und ich weiß, dass er das sein muss – ein verschwommener Fleck aus Schatten und Licht, der vor mir über das Gelände läuft.

Ich denke nicht nach. Ich folge ihm einfach, weiter und weiter weg von dem Haus, bis die Erde zu Fels und Stein wird und mir der Schmerz in die Sohlen kriecht. Ich weiß bis in mein tiefstes Inneres, dass das nicht wahr sein kann. Es ist ein Fluch. Ein Trugbild. *Irgendwas.*

Doch Vater ist direkt da, vor mir. Er bewegt sich so schnell, dass ich nicht zögern darf, wenn ich ihn einholen will.

»Warte auf mich«, flüstere ich ihm nach und balle die Fäuste, als sich ein Stein in meine Ferse bohrt. »Warte kurz!«

Kaum sind mir die Worte über die Lippen gekommen, da erscheint vor mir eine leuchtende Gestalt. Ein Tier aus schimmernden blauen Flammen steht hoch aufgerichtet da. Es hat die Gestalt eines Wolfes angenommen, übergroß und so wild brennend, dass es mich Kraft kostet, nicht die Augen zu schließen.

Seine rauchenden Pfoten stampfen ungeduldig auf den Boden, ein stetiger Strom frischer Funken fällt aus seinem leuchtenden Fell. Es hat weiße Feuerkugeln als Augen, und ich taste unwillkürlich nach meinem Dolch, als sie mich fixieren.

Das Tier bemerkt meine Bewegung und schnaubt Flammen aus den Nüstern, als wolle es mir sagen, ich solle mir die Mühe sparen. Es ist nicht zum Kämpfen hier.

»Bringst du mich zu ihm?« Ich gehe auf den Wolf zu und strecke zögerlich die Hand nach seinem Hals aus. Als die Flammen kaum meine Haut ansengen, hole ich scharf und überrascht Luft. Mit Gewalt bringe ich den Mut auf, mich auf seinen Rücken zu schwingen; ich möchte den Anschluss an Vater nicht verlieren.

Sobald ich auf ihm sitze, läuft der Wolf schnell wie der Wind los, hinter ihm sprühen blaue Funken. Erst dort, auf dem Rücken dieses feurigen Tiers, holt mein Verstand meinen Körper ein und warnt mich, dass es töricht ist, ihm so einfach zu folgen. Dieser Wolf hat sich nicht selbst erschaffen, und er weiß eindeutig, wohin er will. Dennoch war Vaters Lachen zu echt. Zu nahe.

Ich kann jetzt nicht umkehren. Nicht, wenn er in Reichweite ist.

Vater hat mir den Rücken zugedreht, als wir ihn finden, sein Körper besteht aus roten Flammen, die er mit seinem eigenen Reittier teilt, einem riesigen Elch mit silbernen Schaufeln. Zusammen stürmen sie durch die Berglandschaft, schlängeln sich zwischen Geysiren hindurch, die Sternschnuppen in den Himmel schießen. Ihr Sprühnebel sinkt auf meine Haut herab und lässt das Tier unter mir zischen und dampfen.

»Schau mich an«, flüstere ich, denn ich will, dass Vater sich zu mir umdreht. Ich dränge ihn – flehe ihn an –, mir sein Gesicht zu zeigen und mir zu beweisen, dass er es ist, habe aber Angst, ich könnte aufwachen, sobald er es tut.

Doch Vater dreht sich um, und das Feuer um ihn herum verglüht. Zum ersten Mal, seit ich gesehen habe, wie er brannte, sehe ich sein Gesicht.

Da ist seine sonnengebräunte Haut, gefurcht von Jahren auf See. Warme braune Augen, die vor Stolz leuchten, als sie mich mustern. Und ein Lächeln. Breit und wundervoll und schön.

»Du bist es. Du bist es wirklich.«

Vater antwortet nicht. Er hebt nur die Hand zum Himmel und nutzt Magie, die ich noch nie gesehen habe, um Stränge wirbelnder Sternbilder in seine Hände zu ziehen. Sie schlingen sich um seine Hände und Schultern, wirbeln in allen Farbschattierungen von Rosa, Blau und Grün. Wieder lacht er und streckt die Hand nach mir aus. Diesmal wirbeln die Sterne zwischen seinen Fingern und durch meine Haare. Ich lache, als sie um mich herumsausen, bevor sie wieder in den Himmel hinaufschießen, zerplatzen und mich in ein Meer aus Magie und Sternen tauchen.

Als ich den Kopf in den Nacken lege, um sie zu beobachten, bemerke ich fast nicht, dass meine Wangen tränennass sind, und es ist mir auch egal.

Ich werde zwar aus diesem Traum aufwachen müssen, aber ich bete zu jedem Gott, der mir zuhört, dass die Realität mich nicht zu schnell einholt. Ich möchte so lange wie möglich in diesem Moment bleiben. Sein Lachen hören. Sein Lächeln sehen.

Mein ganzes Leben habe ich mir dieses Abenteuer mit Vater gewünscht. Jetzt, da es soweit ist, bete ich, es möge ewig dauern, bis die Galaxie uns am Stück verschluckt und unsere Welt nicht mehr ist.

Doch selbst die Götter haben ihre Grenzen, und sie waren schon zu nett zu mir.

Vaters Körper beginnt an den Rändern zu rauchen, er gibt seinem Reittier rasch die Sporen und galoppiert wieder davon. Nur dass er diesmal höher und höher steigt, als ritte er in den Himmel. Ich beuge mich auf meinem Wolf vor und kralle mich in seinem Fell fest, als er ebenfalls losstürmt.

Mit jedem Moment, der vergeht, löst sich mehr und mehr Rauch von Vaters Körper. Er vernebelt die Luft, verengt meine Lungen und versengt meine Kehle. Doch ich folge Vater weiter, denn er darf mir auf keinen Fall ein zweites Mal entwischen.

»Weiter«, flüstere ich dem Wolf ins Ohr und beuge mich dicht über ihn, als uns der Rauch langsam einhüllt. »Hol ihn ein!«

Das Tier brennt hell in dem Rauch und Nebel, es wärmt

meine Finger, als es dahinstürmt und erst bei Vater stoppt, der ebenfalls angehalten hat.

Er sitzt hoch aufgerichtet vor mir, ein gleißendes Licht zwischen Rauch und Schatten. Er hat den Mond gestohlen und trägt ihn als Lächeln.

»Du hast auf jeden Fall meinen Sinn für Abenteuer geerbt.« Der Stolz in seinen Worten durchbohrt meine Brust mit einer Macht, die furchterregender ist als jedes Schwert.

»Ihr Götter«, flüstere ich mit pelzigem Mund, während ich absteige. Meine Kehle brennt bei jedem Wort. »Du fehlst mir.«

Es gibt so viel, was ich ihm sagen möchte. So viel zu erzählen. Doch Vater löst sich in Rauch auf, der zu schnell im Wind verweht. Ich strecke die Hand nach ihm aus, suche verzweifelt nach einem Weg, ihn hier bei mir zu halten, aber er erwidert die Geste nicht.

»Ich vermisse dich mehr als du ahnst. Aber du musst tapfer sein, Amora.« Sein Körper verfliegt wie Rauch zu den Sternen. »Sei mutig, mein Mädchen, und tu, was ich nicht tun konnte.«

Ich will ihn rufen. Versuche, ihn zu halten. Aber meine Hände greifen ins Leere, und ich kann nicht mehr atmen.

So schnell er gekommen ist, so schnell ist er wieder weg. Doch einzelne Rauchfetzen sind noch da und nehmen eine Gestalt an, die hinter der Stelle wartet, an der er eben noch war: ein Wesen, von dem er mir versprochen hat, dass wir beide es eines Tages zusammen finden werden.

Ein Wesen mit großen, blutroten Augen.

Also ist das Kind endlich aufgetaucht. Willkommen, Kleine. Ich hatte mich schon gefragt, wann du kommen würdest.

Ich taumle rückwärts, als sich die Schatten bewegen und die Gestalt einer riesigen Kreatur annehmen, die sich näherschleicht. Erst da merke ich, wo ich stehe, und dass Vaters Körper nicht allein verantwortlich war für den Rauch um uns herum.

Er hat mich zum Fuß des Vulkans geführt, wo das göttliche Wesen wartet, das ich gesucht habe.

Er hat mich zu der Götterkreatur geführt.

Aber wie? Es hätte Stunden dauern müssen, von unserer Unterkunft zu den Vulkanen. Und doch haben sich meine Momente mit Vater angefühlt wie Sekunden.

Der schlanke Körper der Schlange ragt über mir auf, als sie sich aufrichtet. Es ist, als wäre sie vom Nachthimmel gemacht, sie wächst und dehnt sich aus und schrumpft wieder, wie die Schatten im glühenden Lavalicht des Vulkans heranfluten und abebben. Ihre Onyx-Schuppen glänzen, und ich starre die sich schlängelnde Gestalt an, immer weiter nach oben, bis zu zwei stechend roten Augen, die auf mich herabblinzeln, eher neugierig als bedrohlich. Die Schlange schlängelt sich vor, Macht strahlt in so außergewöhnlichen Wellen von ihr ab, dass ich Mühe habe, mich zu sammeln. Jedes einzelne meiner Glieder ist taub; es kostet mich entsetzliche Mühe, nur meine Hände zu bewegen.

Meine zitternden Finger umfassen Rukan, und die Augen der Schlange schnellen dorthin, bevor sie zischelt und mit ihrer gespaltenen Zunge über meine Wange streicht.

Ich sehe, du hast ein bisschen gejagt.

Ich zwinge mich, ihren Blick zu erwidern. Das Maul der Schlange bewegt sich nicht, und doch hätte ich schwören können, dass ich die Worte glasklar gehört habe.

Lass die Waffe stecken, sonst mache ich dich zu meiner nächsten Mahlzeit, Kleine, das Schicksal sei verdammt.

Sofort stecke ich den Dolch weg, trotz des Zitterns schneller als ich es je zuvor getan habe. »Du kannst Gedankenkommunikation?«

Die Bestie senkt sich herab und rollt sich eng ein, sodass der Kopf oben herausschaut und sie ihn auf dem Körper ablegen kann, als sie mich betrachtet. *Ich bin eine Schöpfung der Götter, Kleine. Ich kenne alle Magien, die je waren, sind und sein werden. Du wagst es, an mir zu zweifeln?*

Ich schlucke, eine Entschuldigung liegt mir auf der Zunge, doch da merke ich, dass die Schlange *lächelt*. Ihre gegabelte Zunge schnellt auf eine Art vor, die ich nur als Belustigung beschreiben könnte, und ich knirsche mit den Zähnen.

»Wie kommt es, dass ich hier bin?«, frage ich; das Zittern in meiner Stimme kann ich nicht unterdrücken, so sehr ich es auch versuche. »War das … War er echt? War er das wirklich?«

Er war so echt wie er sein konnte, antwortet die Schlange mit träger Stimme. *Du wolltest ihn doch wiedersehen, oder nicht?*

Ich balle die Fäuste, versuche, meinen Gliedern wieder ein bisschen Vernunft einzubläuen. »Warum hast du ihn mir dann wieder weggenommen? Ich wollte noch mehr sagen! Ich wollte ihm noch mehr erzählen …«

Ich habe deine Bürden gesehen, Kleine. Du glaubst, du bist allein, aber wir haben zugesehen und wir haben es gewusst. Das heute Nacht war das Geschenk der Götter an dich; eine Freundlichkeit für all die Lasten, die dir bestimmt sind. Du hast das bekommen, was diejenigen, die trauern, oft suchen – einen letzten Moment. Warum diesen Moment mit Worten verschwenden?

»Du hast also eine Vision von ihm heraufbeschworen, um mich herzulocken?«

Es war keine Vision. Der Geist deines Vaters lebt in dir, Kleine. Ich habe ihm nur Form gegeben, wenn auch nur für eine kurze Zeit.

Ich möchte am liebsten weinen. Ich möchte meinen Dolch ziehen und ihn wieder und wieder in der Bestie versenken, bis die Götterkreatur mir Vater zurückgibt. Aber sie hat recht. Ich hätte keine einzige Sekunde verändert, in der ich Vater heute Nacht gesehen habe; es war nur nicht lang genug. Es könnte nie lang genug sein.

Aber es war besser als nichts.

Es war eine Chance zu sehen, dass Vater nicht von den Toten umringt ist. Dass er nicht die Hand nach mir ausstreckt und mich anfleht, ihn zu retten.

Vater erlebt immer noch seine Abenteuer; nur finden sie jetzt zwischen den Sternen statt.

»Welche Götterkreatur bist du?«, frage ich, als ich meine zitternde Stimme wiederfinde.

Die Schlange scheint einen Moment darüber nachzudenken. *Nun ja, ich bin nicht diejenige, die die Unantastbarkeit der Himmel bewacht, noch die, die den Zorn der Zeiten hütet. Vielleicht bin ich die Hüterin des Zorns der Flammen? Oder vielleicht ist es die Unschuld der Menschen, die ich schütze? Ich bin eine von ihnen.*

Mein Blick senkt sich auf Rukan, ich denke an den Lusca, und die Schlange zischt wieder missbilligend.

Dieses Monster, das du getötet hast, war kein Wächter. Wäre es einer gewesen, würdest du heute nicht hier vor mir stehen. Und jetzt sag mir, Kleine, warum bist du hergekommen? Ich sehe dich schon seit Jahren in meinem Kopf, aber ich weiß nicht, was du in diesem Moment suchst. Das hier ist kein Ort für deinesgleichen.

Die Schlange hat recht. Schon jetzt wird meine Brust enger und mein Atem geht flacher. Als sich ein feiner Schleier vor mein Blickfeld legt, habe ich den Verdacht, das Einzige, das mich inmitten dieser Dämpfe und des Rauchs noch aufrechthält, ist die Magie des Tieres. Wenn es wollte, könnte es mich jederzeit an dem Rauch sterben lassen. Doch jetzt, da ich ihm so nahe bin, werde ich auf keinen Fall aufgeben, ohne es versucht zu haben. »Ich bin hier, um mir die Magie der Götter zu leihen.«

Die Schlange gleitet näher, sodass ihre glänzenden Schuppen über meinen Körper streichen. Ich versuche, sie anzufassen oder nach meinem Dolch zu greifen, um eine abschneiden zu können, aber die überwältigende Macht ihres Körpers hält mich fest.

Was hast du denn mit solch einer Macht vor? Dein Weg gabelt sich; welche Abzweigung möchtest du nehmen?

»Als Königin dieses Reiches werde ich damit tun, was immer ich will. Meine Antwort sollte dich nicht kümmern.«

Ich bin ein Liebling der Götter. Was sollte mir das Konstrukt Königin nützen? Die Schlange lacht zwar nicht körperlich, aber ihre Stimme hallt mit düsterer Heiterkeit in meinem Kopf wider.

Konstrukt? Ich bin empört, auch wenn es die Schlange nicht im Geringsten interessiert. Sie schlingt ihren Körper um mich und drückt zu.

Ich beobachte euch kleine Wesen seit Anbeginn der Zeit, und jede Königin und jeder König, die ich je gekannt habe, haben sich mehr um sich selbst gekümmert als um alle anderen. Du hast heute Abend ein Geschenk bekommen, trotzdem bist du gierig und willst mehr. Aber ach, ich sehe, du weißt das schon, nicht wahr? Ich sehe, du stellst dir vor, wie gut es der Welt und ihrer Magie gehen könnte, wenn deine Gier nicht wäre. Du stellst dir vor, was für ein anderer Ort diese Welt sein könnte. Es gibt viele Möglichkeiten; ich selbst bin auch neugierig, wie die Welt aussehen wird. Vielleicht werde ich es eines Tages erfahren.

»Nicht alles, was die Montaras getan haben, war schlecht.« Ich weiß nicht, warum ich widerspreche. Es ist, als gäbe die Schlange meine geheimsten Gedanken wieder, und es erscheint mir sinnlos, mit einer Gottheit zu diskutieren. Aber ich stemme mich aus ihrer Umschlingung und drehe mich trotzdem zu ihr um. »Einige gute Dinge gab es schon.«

Aber was wiegt schwerer, frage ich mich? Das Falsche oder das Richtige? Denn alles, was ich sehe, wenn ich über diese Antwort nachdenke, sind die Möglichkeiten. Ich sehe das »Was-wäre-wenn« für diese Welt, aber nie das »Was-wird-sein«. Die neuen Magieformen, die inzwischen entdeckt sein könnten, aber nicht die, die entdeckt sein werden. Ich sehe die Veränderungen, die dein Königreich erleben könnte, weiß aber nicht, welche Veränderungen du wählen wirst. Ich kann mir die Welt, von der du träumst, nur vorstellen, Kleine. Und ich hoffe das Beste für sie, genau wie du.

Die Stimme der Schlange hört sich jetzt belegt und melodisch an. Ich lasse mich hineinsinken, eingelullt von ihren Worten. Ich blende die Hitze aus. Den Rauch. Das Beißende. Und ich male mir aus, was die Schlange mich sehen lassen möchte: eine Welt, die nicht von der Aufteilung der Magie strukturiert ist, sondern mit ihr wächst und sich anpasst. Sich ausdehnt. Ich stelle mir eine Welt vor, die vor Magie strotzt – ein Königreich, das jahrhundertelang seine Magie aufbauen und erforschen durfte, statt eines Königreichs, das von der Gier gedrosselt wird.

Und es ist wunderschön.

Ich sehe Magie in Form von Blumen, die aus Fingerspitzen wachsen. In der Form eines jungen Mannes, der den Vögeln Lieder vorsingt und der jedes Wort versteht, das sie ihm singend antworten. Es ist eine Welt voller Farben und Magie, wie ich sie noch nie gesehen habe, und ihre Schönheit treibt mir Tränen in die Augen.

Ich sehe es so klar, dass mein Herz schmerzt. Dieses »Was-wäre-wenn« dieser Welt hätte Realität sein können, wenn auch nicht für meine Familie.

»Ich versuche, es wiedergutzumachen.« Meine Stimme ist schwach und kratzt in meiner rauen Kehle. »Ich *werde* es wiedergutmachen.«

Was aus der Welt wird, liegt in deinen Händen, soweit hast du recht. Aber man wandelt die Zukunft nicht, indem man die Vergangenheit ändert.

Die Stimme der Schlange ist wie eine Kälte, die sich in meinen Adern ausbreitet und mich erstarren lässt. »Wenn du nicht wolltest, dass ich Vater zurückhole, warum hast du ihn mir dann gezeigt? Warum hast du mir erzählt, es sei möglich?«

Wir sind nicht so grausam wie du glaubst, Kleine. Du hast nicht darum gebeten, diese Lasten tragen zu müssen, die dir auferlegt wurden. Dafür hast du ein Geschenk bekommen. Genügt es dir nicht, ihn gesehen zu haben? Zu wissen, dass er noch da ist, dass er immer noch zusieht?

Obwohl ich gesehen habe, dass er Frieden hat, erscheint es mir nicht genug. Solange Vater nicht hier neben mir steht, wird es *nie* genug sein.

Wieder findet meine Hand ihren Weg zu Rukan. Diesmal öffne ich aber seine Scheide und sammle allen Mut zusammen, den ich habe, um mein Zittern zu unterdrücken.

»Da du alles zu wissen scheinst, weißt du ja, dass ich nicht ohne diese Schuppe gehen werde.«

Was ich habe, Kleine, sind nur ein paar Gewissheiten. Die erste ist, dass es das Schicksal wollte, dass du und ich uns begegnen; es gibt keinen Zeitstrahl, auf dem du mich nicht aufspürst. Und die zweite ist, dass du eine Wahl treffen musst – egal, was du aussuchst, wird sich das Geschick der Welt, wie wir sie kennen, wandeln. Die eine Entscheidung wird sie ins Chaos stürzen und die andere wird ihre Rettung sein. Wähle weise.

Ich weiß, welche Wahl die Schlange meint: Sie meint, dass sie mir die Macht gibt, Vater zurückzuholen und Visidias Geschichte zu ändern, mir aber gleichzeitig sagt, ich solle sie nicht nutzen. Dass ich wählen soll, nach vorn zu gehen, statt zu versuchen, die Vergangenheit zu ändern.

»Also verlangst du von mir, dass ich mich noch einmal von ihm verabschiede.« Es ist keine Frage. »Das ist eine grausame Strafe, selbst für die Götter.«

Ich verlange gar nichts, Kleine. Es gibt keine richtige oder falsche Antwort, es gibt nur Möglichkeiten. Die Schlange blinzelt mit ihren roten Knopfaugen, als studierte sie mich. *Diese Naivität ist das, was ich am meisten an euch Kleinen bewundere. Denn selbst, wenn ich dir sagen würde, welche Wahl du treffen sollst, würdest du am Ende tun, was du willst. Was ich sage, wäre nicht von Bedeutung. Abgesehen davon bin ich kein Gott. Ich weiß nicht wirklich, ob es Zerstörung oder Rettung ist, was diese Welt braucht. Aber ich sage dir eines – die Götter haben keinen Gefallen an denen, die versuchen, ihre Toten zurückzustehlen. Es ist nur weise, weiterzugehen, niemals zurück.*

»Sag mir«, frage ich und versuche, meine immer noch zitternden Hände zu beruhigen, »habe ich etwas getan, womit ich das verdiene?«

Du hast nichts getan als das, wozu du geschaffen wurdest. Das ist dein Schicksal, und deshalb hast du heute Nacht dieses Geschenk bekommen. Ich beneide dich nicht um deine Lebensreise. Sie wird viele Narben hinterlassen. Aber diese Narben werden verheilen, und in ihnen wirst du dich selbst finden. Du wirst herausfinden, was du tun sollst. Der Körper der Schlange legt sich noch eine Schleife höher um mich. *Denk daran, dass alle Wesen ihre Zeit haben, selbst ich. Du bist die Königin von Visidia, und mit diesem Titel trägst du eine Verantwortung, die niemand sonst je kennen wird. Wie du sagtest, es ist ein grausames Schicksal, aber es ist deines. Und was du damit tust, wird Visidias Zukunft bestimmen. Es ist größer als du. Vergiss das nicht.*

Vergiss das nicht. *Vergiss* das nicht?

Ich brauche keine Ermahnung, mich an etwas zu erinnern, wenn ich doch nichts anderes tue, als mich zu erinnern. Ich erinnere mich daran, wie mich früher Magie erfüllt hat; dass sie eine mächtige Flamme in meiner Seele war, unauslöschlich. Ich erinnere mich an eine Zeit, als der größte Teil von Visidia in Angst lebte. Als ich seine Bewohner nicht *ablenken* musste, um ein neues Gesetz zu erlassen. Als ich nicht alle Inseln bereisen und dabei wachsam sein und fürchten musste, dass jemand versuchen könnte, mich umzubringen.

Ich erinnere mich an eine Zeit, als ich küssen konnte, wen ich wollte, ohne an meinen Gefühlen zu zweifeln.

Als Vaters Lachen durch die Bucht dröhnte, wenn wir am Steuer der *Duchess* standen. Ich erinnere mich daran, wie viele ihm vertrauten, bevor Kaven zur Bedrohung wurde.

Ich erinnere mich an den Geist seines Kusses auf meiner Stirn. Daran, wie das Blut aus seinem Körper floss, während das Leben in seinen Augen erlosch. An das Schwert, das tief in seinem Bauch steckte. An die Albträume von seiner Hand, die sich nach mir ausstreckt, und an ein von Rauch verhülltes Gesicht.

Ich erinnere mich an *alles*.

Ich balle die Fäuste und recke der Schlange mein Kinn entgegen. »Ich werde nicht ohne eine Schuppe hier weggehen.«

Sie neigt den Kopf, ihre gespaltene Zunge schnellt vor. *Ich bin nicht die Wächterin, die versuchen wird, dich davon abzuhalten. Meine Aufgabe ist es nur, die Erde zu beschützen.*

Als der Boden unter mir bebt, gerate ich fast aus dem Gleichgewicht, aber so leicht bin ich nicht zu besiegen. Ich umklammere Rukan, lasse meine Klinge auf die Schlange niedersausen, durchschneide ihre Haut und reiße ihr ein Stück heraus, inklusive Schuppe. Die Bestie faucht, zuckt aber nicht zurück, fast, als wollte sie, dass ich die Schuppe nehme. Sie geht ganz einfach ab.

Als sie mir die Haut versengt, fluche ich und lasse sie beinahe fallen. Doch je länger ich sie berühre, desto mehr Macht sinkt durch meine Haut und tief in meine Knochen. Zum ersten Mal, seit ich meine Magie verloren habe, merke ich, wie ich unter dem Gewicht von Macht erzittere. Ich muss mein Gleichgewicht wiederfinden, um nicht zu Boden zu gehen. Nur eine Schuppe und ein bisschen Haut von dieser Bestie enthalten mehr Magie als ich in meinem ganzen Leben je gespürt habe.

Ich umklammere die Schuppe und weiche vor der Schlange zurück, die sich wieder einrollt und den Kopf hebt, um mich zu beobachten.

Wie ich schon sagte, ich bin nicht diejenige, die den Auftrag hat, sie zu beschützen, Kleine. Das ist sie. Der Blick der Schlange flackert zu dem Vulkan hinter mir, als über ihm ein Blitz den

Himmel zerreißt. Teerschwarze Wolken quellen aus seinem Krater. Der Vulkan bricht aus und schleudert weiß glühende Magma in den Himmel.

Inmitten dieser Magma formt sich eine sonderbare Gestalt und streckt sich in die Nacht, wird größer und größer, bis mir der Atem stockt und ich verstehe.

Hier gibt es nicht nur eine Wächtergottheit: Es gibt zwei.

Das ist die Feuerschlange.

31

Im Gegensatz zu der Erdgottheit, die sich zurückzieht und eng zusammengerollt zusieht, was passieren wird, spricht die Feuergottheit nicht, bevor sie ihre Reißzähne fletscht und mir Dampf ins Gesicht faucht. Ihr ganzer Körper besteht aus Feuer; Lava brennt heiß um sie herum und schmilzt alles, womit sie in Berührung kommt. Magma tropft von ihren Fängen, und ihre Augen sind das Herz des Feuers, weißglühend. Die Hitze, die von ihrem Körper ausgeht, ist drückend, sie erstickt mich beinahe.

Es ist töricht von dir, diesem Mädchen so viel Macht zu geben. Hast du aus der Vergangenheit nichts gelernt? Mit dröhnender Stimme tadelt sie die andere, die nur gelassen blinzelt.

Die Kleinen tun sowieso, was sie wollen, erwidert die Erdgottheit. *Dass sie hier ist, ist vom Schicksal bestimmt.*

Die Feuergottheit lässt missbilligend die Zunge vorschnellen, dann schlängelt sie sich näher. Ich ersticke fast an ihrer Präsenz und dem Rauch, stolpere rückwärts und suche den feurigen Wolf, der mich hergebracht hat. Wundersamerweise wartet er immer noch auf mich, weiß lodernd und die Krallen in den Boden gegraben. Als ich die Hand nach ihm ausstrecke, gehorcht er meinem Ruf und hilft mir auf seinen Rücken, dann läuft er los, vom Berg herunter, während ich die Schlangenschuppe an meine Brust drücke.

Hör auf, ihr zu helfen!, faucht die Feuerschlange, die ihren

Körper auf den Boden fallen lässt und mir nachjagt. Die Erdgottheit beachtet sie einfach nicht, rollt sich in einer Ecke zusammen und verschmilzt mit den Schatten.

Mit jedem Zentimeter, den sich die Götterkreatur näherschlängelt, lodern Feuer und Lava auf. Sie verschlingen den Boden unter der Bestie, als wollten sie die Insel selbst spalten.

Ich weiß nicht, warum die schwarzen, giftigen Dämpfe des Vulkans mich noch nicht erwischt haben. Es muss dieselbe Magie sein, die mich auf den Rücken dieses Feuertiers gebracht hat, das jetzt schnell wie der Wind den Berghang hinunterjagt.

Lass die Schuppe fallen und verschwinde, Mensch. Ich sage das nicht noch mal.

Ich ignoriere die Schlange und presse die prächtig onyxfarbene Schuppe an meine Brust, konzentriere mich nur darauf, nehme sie als Leuchtfeuer, um all meine Gedanken zu konzentrieren und mich aufrechtzuhalten.

Ich werde nicht aufgeben. Ich werde nicht loslassen, jetzt, da ich so weit gekommen bin.

Die Götterkreatur zieht den Kopf zurück, entblößt Fänge, die so lang sind wie mein ganzer Körper, und stößt zu.

Ich klammere mich fest an den Wolf, der scharf links abbiegt, grabe die Finger meiner freien Hand in sein glühendes Fell, um das Gleichgewicht zu halten. Die körperliche Hitze der Götterkreatur ist alles verzehrend, die Erde verschwimmt und meine Haut wird glitschig vom Schweiß.

Der Boden unter uns bebt und dröhnt mit jeder Bewegung, Dampf steigt auf. Ich will mich gerade von den drohenden Geysiren unter uns abwenden, als ich aus dem Augenwinkel heraus schwarze Haare aufblitzen sehe.

»Was tust du?«, brülle ich. »Verschwinde von hier!«

Vataea steht barfuß am Rand des Berges, ihr Nachthemd klebt ihr an der klammen Haut. Sie bohrt die Füße in die Erde und schätzt den Dampf der Geysire unter uns ab.

»Lauf weiter«, ist die einzige Warnung, die sie mir gibt, dann wird sie von einem Lied verschlungen. Es ist Honig und Wein, berauschend süß, aber mit einem bitteren Unterton, von dem mir schwummrig wird. Während sie singt, verstärkt sich das Erdbeben, es wird so stark, dass sogar die Götterkreatur zurückzuckt.

Aber es ist zu spät. Vataeas Lied beherrscht das Wasser, und als sie die Hände zum Himmel hebt, bricht die Erde auf und Wasser schießt heraus, das die Schlange hart an der Brust trifft. Sie brüllt auf, dreht sich zu Vataea um, aber ich bin schneller. Ich zerre an dem glühenden Fell meines Wolfes, reiße ihn scharf zu Vataea herum, packe sie bei der Hand und ziehe sie mit einem Ruck hinter mir auf den Rücken des Wolfs.

»Du könntest schon vom Berg herunter sein«, knurrt sie atemlos. Der Griff, mit dem sie sich an meiner Hüfte festhält, ist schwach inmitten dieser Hitze, wie ein auf dem Trockenen zappelnder Fisch. »Was hast du dir dabei *gedacht*, Amora?«

Hinter uns brüllt die Schlange auf. Das Zischen ihres Körpers ist so laut, dass meine Ohren schmerzen, und der Dampf brennt in meinen Augen. Ich blinzle, kann kaum sehen, habe keine Ahnung, wo wir sind, während wir dahinrasen. Die Schuppe brennt in meiner Hand, als wollte sie mir ein Loch ins Fleisch sengen. Der Boden bebt immer noch und Dampf folgt uns, deshalb weiß ich, die Schlange ist immer noch hinter uns, gebremst, aber nicht aufgehalten.

»Es war keine Zeit, nachzudenken.« Meine Lungen pressen sich zusammen, sie spüren die Auswirkungen des Vulkans. »Kannst du noch mal das Wasser rufen?«

»Ich kann es versuchen.« Vataeas Stimme zittert beim Singen, als sie einen weiteren Geysir ruft. Diesmal erwischt das Wasser aber nicht nur die Gottheit, sondern auch den Wolf. Er zischt unter uns und bockt vor Anstrengung, bis wir von seinem Rücken purzeln.

Vataea kommt mit den Knien am Boden auf und knurrt vor

Schmerz. Sie atmet zu flach. Zu laut in der überwältigenden Hitze. Sie könnte nicht noch mehr von ihrer Magie rufen, selbst wenn sie es versuchen würde.

Ich schiebe sie hinter mich, umklammere Rukan und wirble zu der Schlange herum, die über uns aufragt und Dampf und Glut regnen lässt.

Ihre Fänge sind Lava, die von ihrem Maul auf ihren flüssigen Körper tropft. Sie sind erstaunlich hell, so weiß wie der Strand von Curmana. Und die Kreatur ist kurz davor, mich zu verschlingen.

Doch das passiert nicht.

Die Schlange reißt mit einem Brüllen den Kopf herum, und ich zucke überrascht zurück, versuche, die Quelle ihres Schmerzes zu finden.

Hinter ihr sehe ich Bastian auf seinem eigenen Reittier, von seinen Handflächen fließt Blut auf eine Felsformation, neben der er mithilfe von valukanischer Luftmagie in der Luft schwebt. Er schleudert die verfluchten Steine nach der Bestie, in seinen Augen steht Raserei.

Doch diese Bestie ist nicht wie der Lusca. Ein Fluch kann sie nicht länger als ein paar Sekunden aufhalten.

Ich drehe mich rechtzeitig um, dass ich auch Ferrick sehe, der Vataea auf ein orangefarben loderndes Pferd zieht. »Wenn du mich das nächste Mal auf ein beschissenes Abenteuer mitnehmen willst, dann sollte das – bei den Göttern – besser ein Urlaub sein!«, brüllt er.

»Wenn wir lebend hier rauskommen, nehme ich dich mit, wohin immer du willst. Jetzt beeil dich und schaff Vataea irgendwohin, wo es kühler ist.« Ich würge keuchend an brennenden Atemzügen, tue alles, um mich auf Bastian zu konzentrieren.

»Meine Pflicht ist es, dich zu beschützen …«

»Ich verschaffe der Königin Zeit.« Die Stimme gehört Shanty, die ihm mit beträchtlichem Abstand gefolgt ist, sie will eindeutig die Erste sein, die hier wegkommt, wenn es schiefgeht. »Bring Vataea von hier weg, Ferrick!«

Vataea faucht, doch Ferrick schluckt nur einmal, sein Adamsapfel hüpft dabei, dann nickt er.

»Komm einfach lebend hier raus, in Ordnung?«, sagt er zu mir.

Ich nicke. »In Ordnung.«

Er legt die Arme um Vataea, um sie festzuhalten, dann gibt er seinem Pferd die Sporen und es galoppiert davon, dass die Funken stieben.

»Du musst auch von hier weg«, sage ich zu Shanty, die nur die Augen verdreht.

»Glaub mir, ich arbeite dran. Aber nicht ohne ein kleines Abschiedsgeschenk.« Sie lässt sich zu Boden fallen und schlägt mit der flachen Hand auf die Erde. Genau wie die seltsame Tür der Barracuda-Lounge, als ich sie damals entdeckt habe, verzerrt sich die Welt um uns zu einem verzauberten Trugbild.

Bäume sprießen aus der Erde. Nebel wallt herauf und hüllt uns ein. Visionen von feurigen Wölfen nehmen Gestalt an, die in der Dunkelheit auf und ab tigern und das Auge täuschen.

Als sie fertig ist, schwankt Shanty und muss sich an ihrem Feuerross festhalten. »Nutzt das zu eurem Vorteil.«

»Das werden wir. Und du sieh zu, dass du schnell zur *Keel Haul* kommst.«

Ich warte nicht ab, ob sie geht, sondern wirble zu Bastian herum, der immer noch mit wirkungslosen Flüchen gegen die Götterkreatur kämpft. Sie erstarrt zwar jedes Mal kurz, wenn Bastian sie mit einem Stein trifft, reißt sich aber schon ein paar Sekunden später wieder aus dem Fluch los und spuckt Feuer. Bastian bleibt dadurch genug Zeit, um an meine Seite zu kommen und er lässt die Götterkreatur im Nebel nach uns suchen.

Genug! Plötzlich steigt Magma auf und erhellt die Nacht. Und es wird deutlich: Egal, wie groß Shantys Macht ist oder wie schnell diese Reittiere sind, wir werden der Götterkreatur nicht davonlaufen können.

»Hast du sie?« Bastians Stimme ist rau vom Rauch.

Ich umklammere die Schuppe und die Handvoll blutiger Schlangenhaut daran und nicke. »Wir werden kämpfen müssen.«

»Wir können das Ding nicht einmal *berühren*«, widerspricht er. »Wie sollen wir ein Wesen schlagen, das unsere Waffen schmilzt?«

Er hat recht; nicht einmal Rukan ist dieser Bestie gewachsen. Um überhaupt eine Chance zu haben, bräuchten wir die Macht der Götter. Zum Glück haben wir die.

Die Feuerschlange ist jetzt über uns, ihre Hitze und Macht sind überwältigend, sie ist wirklich ein legendäres Monster.

Aber ich habe schon einmal ein legendäres Monster besiegt, und ich kann es wieder tun.

»Wir müssen Seelenmagie benutzen. Anders geht es nicht.« In der einen Hand halte ich die Schuppe, während ich mit der anderen Bastians ergreife, als wüsste mein Körper genau, was zu tun ist, bevor mein Verstand nachkommt. Im selben Moment, als sich unsere Haut berührt, ist es, als wäre das Feuer um uns herum jetzt in mir.

Mit der Macht der Götter in meiner Hand kann ich spüren, wie meine Magie in Bastian pulsiert. Sie brennt in meinem Blut und wurzelt in meinen Adern, breitet sich aus wie ein Flächenbrand.

Bastian entreißt mir seine Hand, und sofort erlöscht das Feuer. Selbst in der drückenden Hitze wird mir eiskalt.

»Du hast gesehen, was letztes Mal passiert ist.« Er zieht ein finsteres Gesicht. »Ich kann es nicht kontrollieren. Ganz zu schweigen davon, dass ich Elias' Blut in den *Mund* nehmen musste. Mit Lava kann ich das nicht machen, Amora.«

»Dann benutzen wir nicht deine.« Wir werden in diesem Rauch nicht mehr lange durchhalten. Jeder meiner Atemzüge rasselt inzwischen, dünn und schmerzhaft. »Wir benutzen meine. Meine Seelenmagie ist nicht von den Göttern geschaffen; wir können sie gegen die Götterkreatur einsetzen.«

Panik verzerrt sein Gesicht. »Aber du kannst deine Magie nicht benutzen.«

»Ich kann sie nicht *allein* benutzen. Du musst mir vertrauen, Bastian.«

Und auch wenn ich weiß, dass er Angst hat – auch wenn ich weiß, dass er nur noch davonlaufen möchte –, nimmt Bastian mich bei der Schulter. »Ich vertraue dir.«

Mehr brauche ich nicht.

Ich halte die schrumpelnde Schlangenhaut auf der offenen Handfläche wie ein Gefäß und bete, dass es funktionieren wird. Die andere Götterkreatur war nicht besorgt wegen des Feuers; sie hatte keine Sorge, verbrannt zu werden.

Ihre Haut ist gegen Flammen immun. Warum sonst würde sie so nahe am Vulkan leben?

Als ich den Mut zum Zuschlagen aufbringe, stürze ich mich nicht auf die Wächterin, sondern auf die Lava, die von ihrem Körper tropft wie eine zweite Haut. Zu meiner Erleichterung wird sie in dem improvisierten Gefäß aus Schlangenhaut aufgefangen und verbrennt mich nicht.

Die Feuerschlange lässt sich zurücksinken, wütend und vorsichtig, mit weißglühend lodernden Augen. *Was tust du?* Ihre Anspannung sagt mir, dass sie es schon weiß: Ich habe ein Feuer und jetzt ihre Haut. Ich habe alles, was ich für Seelenmagie brauche.

Das Feuer baut sich auf, und jetzt gibt es nur noch einen Weg, um zu erfahren, ob mein Plan funktioniert. Ich nehme Bastians Hand und lasse die Magie zwischen unseren Seelen wieder anschwellen, während ich mich an ihm festklammere. »Wir müssen es versuchen.«

»Es ist meine Seele, Amora. Wenn ich dich einlasse … dann

gibt es kein Zurück. Dann kannst du nicht mehr vor mir davonlaufen.«

»Ich weiß.« Ich drücke seine Hand. »Es ist auch meine Seele, schon vergessen? Bring mich zu ihr.«

Es bleibt keine Zeit, sich Sorgen zu machen, welche Konsequenzen es haben oder was es für ihn und mich bedeuten könnte. Bastian zieht die Seelenmagie um sich wie einen Schild, und trotz der Gefahr schließe ich die Augen und folge ihm, als sie uns umhüllt.

Ich *fühle* ihn überall. In meiner Haut, in meiner Seele, in meinem Verstand. Ich fühle seinen Geist. Schmecke das Salz auf seiner Haut, als er mir seine Seele öffnet. Als er mich in die intimsten Teile seines Selbst einlässt.

Bastians Seele besteht aus Schmerz. Aus Sehnsucht. Und doch leuchtet das Abenteuer aus ihr, heller, als ich es je gesehen habe.

Er ist schön.

Ich zögere, als ich das vertraute Gefühl der Magie spüre, die in mich späht, die versucht, meine Seele zu erforschen, wie ich es bei Vater in der Nacht seines Todes erlebt habe.

Im ersten Moment lasse ich es nicht zu. Mein Körper spannt sich ganz von selbst an, wehrt den Versuch ab. Fast eine ganze Jahreszeit lang habe ich mich vor Bastian versteckt. Ich habe mich in meinen eigenen Gedanken versteckt, habe meine eigenen Gefühle gemieden. Aber das ist vorbei.

Jetzt lasse ich ihn ein. Und in dem Moment, in dem ich es tue und er die Magie in meine Richtung ausdehnt, verzehrt sie uns.

Ich drücke die Schlangenhaut und das geschmolzene Feuer in seine Hände, und Bastian lässt das Stück Feuerschlange in züngelnde Flammen fallen, während er die Haut der Erdgottheit in der Hand hält.

Wir sind zwei Menschen, aber wir sind eine Seele.

Seelenmagie fließt durch Bastian in mich, und ich genieße

ihre Kühle in meinen Adern. Die Art, wie sie mich ausfüllt, mich wieder ganz macht.

Ich schließe die Augen, um mich auf die lodernde Magie zwischen uns zu konzentrieren, helfe ihr auf dem Weg durch Bastian in mich hinein. Jetzt, da wir es zusammen versuchen, gehorcht die Magie unserem Befehl.

Wir füttern die Schlangenhaut den Flammen, und ihr Feuer verlöscht sofort mit einem Zischen. Die Gottheit wirft den Kopf zurück, als sich die Lava von ihrem verkokelnden Körper löst. Ohne ihre Rüstung aus Feuer ist sie nicht mehr so groß wie sie aussah und auch nicht mehr annähernd so bedrohlich.

Als die Magie zwischen mir und Bastian reißt, falle ich beinahe auf die Knie, aber er fängt mich auf. Diesmal ist etwas anders, als sich unsere Haut berührt, ein Funke von dem, was auch immer gerade zwischen uns passiert ist. Ich fühle ihn stärker als je zuvor. Die Spannung in seinen Muskeln. Die Ehrfurcht, als er sieht, wie sich die Gottheit zurückzieht.

Wenn wir zusammen agieren, hat seine Seelenmagie keine negativen Auswirkungen. Gemeinsam waren wir stark genug, um das göttliche Wesen zu Fall zu bringen.

Höre auf meine Warnung, Menschliche, zischt die Götterkreatur boshaft. *Wenn du den falschen Pfad wählst, gibt es kein Zurück.*

Aber wir hören nicht. Wir laufen nur.

32

Wir kommen atemlos und zerschunden auf der *Keel Haul* an und stolpern an Deck, als wäre sie unsere Rettung.

Die anderen haben das Schiff zum Auslaufen vorbereitet. In dem Moment, in dem wir an Bord sind, beginn Vataea, das Wasser zu rufen. Ihr geht es schon merklich besser, ihre tropfnassen Haare verraten mir, dass sie sich abgekühlt hat, indem sie eine Runde tauchen war. Ich hätte mir zwar gewünscht, ich hätte die Chance, mich von Azami zu verabschieden und mich für alles zu bedanken, aber wir haben keine Zeit.

Ich sinke auf die Knie, sauge die saubere Meeresluft in meine Lungen, die rau sind von Rauch und Atemlosigkeit. Mir dreht sich der Kopf, ich sehe nur noch verschwommen und muss dagegen ankämpfen, ohnmächtig zu werden, was mein Körper wahrscheinlich schon vor Ewigkeiten hätte tun sollen. Aber ich weigere mich, ich werde dem Drehen nicht nachgeben und auch nicht meiner trüben Sicht.

»Ich sehe schon, in dieser Crew schert sich niemand um Schönheitsschlaf«, grummelt Shanty, die Arme fest um sich gelegt. »Müssen wir uns unbedingt zu *allen* Nachtstunden in Schwierigkeiten bringen?«

Ich ignoriere sie, drücke die Schlangenschuppe an meine Brust und lasse ihre Magie an meiner Haut pulsieren. Sie wiegt fast nichts, und ihre Wärme sinkt bis in mein Innerstes ein. Ihre latente Magie ist so mächtig, dass sie meine Knochen erschüttert und sich meine Haut anfühlt, als wollte sie nichts weiter, als sich in sich selbst zu verkriechen.

Das ist Magie. Früher dachte ich, ich sei stark, aber ich hatte nicht diese Macht. Das hier fühlt sich unglaublich an. Göttergleich.

Ich will diese Magie für immer. Diese Macht. Dieses Können der Götter. Es gehört mir.

Es gehört mir.

Es gehört mir …

»Amora?« Mein Körper versteift sich, als Ferrick sich neben mich kauert. Schweiß und Asche hängen in seinen Brauen und bestäuben sein Gesicht, auch wenn es die Sorge in seinen Augen ist, auf die ich mich konzentriere. »Was ist das?«

Die Schlangenschuppe ist jetzt nicht mehr warm – sie glüht. Ich schnappe nach Luft und lege sie vor mir aufs Deck, denn sie verbrennt meine Handfläche, sodass ich vor Schmerz das Gesicht verziehe. Ferricks Gegenwart beruhigt mich, und ich merke mit dämmerndem Entsetzen, dass diese Gedanken nicht allein meine waren.

Diese Magie ist mächtig, gefährlich.

»Es ist eine Schuppe der Götterkreatur.« Ich fühle mich dazu verleitet, sie wieder zu berühren, ich verschränke die Hände und drücke sie fest in meinen Schoß, ich wehre mich. »Damit wird alles wieder gut.«

Als Bastian die Hand nach ihr ausstreckt, schlage ich sie instinktiv weg und erstarre. Sogar Shanty und Vataea schauen jetzt zu, und alle weichen überrascht vor mir zurück. Wieder verschränke ich meine Finger, die jetzt zucken. »Ich … es tut mir leid. Nur, bitte, fass sie nicht an.«

Bastian hat besorgt die Stirn gerunzelt, zieht seine Hände aber zurück. »Was hast du dir dabei gedacht, sie allein aufspüren zu wollen? Du hättest umkommen können.«

Ich stehe mühsam auf, hebe die Schuppe wortlos auf und halte sie wieder dicht an mich gedrückt. Es gibt keine Worte für das, was ich heute Nacht gesehen habe. Für das, was ich erlebt habe.

In meinen Händen halte ich die Chance, Vater zurückzuholen. Ich habe eine Chance, alle zurückzuholen, die letzten Sommer in dieser Nacht auf Arida gestorben sind. Ich muss sie nur nutzen, mehr nicht.

Selbst wenn es bedeutet, dass Visidia länger darauf warten muss, ganz wiederhergestellt zu werden, und ich gezwungen bin, einen anderen Weg zu finden, um meinen Fluch zu brechen.

Selbst wenn es bedeutet, meine ganze Crew zu verlieren.

Mein Körper zittert unter der Last der Macht, die ich in meinen Händen halte, und unter der Erwartung dessen, was geschehen wird. »Nehmt Kurs auf Arida.«

»Das war's?« Vataeas Honigstimme klingt zu bitter. Ich erwidere ihren Blick, kann der Wildheit in ihren Augen aber nichts entgegensetzen. »Bastian hat recht. Du hast dich nach mehreren Mordversuchen mitten in der Nacht weggeschlichen, hast keinem einzigen von uns etwas gesagt, und hast dich fast von einer riesigen Schlange fressen lassen. Sind wir deine Freunde oder sind wir deine Untertanen? Denn ich wäre fast für dich gestorben, Amora. Und ich kann nicht verstehen, wie du dich in so eine Lage bringen konntest, ohne den Menschen, denen du *wichtig* bist, irgendetwas zu sagen.«

Ich drücke die Schuppe noch fester an mich und lasse mich in ihre Macht fallen. Sie ruft mich noch stärker als das Lied einer Sirene, und ich möchte nichts mehr, als ihrem Ruf zu folgen. Ich weiß nur nicht, welchen Pfad ich wählen soll – was hätte sein können oder was sein könnte.

»Ihr seid beides«, sage ich leise zu Vataea, denn ich kann nicht lauter sprechen. »Es tut mir leid, aber egal, wohin ich euch mitschleppe, wartet immer die Gefahr. Als Freundin möchte ich euch gern beschützen und würde hoffen, dass ihr darauf vertraut, dass ich das auch tue. Aber als eure Königin bitte ich euch zu gehorchen.«

Vataea wendet mit geballten Fäusten den Blick ab, während Bastian mir die Hand auf die Schulter legt. Seine Kiefermuskeln sind angespannt. »Sag uns einfach, ob es dir gut geht.«

Ich versuche, mich auf die Magie zu konzentrieren, die unter meinen Fingerspitzen pulsiert. Auf die Möglichkeiten einer Zukunft, die ich Visidia geben könnte, wenn ich die Zeit zurückdrehen könnte. Wenn ich mehr Hilfe hätte. Wenn ich Vater wieder an meiner Seite hätte, dann hätte mein Volk mehr Vertrauen in seine Herrscherin. Die Erdschlange wollte mir einen Moment des Friedens mit Vater schenken, aber jetzt sehne ich mich nur noch mehr nach einem Wiedersehen.

Würde ich ihn zurückholen, könnte ich wieder schlafen und die Gesichter der Toten, die über mich wachen, würden mich nicht länger quälen.

Aber der Preis dieser Wirklichkeit wird mit jedem Tag, der vergeht, nur höher. Und um Bastians Frage zu beantworten: Nein, ich bin mir nicht sicher, ob es mir gut geht. Vielleicht geht es mir nicht gut. Aber ich darf keine Zeit mit Grübeleien verschwenden, wenn alles im Begriff ist, sich zu verändern. Auf die eine oder die andere Art.

Ich denke an das alles verzehrende Gefühl, Hand in Hand mit Bastian dazustehen, als wir die Seelenmagie ausgeführt haben. Selbst jetzt habe ich noch das Gefühl, als wäre unser Inneres aufgebrochen und uns gegenseitig gezeigt worden, roh und blutend. Und doch kann ich den Blick nicht abwenden.

Ich *will* den Blick nicht abwenden.

Denn dadurch, dass ich mich ihm geöffnet habe, kenne ich jetzt die Wahrheit: Bastian Altair fühlt sich wie ein Zuhause an, und ich möchte nie wieder gehen.

Ich nehme seine Hand und drücke sie kurz, nur einmal. Bevor mich die Nervosität überwältigen kann, sage ich: »Bring dieses Schiff auf Kurs, und dann komm in deine Kabine. Ich muss etwas mit dir besprechen.«

33

Die Kapitänskajüte zu betreten, kommt mir vor wie das Eintreten in eine Erinnerung. Ich durchquere sie mit schwerem Herzen, als ich das luxuriöse Himmelbett und das warme Flackern der Öllampe sehe, die mich sowohl an unseren ersten richtigen Kuss als auch an die Tage erinnern, die ich hier verbracht habe, nachdem ich meine Magie verloren hatte.

Ich streiche mit den Fingerspitzen über Bastians Schreibtisch, bewundere die Atlanten und Karten, die ordentlich darauf verteilt liegen, so organisiert, wie nur er es kann. Sein Kleiderschrank ist nach Farben geordnet und enthält die Mode aller Inseln, die Schuhe darunter sind nach Höhe und Stil aufgereiht. Als ich sie so sehe, keinen Zentimeter verrückt, lächle ich. So grob Bastian sein kann: Es ist charmant, wie sorgfältig er mit seinen Sachen umgeht.

Jede Minute, die vergeht, fühlt sich an wie Stunden, als ich zu seinem Bett gehe und mich im Schneidersitz auf die dunkelblaue Bettwäsche setze. Ich habe die Schlangenschuppe in meinem Zimmer verstaut, damit ich nicht mehr in Versuchung bin, sie zu berühren, deshalb kann mich hier nichts von meiner Nervosität ablenken, die mich dazu bringt, an meiner Nagelhaut zu zupfen, bis ich blute.

Als sich die Tür öffnet, klopft mir das Herz bis zum Hals, meine Kehle wird so eng, dass ich fürchte, nie wieder sprechen zu können. Bastian schließt die Tür hinter sich, er kommt langsam die knarrende Holztreppe herunter. Als er mich sieht, hüpft sein Adamsapfel und er zögert.

»Ich weiß, du machst viel durch, und das tut mir leid.« Er setzt sich auf die Bettkante, achtet darauf, mir Raum zu lassen. »Aber … du weißt, dass du mit uns reden kannst, oder? Mit uns allen. Wir sind alle für dich da.«

Bastian muss meine Nervosität spüren, denn er streckt vorsichtig die Hand aus. Mit zusammengepressten Lippen nehme ich sie, verschränke meine Finger mit seinen. Sobald sich unsere Haut berührt, hebt sich ein Gewicht von meiner Brust und meinen Schultern. Wenn ich ihn berühre, kann ich leichter atmen.

Sosehr ich diese Tatsache gehasst habe – jetzt lasse ich mich fallen, ich möchte, dass sich das Gefühl seiner Berührung in meine Erinnerung einbrennt.

»Ich fand die vergangene Jahreszeit einfach schrecklich, weißt du?«, sage ich leise. »Ich habe es gehasst, mich dazu zu zwingen, Abstand von dir zu halten.«

Etwas in seiner Haltung bekommt Risse. Seine Atemzüge gehen zu schnell und sein Griff wird schlaffer. »Amora …«

Ich schüttle den Kopf, bevor er noch mehr sagen kann, und knie mich hin. Ohne ihn aus den Augen zu lassen, bewege ich mich auf ihn zu, erwarte, dass er sich versteift. Dass er zögert. Dass er mir sagt, nach allem, was ich ihm zugemutet habe, wäre ich nicht mehr willkommen.

Aber Bastian tut nichts davon. Statt mich von sich zu schieben, finden seine Hände meine Hüften und helfen mir, mich auf seinen Schoß zu ziehen. Als ich mich rittlings auf ihn setze, leuchten seine Haselnussaugen hungrig auf und sein Griff um meine Hüften wird fester.

»Du wirst mir sagen müssen, was wir hier tun.« Er spricht leise und rau. »Ich will dich nicht falsch verstehen.«

Ich drücke meine Hüften fest an seine, streiche ihm mit den Fingern durch die Haare und er lässt mit einem leisen Stöhnen den Kopf nach hinten sinken. »Es gibt nichts falsch zu verstehen. Ich habe schreckliche Angst vor meinen Gefühlen für dich, Bastian Altair. Aber wenn ich sagen würde, dass ich nichts davon gefühlt habe, bevor meine Seele durch diesen Fluch mit deiner verbunden wurde, wäre es gelogen. Ich wollte dich damals, und bei den Göttern, ich will dich jetzt. Aber nur, wenn du mich auch noch willst. Ich werde dir keinen Vorwurf machen, wenn du nicht willst.«

Aber bitte, bitte, sag, dass du mich auch willst.

Er sieht mich von oben bis unten an, als würde er auf sich wirken lassen, was ihm dargeboten wird, und als müsste er überlegen, ob es echt ist. Schließlich findet sein selbstbewusster Blick den meinen. »Ich will dich, Amora. Alles an dir. Jetzt und für immer. Das ist alles, was ich je wollte.«

In diesen Worten klingt etwas Liebevolles mit, das ich nicht erwartet habe, und es ist verwirrend. So ist bisher noch keine Nacht mit einem Mann bei mir gelaufen. Sie waren alle eine Folge ineinander verschränkter Gliedmaßen und williger Körper, aneinandergepresst, um einen vorübergehenden Hunger zu stillen. Keiner von ihnen hat *diesen* verzweifelten Hunger je gestillt, den ich jetzt habe. Dieses Verlangen bis in die Knochen.

Keiner von ihnen hat mich je so angesehen.

»Alles an dir«, wiederholt Bastian fest und wagt es nicht, den Blick abzuwenden. »Das will ich, wenn du mich lässt.«

»Das tue ich.« Ich lehne mich auf seinem Schoß zurück und hake meinen Umhang auf, lasse ihn zu Boden gleiten. Mein Hemd kommt als Nächstes dran; ohne den Blick abzuwenden, ziehe ich es mir über den Kopf und werfe es auf den Boden. Diesmal ist mir egal, ob es ruiniert oder schmutzig wird.

In dem Moment, in dem meine Kleidung auf den Boden fällt, packt mich Bastian bei den Hüften und legt mich aufs Bett. Hastig streift er sein Hemd ab, dann setzt er sich rittlings auf mich und küsst mich vom Ohr abwärts, wobei er sich Zeit lässt, bis er meine Lippen erreicht. Meinen Hals. Bis er die

Haut an meinem Schlüsselbein sanft zwischen die Zähne nimmt. Ich lege die Arme um ihn, als er sich nach unten vorarbeitet, streiche mit den Fingern über die ausgeprägten Muskeln seines Rückens oder packe Hände voll seiner kastanienbraunen Haare, als er so weit nach unten rutscht, dass ich ihn nicht mehr erreiche. Seine Lippen wandern von meinem Nabel zu meinen Hüften, wo er zögert. In seinen Augen, die zu mir heraufblitzen, steht eine Frage, und mein ganzer Körper heizt sich vor Verlangen auf, das aus diesem einen Blick auflodert. Ich verstehe genau, was er mir anbietet, und ich will es.

Als ich nicke, öffnet er die Knöpfe meiner Hose, zieht sie mir aus und wirft sie auf den Boden, bevor seine Lippen wieder meine Haut berühren. Diesmal wandern sie aber noch tiefer, und als er meine empfindlichste Stelle findet, zerfließe ich. Ich kralle mich in seine Haare, in die Laken um uns. In alles, was ich in die Finger bekomme, bis mein Körper bebt. Ich bin atemlos, genieße, was er mir geschenkt hat. Aber ich bin noch nicht fertig mit ihm.

Ich ziehe Bastian zu mir herauf, sodass er auf mir liegt, und küsse ihn fest. »Mehr«, sage ich an seinen Lippen und fange Feuer, als er leise lacht.

»Bist du dir sicher?«

»Ja.« Ich war mir in meinem ganzen Leben noch nie bei etwas so sicher. »Und ich habe wilde Karottensaat, die ich hinterher nehmen kann, wir sind also sicher.« Ich fange mit Bastians Hose an, aber als er aufsteht, um sich ganz auszuziehen, muss ich mich nur auf dem Bett zurücklehnen und ihn bewundern.

Die Wärme seiner braunen Haut leuchtet im Flackern des Kerzenlichts wie die Sonne. Seine Brust und seine Schultern sind breiter als in meiner Erinnerung. Als er zu lange braucht, stemme ich mich auf die Knie und ziehe ihn aufs Bett.

Er reißt die Augen auf, als ich ihn nicht wieder auf mich ziehe, sondern mich stattdessen auf seinen Schoß setze.

»Warum siehst du so überrascht aus?« Ich lache, streiche ihm mit den Fingern durch die Haare und drücke ihm Küsse überall auf den Hals, um seine Nervosität zu dämpfen. »Warst du schon mal mit jemandem zusammen?«

»Ja.« Seine Hände legen sich auf ihren vertrauten Platz an meinen Hüften, und ich schaudere, als seine Daumen Muster auf meine nackte Haut zeichnen. »Nur nicht ... *so.*«

Er nickt zu meinem Körper hin, und jetzt verstehe ich, dass Bastian daran gewöhnt ist, derjenige zu sein, der die Kontrolle hat.

Vielleicht ist es egoistisch, aber heute will ich ihn auf alle Arten, die *ich* will. Denn egal, was danach kommt – egal, welche Entscheidung ich treffe –, ich bin diejenige, die etwas verlieren wird, wenn die Zeit kommt, diesen Maßstab anzulegen. Heute Nacht werde ich also egoistisch sein.

Ich nehme sein Gesicht in meine Hände und küsse ihn ganz leicht auf den Mund. »Das ist in Ordnung. Wenn es etwas gibt, das irgendwer von uns nicht mag, hören wir auf.«

Er fährt mit den Fingern durch meine Locken, streicht mir eine Strähne hinters Ohr und streichelt mit dem Daumen meine Wange. Dabei lächelt er, sanft und zufrieden, und erwidert meinen Kuss.

Es ist ein langsamer Kuss, weich und zart, und mein Körper schmilzt an seinem. Doch dann wird er zu etwas Wildem und Verlangendem, bis es sich anfühlt, als gäbe es absolut nichts auf der Welt, das mich sättigen kann, außer ihm.

Als wir uns verbinden, möchte ich nur noch, dass dieser Moment ewig dauert. Fluch oder nicht, mit Bastian auf diese Art zusammen zu sein ist anders als alles, was ich je erwartet habe. Es ist, als wären unsere Körper füreinander gemacht. Wo er mich berührt, verwandelt sich meine Haut in Feuer. Als ich ihn küsse, neigt sich sein Körper dem meinen zu.

Ich habe keine Ahnung, wie lange wir ineinander verwickelt waren, bevor wir entspannt auf die Laken sinken, beide außer

Atem und schweißbedeckt. Keiner von uns macht Anstalten, sich zurückzuziehen.

Bastian hält mich an seine nackte Brust gedrückt und hat das Gesicht in meiner Halsbeuge vergraben. Ich will lange genug in diesem Moment bleiben, um ihn einzufangen. Um mich an das Gefühl seiner sanften, zufriedenen Atemzüge zu erinnern. Daran, wie sich sein Körper an meiner Haut anfühlt. Wie er durch meine Locken streicht und sie sich um seine schwieligen Finger wickeln.

Er ist verletzlicher als ich gewusst habe, und ich frage mich unwillkürlich, was als Nächstes mit uns passieren wird. Wenn die Schlangenschuppe nicht auf mich warten würde, wohin würde das mit Bastian und mir von hier aus führen?

»Du hast etwas vor.« Er sagt es an meinem Hals, wobei mich ein Schauder überläuft und ich Gänsehaut an den Armen bekomme. »Ich vertraue dir, Amora. Das tun wir alle. Aber wir machen uns auch Sorgen um dich. Geht es … Geht es um das, was wir in Nellys Erinnerungen gesehen haben? Um die Wahl, die ihr Vater getroffen hat?«

Ich erstarre, und einen Moment lang ist Bastian angespannt, als mache er sich Sorgen, ich könnte mich zurückziehen. Aber ich tue es nicht, obwohl die Schuldgefühle mir wie Blei im Magen liegen.

»Kaven hat die Landschaft dieses Königreiches für immer verändert.« Ich spreche ruhig. »Unser Volk traut mir nicht mehr zu, es anzuführen, obwohl ich eine der wenigen bin, die die Wahrheit hinter unserer Geschichte kennen. Ich versuche, dazu beizutragen, den Schaden wiedergutzumachen, den meine Familie angerichtet hat. Aber wenn Visidia die Wahrheit über die Montaras wüsste … dann würden sie mir nicht mehr zuhören, egal, was ich sage. Mit dem Artefakt könnte ich eine Chance haben, etwas zu verändern. Ich habe eine Chance, Visidia in Ordnung zu bringen.«

»Amora.« Instinktiv entspannt sich mein Körper bei der

Art, wie ihm mein Name über die Lippen kommt. Als er weiterspricht, schließe ich die Augen und konzentriere mich darauf, wie seine Finger mit meinen Locken spielen. »Manchmal entstehen schöne Dinge aus unseren schmerzhaftesten Erfahrungen. Vor deiner Herrschaft war Zudoh fast ausgelöscht. Die Kers haben sich umgebracht, indem sie Blarthe Zeitabschnitte ihres Lebens verkauften, nur für die Möglichkeit, eines Tages ihre Häuser wiederzubekommen. Die Magie wurde uns vorenthalten.

Deine Familie hat Fehler gemacht, die die Geschichte dieses Königreiches verändert haben, da hast du recht«, fährt er fort. »Aber wenn du ihnen nicht die Wahrheit sagst, was ist an dir dann besser als an den anderen? Kein Montara hat Visidia je eine Wahl gelassen, bis du den Thron bestiegen hast. Ich weiß, es ist hart, und ich weiß … Ich weiß, du hast die Macht, Dinge zu tun, die im Moment ziemlich verführerisch wirken. Aber die Amora, die ich kenne, würde alles tun, was nötig ist, um ihrem Volk seine Freiheit zu schenken. Die Zukunft, die es verdient. Und *das* ist die Amora, in die ich verliebt bin.«

In der Mitte meiner Brust zieht sich ein Knoten zusammen, der es mir noch schwerer macht, die Worte herauszubringen. »Ich vermisse ihn, Bastian. Ich habe das Gefühl, wenn er hier wäre, wüsste er, was zu tun ist. Ich habe das Gefühl, er könnte alles wiedergutmachen.«

Bastian drückt seine Stirn in meinen Nacken und küsst die Haut dort mit einem leisen Seufzen. »Du brauchst seine Hilfe nicht; du weißt schon, was getan werden muss. Der König war vielleicht ein liebender Vater, aber er war kein guter Herrscher. Er hat *nichts* in Ordnung gebracht. Er hat nur getan, was allein für ihn und seine Familie das Beste war. Du bist nicht so; du kannst nicht so sein. Visidia mag sich verändern, aber es wird nur stärker. Vielleicht muss es sich erst noch selbst finden, aber eines Tages wird es sich wieder stabilisieren, ich verspreche es dir.«

Der König war vielleicht ein liebender Vater, aber er war kein guter Herrscher. Die Worte lösen etwas in mir aus, etwas Rohes, das mir den Magen umdreht. Mein ganzer Körper verspannt sich, ich denke wieder an die Schlangenschuppe. Alles, was ich brauche, ist jemand, der Zeitmagie nutzen kann, und Vater ist wieder so gut wie lebendig. In zwei Tagen könnte sich meine gesamte Welt verändern und ich könnte ihn wiederhaben.

Mein ganzes Leben habe ich geglaubt, ich sei dazu bestimmt, auf Visidias Thron zu sitzen, aber jetzt, da ich es tue, weiß ich mit Sicherheit, dass ich genauso falsch bin für den Thron wie es Bastians Meinung nach Vater war.

Wahrscheinlich ist die eigentliche Frage dann, wer von uns beiden schlimmer ist.

»Glaubst du, er hätte ein guter König sein *können*?« Im ersten Moment weiß ich nicht genau, ob meine Worte überhaupt herausgekommen sind, so leise sind sie. »Wenn ich wegen Kaven direkt zu ihm gegangen wäre, glaubst du, er hätte mir zugehört? Dass es eine Wirklichkeit gibt, in der er sich auf unsere Seite gestellt hätte?«

Bastians Zögern ist Antwort genug, aber er belässt es nicht dabei. »Ich glaube, dein Vater hat dich so sehr geliebt, dass er einfach nicht wusste, was er damit anfangen sollte. Er wusste, dass du ihn vergötterst. Ich glaube, das Letzte, was er je gewollt hätte, wäre, dass du ihn verachtest. Deshalb glaube ich, er hätte versucht, seine Geheimnisse für immer vor dir zu verstecken. Also nein, ich glaube nicht, dass er sich auf unsere Seite gestellt hätte. Und das ist der Unterschied zwischen euch beiden. Ich glaube, alles ist auf die einzige Art passiert, auf die es passieren konnte. Aber ich glaube auch, dass aus diesem Gespräch nichts Gutes erwachsen kann.« Er streicht mir leicht über die Wangen und beugt sich vor, um meine Haut zu küssen.

»Manchmal ist es als Mann schwierig, offen zu sein und zu sagen, was man fühlt«, fährt Bastian fort. »Das Königreich hat von ihm erwartet, streng und stark zu sein, also hat er ihnen das gezeigt. Aber diese Fassade bekam immer dann Risse, wenn er dich gesehen hat. Ihr beide habt euch auf eine Art geliebt, die ich mir mit meinem Vater auch gewünscht hätte. Ich kannte König Audric kaum, aber ich habe es gesehen, als ihr beide am Abend deines Geburtstags zusammen wart.

Niemand kann dir sagen, wie du trauern sollst.« Er verschränkt die Finger mit meinen. »Du musst trauern, wie es für dich richtig ist. Aber er würde nicht wollen, dass du so denkst. Er hat an dich geglaubt; er ist gestorben, damit du leben und dem Königreich auf eine Art helfen kannst, zu der er nicht fähig war. Das Letzte, was er wollte, wäre, dass du das Opfer ablehnst, das er gebracht hat.«

Nicht ein einziges Mal habe ich darüber gesprochen, was in dieser Nacht passiert ist. Mutter wollte Einzelheiten wissen, aber egal, wie sehr ich es versucht habe, ich konnte ihr keine geben. Jedes Mal, wenn ich mich bemüht habe, daran zu denken, dachte ich an das Blut. Ich dachte an das Leben, das aus seinem Körper floss und in seinen Augen erlosch, und ich verlor mich wieder ganz neu in dem Schmerz dieser Nacht.

Aber heute ist es anders. Wenn ich jetzt an Vaters Tod denke, sehe ich nicht das Blut oder das Schwert. Ich denke daran, wie er mich zu dem tiefen, geheimen Ort in seiner eigenen Seele mitnahm, und an die letzten Worte, die ich zu ihm gesagt habe: *Ich kann dir das nicht verzeihen.*

Ich habe so lange versucht, nicht an diesen Moment zu denken, an die Worte, die ich schon seit so langer Zeit zurücknehmen will.

Meinen letzten Moment mit Vater habe ich damit verbracht, ihm zu sagen, wie unrecht er hatte und ihm die vielen Fehler vorzuwerfen, die er gemacht hat. Und heute Nacht habe ich es immer noch nicht geschafft, ihm zu sagen, dass es mir leid tut, auch wenn er es nicht wirklich war.

Ich merke gar nicht, dass ich weine, bis Bastian die Arme fest um mich schlingt und uns in die Laken wickelt. Er macht besänftigende Töne und sagt dazwischen etwas, aber ich kann mich nicht genug konzentrieren, um die Worte auszumachen. Ich vergrabe mein Gesicht an seiner Brust, ich kann die Gefühle, die mich plötzlich überfluten, nicht aufhalten. Schmerz, Trauer und eine absolute, unendliche Taubheit.

»Ich habe ihm gesagt, ich kann ihm nicht verzeihen.« Meine Kehle ist wie zugeschnürt, als ich das an Bastians Haut herausbringe. Seine Schultern sacken herab, er versteht es. »Das waren meine letzten Worte. Nicht Lebewohl. Nicht, wie sehr ich ihn liebe. Ich habe ihm gesagt, ich kann ihm nie verzeihen.«

»Du musstest ihm nicht sagen, wie sehr du ihn geliebt hast.« Bastian hält mich fest, egal, wie sehr ich an seiner nackten Haut weine und seine Brust verschmiere. »Er wusste es. Ich kann dir versprechen, wenn es eines gibt, was König Audric wusste, dann, dass du ihn geliebt hast.«

Und bei den Göttern, ich will, dass er recht hat. Ich will nichts mehr, als zu glauben, dass das wahr ist. Aber ich werde es niemals sicher wissen können.

Vater ist tot. Und falls ich beschließe, meinen Fluch zu brechen, werde ich nie die Chance haben, ihm zu sagen, wie sehr ich ihn liebe.

34

Ich wache vor Sonnenaufgang auf, schäle mich aus Bastians warmem Bett und ziehe leise meinen Umhang und die Stiefel an. Ich meide die Stufe, die am meisten knarrt, und schleiche mich lange, bevor irgendwer wach sein sollte, aus der Kapitänskajüte zurück in meine eigene Kabine.

Zu meiner Überraschung wartet keine schlafende Vataea auf mich.

Sowohl sie als auch Ferrick stehen in dem Raum, er ist völlig aufgelöst und sie wild und brutal. Sie spricht leise fauchend, während Ferrick versucht, sie zu beruhigen, die Hände zur Verteidigung erhoben.

Meine Hand rutscht von der Tür ab, als mir Vataea einen Blick aus ihren goldenen Augen zuwirft, der sehr viel tödlicher ist als ich es je gesehen habe. Selbst wenn sie Männer ins Meer gezogen hat, hat sie nie halb so furchterregend ausgesehen wie jetzt.

Mit einem Ruck ist sie bei mir und drückt mich ohne Vorwarnung an die Wand, den Unterarm an meiner Kehle. »Wenn ich daran denke, dass ich dich je eine *Freundin* genannt habe.« Ihr Knurren ist schlimmer als das des Luscas und sogar fürchterlicher als das der Götterkreatur. Ihre andere Hand hat sie neben meinem Kopf abgestützt, die Krallen sind ausgefahren und hinterlassen Kratzer im Holz. »Du hast mich genauso benutzt wie alle anderen, was? Du bist nicht besser als irgendwer von denen!«

»Lass sie es erklären, Vataea!« Ferrick fasst sie bei der Schulter, aber sie wirbelt so schnell herum, dass ich erst verstehe, was passiert ist, als Ferrick zurückweicht und sich den blutenden Arm an die Brust drückt. Erst dann kehrt plötzlich das Licht in Vataeas Augen zurück. Von Entsetzen gepackt, hebt sie ihre Hand an die Brust und weicht einen Schritt zurück.

»Alle haben mir gesagt, man kann Menschen nicht vertrauen.« Die See tost um uns, die Wellen schwellen in einer Wildheit an, die zu ihren Worten passt. »Ich dachte, ihr wärt anders, aber alles, was ihr Menschen tut, ist lügen. Ihr nehmt euch, was ihr wollt, und ihr *lügt.*«

Ich umklammere meine Kehle, würge an den Worten, die ich hervorpresse. »Was meinst du …«

»Blarthe!«, brüllt sie, und ihre Nägel graben sich in ihre Handflächen, als sie die Fäuste ballt. »Du hast Blarthe, und du hast es mir nicht gesagt!«

Meine Finger an meiner Kehle sind taub. Ferrick senkt den Blick seiner rot geränderten Augen zu Boden. Der Stein mit Nellys Erinnerungen liegt zwischen ihnen, und plötzlich wird mir klar, dass sie alles weiß.

»Sie wusste, dass du etwas verbirgst, also hat sie nach Hinweisen gesucht.« Ferrick ist so unglücklich, als er sich gegen die Wand sinken lässt, dass er sich nicht mal Mühe gibt, seinen eigenen Arm zu heilen. »Wir hätten ihr früher die Wahrheit sagen sollen.«

»V.«, sage ich leise, »es tut mir leid. Ich wollte es dir sagen, ich schwöre es. Ich … ich hatte nur Angst.«

»Mein Name ist Vataea.« Jede Silbe ist scharf wie ein Dolch aus Eis, jederzeit bereit, zuzustechen. Sie tritt mit dem Stiefel nach dem verfluchten Stein, und ich zucke zusammen, als er das Holz verschrammt. »Ich bin nicht zerbrechlich. Du hast mich gefragt, warum ich geblieben bin, warum ich mein Leben für dich aufs Spiel setze, und ich habe dir die Wahrheit gesagt. Du hattest massenhaft Chancen, ehrlich zu mir zu sein, aber du bist ein Feigling.« Sie tritt wieder gegen den Stein, ihre Wut wird noch größer. Sie scheint kaum in der Lage zu sein, sie zu zügeln, atmet angestrengt und fährt sich mit den blutigen Fingernägeln durch die Haare.

»Ich muss diesen Fluch brechen.« Meine Stimme zittert mehr als es mir lieb ist. »Ich brauchte Blarthe lebend, bis ich gefunden habe, was ich gesucht habe.«

»Und *wirst* du deinen Fluch brechen?« Ich habe noch nie eine Stimme gehört, die so kalt war wie die ihre. »Ferrick und ich haben gesehen, was der Mann in den Erinnerungen gemacht hat. Er hat die Zeit verändert, um die Toten zum Leben zu erwecken, Amora. Sag mir, dass du nicht dasselbe vorhast. Sag mir, dass du nicht planst, jeden Moment unseres Lebens der letzten zwei Jahreszeiten wegzuwerfen. Ich bin nicht soweit gekommen, um wieder dort anzufangen, wo ich war, und das gilt genauso für dieses Königreich.«

Ich zögere einen Augenblick zu lang. Ihr Blick wird derart finster, als wollte er für immer so bleiben.

»Ich … nein. Ich bin mir noch nicht sicher.« Meine Worte kommen nicht so heraus, wie ich es möchte.

»Du bist eine Enttäuschung, *Majestät*«, speit Vataea mit reinem Gift in der Stimme aus. »Ich hätte dir trotzdem geholfen. Ich hätte dir mehr geholfen, als du je ahnen wirst, wenn du nur ehrlich gewesen wärst.«

Ich folge ihr, als sie sich umdreht, auf der Treppe immer zwei Stufen auf einmal erklimmt und an Deck keine Zeit verliert, sich aus ihrem Mantel zu schälen, dann aus ihrer Hose, beides auf den Boden wirft, die Reling packt und sich hinaufschwingt.

»Mein Volk hatte recht, dass es sich nie mit euch Menschen abgegeben hat.« Sie schaut mich über die Schulter an. »Ich werde niemals irgendjemandes *Untertan* sein. Ich hoffe, du findest dich selbst wieder, aber im Moment bist du verirrt, und ich wurde genug benutzt, das reicht für ein ganzes Leben.«

In diesem Moment ist Vataea menschlicher als ich sie je gesehen habe. Es liegt Trauer in der Art, wie sie die Brauen zusammenzieht, bevor sie sich langsam zum Meer umdreht. Und dann springt sie.

In dem Moment, in dem ihr Körper ins Wasser taucht, geben meine Knie unter mir nach. Ich breche zusammen, bekomme keine Luft mehr.

In der Ferne sehe ich eine roségoldene Schwanzflosse aus dem Wasser auftauchen und mit einem letzten Lebewohl auf die Wellen klatschen, dann ist sie verschwunden.

Einfach so ist Vataea weg.

Ich versuche, Ferrick nicht anzusehen, aber mein Körper gehorcht mir nicht. Er lässt die Schultern hängen, sinkt komplett in sich zusammen, und ich zwinge mich dazu, mich abzuwenden, als ihn die Trauer überwältigt.

»Es tut mir leid.« Seine Worte sind kaum mehr als ein Flüstern im Wind. »Sie hat den Stein gefunden, und ich musste es ihr sagen. Ich konnte sie nicht mehr anlügen.«

»Warum warst du überhaupt in meiner Kabine?« Ich zwinge mich, ihn anzusehen. Er ist feuerrot geworden, antwortet mir aber nicht. »Du hättest es mir überlassen sollen, es ihr zu sagen.« Ich kann nicht verhindern, dass seine Worte in meinem Kopf herumschwimmen.

Ich konnte sie nicht anlügen … nicht anlügen …

Ich höre das Urteil in seinem Tonfall. Die Enttäuschung. Die Warnung der Götterkreatur, dass alle sterben müssen.

Der graue Himmel drängt sich von den Seiten zu mir heran, sein Schatten greift nach mir, will mich verschlingen. Ich falle tiefer und tiefer in diesen Tunnel, dorthin, wo Vater auf mich wartet, wenn ich die Augen schließe, nicht strahlend lächelnd auf seinem Ross, sondern mit seinem Gesicht, das versucht, aus Schwärmen von Schatten aufzutauchen. Seine Hand ist ausgestreckt und wartet wieder auf mich.

Sei tapfer, hat er mir gesagt. Aber was sollte das *bedeuten*?

Egal, welche Wahl ich treffe, ich würde jemanden verlieren, den ich liebe. Egal, was ich tue, wenn ich die Macht der Götterkreatur einsetze, werde ich Visidia verlieren.

»Wir lassen nicht zu, dass du wieder verschwindest.« Durch den Nebel in meinem Gehirn und meine wirren Gedanken höre ich Bastians Stimme kaum. Erst als er mir die Hand auf die Schulter legt und ich ihn da spüre, als seine Gegenwart meinen Körper wärmt, löst sich der Nebel auf und ich kann mich auf seine Worte konzentrieren. »Komm zu uns zurück, Amora.«

Einer von ihnen legt mir einen Mantel um die Schultern und führt mich das Deck entlang, wo wir uns an den Mast lehnen. Dort zu sein, mit nichts als der See, die sich endlos vor mir erstreckt, und der salzigen Luft auf meiner Zunge, bringt mich zur Ruhe. Es erdet mich genug, dass meine Finger aufhören, nach meiner Gürteltasche zu suchen, die sie nicht finden, und ich lehne mich zurück. Ich neige den Kopf dem Himmel zu, und eine Weile bleiben wir drei so sitzen. Erst als Ferrick mit seinem Stiefel den meinen streift, komme ich wieder im Hier und Jetzt an.

»Ich muss zugeben, dass mir das Land lieber ist«, sagt er und überrascht mich mit der Sanftheit seines Tonfalls, »aber irgendetwas daran, draußen auf See zu sein, lässt sich nicht ersetzen. Es fühlt sich an, als wären wir allein auf der Welt; als würde alles uns gehören. Das Meer, die Sterne, alles. Es fühlt sich an, als müssten wir nur danach greifen. Ich habe immer verstanden, warum ihr dieses Leben so liebt.«

»Du liebst es auch«, murmelt Bastian, ohne den Blick vom Himmel zu lösen. »Tu nicht so.«

»Ich habe mich daran *gewöhnt*. Aber für mich ist es nicht dasselbe. Ihr zwei liebt das Abenteuer daran. Dass ihr hingehen könnt, wohin ihr wollt, und sehen, was ihr wollt. Ich ziehe das Land vor. Die Stabilität – immer zu wissen, wo alles ist, und die Routine des Ganzen. Aber was ich geliebt habe, ist die Zeit, die ich mit euch allen verbracht habe. Ich hatte auf Arida nicht so eine Crew; ich hatte kaum Freunde, abgesehen von Casem. Die letzten beiden Jahreszeiten mit euch allen zu verbringen hat … Na ja, es hat mich viel über mich selbst gelehrt. Ich habe das Gefühl, ich bin ein anderer Mensch als zuvor, und ich kann mir nicht vorstellen, das jemals nicht gehabt zu haben.«

Diese Worte dringen tief in mich ein, schmelzen mein Herz und reißen es vor Schuld auseinander. In unserer Zeit auf der *Keel Haul* ist Ferrick wirklich er selbst geworden.

»Es tut mir leid, was ich von dir verlangt habe«, flüstere ich. »Es tut mir leid, dass sie weg ist.«

»Mir auch.« Er neigt den Kopf wieder dem Himmel zu, leert seine Lungen. »Aber ich habe so ein Gefühl, dass es nicht für immer ist. Vataea verarbeitet Gefühle anders als wir, glaube ich. Sie hat jedes Recht, sauer zu sein, aber ich hoffe, sie gibt uns noch eine Chance.«

Vorsichtig rücke ich näher an Ferrick heran und lege ihm den Kopf auf die Schulter. Er beugt sich auch herüber, sodass seine Wange auf meinem Scheitel ruht.

»Du weißt, ich werde dich immer lieben.« Er küsst meine Haare, und mein Herz wird weich. »Ich werde immer für dich da sein, denn du bist meine beste Freundin. Aber diese Entscheidung, die du gerade triffst, betrifft so viel mehr als nur dich. Sprich mit uns!«

»Das Königreich zerfällt.« Meine Stimme bebt. »Es verändert sich zu schnell, nicht alle können Schritt halten, und ich kann nichts dagegen tun. Leute wollen meinen *Tod*. Wie soll ich ein Königreich anführen, das versucht, mich zu vergiften? Wer will mich tot und beerdigt sehen? Wenn ich meinen Vater hier hätte, … der könnte helfen. Dann würde sich das Königreich sicherer anfühlen.«

»Nur weil es im Moment schwierig ist, muss das ja nicht heißen, dass du etwas falsch machst. Du versuchst, die Misshandlungen aus mehreren Jahrhunderten wiedergutzumachen. Es ist okay, wenn dir das schwer vorkommt; das muss so sein. Aber du schaffst das, und wir können dir helfen.« Als ich den Kopf hebe, um ihn anzusehen, zeigt Ferrick weder Ärger, noch Verständnis. In seinen grünen Augen spiegelt sich eher Mitleid. Er legt mir sanft die Hand auf die Schulter, damit ich den Blick nicht abwende.

Ich streife sie ab. »Behandle mich nicht wie ein Kind!«, schnauze ich ihn an, obwohl ich mir im selben Moment wünsche, ich könnte es zurücknehmen. »Mir geht's gut.«

»Wenn es dir gut geht, dann sag mir, was du mit dieser Schuppe vorhattest«, fordert er mich heraus. »Sag mir, dass du nicht darüber nachgedacht hast, die Zeit so weit zurückzudrehen, dass wir das alles noch mal machen müssten.«

Ich wende den Blick ab, sage nichts. Ferrick kennt mich viel zu gut.

»Du hast mich zu deinem Berater gemacht.« Seine Stimme ist fest. Kraftvoll. »Und Rat ist genau das, was du jetzt brauchst. Also wirst du ihn dir jetzt anhören müssen, denn wir sitzen auf einem Schiff mitten auf hoher See fest und du kannst nicht weg.« In seinen Augen steht ein fast schon wilder Ausdruck, sodass ich weiß, dass er entschlossen ist, zu sagen, was er zu sagen hat. Als der Wind bläst, meine Haare peitscht und meinen Körper zum Sitzenbleiben zwingt, ist es, als wollten die Götter selbst mir befehlen, ihm zuzuhören. »Dir geht es ganz und gar nicht *gut*. Denk an die Folgen, wenn du das tust. Dein ganzes Leben lang wolltest du dieses Königreich regieren, Amora. Also regiere es. Wenn du jetzt aufgibst, bist du nicht besser als deine Vorfahren.«

»Ich *habe* an die Folgen gedacht! Ich habe an alles gedacht.«

»Hast du das wirklich? Dann sag mir, was Gutes aus dieser Entscheidung folgen soll. Wie willst du Visidia retten, indem du es wieder so machst, wie es vorher war?«

Ich weiß, dass ich dieses Gespräch führen muss. Diese

Gedanken wirbeln mir schon so lange im Kopf herum, und ich weiß, ich muss sie herausbekommen. Und doch kann ich nichts gegen meine Abwehrhaltung tun. Jetzt, da ich darauf angesprochen werde, kribbelt meine Haut und meine Stimme klingt bitter. Sosehr ich vielleicht *denke*, dass ich dieses Gespräch führen will, es auch zu tun, kostet mich Kraft.

»Wenn wir Kaven aufhalten können, bevor er Arida angreift«, argumentiere ich, »retten wir viele Leben.«

»Und du wirst auch welche zerstören.« Er zögert keine Sekunde. »Es besteht kein Zweifel, dass Visidia harte Zeiten durchmacht, aber bevor etwas heilen kann, verschorft es. Es wird hässlich und schmerzhaft, und man will bloß zum einfachen Teil weiterspringen, wo alles gut ist. Aber wenn du zurückgehst, ist Vataea wieder in Gefangenschaft. Kerost und Zudoh werden wieder die gleichen Probleme haben wie zuvor. Und was, wenn wir zu lange brauchen, um sie wieder zu stabilisieren? Wie viele Leben verlieren wir dann womöglich? Erinnerst du dich an jeden einzelnen Soldaten, der auf Kavens Seite war? Denn wenn nicht, und wenn Informationen durchsickern, kann er zu einem anderen Zeitpunkt angreifen. Oder er könnte die Barriere um Zudoh verstärken und es uns noch schwerer machen durchzukommen. Es ist zu riskant. Du würdest wieder ganz von vorn anfangen und versuchen, deinen Vater zu überzeugen, dass die Inseln unsere Zeit und Hilfe wert sind.

Ich habe König Audric auch geliebt.« Ferricks Stimme bricht, als er das sagt. »Aber er war nicht die Art Mann, und wir müssen aufhören, so zu tun, als hätte er es sein können. Wir können nicht darauf zählen, dass er seine Meinung ändert, und falls er es nicht tut, wie willst du Visidia dann helfen? Du wirst dieses Königreich ganz allein in größere Gefahr bringen als es jetzt ist.«

Ich versuche, ihnen zu widerstehen, aber die Worte bleiben hängen. Ja, ich habe Vater von Herzen geliebt, aber er kannte die Wahrheit. Er hätte all dieses Lügen in Visidia stoppen können, aber er hat es nicht getan. Damals in der Nacht meines Geburtstags hat Bastian ihm die Chance gegeben, etwas zu tun, doch Vater hat es ignoriert. Ich habe versucht, Informationen aus ihm herauszubekommen, aber er hat mich direkt angelogen.

Ferrick hat recht – wenn ich Vater zurückholen würde, gibt es keine Garantie, dass ich es schaffe, irgendetwas anders laufen zu lassen. Selbst wenn ich bei meiner Vorführung nicht versagt hätte – selbst wenn ich in dieser Nacht meinen Titel als Thronerbin für mich beansprucht hätte –, hat Vater mich zu lange belogen. Er wusste nicht, wie man anders regiert.

Visidia verdient etwas Besseres als ihn. Es verdient etwas Besseres als irgendwen von uns.

Es ist ein grausames Schicksal, aber es ist deines. Und was du damit tust, wird Visidias Zukunft bestimmen. Vergiss das nicht.

»Das Königreich mag aus dem Lot geraten sein, aber du verhältst dich unserem Volk gegenüber richtig, indem du es diese Entwicklungen durchlaufen lässt«, sagt er. »Sieh dir Kerost an und wie gut es ihnen inzwischen geht. Der einzige Grund dafür ist, dass du ihnen Valukaner geschickt hast, die ihnen beim Wiederaufbau helfen und ihnen beibringen, sich und ihre Häuser zu schützen. Es geht ihnen besser als seit Jahren, weil *du* allen die Magie zugänglich gemacht hast.«

»Denk an Zudoh«, unterbricht ihn Bastian voller Überzeugung. »Mein Volk gehört endlich wieder zum Königreich. Du hast sie von Kaven befreit und ihnen Soldaten geschickt, die ihnen beim Wiederaufbau helfen. Valuka war schon in Gefahr; den Leuten die Nutzung mehrerer Magieformen zu schenken, wirkt Wunder.«

»Was ist mit dem, was auf Curmana passiert ist?«, frage ich zurück, denn sie sehen nur das halbe Bild. Für alles Gute, was ich getan habe, habe ich tausend schlimmere Fehler gemacht. »Es gibt Leute, die meinen Tod wollen.«

Ich will ihn damit zwar umstimmen, aber Ferrick schüttelt sofort den Kopf. »Das war eine Person, und Elias war machthungrig«, sagt er. »Er hat ein Klima im Wandel erkannt und wollte seinen Vorteil daraus ziehen. Er hat dich als *Ausrede* benutzt, nicht als Grund. Ich bin ziemlich überzeugt davon, dass ein Mann, der die Macht so unbedingt wollte wie er, auch etwas anderes versucht hätte, wenn sich die Gelegenheit ergeben hätte. Du darfst dir daran nicht die Schuld geben. Wenn überhaupt, hast du den Bewohnern von Curmana *geholfen*, indem du aufgedeckt hast, was vor sich ging und ihre Probleme ans Licht gebracht hast. Die neuen Gesetze, die du erlassen wirst, werden nur dazu beitragen, sie vor Schaden zu bewahren.«

Sosehr er mich herausfordert: Mir ist klar, dass ich ihn genau aus diesem Grund zu meinem Berater gemacht habe, denn selbst in Zeiten wie diesen hat er die Fähigkeit, der rationalste Mensch zu sein, den ich kenne. Egal, wie nervtötend das sein mag.

Als ein Adrenalinstoß durch meinen Körper jagt, beiße ich mir von innen auf die Wangen. Ich weiß nicht genau, was ihn auslöst, denn ich fühle alles: Schmerz. Verwirrung. Frustration. Schuld.

Irgendwo in mir *weiß* ich, dass das, was Ferrick sagt, die Wahrheit ist. Ich weiß, ich *sollte* auf ihn hören. Aber mit jedem Wort aus seinem Mund spüre ich, wie ich mich weiter von Vater entferne.

Ich zucke zusammen, als Ferricks Hand meine umschließt, warm und fest.

»Ich habe auch einen Elternteil verloren.« Seine Worte sind liebevoll, aber sie sind wieder ein Messer, das in meinem Herz herumgedreht wird. »Das haben wir alle. Ich weiß, es tut weh. Meine Mutter zu verlieren, hat mehr wehgetan als jeder körperliche Schmerz, den ich je gespürt habe. Ich wünschte, ich könnte dieses Gefühl für dich heilen, Amora. Ich wünschte, ich könnte dir diesen Schmerz abnehmen, denn ich würde es ohne zu zögern für dich tun. Aber niemand kann dir diese Erleichterung verschaffen, und das tut mir leid. Es tut mir so leid. Bastian und ich haben es selbst erlebt. Und wir sind für dich da. Und wir gehen auch nicht weg.«

Mehr ertrage ich nicht. Alles, was sich in mir angestaut hat, blubbert an die Oberfläche und lässt sich nicht mehr zurückhalten.

Heiße Tränen schießen mir in die Augen, und in meiner Brust rasseln Atemzüge, die ich kaum aushalte. Ich lasse mich gegen das Holz sinken und Ferrick nimmt mich in die Arme. Ich weiß nicht, was er sagt, aber ich spüre, dass er etwas in meine Haare flüstert, während er mich festhält.

»Ich bin noch nicht bereit«, flüstere ich an seiner Schulter, wieder und wieder, wie ein Gebet. »Ich bin noch nicht bereit, Lebewohl zu sagen.«

Im ersten Moment habe ich keine Ahnung, ob Ferrick antwortet, denn ich höre nichts als mein eigenes Schluchzen. Alles, was ich sehe, ist Vaters Leichnam, blutend und brennend, der immer mehr verblasst. Sein Geist streckt die Hand aus, und meine Hand möchte sie so furchtbar gern ergreifen.

»Er würde es aber wollen.« Ferricks Stimme durchschneidet den Rauch, der mein Blickfeld vernebelt, und ich sinke in mir zusammen. Die Hand, die ich nach Vater ausstrecke, wird schwer wie Blei, zu schwer, um sie noch zu halten. Langsam lasse ich sie sinken. »Er würde wollen, dass du das Leben lebst, das du verdienst.«

Ich starre Vater an. Die Hand, die er nach mir ausstreckt. Ich mache einen Schritt auf ihn zu, und diesmal weiche ich nicht zurück. Bastians und Ferricks Gegenwart stützen mich, und der Rauch um ihn beginnt, die Form seines feurigen Rosses anzunehmen.

Vater hebt den Blick zu mir, klar, warm und wundervoll,

und meine Brust brennt, als ich meine Hand sinken lasse. Seine Lippen verziehen sich zu einem Lächeln.

Ich hab dich lieb. Ich versuche, ihm die Worte zuzurufen. Ihm alles zu sagen, wozu ich zuvor keine Chance mehr hatte. Aber alles, was herauskommt, ist: *Ich weiß nicht, wie ich das ohne dich schaffen soll.*

Langsam, ohne den Blick von mir abzuwenden, senkt er die Hand. Es ist, als würden sich all die Dolche, die mich in den letzten Jahreszeiten durchbohrt haben, auf einmal umdrehen, sie weiden mich aus, als mir klar wird, dass er mich nicht bittet, ihn zu retten. Er streckt nicht die Hand nach mir aus. Er wollte sich verabschieden.

»Du weißt es vielleicht jetzt noch nicht, aber du wirst es lernen.« Ich weiß nicht, woher die Stimme kommt, aber ich höre sie laut und deutlich. »Mach dieses Leben zu all dem, was es sein sollte.«

Der Rauch ist wieder da, füllt meine Lungen. Er umhüllt erneut Vaters Körper, und diesmal verschwindet er ganz.

Ob das noch ein Geschenk der Götterkreatur war oder ganz meine eigene Einbildung, weiß ich nicht. Aber ich weiß, dass Vater jetzt wirklich und endgültig fort ist.

Als ich das Meer mit seinem Tosen wieder wahrnehme und die Augen öffne, merke ich, dass ich nicht mehr keuchend schluchze. Meine Wangen sind immer noch nass von frischen Tränen, aber ich kann wieder atmen.

Vaters Lächeln bleibt in meinen Gedanken zurück, seine Worte hallen in mir wider. *Mach dieses Leben zu all dem, was es sein sollte.*

Endlich weiß ich, was das ist. Ich weiß, was ich tun muss.

Spät in dieser Nacht sitze ich am Bug, lasse die Beine über die schlangenartige Gallionsfigur baumeln und werfe winzige Schnipsel Pergament ins Wasser.

Es tut mir leid.

Bitte komm zurück.

Ich bin der schlimmste Mensch der Welt, und du kannst mir das so oft sagen, wie du willst, wenn du wiederkommst.

Ich lasse einen zerknüllten Schnipsel nach dem anderen ins Wasser fallen, mein Herz ist schwarz wie die Wellen, die sie verschlingen. Vataea wird sie wahrscheinlich nie sehen. Sie ist wahrscheinlich schon lange weg. Dennoch muss ich es versuchen, irgendwas.

Und so kritzle ich meine Botschaften und werfe sie eine nach der anderen hinein, bis kein Pergament mehr zu finden ist und ich alle Entschuldigungen vorgebracht habe, die in mir waren.

Bis auf eine.

Ich hebe das Gesicht zum Himmel, schließe die Augen und sammle den letzten Rest Mut zusammen, den ich noch finden kann.

Ferrick hatte recht, als er das sagte, hier auf der Keel Haul hat man das Gefühl, man wäre allein auf der Welt. Als könnten wir uns das ganze Meer nehmen. Ich stelle mir vor, wie ich nach Jahren am Steuer aussehe, die Hände schwielig und das Gesicht warm von der Sonne: Zeichen eines Lebens auf See, die ich an Vater immer bewundert habe.

»Mir tut es leid, was ich tun muss.« Ich spreche die Worte allein zum Himmel. »Ich weiß nicht, ob es das ist, was du gewollt hättest, oder was du getan hättest. Aber ich hoffe, wenn du auf mich herabschaust, dann mit Stolz. Ich weiß, das ist unser Weg nach vorn; so machen wir wieder gut, was wir unserem Königreich angetan haben.«

Kein Suntoser ist mächtig genug, meinen Schmerz zu heilen. Er steckt in jedem Zentimeter meines Körpers, zerreißt ihn und baut ihn wieder auf, nur um ihn von Neuem zu zerreißen. Es könnte sein, dass das nie ganz aufhört, aber eines Tages, hoffe ich, wird es vielleicht langsamer gehen.

»Ich hab dich lieb.« Ich sende meine Worte zu den Göttern, damit sie sie ihm überbringen. »Aber das ist wirklich unser Abschied.«

Und als die Meeresbrise um mich auffrischt, über meine Haut streicht und meine Lungen mit ihrer salzigen Luft füllt, da weiß ich, dass Vater mich hört und dass das auch sein Abschied ist.

Hochzeit? Oder königliche List?

Es scheint, als wäre die Suche nach Visidias zukünftigem König fast so plötzlich wieder abgesagt worden wie sie begonnen hat.

Es wurde berichtet, dass Ihre Majestät Amora Montara am ersten Tag ihres Besuchs auf Valuka an etwas litt, was Zeugen nur als einen »kompletten psychischen Zusammenbruch« beschreiben können. In der Folge weigerte sie sich, an irgendeiner der geplanten Aktivitäten auf der Insel teilzunehmen, nachdem sie nicht in der Lage war, ihre valukanische Verbundenheit zu finden. Zeugen sagen aus, Ihre Majestät sei kurz nach ihrem Ausbruch verschwunden und seitdem nicht mehr gesehen worden. Angeblich seien sowohl sie als auch das Schiff, auf dem sie reist, mitten in der Nacht von der Insel verschwunden.

Wir haben uns in unserer Sorge um die Königin an Lord Bargas und die zukünftige Ratgeberin Azami Bargas gewandt, doch beide sind nicht bereit dazu, einen Kommentar zu diesem Thema abzugeben. Die Königin hätte noch mehrere Tage auf Valuka bleiben sollen, über ihren derzeitigen Aufenthaltsort ist aber nichts bekannt.

Angesichts der Zeugenberichte haben wir keine andere

Wahl, als unsere eigenen Theorien aufzustellen, von denen wir einige haben:
Könnte der Ausbruch Ihrer Majestät etwas mit dem tragischen, frühen Tod von Elias Freebourne von Curmana zu tun haben, dem Amora, Berichten zufolge, einige Tage zuvor nähergekommen war?
Ist es möglich, dass Visidias zukünftiger König bereits gefunden ist?
Vielleicht wurde unsere Königin durch eine Zurückweisung zum Gespött gemacht?
Oder trauen wir Ihrer Majestät zu viel zu? Vielleicht gibt es keine einleuchtende Antwort auf ihren Ausbruch außer die Unentschlossenheit und die mangelnde Erfahrung eines Teenagers.
Was auch immer der Grund sein mag, es sieht so aus, als könnten wir momentan nichts weiter tun als abzuwarten, dass Ihre Majestät irgendwo auftaucht und sich ein für alle Mal erklärt.

35

Als wir uns Arida diesmal nähern, empfangen uns nicht Rauch und Kanonendonner eines Überfalls. Keine Schreie meines Volkes, das um sein Leben kämpft.

Diesmal nähern wir uns mit nichts als zusammengebissenen Zähnen und Entschlossenheit. Diesmal ist es Hoffnung.

»Macht euch bereit.«

Die winterliche See ist wild und rau. Ich packe das Steuer, lege die Finger fest um das Holz und lasse mich nicht von den Wellen herumwerfen.

Sand, der so rot ist wie Blut, erwartet uns an den Stränden von Arida und markiert unsere Ankunft. Ich konzentriere mich darauf, während uns das Meer näher trägt, und Bastian tut dasselbe. Ferrick und Shanty halten sich an der Reling fest. Bastian hat jetzt wirklich Gefallen an der valukanischen Luftmagie gefunden; er wirbelt salzige Meeresluft durch seine Finger und benutzt sie, um die Segel zu blähen und zu drehen, während ich die *Keel Haul* an den Anleger steuere.

Wir geben ein gutes Team ab, er und ich.

Shanty ist die Erste, die von Bord geht, sie hält sich nicht lange mit der Rampe auf, und Ferrick ist knapp hinter ihr. Glücklich kauert er sich in den Sand, lässt ihn durch seine Finger rieseln und sieht aus, als wollte er sich am liebsten darin wälzen. Ich wünsche mir, ich könnte seine Begeisterung teilen, aber die Sorge schnürt mir die Kehle zu. Ich weiß, wie viel jetzt, da wir wieder hier sind, zu tun ist, und ich weiß nicht, wie die anderen auf die Veränderungen reagieren werden, die ich vorhabe.

Die Sorge schwindet, als sich eine schwielige Hand um meine legt und mich mit Wärme flutet.

Unsere Ankunft hat die königlichen Soldaten in Aufruhr versetzt, von denen uns ein paar mit offenem Mund anstarren; sie haben uns nicht so früh wieder auf Arida erwartet. Sie versammeln sich um uns und unser Schiff, um beim Entladen zu helfen, aber ich stoppe sie schnell.

»Sagt allen, dass ich in einer Woche etwas mit meinem Volk besprechen möchte«, weise ich sie an. »Sorgt dafür, dass sämtliche Inseln benachrichtigt werden. Jeder, der kann, ist eingeladen, daran teilzunehmen. Und sorgt dafür, dass diesmal auch Kerost dabei ist.«

Der Kommandeur Isaac zögert. »Es wäre am besten, wenn ich Euch zum Palast begleite, Eure Majestät. Wir müssen Visidia Bescheid geben, dass Ihr in Sicherheit seid. Es gab viel Gerede in der Presse …«

Ferrick hat das Pergament schon per Gedankenübertragung gesehen und mich über den Inhalt informiert. Aber ich kann mich nicht noch länger mit dem äußeren Schein oder Klatsch und Tratsch abgeben. Ich habe mich entschieden, und ich werde nichts und niemandem mehr die Möglichkeit geben, mich davon abzubringen.

Abgesehen davon habe ich Blarthe schon zu lange vor der Justiz versteckt.

»Du solltest tun, was ich sage, Isaac.« Meine Stimme ist fest. »Im Moment hätte ich gern, dass du einen Gefangenen für mich holst. Sein Name ist Blarthe, und er ist gefährlich. Sei vorsichtig.«

Es dauert nicht lange, bis die Soldaten ihn gefunden haben. An Füßen und Händen gefesselt sieht Blarthe verhärmter aus als je zuvor, als die Soldaten ihn den Strand entlangzerren. Er blinzelt ins ungewohnte Sonnenlicht, hat tiefe Schatten unter den Augen. Die Zeitmagie hat ihren Tribut von seinem Körper gefordert; jeder Schritt sieht schmerzhaft und mühsam aus, und er schont sein linkes Knie. Seine Haut sieht aus wie fleckiges Leder. Als er ihn sieht, zieht Bastian eine Grimasse.

Blarthe wirkt nicht besorgt, mich zu sehen, aber auch nicht zu eifrig. Mit hungrigem Blick mustert er meine Hände, dann meinen Mantel, sucht nach irgendeinem Hinweis auf das Artefakt.

»Hast du es gefunden?«, ist das Erste, was er sagt, worauf der Soldat die Stirn runzelt und an Blarthes Ketten ruckt.

»Verneige dich vor unserer Königin!«, warnt ihn Isaac.

»Ich brauche seine Verbeugung nicht«, erwidere ich. Dann nicke ich Blarthe zu. »Wie oft hast du noch vor, dich gegen die Götter zu stellen, Rogan?«

Anfangs rate ich nur, aber daran, als der Hunger in seinen Augen erlischt und seine Hände zucken, erkenne ich, dass ich recht hatte.

»Ich habe deine Tochter kennengelernt, aber sie war nicht auf Kerost, wie du dachtest. Sie lebt glücklich und zufrieden irgendwo weit weg von dir, wo sie dein armseliges Gesicht nie wiedersehen muss.«

»Mir ist es egal, ob du *sie* gefunden hast. Das Artefakt. Wo ist das Artefakt?« Er streckt die angeketteten Hände nach der Schuppe aus, und einen Moment tut er mir leid, weil diese Hände so zittern. Aber ich lasse den Gedanken vergehen; dieser Mann hat weit mehr Jahre bekommen als irgendein Leben verdient. Er hat die Zeit nicht nur einmal, sondern zweimal zurückgedreht.

Damals auf Kerost hat er die Zeitmagie genutzt, um so auszusehen, wie er aussah, als er Corina kannte. Die ganze Zeit ist er diesem Abschnitt seines Lebens nachgejagt.

Ich werde seine Fehler nicht machen.

»Die ist nicht für dich.« Ich verschränke die Arme hinterm Rücken und recke das Kinn.

Er zieht den Kopf ein, in seinen Augen lodert ein Feuer, das mich an die Nacht auf Kerost erinnert, als wir miteinander gekämpft haben. Mein erster Impuls ist es, meine Magie zum Schutz um mich zu ziehen, aber stattdessen lege ich die Hand auf Rukans Griff.

»Vorsichtig, Amora«, flüstert Shanty, die dieselbe Bedrohung in ihm spürt wie ich.

»Ich weiß«, antworte ich. »Bleib zurück.«

»Ich werde dein Geheimnis allen erzählen.« Blarthes Stimme ist brüchig. »Mal sehen, was sie dann über dich denken, kleine Königin. Mal sehen, wie sie dir die Krone vom Kopf reißen.«

Mit einer flüssigen Bewegung ziehe ich meinen Dolch und drücke ihn fest an Blarthes Kehle. »Versuch's ruhig.« Und ich meine es ernst. Deshalb bin ich wieder auf Arida: Mir ist nicht mehr wichtig, was mein Volk von mir denkt. Es wird Zeit, dass alle die Wahrheit erfahren.

Aber was ich nicht vorhergesehen habe, ist, dass Blarthe genau das will: dass ich ihm nahe komme. Denn wie der Rest von Visidia hat auch er eine neue Magie geübt. Und er hat sie verborgen.

Leuchtend blaue Flammen lodern über seinen Körper, brennen so wild, dass die valukanische Magie seine Ketten sprengt und die Wächter zurückweichen lässt. Ich habe keine Zeit, mich zurückzuziehen, da erfassen die Flammen schon den Stahl meines Dolches und versengen mir die Handfläche. Ich zucke zurück, lasse instinktiv den Dolch fallen, und mein Herz droht zu zerspringen, als Blarthe sich darauf stürzt.

Durch seine Zeitmagie schneller als der Blitz, dreht er sich zuerst zu den Soldaten um und ehe ich blinzeln kann, hat er ihnen schon die Bäuche aufgeschlitzt. Mein Herz setzt aus, als Isaac fällt. Blarthes Bewegungen sind ganz anders als damals bei unserem Kampf auf Kerost. Es bleibt keine Zeit, ihn zu verfolgen. Keine Zeit, sich vorzubereiten. Er benutzt jetzt nicht mehr die Zeit, die er von anderen gestohlen hat, um seine jugendliche Erscheinung zu erhalten: Er setzt die volle Macht seiner Zeitmagie ein.

Blarthe ist jetzt über mir und hält mir den Dolch an die Kehle.

»Wo ist sie?« Er reißt mir die Jacke auf und durchsucht meine Taschen, zieht mir die Stiefel herunter, um zu sehen, ob ich sie darin versteckt habe. Unter seinem Gewicht ringe ich nach Luft, taste blind nach Rukan, aber ich komme nicht an ihn heran. Wieder versuche ich, meine Magie zu rufen, aber es nützt nichts. Als Blarthe nicht findet, wonach er sucht, drückt er das kühle Metall des Dolches an meine Haut und mir wird klar, wie es sich anfühlt, wirklich machtlos zu sein. Keine Magie. Keine Waffen. Nur ein Mann, der doppelt so groß ist wie ich und mich mit Raserei im Blick niederhält.

Ich kann nur seinen Arm packen, um die Klinge abzuwehren, aber das genügt nicht.

Es genügt nicht.

»Hey!« Auf Ferricks Schrei hin weicht Blarthe zurück, und ich fülle meine Lungen mit der Luft, die sie so dringend gebraucht haben. »Suchst du das hier?«

Die Götter mögen diesen Idioten segnen: Ferrick hat die Schuppe, von der ich dachte, sie sei sicher an Bord der *Keel Haul* in meiner Kabine verstaut. Sie fängt das Sonnenlicht ein und glänzt wie Wasser. Plötzlich ist Blarthe nicht mehr auf mir.

Nur meine Crew könnte so dumm sein, gegen einen Zeitmagier zu kämpfen. *Mit die besten Soldaten geben diejenigen mit Zeitmagie ab*, hat Vater mir einmal gesagt. *Sie haben ihr Schwert schon tief in den Eingeweiden ihrer Feinde versenkt, bevor jemand auch nur blinzeln kann.*

Jetzt, da ich es in Aktion sehe, weiß ich, dass Vater recht hatte.

Blarthe steht innerhalb von einer Sekunde vor Ferrick, aber die Jungs haben darauf gewartet. Bastian schickt einen Windstoß, der Blarthe umwirft, so hat Ferrick genug Zeit, die Schuppe irgendwo wegzustecken, wo ich es nicht sehe. Seine Augen finden meine und ich signalisiere ihm mit einem Nicken, dass es mir gut geht. Er hat keine Zeit, abgelenkt zu sein.

Ich komme taumelnd hoch und umfasse endlich Rukan mit festem Griff. Ab jetzt gibt es keine Freundlichkeiten mehr.

Als Blarthe sich aufgerappelt hat, stürzt er sich nicht auf Ferrick, sondern auf Shanty. Er hat meinen Dolch an ihrem Rücken, seine Augen funkeln boshaft.

»Gib mir das Artefakt, oder sie stirbt«, presst er zwischen zusammengebissenen Zähnen und schwer atmend hervor. Doch Shanty ist leicht zu unterschätzen. Sie wirft den Kopf zurück, trifft hart seine Nase und bricht sie. Er knurrt vor Schmerz, und sie entschlüpft ihm und schleudert eine Wolke hellgelbes Pulver vor sich. Mit einem langen Ausatmen pustet sie es Blarthe ins Gesicht und duckt sich weg, dann zieht sie zwei lange Messer aus ihrem Gürtel.

Sie macht sich vielleicht nicht gern die Hände schmutzig, aber so geschickt, wie ihre Finger mit diesen Klingen umgehen, ist klar, dass sie es tun würde.

Das Pulver verlangsamt Blarthes Bewegungen, es lässt ihn taumeln, hält ihn aber nicht auf.

»Diese Biester haben mir gesagt, ich würde Corina wiedersehen«, speit er. »Gib mir die Schuppe! Ich *werde* sie wiedersehen!«

Zu einer anderen Zeit hätte er mir vielleicht leidgetan.

Sein Blick huscht von Ferrick zu Shanty, und so schnell, dass ich es beinahe verpasst hätte, ist er wieder bei ihr. Shanty hält ihre Waffen zwar gezückt, kann aber mit der Geschwindigkeit eines Ker nicht mithalten. Blarthe stößt sie zurück, doch Ferrick muss seinen Plan durchschaut haben. Er ringt Blarthe nieder, bevor sein Dolch Shanty treffen kann; stattdessen schlitzt er Ferricks Seite sauber auf.

Mir bleibt das Herz stehen. Ferrick klappt zusammen und schnappt pfeifend nach Luft, aber seine Erneuerungsmagie arbeitet schon daran, die Wunde von innen nach außen zu schließen. Allerdings kann sich Ferricks Magie nur auf eine Verletzung auf einmal konzentrieren, und Blarthe hebt schon wieder den Dolch.

Sowohl Bastian als auch ich stürzen vor, doch keiner von uns erreicht ihn, bevor das Meer hinter uns tosend zum Leben erwacht. Die Wellen legen sich um Shanty und schieben sie über den Strand, bevor sie Ferrick und Blarthe komplett verschlingen. Bastian packt mich, die Wellen gehen krachend nieder und werfen uns in den Sand. Ich komme mit der Schulter voran auf, und etwas in meinem Arm bricht. Ich schnappe nach Luft und schlucke Meerwasser, aber einen Moment später sind die Wellen wieder weg und mit vom Salz brennenden Augen sehe ich Blarthe auf allen Vieren und keuchend auf dem blutroten Sand.

Hinter ihm kräuseln und erheben sich die Wellen um Vataea. Erleichterung flutet meine Adern so heftig, dass das Pochen in meinem Arm verschwindet.

»Fass ihn nicht an!« Vataeas Stimme ist tausend Lieder, mir schwirrt der Kopf und meine Ohren drohen zu bluten. »Steh auf, Blarthe. Dachtest du, du würdest mich nicht wiedersehen?«

Ihm stockt vor Angst der Atem und er weigert sich.

»Ich sagte: STEH AUF!« Sie ist das Auge ihres eigenen Sturms. Hinter ihr wird selbst der Himmel dunkel, als die Götter ihre Augen aus Furcht vor ihr abschirmen. Wasser gluckert unter Blarthe, packt ihn bei der Kehle und schleudert ihn hoch.

Immerhin bettelt er nicht, als Vataea aus den Fluten auftaucht und ihre Schwanzflosse abwirft, während sie den Sand überquert. Die Fluten warten hinter ihr, kochend und wogend, genauso ausgehungert wie sie.

»Ich denke schon seit Jahren über das nach, was ich mit dir machen würde.« Sie zuckt nicht einmal, als er mit dem Dolch nach ihr stößt. Die See ist ihr Schild, sie verschluckt die Waffe, bevor sie zustoßen kann, und spuckt sie vor meinen Stiefeln wieder aus. Ich hebe sie mit nassen Händen auf. »Ich habe davon *geträumt*, einen Dolch tief in deine Kehle zu stoßen und dich ausbluten zu lassen. Mir Zeit zu lassen, dich über die Jahre Stück für Stück zu zerschneiden, so langsam, dass du am Leben bleibst und mich anflehst, sterben zu dürfen. In anderen Träumen habe ich dich ins Meer gerufen. Ich habe dir das Herz herausgerissen und deinen Körper eine Gliedmaße um die andere verschlungen. Aber es scheint, deine Götter meinen es heute gut mit mir, denn keiner meiner Träume könnte je die Möglichkeit übertreffen, die sie mir geschenkt haben.«

Hinter ihr teilt sich das Meer, und jetzt wird mir klar, dass Vataea nicht allein ist. Eine weitere Meerjungfrau wartet auf sie, ihre Haut ist blass wie Eisregen und ihre vollen Lippen sind so blau wie die einer Leiche. Eine Krone blonder, welliger Haare breitet sich auf der Wasseroberfläche um sie herum aus, und sie starrt uns mit durchdringenden, lavendelfarbenen Augen an, schmal wie die einer Katze.

Sobald Blarthe sie sieht, lässt er die Schultern hängen und ein Schluchzen rasselt in seiner Brust. »Corina.« Der Name kommt ihm wie ein Gebet über die Lippen, und mir dreht sich bei seinem Klang der Magen um.

Corina. Die Liebe, die er an die Meerjungfrauen verloren hat. Er hat sie gar nie ganz verloren.

Corina öffnet die Lippen, und ich brülle Shanty und den Jungs zu, dass sie sich die Ohren zuhalten sollen. Ihr Lied ist nicht Seide und Honig wie Vataeas; es ist Kies und Stahl, nicht ganz richtig im Ton. Aber Blarthe ist trotzdem verzaubert. Er stolpert über den Sand, versucht alle paar Schritte anzuhalten, um Corina anzusehen. Er schreit ihren Namen, will, dass sie aufhört, aber sie tut es nicht.

»Du hast ihre Liebe zu dir verkauft«, sagt Vataea mit einem Lachen, das so boshaft ist, dass ich einen Schritt rückwärts mache und in den Sand einsinke. Die ganze Zeit über war ich dankbar, sie an meiner Seite zu haben. Jetzt bin ich mir allerdings nicht mehr sicher, dass sie das ist. »Jetzt wirst du eine Ewigkeit im Meer als unser Haustier verbringen, und sie wird sich nie an dich erinnern. Egal, wie sehr du es versuchst, egal, wie sehr du vielleicht bettelst, du und dein Flehen werden ihr egal sein. Du wirst deine Tage im Meer verbringen und um diejenige trauern, die du direkt vor dir hast. Und wenn du sterben möchtest, werde ich dafür sorgen, dass du lebst. Du bist jetzt *meine* Trophäe. Und es wird Zeit, dass ich dich herumzeige.«

Corina legt die Finger um Blarthes Kehle, während sie zugleich die Lippen auf seine drückt. Doch statt ihn aus einer Trance zu wecken, macht sie Blarthes Haut blau wie Eis. Begleitet von seinem ersten Schrei, verschleppt Corina ihn ins Wasser.

Sie tauchen nicht wieder auf.

Vataea steht vor mir, als ich mich von den Knien hochstemme. »Es tut mit leid«, sage ich. »Und nicht, weil du furchterregend bist, sondern weil ich es ernst meine.«

Darauf verzieht sie die Lippen zu einem kaum merklichen Lächeln, aber ich höre nicht auf.

»Vataea, ich wollte dir nie wehtun, ich schwöre es. Ich wollte dir die Wahrheit sagen, wenn wir wieder auf Arida gewesen wären, und Blarthe sollte immer für seine Verbrechen bezahlen. Aber … ihr Götter, es tut mir leid. Er hat dir mehr angetan als allen anderen, und es tut mir leid.«

Sie legt mir die Hand auf die Schulter, und ich versuche,

nicht vor ihren langen, messerscharfen Krallen zurückzuzucken.

»Ich verstehe, dass du versuchen wolltest, was du für das Beste gehalten hast.« Die Magie in ihrer Stimme ist noch nicht ganz abgeklungen. Ihre Süße verursacht bei mir Kopfschmerzen. »Aber du hast Wunden in mir wieder aufgerissen, Amora, und ich kann dir nicht sagen, wann sie vielleicht wieder heilen.«

»Aber wir können es versuchen?« Entschlossen lege ich meine Hand auf ihre. »Können wir versuchen, sie zu heilen?«

Ganz langsam nickt sie. Aber es bleibt keine Zeit, mich erleichtert auszuruhen; unten am Strand schreit Shanty.

»Wir brauchen Hilfe!«

Husten ist zu hören. Nasses, abgehacktes Husten, und mein Körper wird kalt beim Anblick eines klatschnassen Ferrick, der keuchend auf dem Sand liegt. Shanty presst die Hände fest auf seine Brust, aber zwischen ihren Fingern quillt Blut hervor, und es sieht nicht aus, als wollte es langsamer fließen.

Blarthes Treffer war tiefer als ich dachte. So sehr er zu heilen versucht, Ferrick scheint die Blutung nicht bremsen zu können.

Ich eile zu ihm, helfe Shanty, Druck auf die Wunde auszuüben. Isaac schafft es gerade so aufzustehen. Er ist wacklig auf den Beinen und hält sich die blutende Seite. Aber er blutet nicht stark; zum Glück ist es bei ihm keine tödliche Wunde.

»Geh die Heiler holen!«, schreie ich ihn an. »Sofort!«

Ferricks Blut ist heiß und frisch, es fließt zu schnell aus seinem Körper. Ich drücke fester, aber Ferrick legt seine zitternde Hand auf meine. Tränen steigen mir in die Augen, als er lächelt.

»Danke, dass ich Teil deines Abenteuers sein durfte.« Er schließt die Finger um meine und drückt schwach zu. »Ich hätte mir keine bessere Crew wünschen können.«

Bastian ist jetzt neben mir, und Vataea auch. Sie starrt sein

Blut an, singt Beschwörungen, als kämpfte sie darum, es zu kontrollieren. Aber anders als das Meer, gehorcht es ihr nicht. Sie hört nicht auf, runzelt vor Konzentration tief die Stirn, während sie es wieder und wieder versucht.

»Halt die Klappe, Ferrick!« Ich entziehe ihm meine Hand und drücke fester auf die Wunde. »Du und ich, wir werden noch viele Abenteuer erleben. Du musst nur noch ein bisschen durchhalten; die Heiler kommen.« Sein Blut an meinen Händen ist heiß, und ich drücke mit allem zu, was ich habe, denke an Vater und die Nacht, in der ich ihn direkt neben mir habe sterben lassen. »Bitte, du musst durchhalten. Ich kann nicht noch jemanden verlieren. Ich kann *dich* nicht verlieren.«

Er versucht, seinen Schmerz nicht zu zeigen, aber ich sehe, wie ihm die Worte im Hals steckenbleiben und wie er die Zähne zusammenbeißt. Die Schuppe schimmert in seiner linken Hand, er hält sie so fest, dass seine Fingerknöchel weiß werden. Ich muss sie ihm nur abnehmen, dann kann ich alles reparieren. Wir wiederholen den Kampf. Ich werde meinen Dolch nicht an Blarthe verlieren. Ich werde …

»Amora.« Er nimmt wieder meine Hand und zieht sie sanft von seiner Wunde. »Hör auf, dir zu überlegen, was sein könnte, und lass mich Lebewohl sagen.«

Ich will nicht. Mit allem, was in mir ist, will ich mich weigern. Aber ich bin nicht die Einzige, die weint. Bastian hält Ferricks Schultern fest umklammert und seine Brust zittert, als er seine Stirn zu Ferricks Stirn senkt. Ich höre nicht, was er sagt, nur dass er es unter Schluchzern sagt, die er lange genug zu unterdrücken versucht, dass er die Worte herauspressen kann.

»Du bist vielleicht das größte Arschloch, das ich je kennengelernt habe«, erklärt ihm Ferrick, doch sein Tonfall ist leicht. »Aber du bist mein Bruder geworden, und ich bin um jede Minute froh, die wir zusammen hatten. Bis auf die, als du mir den Arm abgehackt hast.« Und dann wendet er sich an Vataea, sein Lächeln wird unsicher. »Es tut mir leid. Alles. Ich hätte dich nie anlügen dürfen.«

»An dem Tag auf Kerost warst du derjenige, der zu mir gekommen ist.« Ihr Flüstern ist kaum zu hören. »Du warst der, der mich gerettet hat. Dafür habe ich dir nie gedankt.« Sie beugt sich herab und drückt ihre Lippen fest auf Ferricks. Er legt ihr sanft den Arm um den Kopf und streicht ihr mit schwachen Fingern durch die Haare.

Als sie sich voneinander lösen, drückt er seine Wange gegen Vataeas und sagt etwas, so leise, dass ich es nicht verstehen kann.

Als sie sich aufrichtet, stehen Tränen in Vataeas Augen, doch sie weint nicht; sie sieht eher aus, als verstünde sie nicht, was los ist. Als wäre hier etwas nicht richtig.

Und so ist es auch. Menschen sind zu zerbrechlich. Das alles ist nicht richtig.

Ich kann mir nicht vorstellen, welche Kraft es ihn kosten muss, doch als Nächstes hebt er den Kopf so weit, dass er mir einen Kuss auf die Schläfe geben kann, fest und entschlossen.

»Hör mir zu. Ich will nicht, dass du um mich trauerst, Amora. Ich will, dass du für dieses Königreich lebst und für dich selbst. Ich hab dich lieb und … es tut mir leid, was ich tun muss.«

»Ich hab dich auch lieb«, sage ich, denn wenn es eines gibt, das gesagt werden muss, dann das. Ich werde ihn nicht gehen lassen, wie Vater es tat, mit zu viel Bedauern zwischen uns. Aber erst nachdem ich es gesagt habe, begreife ich den Rest seiner Worte, und mir wird kalt.

Ich schaue noch einmal auf seine Hand, die fest um die Schuppe geschlossen ist.

»Ferrick …«

»Das war mein letztes Abenteuer.« Jedes seiner Worte kostet ihn mehr Mühe als das vorherige, seine Hände kämpfen gegen winzige Zuckungen an. »Aber versprich mir, dass ihr noch tausend mehr erleben werdet.«

Die Schuppe zersplittert, bevor ich ihn aufhalten kann. Ferrick schlägt sowohl mir als auch Bastian die Hand an die Brust, und in meinen Adern fließt Feuer, als Ferricks Erneuerungsmagie mich erfüllt und in Tiefen vordringt, die gar nicht möglich sein sollten. Er greift in meine Seele und macht sie wieder ganz.

Magie regt sich dort, wo einst Leere war, und ich bin wieder ich selbst – Amora Montara. Ganz und gar und allein ich.

Ich öffne die Augen und sehe Ferrick an, der jetzt offen weint, der nicht mehr versucht, stark zu bleiben. Außer Atem strecke ich mich nach ihm aus, aber meine Hände greifen ins Leere.

Einen Moment später frage ich mich … Nach wem habe ich überhaupt gegriffen?

Und wessen Blut habe ich da an den Händen?

36

Der Frühling ist da, und mit ihm ist der Wandel gekommen.

Sanfter Wind grüßt mich, als ich auf meinem Balkon stehe und über die gewundenen Reihen von Regenbogeneukalyptus auf das wartende Meer weit unter mir blicke. Es funkelt im herrlichsten Blau wie tausend Kristalle im Sonnenlicht.

»Das ist eine wichtige Entscheidung.« Bastian steht hinter mir und legt mir die Hand auf die Schulter. »Ich hoffe, du bist stolz auf dich.«

Ich lege meine Hand auf seine und genieße die Wärme, die sich durch seine Berührung in mir ausbreitet. Denn jetzt hat er keine Macht mehr über mich. Endlich sind wir wieder freie und eigenständige Menschen.

Heute trägt Bastian den auffälligen, rubinroten Mantel, den er getragen hat, als wir uns kennengelernt haben. Er erinnert mich an die wahrhaftigste Version von ihm: ein spitzbübischer Pirat mit Sinn fürs Abenteuer. Er erinnert mich an den Mann, in den ich mich damals verliebt habe und mit dem ich hoffentlich noch viele Abenteuer erleben werde. Wenn wir nur diesen Tag heute überstehen.

Sein Anblick in diesem Mantel füllt mein Herz zwar mit Wärme, kann mich aber nicht von der bleibenden Traurigkeit ablenken, die mir tief in den Knochen steckt. Ein Kummer, von dem ich wünschte, ich könnte ihn mir erklären.

So froh ich bin, dass mit Bastian alles wieder so ist wie früher: Ich kann das klaffende Loch in meiner Erinnerung an den Tag, an dem unsere Flüche gebrochen wurden, nicht ignorieren. Ich kann das Schlafzimmer im Palast – gegenüber von dem meinen – nicht ignorieren, das schon seit einer Woche unbewohnt ist, das aber voll ist mit Degen und Kräutern, mit einem Schrank voller smaragdgrüner Kleidung. Ich kann nicht ignorieren, wie mein Blick jedes Mal, wenn ich vorbeigehe, an der Tür hängenbleibt, in der Erwartung, dass jemand herauskommen könnte, auch wenn mir beim besten Willen nicht einfällt, wer das sein sollte.

Niemandem fällt ein, wer das sein sollte.

Etwas ist passiert an dem Tag, an dem Blarthe ins Meer gezerrt wurde. Jemand muss die Schlangenschuppe benutzt haben, um den Fluch der Montaras zu brechen, aber niemand von uns kann sich daran erinnern, wer das war oder was passiert ist.

Alles, was ich noch weiß, ist, dass Blut an meinen Händen war und dass niemand von meiner Crew geblutet hat.

»Hast du nicht das Gefühl, dass wir etwas übersehen haben?« Ich streiche mit den Händen nicht über ein saphirblaues Kleid, sondern über eine lockere Leinenhose. Heute möchte ich nicht aussehen wie Visidias Königin, sondern wie eine aus dem Volk. »Es war zu einfach.«

Bastian schließt seine starken Hände beruhigend um meine. »Du nennst das vergangene Jahr einfach? Wir haben uns der sagenumwobenen Feuerschlange gestellt. Dem Lusca. Wir haben Kaven besiegt. Wir wurden öfter vergiftet und von Klingen durchbohrt, als ich zählen kann. Und dennoch haben wir *gewonnen.*« Er drückt die Finger in meine Handflächen, warm und beruhigend. »Ja, einer von uns muss die Schuppe benutzt haben, um den Fluch zu brechen, aber es zählt doch nur, dass wir noch hier sind. Die Crew ist am Leben und wohlauf. Unser Fluch ist gebrochen und wir haben alles, was wir wollten. Dieses Jahr war schwer genug; ich nehme, was ich kriegen kann.« Er beugt sich vor und drückt mir federleichte Küsse auf die Wange. »Du solltest dasselbe tun.«

Ich weiß, dass ich das sollte, und ich *will* es auch. Falls ich diejenige war, die den Fluch gebrochen hat, ist das, was ich an diesem Tag verloren habe, fort, von den Göttern selbst genommen. Ich werde es nie zurückbekommen, egal, wie sehr ich versuche, mich zu erinnern. Aber meine Magie ist wieder da, und den Fluch der Montaras gibt es nicht mehr.

Ich habe fast alles bekommen, was ich mir so sehr gewünscht habe – aber was war der Preis? Meine Familie und meine Crew sind in Sicherheit. Meine Liebe zu Visidia ist noch ganz.

Ich *kann* nicht diejenige gewesen sein, die die Schuppe benutzt hat. Doch wer war es dann?

»Amora?« Ich höre Mutters Stimme von der Tür her. »Es ist fast Zeit. Casem wird bald hier sein.«

Ich befreie mich aus Bastians Griff, und er drückt mir noch einen letzten Kuss auf die Stirn, bevor er mir die Hand an den unteren Rücken legt und mich in den Raum schiebt. »Wir sehen uns draußen, ja? Du wirst das großartig machen.«

Ich nicke, auch wenn mein Körper erstarrt, als ich bemerke, dass nicht nur Mutter auf mich wartet, sondern auch Vataea.

Ich war nicht die Einzige, die sich an dem Tag am Strand verändert hat. Ihre Augen sind jetzt dunkler, ihre Worte kälter. Ich liebe Vataea, und ich möchte für sie da sein, wie ich es früher nicht war. Aber ich kann nicht ungeschehen machen, was ich getan habe. Ich kann nur versuchen, weiterzumachen, und hoffen, dass es genügt.

Sobald Mutter mich entdeckt, packt sie meine Hände. Ihre sind knochiger als früher, aber sie werden Tag für Tag stärker.

»Bist du dir dabei sicher?« Die Worte sprudeln so schnell aus ihr heraus, dass ich sie kaum einzeln verstehen kann. »Es ist nicht zu spät, um es dir anders zu überlegen.«

Doch, das ist es. Nach allem, was ich durchgemacht habe – nach allem, was ich im vergangenen Jahr gesehen habe –, weiß ich klar wie der Nachthimmel, was ich tun muss. Heute Abend wird Visidia endlich frei sein.

»Wir schaffen das schon.« Ich drücke ihre Hand, nur einmal, und spüre Vaters Abwesenheit. Sie ist kein Anker mehr, der mein Herz nach unten zieht, sondern eine Erinnerung daran, was wir alles opfern mussten, um Visidia die Freiheit zu bringen, die es verdient.

Sie ist zwar furchtbar angespannt, aber Mutter nickt und zieht mich an sich, drückt ihre Stirn an meine. »Du bist die Königin, die dieses Reich immer verdient hat, Amora.« Sie drückt mir ihre warmen Lippen an die Wange. »Ich bin so stolz auf dich.«

In diesem Raum ist zu viel Gefühl. Zu viel Schmerz. Mit einem letzten Kuss auf meine Hand entschuldigt sich Mutter. In ihrer Abwesenheit wirkt Vataea größer, ihre Schultern hat sie gereckt und das scharfe Kinn hoch und stolz erhoben. Sie sieht strahlend aus in ihrem schmalen, saphirblauen Kleid, aber in ihren Augen ist ein Ausdruck, der mir sagt, dass es das letzte Mal sein könnte, dass ich sie in Aridas Farbe sehe.

»Du gehst«, sage ich, und es ist keine Frage. Trotzdem versetzt es mir einen schmerzlichen Stich, als sie nickt.

»Du wirst mich nach deiner Rede nicht mehr sehen. Abschiede sind … chaotisch. Und sie sind schwierig. Aber es wird Zeit für mich zu gehen.« Jedes ihrer Worte verursacht einen Sprung in meinem Herzen. Ich kralle die Hände in mein Oberteil, ich muss mich an etwas festhalten.

»Wohin wirst du gehen?«

Tränen benetzen ihre dunklen Wimpern, aber sie fallen nicht. »Ich weiß es nicht genau«, sagt sie. »Wenn ich soweit bin, werde ich dich finden. Aber ich kann keine Handlangerin für deine Abenteuer sein. Ich werde mich an unsere gemeinsame Zeit erinnern, und ich werde sie in Ehren halten. Aber da draußen wartet eine ganze Welt, und ich habe vor, sie zu sehen.«

Ich darf nicht so egoistisch sein zu weinen. Denn Vataea

verdient das mehr als alles andere. Sie verdient die ganze Welt, und ich muss sie ihr gönnen.

»Ich hoffe, du erzählst mir eines Tages alles darüber.« Ich strecke die Hand aus und hoffe, bete, dass sie sie nehmen wird. Als sie es tut, kostet es mich alles, meine Finger um ihre zu schließen, ohne vollkommen aufgelöst zu sein.

»Das werde ich.« Sie zieht ihre Hand nur langsam zurück, aber es ist eine Erleichterung, als sie es tut. Denn ginge es nach mir, so würde ich sie niemals gehen lassen.

»Ich werde dich vermissen, Vataea. Doch ich hoffe, du erlebst die besten Abenteuer von uns allen.« Jedes Wort ist ein Dolch, der mich durchbohrt, immer wieder, bis ich es nicht mehr ertrage. Ich bin die Erste, die sich abwendet, denn es tut fast so sehr weh wie als ich Vater verloren habe. Vataea mag nicht tot sein, aber sie geht. Noch ein Stück meines Herzens fort, einfach so.

Nicht einmal, als ich ihre Schritte höre, drehe ich mich um. Nicht einmal, als sich die Tür öffnet. Nicht einmal, als ich ihre Stimme von der Tür aus höre, leise, aber fest: »Amora?« Ich möchte mich für immer an diese honigsüße Stimme erinnern. Ich möchte sie tief in meine Erinnerung eingraben und niemals verschwinden lassen. »Nenn mich V.«

Die Tür schließt sich und ich zittere so, dass ich mich am Bettpfosten festhalten muss. Sie tut das, was sie schon immer wollte, und als es wenige Sekunden später zögerlich an meiner Tür klopft, sage ich mir, ich sollte dankbar sein, dass sie eine Chance bekommt, ihren Traum zu leben. Selbst wenn ich nicht dazugehöre.

Draußen wartet Casem, die Hände hinterm Rücken verschränkt. Seine blauen Augen sehen mich unter langen, blonden Wimpern hervor an. Das königliche Wappen, das ihn als Aridas obersten Berater ausweist, leuchtet hell wie die Sonne auf seinem saphirblauen Blazer, es hat fast dasselbe Gold wie seine Haare. Er versucht zu lächeln, aber sein Mund verzieht sich besorgt, als er die Tränen in meinen Augen bemerkt.

»Alle warten auf dich. Bist du bereit?«

Ich denke an Vataea und die Tausenden von Abenteuern, die sie erleben wird. Ich nehme seinen Arm und beschließe, dass es auch Zeit für meine eigenen Abenteuer ist.

Nach dem heutigen Tag wird sich alles ändern, egal, wie dieses Treffen ausgeht. Aber als ich noch einen Blick aus meinem Fenster werfe und die *Keel Haul* in der Ferne auf mich warten sehe, wie sie auf den fröhlichen Frühlingswellen dümpelt, weiß ich, es ist die richtige Entscheidung.

Die Götter haben mich erschaffen, damit ich Visidia anführe – in diesem Glauben bin ich aufgewachsen. Das hat Vater zu mir gesagt, als er im Sterben lag. Jetzt glaube ich seine Worte mehr als je zuvor.

Damals auf Valuka hat mich die Götterkreatur gewarnt, dass ich bald eine Wahl treffen würde, die Visidia entweder in die Zukunft oder in den Untergang führen würde. Heute weiß ich, dass unsere Zukunft strahlend ist.

Wir gehen weiter die Küste hinauf und nach oben in den Garten, der auf Aridas Gipfel liegt. Hunderte von Blumen strecken übergroße Blütenblätter aus, um uns zu begrüßen; im Sonnenlicht sind sie schön, aber bei Mondlicht blühen sie erst richtig auf und offenbaren ihre Biolumineszenz – ein Anblick, für den aus dem ganzen Königreich Leute herkommen.

Früher einmal waren diese Gärten ein beruhigender Ort für mich. Ein Ort, an dem ich Zuflucht suchen konnte und eine Schönheit, die nicht in diese Welt zu passen schien. Jetzt kann ich mich allerdings nicht mehr so leicht in ihr verlieren; zu viel ist hier passiert. Hier hat meine Reise begonnen, und hier wird sie enden.

Sämtliche Farben des Königreiches stehen vor mir in der Menge, auch das Amethyst der Kers. So viel Klatsch und Geflüster gehen im Garten herum, dass sogar die Pflanzen in Erwartung des heutigen Treffens zittern.

Alle Ratgeber der verschiedenen Inseln stehen hinter dem

Thron auf einer Lichtung. Um ihn herum sprießen rosafarbene Pilze, lila Blüten sind von den Bäumen gefallen, an denen sie wie eine Krone über den Gärten hängen. Mutter ist auch da, und Casem nimmt seinen Platz zwischen den Ratgebern ein, während Bastian in der wartenden Menge zuschaut. Ich hole tief Luft, als ich an ihm vorbeigehe, und nehme auf meinem Thron Platz. Mutter setzt mir die Krone der Hohen Animantin auf. Dabei streicht sie mir sanft mit der Hand über die Wange, und wir sehen uns in die Augen.

Mach dieses Leben zu all dem, was es sein sollte. Ich höre Vaters Stimme in ihrem Lächeln, bevor sie sich verneigt und ihren Platz zur Linken des Throns einnimmt. Die riesige Aalkrone ist zu schwer, sie frisst mich bei lebendigem Leib auf, während ich in der Menge nach den Gesichtern suche, die ich sehen will.

Vataea und Bastian, Seite an Seite. Bastian beobachtet alles mit glühendem Stolz im Blick und nickt mir ganz leicht zu.

Nicht weit von ihnen steht Mira mit Yuriel und Tante Kalea, deren Anwesenheit mir fast die Luft abschnürt. Sie sieht aus, als würde sie unter meinem Blick verwelken, aber die Zeit für diesen Zorn ist vorbei. Ich kann sie nicht verantwortlich machen für das, was mit Vater passiert ist; mehr als je zuvor müssen wir jetzt zusammenbleiben. Es ist Zeit für mich zu akzeptieren, dass es ihr genauso wehtut wie mir.

Ich sehe ihr echtes Gesicht in der Menge nicht, aber als mir eine blonde Frau mit blutroten Augen zuzwinkert, weiß ich: Shanty sieht auch zu.

Ich bemühe mich, sie nicht anzulächeln, und suche nach einem weiteren Gesicht. Nur wird mir erst einen Moment später bewusst, dass ich keine Ahnung habe, nach wessen Gesicht ich suche. Im Geist sehe ich Augen, so grün wie Smaragde, und Haare, so rot wie Feuer.

Aber ich weiß nicht, wem sie gehören. Wer auch immer es ist, er ist nicht hier.

»Willkommen.« Nach kurzem Zögern finde ich meine

Stimme wieder und konzentriere mich auf die wartende Menge. »Ich freue mich, dass so viele heute den Weg hierher gefunden haben, vor allem unsere Freunde aus Kerost. Mir ist bewusst, dass unser Königreich euch gegenüber nicht das netteste war, ihr sollt also wissen, dass ich eure Anwesenheit ehrlich zu schätzen weiß.«

Als die vielen Gesichter meines Volkes zu mir heraufspähen, fährt mir die Nervosität in die Knochen. Ich umklammere die Armlehnen des Throns, lasse ihre Neugier in meine Haut einsickern und meine Worte befeuern.

Ich werde nicht zurückweichen. Alles, was ich getan habe – jeder Kampf, den ich geschlagen, und jedes Hindernis, das ich überwunden habe –, hat diesem Moment gedient.

»Jahrhundertelang habt ihr in eurem Glauben auf die Montaras gesetzt und darauf vertraut, dass wir dieses Königreich nach unseren besten Möglichkeiten beschützen. Man hat euch gesagt, im Blut meiner Familie lebe ein schreckliches Monster, und dass es sich dort befände, weil mein Urahn Cato Montara, der erste Herrscher von Visidia, sein Leben aufs Spiel gesetzt hat, um dieses Königreich zu retten. Man hat euch gesagt, ihr sollt ihm gehorchen, indem ihr nur eine Magieform ausübt, andernfalls würde dieses Monster sein Haupt erheben und Visidia zerstören.«

Ich finde Bastians Gesicht in der Menge und hole tief Luft, als er mir aufmunternd zunickt, bevor ich fortfahre. »Aber ich bin heute hier, um euch die Wahrheit zu sagen, denn sosehr ich meine Familie liebe: Visidia hat Besseres verdient. Cato Montara war kein Held; er war ein Dieb und ein Lügner – mehrere Magieformen zu praktizieren, war niemals gefährlich, und es gab auch nie ein Monster, das mit der Seelenmagie verwoben war.«

Ich spreche weiter, obwohl sich ein Raunen erhebt, erzähle ihnen die Wahrheit über Visidias Gründung und über die Lügen, auf die unser Königreich gebaut wurde. Ich erzähle ihnen, wie Cato durch Sira die multiplen Magien gestohlen und wie sie die Blutlinie der Montaras verflucht hat.

Ich sage ihnen alles, und mit jedem Wort wird mein Körper leichter.

»Alles, was meine Familie getan hat und alle meine eigenen Lügen tun mir leid. Ich kann den angerichteten Schaden nicht ungeschehen machen, aber ich glaube, es gibt einen Weg in die Zukunft für uns.«

Ich habe Wut und Geschrei erwartet. Doch zu meiner Überraschung sehen mich Visidias Augen in nervösem Schweigen an, mein Volk hängt an meinen Lippen. Mit zitternden Händen hebe ich die Krone von meinem Kopf und werfe einen letzten Blick auf die Aalknochen. Jahrhundertelang wurde diese Krone nur von betrügerischen Lügnern getragen – Cato, Vater, ich.

Nie wieder wird sie auf dem Kopf eines Montaras sitzen.

»Heute soll der Tag sein, an dem wir uns Visidia zurückholen und dieses Königreich wieder zu dem Land machen, das es einst war.« Mit der Krone in der Hand stehe ich auf. »Ab heute kann jeder Seelenmagie praktizieren. *Alle* Magie ist frei verfügbar. Von heute an wird niemand mehr diese Krone tragen oder auf diesem Thron sitzen! Von heute an wird es keinen König und keine Königin mehr geben. Es wird keine Monarchie mehr geben!

Wir sind ein Königreich von sieben Inseln.« Jedes meiner Worte ist leidenschaftlich, kommt mit einer Inbrunst hervor, die ich nicht kontrollieren kann. »Deshalb brauchen wir sieben Anführer. Wir alle zusammen werden dieses Königreich regieren. Es wird keine Blutsbande mehr geben – keine königlichen Familien. Alle zwei Jahre wird unser Volk die Vertretung wählen, die die jeweilige Insel anführen soll, und gemeinsam werden wir Visidia in die Zukunft führen, die wir alle verdienen.«

Ich drehe mich zu den Ratgebern hinter mir um, die mit gereckten Schultern und stolz geschwellter Brust dastehen. »Wer dafür ist, sagt Aye.«

»Aye.« Casem reagiert als Erster, seine blauen Augen funkeln vor Stolz.

Azami tut es ihm sofort nach. »Aye.«

So geht es die Reihe entlang, ein Ratgeber nach dem anderen sagt Aye. Nur Lord Garrison zögert – doch da er vor den anderen nicht schlecht dastehen will, nickt er und antwortet Aye in seinem schroffen Bariton.

Und dann bin wieder ich dran. Ich bin außer Atem, die Krone zittert in meinen Händen – plötzlich weiß ich, was ich damit tun muss.

Mit Händen, die sich kaum wie meine eigenen anfühlen, schleudere ich sie zu Boden. Die elfenbeinbesetzten Knochen zersplittern in tausend Stücke, und mit ihnen geht alles dahin, was ich je gekannt habe. Jeder Tag meines bisherigen Lebens.

Aber es ist auch der Beginn eines neuen Lebens. Nicht nur für Visidia – auch für mich.

Vielleicht wird Mutter Aridas Ratgeberin. Ich werde ihnen am Anfang helfen, aber ich werde nicht verantwortlich sein. Meine Aufgabe ist getan, und meine Zukunft gehört der See.

Mir ist nicht bewusst, wie schwer ich atme, bis ich meinen Blick von den Knochensplittern ab- und meinem Volk zuwende. Die Leute stehen jetzt nicht mehr. Ausnahmslos knien sie da, die Köpfe gesenkt, und der letzte Rest Entschlossenheit, den ich verzweifelt aufrecht zu erhalten versucht habe, bricht zusammen.

Das ist mehr als ich verdiene, aber ich bringe es nicht über mich, sie davon abzuhalten.

»Danke«, sage ich mit Tränen in den Augen, die ich endlich fließen lasse. Unsere Probleme sind noch nicht gelöst. Ein neues Visidia zeichnet sich am Horizont ab, und mit ihm kommt eine neue, fremde Zukunft, die wir noch finden müssen. Gemeinsam.

Es wird nicht leicht werden, aber es wird die Mühe wert sein. Visidias Zukunft beginnt jetzt.

»Danke, dass ihr mir erlaubt habt, eure Königin zu sein.«

Epilog

Dieser Tag ist zum Segeln gemacht.

Milde Frühlingsluft bläht die Segel, und ich neige den Kopf zurück, um die Brise zu genießen.

Bastian steht hinter mir am Steuer und atmet mit breitem Grinsen die salzige Luft ein. »Wohin?« Seine Augen strahlen wie die Sterne selbst. »Willst du den Lusca zu einer Revanche herausfordern? Sollen wir die Pfade von Suntosu erwandern? Uns heillos betrinken in den Tavernen von Ikae?«

Ich streiche mit den Fingern über das körnige Holz des Decks und versuche, mir alles an diesem Moment einzuprägen, von dem Dunst, der über meine Haut streicht, bis zu dem, was Bastian sagt. Ich lasse mich fallen und stelle mir die Abenteuer vor, die auf uns warten.

Ich stelle mir vor, wie ich auf Mornute mein Aussehen verändere. Wie ich nach Valuka segle, damit Azami mir beibringen kann, einen Drachen aus Wasser zu erschaffen. Wie ich auf Kerost Zeit mit Ephra verbringe und lerne zu verändern, wie mein Körper mit der Zeit interagiert, und dabei die Insel wiederaufbaue.

Die Welt steht mir jetzt offen, genau wie ihre Magiearten. Und ich habe vor, sie alle zu lernen.

Ein kühles Flüstern liegt in der Luft – eine Erinnerung an den Winter –, und ich kuschle mich enger in meinen Mantel und meine Geborgenheit. Doch als ich den Mantel um mich ziehe, knistert etwas darin. In meiner Tasche finde ich ein kleines, gefaltetes Stück Pergament.

Bastian zählt immer noch all die Orte auf, die wir besuchen sollten: Shanty in Ikae; übers Meer, um endlich Suntosu zu sehen, und vielleicht sogar einen Weg zu finden, die Wolken zu erreichen, um das legendäre Königreich zu suchen, von dem man munkelt, es existiere über ihnen. Doch ich blende ihn aus, als ich das Pergament auseinanderfalte. Es ist so eng gefaltet, dass ich aufpassen muss, dass ich es nicht zerreiße, trotz meiner zitternden Hände. Ich versuche zwar, sie zu beruhigen, aber sie wollen nicht aufhören, selbst dann nicht, als ich das Pergament offen vor mir halte.

Amora,
wenn du das liest, sollst du als Erstes wissen, dass es mir leid tut. Ich wusste von dem Moment an, als ich Nellys Erinnerungen gesehen habe, dass es das ist, was getan werden muss. Visidia muss frei sein, und es ist an dir, ihm diese Freiheit zu schenken.
Deshalb tut es mir leid, was ich tun musste. Aber wenn ich recht habe, bin ich glücklich mit dem Wissen, dass du dich an nichts erinnern wirst. Und falls ich mich irre, na ja, dann schulde ich dir wohl eine Erklärung. Es heißt, man muss opfern, was man am meisten liebt, um zu bekommen, was man sich am meisten wünscht, und mir fällt nichts ein, was ich mehr liebe als die Zeit, die ich mit euch allen verbracht habe. Mit meiner Crew.
Ich würde lügen, wenn ich sagen würde, dass ich nicht möchte, dass du dich an mich erinnerst, aber so ist es am besten. Du musst nicht noch jemanden betrauern; das möchte ich nicht. Alles, was ich mir für dich und Visidia wünsche, ist, dass ihr endlich die Freiheit bekommt, die ihr verdient.

Also nimm mein Geschenk an und freu dich drüber. Im Gegenzug musst du aber zwei Dinge für mich tun.
Erstens: Tu, was das Beste für Visidia ist. Sag den Leuten die Wahrheit. Befreie die Seelenmagie für dich und für alle anderen.
Zweitens: Sei glücklich. Selbst wenn es mit diesem verfluchten Piraten ist. Geht all die Abenteuer erleben, die ich nicht erleben konnte.
Und jetzt, da ich darüber nachdenke, füge ich noch eine dritte Bedingung hinzu – ich breche deine Flüche nicht, damit du dich umbringen lässt, ja? Ich werde nicht mehr da sein, um dich zu heilen, also denk nach, bevor du dich in irgendwas stürzt. Und könntest du wenigstens versuchen, anderen mehr zu vertrauen? Ich weiß, es ist schwer, aber du hast eine unglaublich tolle Crew. Ich muss es schließlich wissen.
Jetzt geh da raus und schau dir dein Königreich an. Ich kann nur beten, dass wir uns eines Tages wiedersehen.
Bis dahin frohes Segeln.
F.

Der Schmerz packt mich, schneidet in meine Lungen und spaltet meine Brust. Meine Tränen fließen so ungehemmt, dass ich nichts mehr sehen kann, obwohl ich nicht weiß, woher sie kommen.

Ich zermartere mir das Gehirn, doch so sehr ich es versuche, ich habe keine Ahnung, wer diesen Brief geschrieben haben könnte. Trotzdem ist etwas daran vertraut. Etwas, das mich dazu bringt, ihn fest an die Brust zu drücken, aber vorsichtig, damit meine Tränen nicht die Tinte verschmieren.

»Amora?«

Als ich Bastians Stimme höre, erschrecke ich und strecke den Rücken. Vielleicht holt mich ja nur das vergangene Jahr ein – warum sonst sollte ich um jemanden weinen, den ich nicht kenne? Es muss ein Streich sein – ein bizarrer Abschiedsscherz von Casem.

Aber ich werfe den Brief nicht weg. Sorgfältig falte ich ihn wieder zusammen und stecke ihn in meine Tasche zurück, dann hole ich tief Luft, um mich zu beruhigen. Als ich mich zu Bastian umdrehe, tue ich es nicht unter Tränen, sondern mit einem Lächeln.

Von wem auch immer dieser Brief ist: Falls es stimmt, was er oder sie sagt, dann habe ich ein Geschenk bekommen. Und für diese Person werde ich das Beste daraus machen.

»Wie wäre es mit Zudoh?«, frage ich.

Bastian erstarrt, was mich mit einem Stich und sehr deutlich daran erinnert, dass ich nicht mehr weiß, was er fühlt. Aber ich muss seine Seele nicht spüren; jetzt kann ich sie sehen. Feurig und schön und strahlend wie die Sterne. Er räuspert sich, gibt sich so große Mühe, die Tränen zu unterdrücken, dass ich seine Hand nehme. Die andere Hand lege ich neben seiner um das vom Meerwasser glitschige Steuer.

»Nach Zudoh«, wiederholt er, und die Sterne in seinen Augen brennen vor Stolz.

»Und zu tausend weiteren Abenteuern.«

Die See zieht uns in ihre wartenden Arme: nur ein Mädchen und ein Pirat, bereit, unsere Welt im Sturm zu erobern.

Danksagung

Alle haben mich gewarnt, dass es hart werden würde, Buch Nummer zwei zu schreiben. Aber ich fühle mich verraten, weil mir niemand gesagt hat, dass es noch viel härter ist, Danksagungen zu schreiben! Wo soll ich überhaupt anfangen?

Zunächst einmal bin ich Gott dankbar, dass er mir geholfen hat, den Fluch des zweiten Buches zu überleben, und dass er mir tolle Menschen und ein unglaubliches Team zur Seite gestellt hat. Diese ganze Geschichte war eine viel größere Herausforderung, als ich je hätte ahnen können, von so großartigen Leuten umgeben zu sein, macht es aber sehr viel besser.

Mom und Dad, ich habe euch schon für eure Liebe und Unterstützung gedankt, deshalb danke ich euch in diesem Buch, dass ihr überall, wo ihr seid, höchstpersönlich Fremden meine Bücher verkauft und mich in Verlegenheit bringt. Bitte lest nicht weiter als Kapitel zweiunddreißig, ich hab euch lieb!

Josh, weil du nicht fandest, ich sei *komplett* größenwahnsinnig geworden, als ich vor fünf Jahren sagte, ich würde ein Franchise gründen wie Patrick Rothfuss. Danke, dass du mir immer zuhörst und versuchst, die wilde Welt des Verlegens mit mir zu verstehen, selbst wenn es sehr selten überhaupt irgendeinen Sinn ergibt.

Tomi, ich kann mir das alles nicht ohne dich vorstellen. Danke für die Anrufe, die durchgemachten Nächte, das KBBQ und Thai-Essen, die YouTube-Videos, alles. Mit niemandem möchte ich lieber Imperien aufbauen. *Hier bitte dieses inoffizielle Azula-Zitat einfügen.*

Shea, ich schreibe das hier in Quarantäne, und ich vermisse dich so sehr! Ich bin ewig dankbar, dass wir einfach zufällig in derselben Stadt wohnen und uns über Thai-Essen angefreundet haben, und dass ich dich als Freundin haben darf.

Haley Marshall, mir wird auf ewig leidtun, wie oft ich dich bitte, Dinge zu lesen. Danke, dass du immer da bist – mit deinen Augen, deinen Ohren, Hirn, Herz und vor allem Peter-Fotos.

Kristin Dwyer, mein jüngerer Zwilling, wo soll ich nur anfangen? Danke, dass du einer der großartigsten Menschen bist, die ich je kennengelernt habe, dass du einfach du bist und dass du von mir verlangt hast, den K-Pop in mein Leben zu lassen. Ich bin für immer verändert (und weine viel mehr, na, vielen Dank auch). Ich frage mich, ob ich dafür auch Lee Min-ho danken sollte …

Rachel Griffin, diese Welt ist nicht rein genug für dich. Danke, dass du einfach ein wundervoller Mensch bist, den zu kennen ich mich glücklich schätzen kann. Ich bin sehr froh, dass ich eine Winterhexe sein darf.

Shelby RapMonster Mahurin, ich wünschte, ich wäre halb so gechillt wie du, mit vielleicht einem Viertel deiner Rap-Skills. Danke, dass du nicht davongerannt bist, als ich dich gekidnapped habe. #BunkBuddies4Life

Adrienne Young, für eine gesunde Dosis Realität und Perspektive. Ich respektiere und bewundere dich und deine unglaubliche Arbeitsmoral zutiefst.

Mein Agent Peter Knapp, du hast meinen ewigen Dank, weil du dich eingeschaltet und mich und diese Buch unterstützt hast. Ich bin unglaublich dankbar, dass ich mit so einem großartigen Fürsprecher arbeiten darf!

Bei Imprint geht aller Dank an meine beiden Lektorinnen

Nicole Otto und Erin Stein. Nicole, ich weiß nicht, ob es irgendjemanden gibt, der diese Welt und diese Charaktere so gut versteht wie du. Ich bin *so* dankbar, dass ich mit dir an Amoras Geschichte gearbeitet habe, und jetzt entkommst du mir nie mehr. Hurra! ☺ Und Erin, du bist ganz allgemein so krass und besitzt so viel verlegerisches Geschick, du bist eine Inspiration. Danke, dass du bei Imprint so ein unglaubliches Team zusammengestellt hast. Ich habe Glück, dass ich mit euch allen »meine Spuren hinterlassen« darf.

Natalie Sousa, Designgöttin, stell dir vor, wie ich mich gerade vor dir verbeuge. Als ich in diesen ganzen Prozess gegangen bin, hatte ich fürchterliche Angst wegen meines Covers und ob ich es mögen würde oder überhaupt in der Lage wäre, irgendetwas dazu beizutragen. Als ich dann mit dir gearbeitet habe, wurde mir klar, dass das vollkommen albern von mir war. Die Bücher sind *umwerfend*, danke, danke, danke.

John Morgan, Jessica Chung und Camille Kellog für die sicherlich unendliche Menge Arbeit, die darin steckt, dieses Buch für die Augen der Öffentlichkeit bereit zu machen.

Morgan Rath, in Gedanken nenne ich dich jedes Mal, wenn ich eine E-Mail von dir bekomme, meine Pressezauberin. Aber dieser Titel ist nicht annähernd genug. Vielleicht Presse-Großmeisterin? Allmächtiges Pressegenie? Ich werde weiter daran arbeiten, etwas Passendes zu finden, das genauso großartig ist wie du!

Allegra Green und Olivia Oleck, ich bin so froh, dass ich mit euch beiden im Marketing arbeiten darf. Ihr seid einfach so schlau, so wunderbar, eure E-Mails machen mich immer glücklich und: waaah! Ich habe einfach so ein tolles Team!

Linda Minton und Ilana Worrell, danke für euren Expertenblick und eure Hilfe bei der Fertigstellung dieses Buches (und dass ihr alle Passagen erwischt habt, in denen ich wieder mal willkürlich auf halber Strecke die Augenfarbe von jemandem geändert habe).

Und so viele andere bei Macmillan, die Liste ist lang, aber mächtig: Melissa Croce, Julia Gardiner, Allison Verost, Molly Brouillette, Kathryn Little, Mariel Dawson, Lucy Del Priore, Jordan Winch, Kristin Dulaney, Raymond Ernesto Colón, Dawn Ryan, Hayley Jozwiak und Lois Evans, danke, dass ihr Teil dieses wundervollen Teams seid.

Roxane Edouard, Ema Barnes und Abigail Koons, danke, dass eure tolle Arbeit dafür sorgt, dass dieses Buch in die Welt hinausgeht. Es ist ein Traum zu sehen, dass es Leser:innen in den verschiedensten Ländern erreicht.

Gemma O'Brien, Königin der Kunst, danke, dass du diese Welt gleich auf dem Umschlag zum Leben erweckt hast. Er ist alles, was ich mir erhofft hatte, und noch mehr. Ich bin sehr verliebt.

Und die Sea Crew der *Keel Haul*: danke für eure frühe Unterstützung und eure Begeisterung für diese Buchreihe. Das bedeutet mir die Welt, und ich freue mich wahnsinnig, dass ich diese Welt mit euch allen teilen darf. Besonderen Dank an die Mitglieder Madison Nankervis, Nicole Faerber, Bianca Visagie, Brithanie Faith Richards, Jennifer Doehler, Brie Chelton Wood, Holly Hughes, Claire Eva Leyton, Bre Lynn R., Nikole Clow, Deidreanna Isak, Chantel Pereira, Mara Hubl, Jessica Olson, Dana Nuenighoff und Lily A.!

Und allen Leser:innen, die so weit mitgegangen sind – allen, die mich und diese Bücher die ganze Wegstrecke unterstützt haben – danke. Eure Briefe, Nachrichten, Kunst und Begeisterung bedeuten mir mehr als ihr je ahnen werdet. Danke euch allen, dass ihr an Bord der *Keel Haul* gegangen seid und diese Reise mit mir gemacht habt. Wir haben es geschafft!